KATHY REICHS

Née à Chicago, Kathy Reichs est anthropologue judiciaire à Montréal et professeur d'anthropologie à l'université de Charlotte, en Caroline du Nord. Elle fait
partie des cinquante anthropologues judiciaires certifiés
par l'American Board of Forensic Anthropology et col-
labore fréquemment avec le FBI et le Pentagone. Elle
s'impose en France dès son premier roman, *Déjà dead*
(1998, récompensé par le prix Ellis), dans lequel apparaît pour la première fois son héroïne Temperance
Brennan, également anthropologue judiciaire. Depuis,
elle a publié aux éditions Robert Laffont *Death du Jour*
(1999), *Deadly décisions* (2000), *Voyage fatal* (2002),
Secrets d'outre-tombe (2003), *Les os troubles* (2004),
Meurtres à la carte (2005), *À tombeau ouvert* (2006),
Entre deux os (2007) et *Terreur à Tracadie* (2008).
Kathy Reichs participe également à l'écriture du scé-
nario de *Bones*, adaptation des aventures de Temperance
Brennan pour la télévision.

ENTRE DEUX OS

KATHY REICHS

ENTRE DEUX OS

ROBERT LAFFONT

Titre original :
BREAK NO BONES

Publié avec l'accord de Scribner/Simon & Schuster, New York.

© 2006, Kathy Reichs, L.P.
© 2007, Éditions Robert Laffont S.A., Paris,
pour la traduction française
ISBN 978-2-266-19584-3

À la tendre mémoire de
Arvils Reichs
9 février 1949 – 23 février 2006

Dusi Saldi

Chapitre 1

Ça ne rate jamais. Il suffit que vous soyez sur le point de mettre la touche finale à votre grand succès de la saison pour que quelqu'un vienne foutre la pagaille dans toute l'opération.

D'accord, j'exagère, mais pas tant que ça. En tout cas, c'est exactement ce qui s'est passé ce jour-là, lorsque mes stagiaires en archéologie ont fait inopinément une découverte dont les conséquences allaient être nettement plus troublantes que la mise au jour d'un foyer ou d'un fragment de poterie à quelques minutes de la fermeture d'un chantier de fouilles.

Nous étions le 18 mai, l'avant-veille de la fin du stage que je dirigeais à Dewees, l'une des îles de l'archipel au nord de Charleston, en Caroline du Sud.

J'avais vingt étudiants sous ma houlette.

Et un journaliste sur le dos.

Qui plus est, doté d'un QI de plancton !

— Seize corps ? s'est-il exclamé en sortant son carnet à spirale. Les victimes ont été identifiées ?

Visiblement, son cerveau de sous-développé lui présentait des images tirées d'une saga de type tueur en série.

— Il s'agit de tombes préhistoriques, ai-je rétorqué.

Il a levé les yeux au ciel, deux fentes étroites entre des paupières gonflées.

— Des vieux Indiens ?

— Des Amérindiens.

— Ils m'ont envoyé couvrir des cadavres indiens ?

Zéro point en rectitude politique, le bonhomme.

— Qui ça, « ils » ? ai-je demandé sur un ton glacial.

— Le *Moultrie News*, le journal d'East Cooper.

Charleston, comme Rhett l'explique à Scarlett dans *Autant en emporte le vent*, est une ville marquée par la grâce réconfortante du passé. Y abondent les demeures datant d'avant la guerre de Sécession, les rues pavées et les marchés en plein air. Le cœur de la ville, appelé la Péninsule, est délimité par deux rivières, l'Ashley et la Cooper, en fonction desquelles les habitants de Charleston se définissent : ils sont soit de West Ashley, soit d'East Cooper. Ce quartier-là comprend Mount Pleasant et trois îles : Sullivan, l'île aux Palmiers et Dewees. Situé sur cette dernière, notre site archéologique entrait dans la chasse-gardée du quotidien pour lequel travaillait le Plancton.

— Et vous êtes ?

— Homer Winborne.

Avec sa panse d'amateur de fast-food et son ombre portée en forme d'aiguilles de montre arrêtées sur cinq heures, c'était le jumeau d'Homer Simpson.

— Comme vous pouvez le voir, nous sommes occupés, monsieur Winborne.

— Ce n'est pas interdit de creuser, ici ?

— Nous avons un permis en règle. Des immeubles d'habitation doivent être construits sur ce terrain prochainement.

— Ben alors, à quoi bon tout ce boulot ?

La sueur dégoulinait sur son front. Il a sorti un mouchoir. J'ai repéré une tique partie à l'assaut de son col.

— Je suis anthropologue à l'université de Caroline du Nord, section de Charlotte. Ce stage d'étudiants est organisé à la demande de l'État.

Si le premier terme de ma déclaration était strictement conforme à la vérité, le second l'était beaucoup moins. En fait, voilà comment les choses s'étaient passées.

Tous les ans au mois de mai, l'archéologue spécialiste du Nouveau Monde à l'UNCC organise un stage de fouilles facultatif à l'intention des étudiants. Mais cette année, à la fin du mois de mars, elle a annoncé qu'elle ne pourrait pas s'en occuper, car elle avait accepté un poste à Purdue. Ayant passé son hiver à envoyer des CV, le stage lui était complètement sorti de la tête.

Adieu ! Pas de prof, pas de chantier.

Ces stages sur site comptent parmi les travaux dirigés préférés des étudiants en anthropologie et celui-ci, comme toujours, avait fait le plein d'inscriptions.

Le départ inattendu de ma collègue avait plongé le département dans la panique.

Bien que j'enseigne l'anthropologie judiciaire et que dans ma vie professionnelle je travaille sur des morts qui me sont adressés par les coroners et les médecins légistes, il se trouve que j'ai commencé ma carrière sous la casquette d'archéologue. Pour soutenir ma thèse de doctorat, j'ai analysé des milliers de squelettes préhistoriques exhumés dans le nord de l'Amérique.

Le sachant, le directeur du département m'avait suppliée de prendre la relève, faisant valoir combien les étudiants comptaient sur moi. Et puis ce serait un retour à mes racines. Deux semaines à la plage, un second salaire, ça ne se refusait pas ! Encore un peu et il m'aurait offert une Buick !

À cela, j'avais répondu qu'il ferait mieux de s'adresser à Dan Jaffer, mon confrère en Caroline du Sud, et par ailleurs spécialiste en archéologie biomoléculaire. En effet, des affaires pouvaient requérir ma présence à Charlotte auprès du bureau du directeur de la Santé, ou bien à Montréal, au Laboratoire de sciences judiciaires et de médecine légale, les deux institutions pour lesquelles je travaille régulièrement en tant que consultante.

Ma proposition d'engager Dan Jaffer avait emballé le patron du département. Hélas, elle n'était pas réalisable : Dan Jaffer partait pour l'Irak.

Cependant, quand je l'avais contacté pour lui demander où emmener les étudiants, il m'avait parlé d'un site funéraire voué à la destruction si l'on n'empêchait pas très vite le promoteur d'y déployer ses bulldozers. Cet homme, comme de juste, restait sourd à ses demandes de mener des études préliminaires.

J'avais donc contacté les services d'archéologie de Caroline du Sud pour leur demander l'autorisation de creuser quelques tranchées à Dewees.

Permission accordée grâce à la recommandation de Dan.

Au grand dam du promoteur.

C'est ainsi que je me retrouvais sur cette île de Dewees avec vingt étudiants au baccalauréat. Et, en ce treizième et avant-avant-dernier jour de stage, en compagnie du Plancton.

Ma patience se délitait comme une corde usée.

— Nom ? a demandé Winborne sur le ton qu'il aurait pris pour se renseigner sur une graine de gazon.

J'ai bien failli le planter là. Je me suis retenue. Mieux valait lui offrir cette menue satisfaction pour éviter qu'il ne s'incruste. Avec un peu de chance, il tomberait raide mort en entendant mon nom.

— Temperance Brennan.

— Temperance ? a-t-il répété, amusé.

— Oui, *Homer*.

Il a haussé les épaules.

— C'est pas courant.

— On m'appelle Tempe.

— Comme la ville de l'Utah ?

— D'Arizona.

— Exact. De quel groupe d'Indiens s'agit-il ?

— Probablement des Sewecs.

— Comment vous avez deviné qu'il y en avait ici ?

— C'est un collègue de l'université de Caroline du Sud, section Columbia, qui me l'a dit.

— Et lui, il a appris ça comment ?

— En remarquant des monticules lors de son repérage des lieux, dès qu'il a entendu parler de ce projet immobilier.

Winborne s'est tu, le temps de gribouiller dans son carnet. Peut-être espérait-il accoucher d'une question intelligente en gagnant du temps.

De loin me parvenaient les bavardages des étudiants et les tintements de leurs seaux. Une mouette a crié au-dessus de ma tête. Une autre lui a répondu.

— Des monticules ?

Avec des questions pareilles, il ne risquait pas d'entrer en lice pour le prix Pulitzer.

— Ces sépultures ont été recouvertes de coquillages et de sable.

— Quel intérêt à les fouiller ?

Ma coupe était pleine. Il était temps que je déverse sur la tête de ce con mes talents d'exterminatrice.

Comprendre : que je le noie sous le jargon.

— Les pratiques funéraires des populations indigènes de la côte sud-est nous demeurent mal connues. Ce site pourrait corroborer aussi bien que réfuter certaines théories ethno-historiques couramment acceptées selon lesquelles les Sewees appartiendraient au groupe Cusabo. À en croire plusieurs sources, les Cusabos avaient pour tradition de dépouiller les cadavres de leur chair et de conserver les os dans des boîtes ou dans des paquets. D'autres sources parlent de corps empilés à la façon d'un échafaudage pour s'assurer que la décomposition sera achevée au moment de les transférer dans des fosses communes.

— Sacrifice, c'est dégueulasse !

— Pas plus que de retarder la décomposition du cadavre en le vidant de son sang et en injectant à la place des conservateurs chimiques, des cires et des parfums, puis de le maquiller pour lui donner l'air vivant et de l'enfermer enfin dans un cercueil qu'on placera temporairement dans une chambre froide tenue hermétiquement fermée.

Winborne m'a regardée comme si je parlais sanskrit.

— Quelle horreur ! Et qui fait ça ?

— Nous.

— Et vous avez trouvé quoi, ici ?

— Des ossements.

— Des os et rien que ça ?

À présent, la tique remontait le long de son cou. Le prévenir ? Non, qu'il aille se faire foutre. Il était trop exaspérant.

Je lui ai débité mon baratin standard en commençant par le paragraphe policier, à savoir : ce qui, dans les fouilles, intéresse flics et coroners.

— Un squelette raconte l'histoire d'un individu. Son sexe, son âge, sa taille, son ascendance. Dans certains cas, ses antécédents médicaux et la cause du décès.

A suivi le paragraphe archéologique. Précédé d'un coup d'œil ostentatoire à ma montre.

— Les ossements des temps anciens nous apportent une foule de renseignements sur des populations éteintes. Comment ces gens vivaient, mouraient, s'alimentaient ; de quelles maladies ils souffraient…

Le regard de Winborne s'est déplacé au-dessus de mon épaule. Je me suis retournée.

Un étudiant s'approchait de nous. Pieds nus, son torse bronzé couvert de débris d'origine organique ou pas. Court sur pattes et vaniteux, Topher Burgess, avec ses lunettes à monture d'acier et ses favoris, avait tout du gros vilain pirate à casquette en tricot qui colle aux basques du capitaine Crochet.

— Y a un truc bizarre en 3-Est.

J'ai attendu qu'il poursuive. Il n'a pas développé. Pas étonnant. Aux examens, ses réponses tiennent la plupart du temps en une seule phrase. Avec dessins à l'appui.

— Bizarre ? ai-je répété pour l'inciter à poursuivre.

— Il a l'air articulé.

Une phrase complète ! Gratifiant, mais pas plus éclairant pour autant. D'un geste de la main, je lui ai signifié de préciser sa pensée.

— On trouve ça intrusif.

Topher a fait passer le poids de son corps d'un pied sur l'autre. Une sacrée masse à remuer.

— Je viens voir dans une minute.

Sur un hochement de tête, il est reparti lourdement vers sa tranchée.

— Qu'est-ce que ça veut dire, « articulé » ? a demandé le journaliste.

La tique, parvenue jusqu'à son oreille, semblait considérer plusieurs itinéraires possibles.

— Disposé conformément à l'alignement anatomique. C'est rare dans les sépultures secondaires où les cadavres sont ensevelis, une fois qu'ils n'ont plus de chair. Habituellement, dans ces fosses communes, les os sont entassés pêle-mêle, parfois collés les uns aux autres en paquets. Mais il arrive qu'on tombe sur des squelettes articulés.

— Vous expliquez ça comment ?

— Les raisons sont multiples. Le décès a pu se produire juste avant qu'on referme la fosse. Ou alors au cours de la transhumance, et le clan n'a pas eu le temps d'attendre que la décomposition soit achevée.

Dix secondes de gribouillage pendant lesquelles la tique a filé se cacher quelque part.

— Et « intrusif », ça veut dire quoi ?

— Que la chose en question a été enterrée après coup. Vous voulez y jeter un coup d'œil ?

— J'en meurs d'envie, littéralement.

De nouveau, Winborne a porté son mouchoir à son front. Cette fois-ci, avec un soupir que lui aurait envié plus d'un comédien. Ma patience avait atteint ses limites.

— Vous avez une tique à l'intérieur du col.

Il s'est mis à gigoter à une vitesse que je n'aurais jamais crue possible de sa part, compte tenu de son gabarit. Plié en deux, il a tiré sur son col en se donnant de grandes tapes sur le cou. La tique a atterri dans le sable. Elle s'est remise sur ses pattes aussitôt. Question d'habitude, je suppose.

Les éjections, elle connaissait.

Je suis partie vers la tranchée en slalomant entre les hautes herbes aux épis dressés dans l'air épais, immobiles. On n'était qu'au mois de mai, mais le mercure atteignait déjà les 32 °C. Une chance que ce stage n'ait pas été programmé en été. Et pourtant je suis de ces gens qui adorent les basses-terres.

J'avançais d'un pas rapide, ravie de laisser Winborne en plan. Mesquin ? Oui. Mais je n'avais pas de temps à perdre avec un crétin de journaliste. Et puis j'avais la conscience tranquille : je l'avais prévenu, pour la tique.

Une radio braillait un air que je ne connaissais pas, martelé par un groupe que je ne connaissais pas et dont j'oublierais le nom aussitôt qu'on me l'aurait dit. Même si cette musique hurlait moins que le heavy metal dont raffolaient ordinairement les étudiants, j'aurais préféré n'avoir dans les oreilles que le bruit des mouettes et des vagues.

M'étant arrêtée pour attendre Winborne, j'ai promené les yeux sur le chantier. Deux tranchées d'exploration étaient déjà remblayées. La première n'avait rien révélé. La seconde avait fait apparaître des ossements humains, preuve évidente du bien-fondé des soupçons de Jaffer.

Des étudiants s'activaient auprès de trois sillons encore béants. Les uns maniaient la truelle ou transportaient des seaux, les autres passaient la terre dans des tamis en fil de fer posés sur des tréteaux.

Dans la partie le plus à l'est, Topher prenait des photos sous les regards intéressés du reste de son équipe, assise par terre en tailleur.

Winborne m'a rejointe, hors d'haleine, à deux doigts de l'apoplexie. Le voyant s'éponger entre deux halètements, j'ai eu un mot compatissant.

— Sacrée chaleur.

Il a acquiescé d'un hochement de tête, rouge comme une glace à la framboise.

— Ça va ?

— Au quart de poil.

Je reprenais déjà ma route vers Topher quand il a stoppé mon élan.

— On a de la visite.

Demi-tour, toute. Un type en polo rose et pantalon kaki fonçait droit sur nous à travers les dunes, sans dévier d'un mètre sa trajectoire. Petit, et même à peine plus grand qu'un enfant, il avait des cheveux gris argent coupés ras. Je l'ai reconnu sur-le-champ : Richard L. Dupree, dit «Dickie», entrepreneur de son état. Et gros dégueulasse.

Il était accompagné d'un basset dont la langue et le ventre raclaient quasiment le sable.

D'abord le journaliste, maintenant le promoteur. Y a pas à dire, c'était un jour pourri.

Fort de son bon droit, Dupree arborait un air satisfait de mollah taliban. Le basset, à la traîne, s'emmêlait les pattes dans les herbes.

Tout le monde a entendu parler de l'espace vital, cette zone de vide entre autrui et soi-même indispensable à la survie de chacun. En ce qui me concerne, elle mesure quarante-cinq centimètres. Que quelqu'un l'envahisse et je me crispe aussitôt.

Il y a les gens qui se collent à vous parce qu'ils ont la vue basse ou sont durs d'oreille ; d'autres pour se conformer à leurs us et coutumes. Ce n'était pas le cas de Dickie. Lui, il était persuadé que la proximité multiplie par dix la force des mots.

Ignorant Winborne, il s'est arrêté à trente centimètres de moi. Les bras croisés, il m'a dévisagée entre ses paupières mi-closes.

— Vous aurez fini demain, j'imagine.

Un constat plus qu'une question.

— Oui.

J'ai reculé.

— Et après ?

Il avait un visage d'oiseau et des os pointus sous sa peau rose et translucide.

— J'adresserai un rapport préliminaire aux services d'archéologie de l'État dès la semaine prochaine.

Le basset est venu me renifler la jambe. Il devait frôler les quatre-vingt-dix ans.

— Colonel ! Tu veux bien être poli avec la petite dame !... Ne faites pas attention, a-t-il ajouté en relevant les yeux sur moi. Il commence à se faire vieux.

La petite dame a gratifié Colonel d'une caresse derrière l'oreille. Laquelle était pelée.

— C'est quand même dommage d'être obligé de décevoir ses clients à cause d'un paquet de vieux Indiens, a enchaîné Dupree.

Il m'a décoché un sourire qui devait, selon lui, entrer dans la catégorie «Gentlemen du Sud» et résultait, selon moi, d'une pratique assidue devant son miroir pendant qu'il se coupait les poils du nez.

— Nous sommes nombreux dans le pays à considérer le patrimoine comme une chose qui n'est pas dénuée de valeur.

— On ne peut quand même pas laisser ces choses-là empêcher la marche du progrès.

Je n'ai pas répliqué.

— Vous comprenez la situation dans laquelle je me retrouve, madame ?

— Oui, monsieur. Absolument.

Situation que j'abhorre, en ce qui me concerne, car l'argent y est roi. De l'argent gagné par n'importe quel moyen, excepté ceux qui pourraient mener en taule. Et tant pis pour les forêts tropicales, les marécages, le littoral, les dunes ou la culture indigène précoloniale ! Dickie Dupree n'aurait pas hésité à raser le temple d'Artémis si par malheur il s'était élevé là où il souhaitait faire surgir de terre un immeuble de prestige.

Derrière nous, Winborne se faisait tout petit. N'empêche, il ne perdait pas une miette de la conversation.

— Et que dira votre rapport ?

Nouveau sourire, version shérif de Mayberry.

— Que ce terrain recouvre un site funéraire datant d'avant Christophe Colomb.

Le sourire de Dupree a tenu bon malgré un léger vacillement. Conscient de la tension, ou peut-être simplement par ennui, Colonel m'a quittée pour s'intéresser au journaliste. Je me suis essuyé la main sur mon jeans coupé au ras des genoux.

— Vous connaissez aussi bien que moi ces fonctionnaires de Columbia. Un rapport en ce sens me bloquera pendant un bon moment. Ce retard me coûtera une fortune.

— Les sites archéologiques ne sont pas des denrées renouvelables, monsieur Dupree. Quand ils disparaissent, c'est à tout jamais. En mon âme et conscience, je ne peux pas laisser vos considérations personnelles influencer mes conclusions.

Le sourire s'est évanoui, remplacé par un regard glacial.

— C'est ce que nous verrons !

Menace quelque peu adoucie par l'accent traînant des basses-terres.

— Exactement, monsieur. Nous verrons.

Ayant extrait un paquet de Kool de sa poche, Dupree a embrasé une cigarette en protégeant la flamme de sa main. L'allumette jetée au loin, il a tiré une longue bouffée. Puis, sur un hochement de tête, il est reparti à travers les dunes, Colonel sur les talons.

— Monsieur Dupree !

Il s'est arrêté mais ne s'est pas retourné.

— Marcher dans les dunes est une infraction au règlement sur le respect de l'environnement.

Balayant ma remarque de la main, il a repris sa route.

Me voyant étouffer de rage et de détestation, Winborne a fait remarquer :

— Dickie n'aura pas vos suffrages pour le titre de l'Homme de l'année.

Je me suis retournée. Le journaliste développait un Juicy Fruit. Je l'ai regardé d'un œil mauvais l'enfourner dans son bec. Il a capté le message et s'est retenu de jeter le papier par terre comme Dupree son allumette.

Sans un mot, j'ai opté pour un tournant à 180° qui m'a placée sur la droite ligne menant au 3-Est. Derrière moi, Winborne traînait les pieds.

À mon arrivée, le silence s'est fait parmi les étudiants. Quatre paires d'yeux m'ont regardée sauter dans la tranchée et m'accroupir. Topher m'a remis une truelle.

Je me suis laissé envelopper par le parfum de la terre fraîchement remuée. Et par une autre odeur, douçâtre et fétide celle-là. À peine un effluve, mais là et bien là. Incontestablement. Et contre toute attente. Mon ventre s'est contracté.

À quatre pattes, j'ai examiné le truc bizarre repéré par Topher et qui saillait à mi-hauteur de la paroi, côté ouest : un segment de colonne vertébrale.

Au-dessus de moi, les étudiants y allaient de leurs explications.

— On grattait. Vous savez, pour prendre des photos de la stratigraphie.

— On a vu des taches dans la terre.

Topher a ajouté quelques détails succincts, mais je n'écoutais pas. Armée de ma truelle, je déblayais la terre pour obtenir une vue en coupe de la chose ensevelie. Et mon appréhension allait croissant à chaque pelletée retirée.

Au bout d'une demi-heure, une épine dorsale est apparue, puis un bord supérieur de bassin. Je me suis laissée tomber sur les fesses. Un frisson a parcouru mon cuir chevelu : la peur.

Doux Jésus !

Les os tenaient encore ensemble, attachés par les muscles et les ligaments.

La première mouche est arrivée avec force bourdonnements. Dans le soleil, son corps vert brillait d'un éclat iridescent.

M'étant relevée, j'ai frotté mes genoux pour en faire tomber la terre. Je devais trouver un téléphone au plus vite.

Dickie Dupree avait du souci à se faire.

Et pas seulement à cause des Sewees de l'ancien temps.

Chapitre 2

Les habitants de Dewees ne sont pas peu fiers de l'intégrité écologique de leur île qu'ils doivent, affirment-ils, au fait qu'elle est située de «l'autre côté de la voie d'eau». En effet, 65 % de leur petit royaume de 485 hectares est protégé par la loi du littoral et 90 % n'est pratiquement pas viabilisé. Les résidents aiment que les choses demeurent «sauvages sur le pied de vigne». Résultat: pas de pelouses tondues ni de haies bien taillées.

Pas de pont non plus pour relier l'île au continent. Pour qui ne possède pas de bateau, un seul moyen d'accès: le traversier. Les routes ne sont pas goudronnées et seuls les services de la voirie et les livreurs sont autorisés à utiliser des moteurs à combustion. Pardon, j'allais oublier l'ambulance et les véhicules des pompiers, camion-citerne et tout-terrain. Mais s'ils privilégient la sérénité, les habitants de l'endroit ne sont pas pour autant des naïfs invétérés.

Mon avis ? La nature, c'est super en vacances. En revanche, quand il s'agit de signaler une mort suspecte, c'est vraiment chiant.

Mes étudiants fouillaient tout au bout de l'île, au sud-est, entre le lac Timicau et l'océan Atlantique. Dans cette région de forêt maritime, les cellulaires ne captaient pas.

Ayant désigné Topher responsable du chantier, j'ai remonté la plage jusqu'au sentier en caillebotis

21

permettant de traverser les dunes sans risque pour l'environnement et je me suis glissée au volant d'un des six karts électriques mis à notre disposition. Je tournais la clé de contact quand un paquet a atterri sur le siège du passager, bientôt suivi de fesses moulées dans du polyester. Winborne. Obnubilée par l'idée de dégotter un téléphone, je ne l'avais pas entendu marcher derrière moi.

Je n'ai pas réagi. Autant garder ce crétin à l'œil plutôt que de le laisser fourrer son nez partout sans surveillance.

J'ai embrayé ou, plutôt, effectué ce qu'il convient de faire pour qu'un kart à moteur électrique veuille bien démarrer.

Winborne a plaqué une main sur le tableau de bord et passé l'autre bras autour d'un des montants soutenant la toile du toit.

J'ai commencé par suivre Pelican Flight, le long de l'océan. Parvenue à Dewees Inlet, j'ai viré à droite et laissé derrière moi le pavillon édifié à l'intention des pique-niqueurs, la piscine, les tennis et le centre de nature. J'ai pris à gauche et grimpé la colline avant de redescendre vers le lagon. Arrivée à l'embarcadère, je me suis tournée vers Winborne.

— Terminus.

— Pardon ?

— Comment êtes-vous arrivé sur l'île ?

— Par le traversier.

— Vous allez rentrer à terre par le même moyen.

— Pas question !

— Comme vous voudrez.

Winborne a dû se méprendre sur le sens de ma phrase, car il s'est enfoncé dans son siège.

— Si vous préférez rentrer à la nage, libre à vous !

— Vous ne pouvez pas…

— J'ai dit : terminus. On descend !

— J'ai laissé mon kart près du chantier de fouilles.

— Un étudiant le ramènera.

Winborne s'est extrait du véhicule, les traits crispés, signe de son vif mécontentement.

— Je vous souhaite le bonjour, monsieur Winborne.

Ayant tourné dans Old House Lane, j'ai franchi des grilles en fer forgé représentant plus ou moins des coquillages et me suis retrouvée sur l'aire de stationnement des services municipaux : caserne de pompiers, traitement des eaux, services administratifs, résidence du responsable de l'île.

L'impression d'être le premier humain à émerger de son trou sain et sauf après l'explosion d'une bombe à neutrons. Des bâtiments intacts et pas un survivant.

Frustrée, j'ai refait le tour du lagon en sens inverse pour aller me garer à l'arrière d'une demeure en bois composée de deux ailes reliées par une impressionnante véranda. Huyler House est l'unique concession des habitants de Dewees au désir d'écluser une bière ou de passer la nuit sur l'île que pourrait manifester un étranger. La maison abrite quatre chambres doubles, un minuscule restaurant et le centre d'activités sociales de l'île. Ma destination.

Je m'y suis dirigée d'un pas vif. Bien que préoccupée par l'effroyable découverte des étudiants, je n'ai pu m'empêcher d'admirer les efforts déployés par l'architecte pour que cette demeure, qui n'avait pas dix ans d'âge, crée l'illusion d'avoir survécu à des siècles de soleil et d'embruns. Bois vieilli plus salissures naturelles égalent effet ancien garanti.

Effet inverse de celui que produisait la dame en train de sortir d'une porte sur le côté. Car si elle ne donnait pas l'impression d'être une jeunesse, elle était à coup sûr beaucoup plus âgée qu'elle ne le paraissait.

À en croire la légende locale, Althea Hunneycut Youngblood — Honey pour les intimes — vivait déjà sur l'île au temps où le roi Guillaume III en fit don à Thomas Cary, en 1696.

Sa biographie, objet de spéculations continuelles, remporte malgré tout l'adhésion générale sur certains points bien précis. À savoir qu'elle a posé le pied pour la première fois à Dewees bien avant la Seconde Guerre mondiale, invitée par les Coulter Huyler qui régnaient sur l'île un peu comme des tyrans depuis qu'ils l'avaient achetée, en 1925. Vie à la dure, sans électricité ni téléphone. De l'eau puisée grâce à un moulin à vent. Pas vraiment mon idée du bonheur balnéaire.

Honey avait débarqué à Dewees lestée d'un mari. Le fait est admis de tous, même s'il y a plusieurs variantes sur la façon dont le monsieur endossa le rôle de conjoint. Quoi qu'il en soit, à la mort dudit mari, Honey continua de venir à Dewees. Plus tard, ayant épousé un Reynolds à qui les Huyler avaient vendu leur l'île en 1956 — oui-oui, les R. S. Reynolds de l'aluminium ! —, Honey put agir à sa guise. Elle décida de s'établir sur l'île définitivement.

En 1972, les Reynolds vendirent leurs terres à une société d'investissement. Au cours des dix années suivantes, quelques villas furent construites. La première à voir le jour fut celle de Honey, une petite maison basse qui surplombe la crique de Dewees. En 1991, lorsque fut fondée l'IPP — le partenariat pour la préservation de l'île — Honey s'y fit engager comme naturaliste par l'association.

Personne ne connaît son âge, la vieille dame n'étant pas encline à partager ses secrets. En revanche, tout le monde savait qu'avec elle la conversation débute invariablement par une référence au temps qu'il fait.

Comme il fallait s'y attendre, elle m'a lancé : « La journée sera chaude », sitôt qu'elle m'a aperçue.

— Oh oui, Miss Honey. C'est sûr et certain.

— Je pense qu'on dépassera même les 30 °C.

Dans les discours de cette gente aïeule, voyelles et syllabes ont tendance à vivre leur vie propre. Toutefois, de longues conversations avec elle m'ont convaincue qu'elle est tout à fait capable de prononcer les mots comme il se doit.

— Je n'en doute pas un instant, ai-je renchéri et, sur un sourire, j'ai voulu poursuivre mon chemin.

— Remerciez Dieu, ses anges et ses saints pour l'invention de la climatisation.

— Absolument, madame.

— Vous fouillez toujours du côté de la vieille tour ?

— Pas très loin, en effet.

Elle voulait parler d'un mirador édifié pendant la Seconde Guerre mondiale en vue de repérer les sous-marins ennemis.

— Vous avez découvert des choses intéressantes ?

— Oui, madame.

— Formidable. Nous pourrions exposer quelques-uns de ces nouveaux spécimens au centre de nature.

Sûrement pas celui pour lequel je suis là, ai-je pensé en moi-même, et, avec un grand sourire, j'ai tenté de la contourner une nouvelle fois. Dans le soleil, ses cheveux blancs et bouclés étincelaient d'un éclat bleuté.

— Je passerai vous voir sur votre chantier, un de ces jours. Il faut bien que je me tienne au courant des événements. Vous ai-je déjà dit…

— Excusez-moi, Miss Honey, mais je suis un peu pressée.

J'étais bien désolée de devoir l'interrompre, mais je devais à tout prix trouver un téléphone.

— Bien sûr, bien sûr… Que fais-je des bonnes manières ? a-t-elle lancé en me tapotant le bras. De toute façon, vous en aurez bientôt fini, n'est-ce pas ? Je vous emmènerai pêcher. Mon neveu est revenu à Charleston et il a une petite merveille de bateau.

— Vraiment ?

— Ça oui ! Même que c'est moi qui le lui ai donné. Je ne peux plus barrer comme autrefois, mais j'aime toujours pêcher. Il nous organisera une jolie sortie en mer. Oh, je ne me gênerai pas pour lui crier dessus, s'il le faut, vous pouvez me croire !

Sur ce, elle s'est élancée sur le chemin, le dos droit comme un pin taeda.

Ayant grimpé deux à deux les marches du perron, j'ai fait irruption dans le centre d'activités sociales. Aussi désert que les services publics. Où étaient les gens ? Se serait-il passé des choses que j'ignorais ? M'autorisant à pénétrer dans le bureau, j'ai foncé jusqu'au téléphone et appelé les renseignements.

Deux sonneries et la réponse : « Services du coroner du comté de Charleston. »

— Temperance Brennan à l'appareil. J'ai appelé le coroner il y a environ une semaine. Est-elle de retour ?

— Un moment, je vous prie.

Quand j'avais cherché à joindre Mme le coroner Emma Rousseau peu après mon arrivée à Charleston, j'avais appris à ma grande déception qu'elle était en Floride. Ses premières vacances en cinq ans. Mauvaise organisation de ma part. J'aurais dû lui envoyer un courriel avant de débarquer, mais ça ne marche pas comme ça, entre nous. Notre amitié n'a pas besoin de contacts réguliers. Chaque fois que nous nous retrouvons, c'est comme si nous nous étions quittées trois heures plus tôt.

— Elle vous prend dans un instant, m'a dit la réceptionniste.

En attendant, je me suis rappelé notre première rencontre. C'était il y a huit ans, ici même, à Charleston, où j'étais venue donner une conférence à l'université. Infirmière de formation, Emma venait d'être élue coroner du comté et ses conclusions dans une affaire — mort indéterminée — se voyaient remises en cause par la famille du défunt. Décidée à obtenir l'avis d'un tiers — le mien —, mais craignant que je refuse d'étudier le dossier, elle n'avait fait ni une ni deux et avait débarqué à ma conférence chargée d'un grand récipient en plastique contenant les os faisant litige. Épatée par son culot, j'avais accepté de lui rendre service.

— Emma Rousseau.

— J'ai un homme dans une bassine qui meurt d'envie de te serrer la pince.

Y a mieux comme blague, mais on se la répète chaque fois.

— Ça parle au diable, Tempe ! Tu es à Charleston ?

Pour ce qui était d'étirer les voyelles, Emma n'était pas encore au niveau de Miss Honey, mais elle la talonnait.

— Parmi tous les messages laissés sur ton téléphone, tu en trouveras un te disant que je supervise un stage à Dewees pour des étudiants en archéologie. C'était bien, la Floride ?

— Chaud et moite. Tu aurais dû me prévenir, j'aurais reporté mon voyage.

— Si tu t'es enfin décidée à prendre un congé, c'est que tu devais en avoir sacrément besoin.

Elle n'a pas embrayé sur ce thème. Elle m'a demandé si Dan Jaffer avait été mis au placard.

— Non. Simplement déployé en Irak jusqu'à la fin du mois.

— Tu as fait la connaissance de Miss Honey ?

— Oh là, oui.

— Je l'adore, cette vieille pisse-vinaigre.

— Ouais, c'est le mot qui convient. Dis donc, Emma, je crois que j'ai un problème.

— Accouche.

— C'est Jaffer qui m'a refilé l'idée de fouiller ce site. Il pensait qu'il renfermait peut-être une sépulture sewee. C'était bien vu. On a trouvé des os dès le premier jour. Précolombiens typiques. Desséchés et blanchis. Avec pas mal de dommages post mortem.

Elle ne m'a pas interrompue par une question ou une exclamation.

— Ce matin, mes étudiants ont repéré autre chose. Un cadavre récent, enterré à quarante-cinq centimètres de profondeur environ. Il a l'air entier. Des tissus mous maintiennent encore les vertèbres. Je l'ai dégagé au maximum des possibilités sans rien abîmer autour et je me suis dit que je ferais mieux de prévenir qui de droit. Je ne sais pas de qui il s'agit, pour l'île de Dewees.

— Le shérif a tout pouvoir pour les crimes, mais pour les causes d'une mort suspecte, c'est moi qui l'emporte. Des hypothèses ?

— Aucune qui implique les Sewees avant les colonisations.

— À ton avis, c'est récent ?

— Pendant que je retirais la terre, les mouches affluaient comme à la soupe populaire.

Il y a eu une pause. À coup sûr, Emma jetait un coup d'œil à sa montre.

— Je serai là d'ici grosso modo une heure et demie. Tu as besoin de quelque chose ?

— D'une housse à cadavre.

J'étais allée attendre Emma sur le quai. Elle est arrivée à bord d'un bimoteur Sea-Ray. Elle avait les cheveux ramassés sous une casquette de baseball et le visage plus émacié que dans mon souvenir. Elle portait des lunettes de soleil Dolce & Gabbana, un jeans et un t-shirt jaune avec les mots « Coroner du comté de Charleston » écrits en lettres noires.

Je l'ai regardée abaisser les pare-battage, effectuer la manœuvre d'accostage et nouer une aussière à la bitte d'amarrage. M'ayant passé la housse, elle a sauté sur le quai, chargée de son matériel de photo.

Dans le kart, je lui ai expliqué que j'étais retournée entre-temps sur le site. J'avais délimité à l'aide de pieux un carré de trois mètres de côté et j'avais déjà pris toute une série de photos. Je lui ai décrit en détail ce que j'avais remarqué. Surtout, je l'ai prévenue que mes étudiants étaient complètement abasourdis.

Emma parlait peu. Elle avait l'air distrait, ailleurs. Peut-être pensait-elle que je lui avais dit tout ce qu'elle devait savoir. Tout ce que je savais, en fait.

De temps à autre, je lui jetais un regard en coin. Impossible de déchiffrer son expression. Ses lunettes de soleil et les passages incessants de l'ombre au soleil et du soleil à l'ombre m'empêchaient de distinguer clairement ses traits.

J'ai gardé pour moi que cette affaire me laissait un sentiment de malaise, que j'avais peur de m'être trompée et de l'avoir dérangée pour rien.

Et tout aussi peur d'avoir vu juste.

Une tombe au bord d'une plage isolée avec un corps en décomposition… On pouvait imaginer à cela plusieurs explications. Toutes impliquaient une mort qui n'était pas naturelle et un cadavre dissimulé.

Extérieurement, Emma semblait calme. Des cadavres, elle en avait vu comme moi des dizaines, pour ne pas dire des centaines. Corps calcinés, têtes coupées, bébés momifiés, membres enveloppés dans des sacs en plastique. Ce n'est jamais facile. Je me suis demandé si chez elle l'adrénaline se déversait comme chez moi, c'est-à-dire par giclées.

— C'est un de tes étudiants, ce type ?

Sa question m'a arrachée à mes pensées. J'ai suivi son regard.

Homer Winborne. Profitant que Topher avait le dos tourné, cette ordure prenait des photos du site à l'aide d'un petit appareil numérique.

— Le salaud !

— Je prends ta réaction pour un non.

— C'est un journaliste.

— Il ne devrait pas prendre des photos.

— Il ne devrait pas se trouver là, pour commencer.

Bondissant hors du kart, je me suis précipitée sur lui.

— Qu'est-ce que vous faites, bordel ?

Les étudiants se sont figés.

— J'ai raté le traversier, a répliqué Winborne en baissant l'épaule en même temps qu'il cachait sa main droite dans son dos.

— Votre Nikon, tout de suite.

Mon ton était coupant comme un rasoir.

— Vous n'êtes pas habilitée à confisquer un objet m'appartenant.

— Magnez-vous le cul loin d'ici tout de suite ou j'appelle le shérif, qui se chargera de vous fournir un transport gratuit.

— Docteur Brennan…, s'est interposée Emma en arrivant à notre hauteur.

En apercevant l'inscription sur son t-shirt, Winborne a plissé les yeux.

— Ce monsieur pourrait peut-être s'écarter et regarder de loin, a suggéré le coroner d'une voix conciliante.

J'ai dévié le regard sur elle, incapable de trouver une réponse adéquate à lui faire tellement j'étais en furie. « Il n'en est pas question » manquait de panache, « Et puis quoi encore ? » d'originalité.

D'un signe de tête à peine perceptible, Emma m'a signifié de ne pas céder à la colère. Winborne avait raison, naturellement. Je n'étais pas autorisée à me saisir d'un bien qui lui appartenait. Pas plus que je ne l'étais à lui donner des ordres. Avec les journalistes, mieux vaut toujours calmer le jeu, ne pas s'en faire des ennemis. Sur ce point-là, Emma avait raison.

Peut-être aussi pensait-elle aux prochaines élections au poste de coroner du comté ? Allez savoir !

— Qu'il regarde d'où il voudra mais pas d'ici.

Réplique qui ne valait pas mieux que celles rejetées auparavant.

— À la condition que vous nous remettiez votre appareil photo. Pour plus de sécurité, a précisé Emma en tendant la main.

Winborne y a déposé son Nikon, accompagnant son geste d'un sourire satisfait à mon adresse. Je n'ai pu me retenir de marmonner que tout ça, c'était du baratin.

— À quelle distance souhaitez-vous que M. Winborne se tienne ?

— Que diriez-vous du continent ?

Comme l'avenir devait le démontrer, la présence ou l'absence de Winborne ne faisait guère de différence, car, dans les heures suivantes, je franchirais une étape au-delà de laquelle mon travail sur ce chantier de fouilles, mes projets d'été et mes opinions sur la nature humaine seraient totalement bouleversés.

Chapitre 3

À l'aide de bêches à long manche, Topher et un autre étudiant du nom de Joe Horne ont entrepris de découper des tranches dans le carré de trois mètres de côté. À quinze centimètres de la surface, une décoloration est apparue.

Les experts sont entrés en action.

Tout d'abord, Emma a photographié et filmé les lieux en vidéo. Puis, à nous deux, nous avons retiré la terre autour de la tache à la truelle et Topher l'a passée au tamis. C'est vrai qu'il était un peu fantasque, mais, pour le tamisage, il était champion. Tout au long de l'après-midi, les autres étudiants sont venus constater l'avancement des travaux, mais leur zèle d'enquêteurs en herbe allait décroissant à mesure que le nombre de mouches augmentait.

Sur le coup de quatre heures, nous avions exhumé un corps dont les ossements étaient grosso modo en connexion anatomique : un torse, plusieurs os appartenant aux membres, un crâne et une mandibule, le tout empaqueté dans des restes de tissu décomposé et surmonté par des mèches de cheveux blond pâle.

Emma avait tenté à plusieurs reprises de contacter par radio le shérif du comté de Charleston. Chaque fois, elle s'était entendu répondre que Junius Gullet était sur une affaire de violence conjugale.

31

Winborne nous filait le train comme un chien de chasse épiant un lièvre. La chaleur et l'odeur empirant, il ressemblait maintenant à une grosse flaque sur le trottoir.

À cinq heures, les étudiants se sont entassés dans les karts pour aller prendre le traversier. Topher s'était porté volontaire pour creuser aussi longtemps qu'il le faudrait. C'est donc en sa compagnie et celle d'Emma que j'ai continué à chasser les calliphores en suant à grosses gouttes.

Je n'ai pas vu partir Winborne. À un moment, pendant que nous enfermions les derniers os dans la housse à cadavre, j'ai relevé les yeux : il n'était plus là.

Je me suis dit qu'il s'était tiré pour retrouver son rédacteur en chef et son clavier d'ordi. Emma n'a pas eu l'air de s'en faire. Il y avait peu de chances pour que ce cadavre fasse la une des journaux. Le nombre d'homicides perpétrés dans les limites du comté de Charleston ne dépassait pas les vingt-six par an pour une population de trois cent mille habitants susceptibles d'y être pour quelque chose. De plus, a-t-elle souligné, nous avions pris garde de ne nous parler qu'à voix basse pendant l'exhumation et de ne pas crier hourrah quand nous tombions sur quelque chose d'intéressant. Winborne ne disposait donc d'aucune information risquant de compromettre le bon déroulement de l'enquête. Et quand bien même les médias se saisiraient de l'affaire... ça pouvait être un plus : inciter les gens à signaler la disparition d'un individu et, finalement, faciliter l'identification du cadavre. Je n'étais pas convaincue, mais j'ai gardé mon opinion pour moi. Ce bout de terrain, c'est Emma qui en avait la charge.

Notre première vraie conversation, nous l'avons tenue sur le chemin du port. Le soleil bas qui filtrait à travers les arbres projetait sur le sol des rayures cramoisies. L'air iodé était imprégné du parfum des pins et des marais. Hélas, des relents pestilentiels nous parvenaient par bouffées de la housse que nous avions

32

pourtant pris soin de placer sur le siège arrière, et cela malgré le déplacement du véhicule. Mais, finalement, peut-être était-ce de nous-mêmes que ces miasmes émanaient.

Une bonne douche et un shampooing, voilà ce dont j'avais besoin. Et mes vêtements, je les jetterais au feu.

— Tes premières impressions ? a demandé Emma.

— Les os sont en bon état, mais la décomposition des tissus mous est plus avancée que je ne l'imaginais au début, en découvrant les premières vertèbres. En gros, il ne reste que quelques ligaments et un peu de tissu musculaire au creux des articulations. La puanteur vient surtout des vêtements.

— La victime était nue, et son corps enveloppé dans ses vêtements, c'est ça ?

— Ouais.

— Le temps écoulé depuis la mort, à ton avis ?

— Impossible à dire sans avoir étudié les inclusions d'insectes.

— Je ferai appel à un entomologiste. Mais en gros ?

J'ai levé les épaules en signe d'ignorance.

— Entre deux et cinq ans, je dirais. Compte tenu du climat et de la profondeur à laquelle le corps était enfoui.

— En tout cas, on a récupéré pas mal de dents, s'est félicitée Emma en pensant déjà à l'identification.

— Tu parles ! Dix-huit dans les alvéoles, huit dans la terre et trois dans le tamis.

— Et on a aussi des cheveux.

— Oui.

— Des cheveux longs.

— Sans intérêt pour déterminer le sexe, si c'est à ça que tu penses. Prends Tom Wolfe, Willie Nelson.

— Fabio.

Pas mal vu. Je l'adore, cette femme.

Je lui ai demandé où elle comptait emporter les restes.

— À la morgue de la MUSC. (L'école de médecine de Caroline du Sud.) C'est là qu'on conserve tout ce qui relève de ma juridiction. Ce sont les pathologistes du centre hospitalier universitaire qui pratiquent les autopsies pour nous. Mon anthropologue judiciaire et mon dentiste y enseignent aussi. Dans le cas présent, j'imagine que je n'aurai pas besoin de faire appel à un pathologiste.

— Non, le cerveau et les organes ont disparu depuis longtemps. Tu devras te contenter de l'autopsie du squelette. Tu vas avoir besoin de Jaffer.

— Il est en Irak.

— Il sera rentré le mois prochain.

— Je ne peux pas attendre aussi longtemps.

— Moi, je suis coincée avec ce stage d'archéo.

— Il ne se termine pas demain ?

— Si, mais je dois rapporter l'équipement à l'UNCC, pondre mon rapport et noter le travail des étudiants…

Elle n'a pas réagi.

— Et puis, j'ai peut-être des cas qui m'attendent à Charlotte… Ou à Montréal, ai-je ajouté avec plus de force comme elle continuait à se taire.

Nous avons roulé un moment dans un silence troublé seulement par le cri des rainettes et le ronron du moteur. Au bout d'un moment, Emma a repris la parole, mais d'une voix changée, plus douce, avec une tranquille insistance.

— Il y a forcément quelqu'un qui pleure la disparition de ce type.

La vision de la tombe solitaire que nous venions de découvrir s'est imposée à moi et un souvenir remontant à des années m'est revenu à l'esprit : Emma se pointant à ma conférence avec son cadavre litigieux dans un baquet. J'ai cessé de me trouver des excuses pour rester en dehors de l'histoire.

Nous n'avons recommencé à parler qu'au moment d'embarquer et de larguer les amarres, pour nous taire à nouveau dès qu'Emma a mis les gaz, une fois franchie la zone de non-turbulence. Nos paroles se perdaient dans le vent, le bruit du moteur et les gifles de l'eau sur la proue du bateau.

J'avais laissé ma voiture au port de l'île aux Palmiers, cette bande de terre hérissée d'immeubles située entre l'île de Sullivan et de celle de Dewees. Le fourgon de la morgue s'y trouvait également. Le transbordement de notre triste cargaison n'a pris que quelques minutes.

— Je t'appelle, m'a dit Emma juste avant de repartir sur le bras de mer qui sépare l'île du continent.

Ces deux mots et rien d'autre. Je n'ai pas discuté. J'étais crevée et de mauvaise humeur parce que j'avais faim. Je n'avais qu'une envie en trois points : rentrer à la maison, prendre une douche et avaler tout cru le potage à la crevette et au crabe qui m'attendait dans le réfrigérateur.

En marchant le long du quai vers ma voiture, j'ai aperçu Topher Burgess qui descendait du traversier. L'iPod aux oreilles, il avait l'air de ne pas m'avoir remarquée. Je l'ai suivi des yeux jusqu'à sa jeep.

Drôle d'enfant, quand même. Intelligent, certes, mais loin d'être brillant. Accepté par les autres, et pourtant toujours dans son coin.

Comme moi à son âge.

Assise dans ma Mazda, j'ai sorti mon cellulaire et vérifié à la lumière du plafonnier que je captais le réseau. Quatre barres sur l'écran.

Trois messages. Demandeurs inconnus. Il était maintenant vingt heures quarante-cinq.

Déçue, j'ai remis l'appareil dans mon sac et quitté le stationnement. Ayant traversé l'île, j'ai tourné dans Palm Boulevard. Circulation fluide. Encore deux semaines de bon. Après, les routes seraient bouchées par des milliers de voitures, comme les collecteurs d'eaux pluviales par les dépôts.

J'habitais une villa en bord de mer, un refuge de cinq chambres à coucher et six salles de bains, prêté par une amie. Quand il s'était agi pour elle de quitter l'île de Sullivan pour un endroit correspondant mieux à son nouveau statut social, Anne n'avait pas lésiné sur les mètres carrés. Sa nouvelle demeure aurait pu accueillir la Coupe du monde de soccer.

Après deux tournants dans des rues adjacentes me rapprochant de la plage, j'ai suivi Ocean Boulevard et me suis engagée dans la contre-allée pour me garer sous la maison. De l'autre côté, aucun vis-à-vis pour me barrer la vue.

Les fenêtres étaient noires. Je n'avais pas prévu de rentrer à la nuit tombée. Sans prendre le temps d'allumer la lumière, j'ai filé droit vers la douche extérieure. Après vingt minutes passées sous l'eau chaude à faire mousser sur mon corps menthe et romarin, j'étais raisonnablement requinquée.

Mes vêtements, fourrés dans un sac en plastique, ont pris la direction de la poubelle. Pas question de bousiller la Maytag d'Annie en voulant les décrasser.

Dissimulant ma nudité sous une serviette, je suis rentrée dans la maison par l'arrière et je suis montée dans ma chambre. Slip, t-shirt et cheveux bien brossés. Sublime.

Vérification de mes messages pendant que ma soupe chauffait. Néant. Où était donc passé Ryan ?

Lestée de mon cellulaire et de mon plateau, je suis sortie dans la véranda. Avachie dans une berceuse, j'ai admiré la vue.

Anne a baptisé sa maison *La Mer sur des kilomètres*, et ce n'est pas du bluff. L'horizon s'étire de La Havane à Halifax.

Il y a un truc avec l'océan : une minute plus tôt, j'étais en train de manger et, maintenant, voilà que la sonnerie de mon cellulaire me réveillait en sursaut devant un bol et une assiette vides ! Et je ne me souvenais même pas d'avoir seulement fermé les yeux.

— Yo.

Ce n'était pas la voix que j'espérais entendre.

En dehors des étudiants membres d'une fraternité, il n'y a que mon ex-mari pour s'acharner à dire « yo ».

J'ai répondu «Ouais!», trop fatiguée pour trouver une réplique intelligente.

— Ça va, le chantier?

Je me suis représenté les os à présent déposés à la morgue de la MUSC et j'ai revu le visage d'Emma au moment de quitter le dock. Je n'ai pas eu envie d'entrer dans les détails.

— Normal.

— Tu termines demain?

— J'ai des trucs à régler qui pourraient prendre plus de temps que prévu. Birdie va bien?

— Ton chat passe vingt-quatre heures sur vingt-quatre à surveiller mon chien. Il considère que Boyd lui a été envoyé par les puissances des ténèbres pour lui gâcher la vie, et Boyd est persuadé que Birdie est une peluche montée sur ressorts.

— Lequel des deux est le mâle alpha?

— Birdie, sans l'ombre d'un doute. Tu rentres bientôt à Charlotte?

— Je ne sais pas encore. Pourquoi?

Du côté de Pete, un ton trop insouciant pour être honnête. Du mien, une méfiance marquée.

— Hier, au bureau, j'ai reçu la visite d'un monsieur qui a des problèmes financiers avec Aubrey Herron, le télévangéliste. Apparemment, sa fille aurait été embrigadée dans le groupe de ce cher révérend.

Aubrey Herron est à la tête d'une congrégation qui sévit dans tout le sud-est du pays et a pour nom l'Église de la miséricorde divine. En plus des locaux où est installé son siège, elle possède un studio de télévision et finance des cliniques à l'intention des démunis en Caroline du Nord et du Sud ainsi qu'en Géorgie. Elle supervise également plusieurs orphelinats dans divers pays du tiers-monde. Les adhérents compensent la petitesse de leur effectif par un militantisme acharné.

— «Éternelle est la Miséricorde Divine», ai-je cité, reprenant le slogan par lequel le révérend conclut toujours ses émissions.

— « Empochons des Millions de Dollars », m'a corrigée Pete, grand amateur des dictons populaires.

— Et le problème de ton client était… ?

— Il n'a reçu aucun rapport financier de la part de cette institution qu'il a pourtant subventionnée. Sa fille a coupé les ponts avec lui et le révérend Herron ne montre aucun empressement à répondre à l'une ou l'autre de ces questions.

— Le papa ne pourrait pas engager un détective privé ?

— Il l'a fait. Le gars a disparu à son tour.

— Le Triangle des Bermudes ?

— Les petits hommes verts.

— Tu es avocat, Pete. Pas espion.

— Il y a de l'argent en jeu.

— Je t'en prie.

Il n'a pas réagi.

— Le papa est vraiment inquiet ?

— Il frise la folie, tu veux dire.

— Il a peur pour son fric ou pour sa fille ?

— Question perspicace. En réalité, Flynn m'a engagé pour étudier les comptes de l'Église de la miséricorde divine. Il veut que je leur mette la pression. Si, en leur foutant la trouille, je découvre des choses sur sa fille, ce sera toujours ça de gagné. J'ai proposé de rendre visite au révérend.

— Pour lui faire passer le goût des sermons ?

— Tu connais ma sagacité en matière de droit.

J'ai réalisé brusquement où Pete voulait en venir.

— Tu téléphones parce que l'EMD a son siège à Charleston ?

— J'ai appelé Anne. Elle m'a proposé d'habiter la villa. Si tu n'as rien contre, bien sûr.

Mon soupir aurait fait la fierté d'Homer Winborne s'il l'avait poussé lui-même.

— À partir de quand ?

— Dimanche, si c'est possible.

— Si tu y tiens, me suis-je entendue dire alors que j'avais des millions de raisons contre cette proposition.

Une sonnerie m'a indiqué un double appel. Le numéro tant attendu s'est affiché en rouge sur le cadran de mon cellulaire.

— Faut que je te quitte, Pete.

J'ai pris la communication. Montréal.

— Il n'est pas trop tard ?

— Il n'est jamais trop tard, ai-je répliqué en souriant — mon premier sourire depuis la découverte du corps.

— Pas trop seule ?

— J'ai laissé mon numéro sur le mur des chiottes pour hommes du resto d'à côté.

— J'adore ça quand tu deviens sentimentale parce que je te manque trop.

Andrew Ryan est détective à la Sûreté du Québec, section des Crimes contre la personne ; moi, anthropologue auprès du Laboratoire de sciences judiciaires et de médecine légale du Québec. Vous voyez le tableau : plus de dix ans que nous travaillons ensemble sur des homicides.

Et, depuis quelque temps, sur des choses plus personnelles. Dont l'une, justement, réagissait déjà au son de sa voix.

— Bonne journée sur ton chantier ?

Re-soupir. Lui faire part de ma découverte ? Attendre ? Mon hésitation ne lui a pas échappé.

— Quoi ?

— On est tombé sur un cadavre. Un squelette en connexion anatomique et présentant des restes de tissus mous. Avec ses vêtements à côté.

— Récent, le cadavre ?

— Oui. J'ai appelé le coroner. On a exhumé le corps à nous deux. Il est à la morgue, maintenant.

Si Ryan est charmant, attentionné et drôle, il peut aussi être ennuyeux comme la pluie. Par conséquent, je savais déjà ce qu'il allait me dire avant même que les mots ne sortent de ses lèvres.

— Comment tu fais pour te retrouver toujours dans le pétrin, Brennan ?

— Mes CV sont hyper bien rédigés.

— On requiert tes compétences ?

— J'ai mes étudiants, je ne peux pas les laisser tomber.

Une bouffée de vent a agité les palmiers. Là-bas, au pied de la dune, les vagues martelaient le sable.

— Ça va, je sais déjà que tu vas t'en occuper.

Je n'ai répondu ni par oui ni par non. Je me suis contentée de lui demander comment allait sa fille, Lily.

— Aujourd'hui, match de deuxième division. Un petit score de trois portes claquées. Sans verre brisé ni bois cassé. J'en conclus que la visite se passe bien.

Lily est un élément nouvellement apparu dans la vie de Ryan. Et vice versa. Pendant près de vingt ans, le père et la fille n'ont rien su l'un de l'autre. Et, un beau jour, le contact s'est établi par le truchement de la mère, Lutetia.

Enceinte à l'âge de dix-neuf ans, celle-ci était retournée dans sa famille aux Bahamas sans prévenir Ryan des conséquences biologiques du week-end passé avec lui. À l'époque, Ryan était en pleine révolution personnelle. Ayant abandonné les bancs d'école, il faisait feu de tout bois sous prétexte de goûter à la contre-culture. Dans les îles, Lutetia s'était mariée. Divorcée quand Lily avait douze ans, elle était revenue en Nouvelle-Écosse avec sa fille. Mais, à la fin de ses études secondaires, Lily avait mal tourné. Sorties tardives, fréquentations douteuses, arrestation pour possession de drogue. Lutetia connaissait la chanson, étant elle-même passée par là. Quand elle avait appris que son amant d'antan était devenu flic, elle avait considéré qu'il était aussi de son devoir à lui de sauver leur fille désormais adulte.

Si la nouvelle qu'il était père avait eu sur Ryan l'effet d'un uppercut au plexus, il ne s'était pas défilé pour autant, au contraire. Il se donnait du mal pour assumer sa paternité, et son voyage actuel en Nouvelle-Écosse était la meilleure preuve de sa bonne volonté, puisqu'il l'accomplissait dans l'espoir de pénétrer le monde de sa fille. Mais Lily ne lui facilitait pas la tâche. Il n'y avait qu'un seul remède, la patience. Et je le lui ai dit.

— Message reçu, ô sage d'entre les sages ! a ironisé Ryan, sachant pertinemment qu'il m'arrive aussi d'avoir des prises de bec avec ma fille, Katy.

— Tu comptes rester longtemps à Halifax ?

— Ça dépendra. Je n'ai pas perdu tout espoir de te retrouver dans le Sud, si tu dois y rester un bout de temps.

Oh, boy.

— Ça risque d'être difficile. Pete vient de m'appeler à l'instant. Il doit venir ici un jour ou deux.

Ryan a attendu que je poursuive.

— Il a une affaire à régler à Charleston et Anne lui a proposé d'habiter ici. Qu'est-ce que je pouvais dire ? C'est sa maison et il y a assez de lits pour coucher le Sacré Collège au grand complet.

— Assez de lits ou de chambres ?

Par moments, chez Ryan, le mot tact rime avec boulet de canon.

— Tu me rappelles demain ? lui ai-je dit pour clore le sujet.

— Tu effaceras ton numéro du mur des chiottes pour hommes ?

— À ton avis ?

Ces conversations avec Pete et Ryan me laissaient les nerfs à fleur de peau. Peut-être aussi que cette petite sieste impromptue avait chassé mon envie de dormir.

Comprenant que je ne trouverais pas le sommeil, j'ai enfilé un short et emprunté le chemin en caillebotis qui mène à la mer, à travers les dunes. C'était à marée basse. Entre les dunes et la ligne où venaient mourir les vagues, cinquante mètres de plage me tendaient les bras. Des millions d'étoiles clignotaient au-dessus de ma tête. Tout en marchant dans l'eau, j'ai laissé vagabonder mes pensées.

Pete, mon premier amour. Le seul pendant plus de vingt ans.

Ryan, le premier type sur qui j'avais parié après la trahison de Pete.

Katy, ma fille merveilleuse et insouciante, bientôt diplômée de l'université.

La triste sépulture découverte aujourd'hui.

Cette pensée-là, je m'y suis attardée. Les morts violentes constituent la base de mon travail. J'ai beau en voir presque quotidiennement, je ne m'y habitue pas. Avec le temps, j'en suis venue à considérer la violence comme la façon qu'ont les gens agressifs d'exercer systématiquement leur pouvoir sur plus faible qu'eux. Habitude qui se répète jusqu'à devenir une manie. Mes amis me demandent comment je peux faire ce travail. C'est simple : je veux détruire ces fous avant qu'ils ne détruisent d'autres innocents.

La violence n'est pas seulement une agression physique, c'est également une agression de l'âme, et elle affecte celle du prédateur autant que celle de sa proie. Elle affecte l'âme des personnes endeuillées, l'âme collective de toute l'humanité. Elle nous diminue tous.

Mourir dans l'anonymat équivaut selon moi à subir une ultime insulte dans sa dignité d'être humain. Cela signifie passer l'éternité sous une plaque portant le nom Inconnu. Cela veut dire : être enseveli dans une fosse anonyme sans qu'il soit fait état de votre nom ; sans que ceux qui s'inquiètent de vous ne sachent ce que vous êtes devenu. C'est une offense. Si, pour ma part, je n'ai pas le pouvoir de rendre la vie à une victime, j'ai celui de lui rendre son nom. De donner à ceux qui restent la possibilité, toute relative, de faire leur deuil. En ce sens, j'aide les morts à s'exprimer, à prononcer leur dernier adieu.

Parfois même, je contribue à révéler au grand jour ce qui leur a ôté la vie.

De toutes ces réflexions, il m'est apparu sans peine que je ferais ce qu'Emma attendait de moi. Parce que je suis comme je suis ; parce que c'est ainsi que je ressens les choses.

Non, je ne me défilerais pas.

Chapitre 4

Étendue dans mon lit, j'ai regardé l'aube poindre par la baie coulissante et un jour nouveau colorer l'océan, les dunes et la terrasse. J'avais oublié de baisser les stores.

Refermant les yeux, j'ai pensé à Ryan. Sa phrase sur les chiottes, prévisible, était censée alléger l'atmosphère. Mais comment aurait-il réagi s'il avait été là ? S'il avait vu le cadavre ? Quand même, je n'aurais pas dû m'énerver. Surtout qu'il me manquait. Un mois déjà que je ne l'avais pas vu.

J'ai pensé à Pete, Pete le séducteur, le charmeur, le traître adultère. Cent fois je m'étais dit et redit que je lui avais pardonné. Mais, alors, comment expliquer que je ne demande pas le divorce, que je ne reprenne pas ma liberté ?

D'accord, il y avait les avocats et la paperasse. Mais était-ce bien la raison ?

M'étant retournée sur le côté, j'ai remonté la couette sous mon menton et pensé à Emma.

Elle allait m'appeler pour me demander d'autopsier ce cadavre. Quelle réponse lui donnerais-je ?

Je n'avais aucune raison de refuser. D'accord, Charleston n'était pas mon terrain d'action habituel, mais Dan Jaffer ne serait pas rentré avant plusieurs semaines. Côté logement, Anne me laissait sa *Mer sur des kilomètres* aussi longtemps que je le souhaitais et Ryan avait parlé de venir m'y rejoindre après son séjour en Nouvelle-Écosse.

Ma fille serait encore quatre semaines au Chili pour un stage intensif d'espagnol — « Cervantes y Cerveza ». Littérature et bière à volonté ! Peu importe, ça viendrait clore le baccalauréat ès arts qu'elle aurait mis six ans à boucler. Eh oui !

Retour à Emma. Emma et cet inconnu de l'île qui était au cœur du problème.

À vrai dire, mes étudiants n'avaient pas besoin de moi pour rapporter à l'université l'équipement utilisé pendant le stage. Et, moi, je pouvais très bien les noter ici et envoyer mes attestations par courriel. Idem pour le rapport de fouilles destiné aux services d'archéologie de Caroline du Sud.

Mon labo de Montréal ? Un coup de téléphone m'apprendrait s'ils avaient besoin de moi.

Que faire, donc ?

Facile : prendre mon petit-déjeuner. Un café et un bagel.

Je me suis levée.

Toilette rapide et queue de cheval. En deux temps, trois mouvements, j'étais prête.

C'est probablement ça qui m'a poussée à choisir la carrière d'archéologue : on n'a pas besoin de se maquiller pour aller au bureau ; on n'a pas à passer des heures devant sa glace à s'inonder de gel coiffant. Tous les jours, c'est vendredi, journée relax par excellence. Et encore plus relax que ça.

Je me suis chargée de faire griller le pain, tandis que Mr. Coffee brassait le liquide. À présent, le soleil était levé et la chaleur grimpait.

Je suis une droguée de l'info. C'est quelque chose dont je ne peux pas me passer. Quand je suis chez moi, ma journée commence invariablement par CNN et un journal — *The Observer* à Charlotte, *The Gazette* à Montréal. Plus l'édition téléchargée du *New York Times*.

Quand je suis en voyage, je me rabats sur *USA Today* et la presse locale. J'avale même les tabloïds, quand je suis en manque.

Comme à *La Mer sur des kilomètres* le journal n'était pas livré, j'ai grignoté mon bagel en épluchant le *Post & Courier* de jeudi que j'avais seulement survolé.

Une famille tout entière avait trouvé la mort dans l'incendie de son appartement. À l'origine du désastre, un court-circuit électrique.

Un homme attaquait un fast-food en justice pour avoir découvert une oreille dans sa salade de chou. D'après la police et les organismes sanitaires, aucun des employés de la chaîne de production de ladite salade n'avait à déplorer la perte d'une oreille. La justice avait réclamé des tests d'ADN.

Un certain Jimmie Ray Teal n'avait pas été revu depuis le lundi 8 mai, à trois heures de l'après-midi, quand il avait quitté l'appartement de son frère dans Jackson Street pour se rendre chez le médecin. Un appel à témoins était lancé.

Mes cellules grises ont hissé le drapeau. Le cadavre de Dewees ?

Impossible. Onze jours plus tôt, Teal respirait encore, alors que l'inconnu enfermé dans la housse à cadavre ne s'était pas empli les poumons d'oxygène depuis deux ans au moins.

J'en étais arrivée à la section hebdomadaire consacrée aux nouvelles des différents quartiers quand mon cellulaire a retenti. Numéro connu. Le spectacle allait commencer.

En habituée des combats de rue, Emma est allée droit au but.

— Tu veux qu'*ils* gagnent ?

Mot pour mot, le discours que je m'étais tenu pendant que je marchais le long de la plage.

Ma réponse s'est réduite à un seul mot : « Quand ? »

— Demain matin, neuf heures.

— Où ?

J'ai noté l'adresse.

À dix mètres du bord, deux marsouins bondissaient dans les vagues. Dans le soleil du matin, leurs dos bleu-gris scintillaient d'un éclat de porcelaine. Je les ai regardés pointer le nez et disparaître dans un monde qui m'était inconnu. J'ai terminé mon café en me demandant dans quel monde inconnu j'étais sur le point de plonger moi-même.

Le reste de la journée s'est déroulé sans incident notoire.

Sur le chantier de fouilles, j'ai commencé par expliquer aux étudiants comment les choses s'étaient passées la veille, après leur départ, puis je leur ai ordonné de remblayer les tranchées pendant que je prendrais mes dernières photos et noterais d'ultimes observations. Après quoi, tous ensemble, nous avons nettoyé les outils — pelles, truelles, pinceaux et tamis — et rapporté les karts au débarcadère. À six heures, l'*Aggie Gray* nous ramenait sur le continent.

Ce soir-là, l'équipe au grand complet s'est retrouvée au Boat House de Breach Inlet autour de grands plats d'huîtres et de crevettes. Ensuite, la véranda de *La Mer sur des kilomètres* nous a tous accueillis pour une ultime séance de travail. Après avoir débattu de ce qu'ils avaient appris pendant le stage, les étudiants ont vérifié une dernière fois que tous les objets et ossements découverts avaient été répertoriés. Sur le coup de neuf heures du soir, ils ont réparti l'équipement dans leurs différents véhicules et pris la route sur un dernier au revoir.

Aussitôt, le cafard qui survient toujours à la fin d'un travail en équipe a pointé le bout de son nez. Bien sûr que j'étais soulagée de les voir partir, car qu'est-ce qu'ils pouvaient m'exaspérer avec leurs bavardages, leurs pitreries et leur inattention ! J'allais enfin pouvoir me consacrer au squelette en toute liberté d'esprit. Pourtant, leur jeunesse formidable me manquait déjà. Ils avaient de l'énergie à revendre et un enthousiasme éclatant. Leur absence me laissait au cœur un sentiment de vide.

Je suis restée dehors encore un moment, enveloppée dans le silence de cette maison à un million de dollars. Bizarrement, le calme alentour me paraissait sinistre, pas du tout apaisant.

J'ai fait le tour des pièces pour éteindre les lumières et suis montée dans ma chambre. Là, j'ai ouvert tout grand la baie vitrée pour laisser entrer le bruit des vagues sur le sable.

À huit heures et demie, le lendemain matin, je m'engageais sur les montagnes russes du pont qui enjambe la Cooper et relie le chapelet d'îles et Mount Pleasant à la ville de Charleston proprement dite. Cet ouvrage postmoderne, dont le tablier excessivement pentu repose sur des montants colossaux, me fait toujours penser à un tricératops d'acier revu et corrigé par un impressionniste. Il s'élève si haut que, chaque fois qu'elle l'emprunte, Anne a les doigts tout blancs aux jointures, tellement elle se crispe sur son volant.

L'université se trouve dans la partie nord-ouest de la Péninsule, à mi-chemin entre la citadelle et la vieille ville. La nuque chauffée par le soleil, j'ai suivi la route 17 jusqu'à l'avenue Rutledge, puis serpenté à travers le campus jusqu'à l'aire de stationnement mentionnée par Emma.

Là, après la rue Sabin, j'ai tourné en direction d'un bâtiment en brique appelé simplement : Hôpital principal. Ayant repéré l'entrée de la morgue grâce aux indications d'Emma, j'ai grimpé à pied la rampe y conduisant et appuyé sur la sonnette placée à côté d'un haut-parleur rectangulaire. Quelques secondes plus tard, un moteur a ronronné et l'un des deux battants du portail métallique peint en gris s'est ouvert.

Emma avait une mine épouvantable, le teint blafard et des poches sous les yeux de la taille d'une valise de week-end. Je ne parle même pas de ses vêtements froissés.

Elle m'a accueillie avec un *Hey* tranquille, comme si de rien n'était.

J'y ai répondu par un *Hey* identique.

Je sais, ça peut paraître bizarre, mais c'est comme ça qu'on se salue chez nous, dans le Sud.

— Ça va bien ? lui ai-je demandé en prenant sa main dans la mienne.

— Une migraine de cheval.

— On n'est pas à la course, tu sais, puisque j'ai décidé de rester.

— Je me sens mieux maintenant, a-t-elle dit tout en appuyant sur un bouton.

Le portail s'est refermé.

— On peut remettre ça à plus tard, quand tu iras mieux.

— Je vais très bien, je t'assure !

Son ton, gentil mais ferme, ne laissait pas place à la discussion.

Elle m'a fait grimper une autre rampe en béton. Sur le palier, deux portes anti-incendie en acier et une troisième, normale. Les premières devaient mener aux chambres froides, l'autre donner accès à des parties plus animées de l'hôpital : urgences, obstétrique, cardio, réanimation. Là, les employés travaillaient sur du vivant. Nous, nous étions la face cachée de la médaille : notre matériau, c'était la mort.

— On est là, a déclaré Emma en indiquant du menton l'une des deux portes métalliques.

Nous nous y sommes dirigées. Emma a tiré la poignée vers elle. Un air glacé, parfumé à la chair putréfiée, a déferlé sur nous.

La salle mesurait environ cinq mètres sur six. Y étaient rangées une douzaine de civières à plateaux amovibles. La moitié d'entre elles supportaient une housse à cadavre plus ou moins renflée.

Emma s'est emparée d'une civière sur laquelle reposait une housse piteusement plate. Ayant débloqué le frein de la pointe de son pied, elle l'a poussée dans le couloir pendant que je lui tenais la porte ouverte.

Un ascenseur nous a transportées à un étage supérieur. Salles d'autopsie. Vestiaire. Portes menant à des endroits que j'aurais été bien en peine de nommer. Emma parlait peu. J'ai évité de la bombarder de questions.

— À toi de jouer, aujourd'hui, puisque tu es l'anthropologue, a-t-elle déclaré pendant que nous passions des tenues de chirurgien. Je te servirai d'assistante, tu me donneras tes ordres.

Elle entrerait plus tard le résultat de mes analyses dans le registre général des cas, en même temps que ceux des autres experts. Elle ne rendrait ses conclusions qu'une fois tous les renseignements en main.

Dans la salle d'autopsie, elle a commencé par s'assurer que nous avions bien l'ensemble des documents se rapportant à l'affaire. Ayant inscrit son numéro sur une carte d'identification, elle a pris des photos de la housse avant l'ouverture. J'en ai profité pour allumer mon ordinateur portable et accrocher des feuilles de rapport à ma planchette écritoire. Pour les codes, je me conformerais au système en vigueur ici.

— Numéro du cas ?

— Je lui ai attribué le code 02 : indéterminé, a expliqué Emma. Et d'ajouter en consultant la carte d'identification : C'est notre deux cent soixante-dix-septième cas cette année.

J'ai donc reporté le code CCC-2006020277 sur ma feuille.

Emma a étalé un drap sur la table d'autopsie et placé un tamis au-dessus de l'évier. Ces préparatifs achevés, nous avons passé des tabliers qui s'attachaient à la taille et au cou, abaissé les masques sur nos bouches et enfilé des gants. Alors seulement, Emma a ouvert le comptoir.

Les cheveux avaient été rangés dans un petit récipient en plastique, les dents récupérées dans la terre dans un autre. Je les ai tous alignés sur le comptoir.

Le squelette était tel que j'en avais gardé le souvenir : en gros, intact et ne présentant des restes de tissu mou desséché que sur quelques vertèbres ainsi que sur le tibia et le fémur de la jambe gauche. N'étant plus tenus par les articulations, les os s'étaient mélangés pendant le transport.

Nous avons commencé par en extraire tous les insectes visibles à l'œil nu pour les conserver dans des fioles. Puis nous avons nettoyé soigneusement chaque os de la terre qui y était collée, la gardant elle aussi afin de l'analyser plus tard. Petit à petit, le squelette s'est entièrement reconstitué.

Vers midi, nous en avions terminé avec cette partie fastidieuse du travail. Deux bassines et quatre fioles trônaient sur le comptoir, un squelette complet et en parfaite connexion anatomique reposait sur la table, les os des doigts et des orteils étalés en éventail comme dans les catalogues de fournitures biologiques.

Brève coupure pour un repas rapide à la cafétéria. Emma a pris un grand Coke et un Jell-0 ; moi, des frites et un sandwich se prétendant au thon. À une heure, nous étions de retour dans la salle d'autopsie.

J'ai établi l'inventaire des os en prenant soin de noter à quel côté ils appartenaient, le droit ou le gauche, pendant qu'Emma prenait d'autres photos. Puis elle a quitté la salle en emportant le crâne, la mâchoire et les dents afin de les faire radiographier.

Elle est revenue au moment où je me disais que la victime était sûrement un homme, compte tenu de la taille de ses os et de la grosseur de ses attaches musculaires.

— Prête pour le sexe ? lui ai-je lancé.

— Ah, chéri, si tu savais comme j'ai mal à la tête !

Y a pas à dire, cette femme me plaisait.

Je me suis emparée d'une moitié de pelvis.

— Os pubien volumineux, branche inférieure épaisse, angle sous-pubien évoquant plus un V qu'un U, ai-je déclaré en désignant la face avant.

J'ai retourné l'os et promené mon doigt à l'intérieur d'une cavité située sous la large lame pelvienne.

— Entaille de sciatique étroite.

— Tu penches pour un chromosome Y ?

J'ai hoché la tête.

— Voyons le crâne.

Emma me l'a passé.

— Grandes arêtes frontales, bordure orbitale émoussée.

Il y avait aussi une grosse bosse sur l'arrière, au milieu.

— Quand on se balade avec un occiput aussi protubérant, on devrait y inscrire son code postal.

— Un garçon de bas en haut.

— Ouais.

J'ai inscrit « Masculin » dans mon rapport d'analyses.

— Son âge ? a demandé Emma.

En règle générale, les dernières molaires apparaissent aux alentours de vingt ans, à peu près au moment où le squelette appose un point d'orgue à sa constitution. Le dernier os à cesser de grandir et à effectuer sa fusion est un petit chapeau situé tout au bout de la clavicule, côté gorge. Quand on a à la fois fusion claviculaire et dents de sagesse, on est en droit de penser qu'on a un adulte sous les yeux.

J'ai demandé à Emma si toutes les molaires étaient sorties. Elle a hoché la tête. J'ai pris la clavicule.

— L'épiphyse médiane est fusionnée. Ce n'est plus un enfant.

Au pelvis maintenant. Cette fois encore, la face qui m'intéressait était la ventrale, celle qui, du vivant de cet individu, avait embrassé sa jumelle de l'autre côté. Chez les adultes encore jeunes, ces faces présentent une topographie de vallées et montagnes qui ressemble assez à la région de Shenandoah. Avec l'âge, les hauteurs s'affaissent et les creux se comblent.

— Les symphyses pubiennes ont un aspect lisse avec un renflement sur le pourtour. Voyons voir tes radios.

Emma a allumé le négatoscope et sorti dix rectangles noirs d'une petite enveloppe. Je les ai disposés sur deux rangées, mâchoire du haut et mâchoire du bas, en veillant à poser chaque dent à la place qui lui revenait.

Au cours de la vie, les alvéoles et les canaux des racines se remplissent de dentine secondaire. Plus une dent est vieille, plus elle apparaît opaque sur les radios. Ces quenottes-là me criaient : mi-parcours entre jeunesse et âge moyen. Toutes les molaires avaient encore leurs racines et les couronnes présentaient une usure minime.

— L'état des dents concorde avec ce que disent les os.

— Traduction ?

— Dans les quarante ans. Mais garde en tête que les hommes sont loin d'être tous pareils.

— Tu es bien bonne, a ironisé Emma. La race ?

Retour au crâne.

Déterminer la race, c'est la galère, le plus souvent. En l'occurrence, ça n'a pas été le cas. Vue de profil, la partie inférieure du visage ne révélait aucun signe de prognathisme et les os du nez se rejoignaient en formant un angle aigu. Quant à l'ouverture nasale, elle était resserrée avec un bord inférieur effilé et une pointe osseuse au milieu.

— Nez mince et proéminent, profil facial plat… L'orifice vers l'oreille interne est ovale, ai-je ajouté en éclairant l'ouverture à l'aide d'une lampe de poche. C'est très net.

J'ai relevé la tête. Emma avait les yeux fermés et se frottait les tempes lentement, en petits cercles.

— Je vérifierai sur Fordisc 3.0 dès que j'aurai pris les mesures, mais ce type a tout du Caucasien.

— Blanc, de sexe masculin, âgé d'environ quarante ans.

— Pour plus de sûreté, je dirais entre trente-cinq et cinquante.

— Temps écoulé depuis la mort ?

J'ai désigné les fioles sur le comptoir.

— Ton entomologiste devrait pouvoir te fournir une estimation précise. On a là-dedans pas mal de carapaces vides de pupes, de coléoptères morts et d'autres insectes dont il ne reste que des fragments.

— Les insectes, ça prend un temps fou et j'aimerais bien entrer ce cas dans le NCIC sans perdre de temps.

Elle voulait parler du Centre national d'information sur les crimes. Sous l'égide du FBI, cette base de données informatisée regroupe plusieurs fichiers dont l'un répertorie les casiers judiciaires, l'autre les personnes en fuite, un troisième les biens dérobés, un quatrième les personnes portées disparues, un cinquième les morts non identifiés. Quand on demande une recherche, mieux vaut préciser une tranche de temps réduite si on ne veut pas être noyé sous un raz-de-marée d'informations.

— A priori, je dirais entre deux et cinq ans. Mais, à ta place, je prendrais quand même un intervalle plus grand pour ne pas rater une possibilité. J'inscrirais de un à cinq.

Emma a hoché la tête.

— Si le NCIC ne donne rien, j'éplucherai les dossiers des personnes disparues dans la région.

— Les dents devraient t'aider. Avec tout le métal que ce type avait dans la bouche…

— L'odontologiste établira la charte lundi.

Emma a recommencé à se frotter les tempes. Je voyais bien que ça n'allait pas, même si elle prétendait le contraire.

— Je vais mesurer les os de la jambe pour déterminer sa taille.

Elle a acquiescé d'un geste vague et demandé si j'avais d'autres signes distinctifs à lui communiquer.

J'ai secoué la tête. Je n'avais repéré ni trauma guéri ni anomalie congénitale. Aucun signe particulier.

— Cause du décès ?

— Rien ne me saute aux yeux d'emblée. Pas de fracture, pas d'impact de balle, pas de traces laissées par un instrument pointu. Pour le moment, *nada*. Mais je regarderai les os au microscope quand ils auront été entièrement nettoyés.

— Tu veux des radios du corps entier ?

— Tant qu'à faire…

Je venais de commencer à mesurer un fémur quand le cellulaire d'Emma a sonné. Je l'ai entendue s'éloigner vers le comptoir. Le bruit d'un clapet de téléphone qu'on ouvre m'est parvenu.

Silence. Elle écoutait.

— Je peux supporter ça.

Ton méfiant, suivi d'une pause.

— C'est sérieux ?

Pause plus longue.

— Qu'est-ce qui vient, après ça ?

La tension dans sa voix m'a fait relever les yeux.

Emma me tournait le dos. Toutefois je n'avais pas besoin de voir son visage pour deviner que quelque chose de grave était en train de se passer.

Chapitre 5

Emma a jeté son cellulaire sur le comptoir et s'est immobilisée, les yeux fermés. On voyait qu'elle faisait des efforts pour calmer les coups de tambour qui lui martelaient le crâne.

La migraine, je connais en long, en large et en travers. J'en ai assez bavé pour savoir que la volonté ne change rien à l'affaire. Rien ne calme la douleur qui provient de la dilatation des vaisseaux à l'intérieur du crâne, hormis le temps et le sommeil. Et les médicaments.

Je me suis remise à mes mesures. Plus tôt j'en aurais fini avec l'estimation de la taille, plus tôt Emma pourrait rentrer chez elle et s'écrouler. Quant à l'appel qu'elle venait de recevoir, si elle ne voulait pas m'en parler, libre à elle.

J'ai entendu la porte s'ouvrir puis se refermer.

Abandonnant mon rapport d'ostéométrie, je me suis assise devant mon ordinateur portable. Un instant plus tard, la porte s'est rouverte. Le carrelage a résonné sous des pas. Je venais d'entrer la dernière donnée. À présent, le programme allait commencer les calculs. Derrière moi, Emma a déclaré qu'elle avait examiné les vêtements.

— Pas de ceinture, de chaussures ou de bijou. Rien dans les poches, aucun effet personnel. Le tissu est putréfié et les étiquettes à peine lisibles, mais je dirais que le pantalon est un 38 de taille. À supposer que ce soit le sien, ce type n'était pas un nain.

— Non, il mesurait entre un mètre soixante-dix-sept et un mètre quatre-vingt-quatre.

Je me suis décalée pour lui permettre de voir l'écran. Elle a lu les résultats et s'est dirigée vers la table.

— Qui es-tu, grand Blanc de quarante ans ? a-t-elle murmuré tout en caressant le crâne. Sois gentil, dis-nous ton nom.

Sa voix, aussi tendre que son geste, était d'une telle intimité que j'aurais pu éprouver un sentiment de voyeurisme en la regardant, si je n'avais si bien connu à quoi correspondait son émotion.

De nos jours, grâce aux séries télé — dont certaines sont fort mal documentées, c'est le moins qu'on puisse dire —, le public considère l'ADN comme l'Excalibur de la justice moderne. Hollywood a engendré un mythe selon lequel la double hélice permettrait de résoudre tous les mystères, d'ouvrir toutes les portes, de réparer toutes les erreurs. Vous avez un os ? Pas de problème. Extrayez-en une petite molécule. Dans cinq minutes, vous aurez un miracle !

Malheureusement, ça ne marche pas comme ça quand on a un corps non identifié. M. ou Mme X existe dans le vide, dépouillé de tout ce qui pourrait le relier à la vie. Ce terme de *non identifié* signifie bien que l'on ne dispose d'aucune information sur le défunt, sur son état de santé, sur le lieu où il habitait ou sur sa famille. Pas facile, dans ces circonstances, de mettre la main sur une brosse à dents qui lui aurait appartenu ou sur une vieille gomme à mâcher qu'il aurait mâchonnée.

On n'a rien. Tout ce qu'on a, ce sont les données fournies par le squelette.

Celles qui correspondaient au cas CCC-2006020277 pouvaient désormais être entrées dans le fichier des personnes disparues. Peut-être découvrirait-on par croisement des individus présentant plus ou moins les mêmes caractéristiques que notre victime. Si le nombre de ces gens n'était pas astronomique, Emma pourrait alors réclamer leurs dossiers médicaux et dentaires et contacter des membres de leur famille pour prélever sur eux des échantillons d'ADN.

J'ai baissé le haut de mon gant afin de jeter un coup d'œil à ma montre. Cinq heures moins le quart.

— Huit heures qu'on travaille. Voici ce que je propose : on arrête pour aujourd'hui et tu demandes des radios du corps entier. Lundi, je les regarde et j'examine les os au microscope pendant que ton dentiste établit la charte des dents. Après, tu balances la soupe dans le NCIC.

Emma s'est retournée. À la lumière des néons, son visage ressemblait à de la chair d'autopsie.

— Je me sens guillerette comme une pinsonnette, a-t-elle lâché sur un ton lugubre.

— C'est quoi, une pinsonnette ?

— La femelle du pinson ?

— Toi, tu rentres te coucher !

Elle n'a pas discuté.

Dehors, l'air était lourd et humide. L'heure de pointe battait son plein. Les gaz d'échappement se mélangeaient aux relents d'air salé qui montaient du port. On avait beau n'être qu'en mai, la ville avait déjà son odeur d'été.

Nous avons descendu la rampe côte à côte. Au moment de nous séparer, Emma a marqué une hésitation. J'ai cru qu'elle allait me parler du coup de téléphone. Elle m'a simplement souhaité bon week-end et s'est éloignée d'un pas pesant.

La voiture était une fournaise. J'ai baissé la vitre et enfoncé dans le lecteur un CD de Sam Fisher. *People Living*. Mélancolique à souhait, changeant. Exactement ce qui convenait à mon humeur.

Un orage se préparait. Je m'en suis aperçue en franchissant le pont au-dessus de la Cooper, aux éclairs qui se bousculaient à l'est, pressés de se mettre en position. Je mangerais à la maison. Je ne m'arrêterais qu'un instant chez Simmons's Seafood, le temps d'acheter quelque chose à me mettre sous la dent.

Le magasin était désert. Ce qui restait de la pêche du jour reposait sur de la glace pilée dans des caisses en acier.

À la vue des espadons, toutes les cellules de mon hypothalamus ont dressé la tête.

Aussitôt imitées par les gardiens de ma conscience. *Pêche trop abondante! Déclin des populations! Non-respect des quotas!*

Très bien. D'ailleurs, ne disait-on pas que l'espadon était contaminé au mercure?

Mon regard a dévié sur le mahi-mahi.

Aucune protestation de la part du despote qui siège dans mon cerveau.

Comme d'habitude, j'ai dîné dehors en regardant la nature exécuter son ballet en trois actes. Le programme l'aurait décrit comme suit:

Scène I: la lumière du soleil s'estompe lentement. La nuit chasse le jour. Scène II: des éclairs veinés projettent des étincelles sur un fandango de nuages noirs tirant sur le vert. Scène III: fondu au gris. La pluie martèle les dunes et les palmiers malmenés par le vent.

J'ai dormi comme un bébé…

Pour me réveiller dans une lumière de plein soleil tamisée par les volets.

Et au son d'une tambourinade.

Assise dans mon lit, j'ai essayé de repérer d'où provenaient les coups.

Un ouragan aurait-il arraché un volet pendant la nuit?

Quelqu'un se serait-il introduit dans la maison?

Neuf heures moins vingt, annonçait le réveil.

Le temps de passer une robe de chambre, et je me suis avancée sur la pointe des pieds jusqu'en haut de l'escalier. Trois marches plus bas, je me suis accroupie de façon à voir la porte d'entrée. Une tête et des épaules se dessinaient dans l'œil-de-bœuf en verre dépoli.

La tête a pressé un instant son nez contre la vitre.

Les coups ont repris.

M'épargnant à moi-même la grande scène du III, j'ai remonté l'escalier, toujours en catimini, pour aller jeter un œil par la fenêtre d'une chambre à coucher qui donnait sur le devant de la maison. Comme il fallait s'y attendre, le dernier joujou sur roues de Pete se trouvait nez à nez avec ma Mazda.

Revenue dans ma chambre, j'ai sauté dans les vêtements que je portais la veille et me suis propulsée en bas.

Au moment où j'atteignais la porte, les coups ont cédé la place à des grattements.

Des grattements qui sont devenus frénétiques quand j'ai retiré le verrou de sécurité.

J'ai tourné la poignée.

La porte s'est ouverte à toute volée sur un chow-chow dont le bond s'est terminé sur ma poitrine. Pas facile de garder l'équilibre. Surtout que Boyd entamait déjà une cavalcade autour de mes chevilles et que sa laisse nous ligotait tous les deux.

Rendu nerveux par l'agitation générale, Birdie a jailli des bras de Pete toutes griffes dehors, les oreilles aplaties en position aérodynamique.

Que ce long voyage en voiture l'ait perturbé ou que le bonheur de retrouver la liberté lui fasse perdre la tête, toujours est-il que le chien a coursé le chat de l'entrée jusqu'au fond de la maison, sa laisse valsant derrière lui. Passant par la salle à manger, il est revenu dare-dare dans la cuisine.

— Bonjour, Charleston ! s'est écrié Pete sur le ton de Robin Williams dans *Good Morning, America !*

Et de m'écraser contre son cœur.

Je l'ai repoussé de mes deux mains à plat sur sa poitrine.

— Seigneur, Pete, à quelle heure tu t'es levé ?

— Y a pas d'heure pour les braves, mon petit chou.

— Épargne-moi tes surnoms idiots.

— Oui, mon petit haricot au beurre.

Un bruit de vaisselle cassée a retenti. Intimant à Pete l'ordre de fermer la porte, j'ai foncé à la cuisine. Il m'a emboîté le pas.

Boyd reniflait le contenu d'une jarre à biscuits cassée en mille morceaux sous l'œil circonspect d'un Birdie hors d'atteinte, juché qu'il était en haut du réfrigérateur.

— Ce sera la première chose que tu rachèteras pour Anne, ai-je lancé à Pete.

— C'est déjà sur ma liste.

Boyd a relevé un museau couvert de miettes et s'est replongé dans ses Lorna Doones. Je suis allée lui remplir un bol d'eau.

— Tu ne lui as pas trouvé de place dans un chenil ?

— Tu sais combien il aime la plage.

— Il aimerait le Goulag si la nourriture y était abondante.

J'ai déposé le bol par terre. Boyd s'est mis aussitôt à laper. Sa longue langue pourpre ressemblait à une anguille lui sortant de la gueule.

J'ai préparé le petit-déjeuner pendant que Pete déchargeait la voiture. Litière pour le chat, pâtées respectives pour les deux animaux, onze sacs de nourriture pour les créatures à deux pattes, un gros porte-documents, une housse à vêtements et un petit sac marin.

Du Pete tout craché. Le grand jeu pour la bouffe, la pédale douce pour la garde-robe.

Avec un cou qui fait deux tailles de plus que son torse, mon ex-mari ne trouve jamais de chemises qui lui aillent. Qu'à cela ne tienne. Dans les années 1970, époque à laquelle je l'ai rencontré, il s'est forgé un système vestimentaire à trois étages dont il n'a jamais dévié. Shorts ou jeans chaque fois que c'est possible ; veste de sport quand l'occasion requiert un minimum de style ; costume cravate pour les plaidoiries au palais. Il portait aujourd'hui une chemise de golf Rosasen en tissu écossais à losanges, un pantalon coupé aux genoux et des mocassins. Sans chaussettes.

J'ai sorti d'un sac un énième carton d'œufs.

— Tu n'as pas peur qu'on en manque ?

— Faut bien ça pour un temps aussi court.

— Je vois que tu t'es donné du mal.

— Absolument ! s'est-il exclamé avec son sourire épanoui de Janis « Pete » Petersons. Je me suis dit que tu ne m'attendais peut-être pas pour le petit-déjeuner.

En fait, je l'attendais dans la soirée.

— J'étais sur le point de dépasser la maison quand j'ai vu l'autre voiture.

Je me suis retournée, un œuf dans la main.

— Quelle autre voiture ?

Il me décochait déjà un grand clin d'œil, toujours signé Janis « Pete » Petersons.

— Celle qui était garée devant la maison. J'ai pris sa place.

— Quelle marque, la voiture ?

Pete a haussé les épaules.

— Grosse et de couleur sombre. Une quatre-portes. Où est-ce que je mets la litière ?

J'ai désigné la buanderie. Pete y a disparu avec le bac du chat.

Perplexe, j'ai commencé à battre les œufs. Qui avait pu venir ici si tôt, et un dimanche matin ?

— Probablement un touriste qui essayait de repérer sa villa en bordure de mer, a dit Pete en commençant à moudre le café. Les maisons se louent souvent du dimanche au dimanche.

— L'entrée dans les lieux ne se fait jamais avant midi.

J'ai retiré les tranches de pain mises à griller et les ai remplacées par deux autres.

— C'est vrai. Mais quelqu'un a bel et bien quitté cette place. Peut-être qu'il s'était arrêté pour programmer son OnStar avant de prendre la route pour Toledo.

J'ai tendu à Pete les napperons et les couverts. Il les a disposés sur la table.

Boyd est venu poser le menton sur ses genoux. Pete l'a gratté derrière l'oreille.

— Ton stage s'est bien terminé ? Tu feras de la plage aujourd'hui ?

Je lui ai parlé du squelette découvert à Dewees.

— Merde.

J'ai rempli une tasse de café et la lui ai tendue ainsi qu'une assiette avant de m'asseoir en face de lui. Boyd a émigré de son genou vers le mien.

— Un Blanc dans les quarante ans. Rien qui laisse supposer une mort suspecte.

— Sauf le fait qu'il ait été enseveli clandestinement.

— Oui, sauf ça. Tu te rappelles Emma Rousseau ?

Pete a ralenti sa mastication et levé sa fourchette.

— Une brune avec des cheveux longs et des boules à vous faire…

— C'est elle, le coroner du comté de Charleston. Elle entrera les données de l'inconnu dans le fichier du NCIC lundi, quand le dentiste aura établi la charte des dents.

Boyd s'est ébroué et m'a rappelé sa présence par des petits coups de truffe sur mon genou. Et son intérêt pour mes œufs.

— Combien de temps tu comptes rester ici ? m'a demandé Pete.

— Aussi longtemps qu'Emma aura besoin de moi. Il se trouve que l'anthropologue judiciaire du comté est en voyage. Parle-moi un peu de ton affaire Herron.

— Le client s'est pointé mercredi. Patrick Bertolds Flynn. Buck, pour les intimes.

Pete a fini ses œufs.

— Assez pincé, le bonhomme. Je lui propose un café, il me répond qu'il ne prend pas de produits dopants. Comme si je lui offrais une ligne !

Pete a écarté son assiette. Au bruit produit par son geste, Boyd a refait le tour de la table. Pete lui a donné un triangle de pain grillé.

— Une attitude de sergent instructeur. Mais le regard franc.

— Une analyse de caractère vraiment objective. Tu m'impressionnes ! Et ce monsieur est un vieux client à toi ?

— Inconnu jusqu'à l'autre jour. Sa mère s'appelle Dagnija Kalnins. Une Lettonne, comme tu t'en doutes. C'est pour ça qu'il m'a choisi. En tant que membre du clan.

— Qu'est-ce qu'il voulait ?

— Pour le faire accoucher, j'ai dû prendre les forceps. Il tournait autour du pot, revenant sans cesse à la Bible, à tous ces gens plus malheureux que nous et à la responsabilité qui doit animer les chrétiens. Chaque fois qu'il disait « engagement » ou « devoir », je faisais un trait sur mon agenda. Arrivé au million, j'ai abandonné.

Ce discours ne menant nulle part, je n'ai pas réagi.

Pete a pris mon silence pour un reproche.

— T'inquiète pas, il croyait que je prenais des notes. Tu re-veux du café ?

J'ai hoché la tête. Les deux tasses remplies, Pete s'est mis à se balancer sur sa chaise.

— Bref, Flynn et un troupeau de copains férus comme lui de la Bible ont versé des fonds à Herron pour son Église de la miséricorde divine. Mais ces bons garçons se sentent un peu désorientés ces derniers temps, face à ce qu'ils désignent sous les termes d'« opacité financière ».

Un petit raclement de griffes s'est fait entendre en provenance du plan de travail, puis du carrelage : Birdie venait de quitter la pièce à fond de train.

Le regard de Boyd n'a pas dévié d'un centimètre de l'assiette de Pete.

— Il y a un peu plus de trois ans, la fille de ce Flynn, Helene, s'est raccrochée elle aussi à la locomotive Herron. Elle s'est engagée dans l'aide aux démunis et a travaillé dans différentes cliniques subventionnées par le révérend, passant de l'une à l'autre selon les besoins. Au bout d'un moment, elle a rué dans les brancards. D'après son papa, qu'elle appelait régulièrement, elle se plaignait sans cesse tout en continuant d'affirmer que c'était formidable d'apporter son soutien à une œuvre aussi admirable.

Pete a soufflé sur sa tasse avant d'aspirer une gorgée de café.

— Peu à peu, les appels se sont espacés. Chaque fois qu'elle téléphonait, c'était pour râler que sa clinique manquait de médicaments, que l'entretien y était inexistant et qu'on y grugeait les patients. À son avis, l'Église falsifiait les comptes. Ou alors c'était le responsable de la clinique qui se remplissait les poches.

Pete, lui, s'est rempli une nouvelle tasse.

— Flynn admet qu'il n'a pas voulu écouter sa fille, considérant qu'elle s'était lancée dans une de ses croisades en faveur des pauvres comme ça la prenait régulièrement. À vrai dire, il n'était pas ravi-ravi de son choix de carrière. Il aurait préféré la voir animée par une vocation plus traditionnelle. Bref, les relations entre Helene et son vieux sont devenues de moins en moins chaleureuses. Mais c'est vrai qu'il n'a rien d'un boute-en-train.

— Si je comprends bien, Flynn et ses amis aimeraient avoir un compte rendu détaillé sur la façon dont leur argent est dépensé. La question est : pourquoi maintenant ?

— Oui. Pour d'obscures raisons, Herron se fait tirer l'oreille. Que ces raisons soient liées à une mauvaise gestion ou à un défaut de communication, l'EMD étant trop occupée à sauver des âmes perdues.

— Et Buck Flynn n'apprécie pas de se voir ignoré.

— Exactement. Le fric est donc la raison première de ma mission. Mais il y a un à-côté : Helene ne donne plus signe de vie à son père. Et, là non plus, Herron ne se met pas en quatre pour fournir une explication. À mon avis, si Flynn s'intéresse à la comptabilité du révérend Herron, c'est en partie parce qu'il est blessé dans sa fierté et dans son arrogance, et en partie parce qu'il se sent coupable vis-à-vis de sa fille.

— Elle a disparu depuis combien de temps ?

— Plus de six mois qu'il est sans nouvelles.

— Et Mme Flynn ?

— Morte, il y a des années. Helene est sa seule enfant.

— Et c'est maintenant seulement qu'il se décide à la faire rechercher ?

— La dernière fois qu'il l'a eue au téléphone, ça s'est terminé en bagarre. Helene a dit qu'elle ne le rappellerait plus jamais. Il n'a pas cherché à la joindre. S'il s'inquiète aujourd'hui, c'est parce qu'il a décidé d'entamer une enquête financière et qu'il voudrait profiter de l'occasion pour en savoir davantage sur sa fille à travers moi. Enfin, c'est ce qu'il prétend... Il est un peu psychorigide, a ajouté Pete en me voyant hausser les sourcils de surprise.

— Il a déjà interrogé Herron sur sa fille ?

— Il a essayé. Mais c'est aussi difficile d'avoir un rendez-vous avec le révérend qu'avec le pape. À en croire des gens de l'entourage de Herron, Helene aurait dit à des responsables qu'elle envisageait de changer de job et qu'elle était en pourparlers avec une clinique de Los Angeles. Une entreprise qui avait plus d'envergure.

— C'est tout ?

— Flynn a réussi à convaincre les flics d'interroger la propriétaire de l'appartement où vivait sa fille. D'après ce qu'elle dit, Helene lui a annoncé son déménagement par une lettre à laquelle étaient joints le dernier loyer et la clé. Helene a laissé des affaires dans l'appartement, mais rien de valeur. D'ailleurs, c'est plus un studio qu'un appartement.

— Compte bancaire ? Carte de crédit ? Relevés de téléphone cellulaire ?

— Helene ne croyait pas aux vertus des biens terrestres.

— Peut-être que ce n'est pas plus grave que ça : un déménagement sur la côte Ouest sans prévenir qui que ce soit.

— Peut-être.

J'ai réfléchi un moment. Cette histoire ne tenait pas debout.

— Si Flynn est l'un de ses généreux donateurs, pourquoi Herron refuse-t-il de le voir ?

— Je suis d'accord avec toi. Pour quelqu'un qui a reçu un million et demi de dollars de Flynn, Herron ne se remue pas beaucoup pour l'aider à retrouver sa fille. Et le Flynn, il met bien du temps à s'inquiéter de la disparition de son enfant. Quoi qu'il en soit, ma mission première, c'est l'argent.

Pete a vidé sa tasse et l'a reposée sur la table.

— « Montre-moi l'argent ! » comme dirait ce grand humanitaire de Jerry McGuire.

Chapitre 6

Pour sa première sortie, après le petit-déjeuner, Pete a décidé d'aller renifler l'atmosphère du côté de l'EMD. Je me suis installée dans la véranda avec vingt cahiers bleus sur les genoux et un chien à mes pieds.

La faute en revient-elle à l'océan, aux textes que je devais corriger ? Toujours est-il que je n'arrivais pas à me concentrer. La sépulture clandestine à l'île de Dewees, le squelette sur la table de la morgue et le visage d'Emma creusé par la douleur me repassaient sans cesse devant les yeux.

Elle avait voulu me dire quelque chose, hier, dans le stationnement, et elle s'était ravisée. Était-ce en rapport avec ce coup de téléphone ? Visiblement, la nouvelle qu'on lui avait annoncée l'avait bouleversée. De quoi pouvait-il bien s'agir ?

Était-ce en rapport avec le squelette ? Mais alors, ferait-elle de la rétention d'information ? Non, improbable.

Je me suis remise à la tâche jusqu'à n'en plus pouvoir. Un peu passé une heure, j'ai consulté la table des marées et lacé mes Nike. Trois kilomètres de course sur la plage avec Boyd. La haute saison n'ayant pas encore débuté, les autorités étaient plus coulantes sur les heures réservées aux chiens sans laisse. Boyd s'est amusé à bondir dans les vagues et moi, à marteler le sable durci par la marée, semant l'un comme l'autre le désarroi parmi les bécasseaux.

Au retour, j'ai coupé par Ocean Boulevard pour acheter le journal. Après une douche rapide, je me suis intéressée à la contribution de Pete aux menus des jours prochains. Exploration effectuée avec l'aide appuyée de Boyd.

Six variétés de charcuterie, quatre fromages différents, des cornichons sucrés et à l'aneth et trois pains : un normal, un au seigle et un à l'oignon. Salade de chou, salade de pommes de terre et plus de chips que n'en contiennent les entrepôts de Frito-Lay.

Pete n'a pas que des qualités, mais pour ce qui est de remplir un garde-manger, il sait y faire. À partir de son pain de seigle, de son pastrami, de son gruyère et de son chou, je me suis concocté un sandwich hautement artistique destiné à être arrosé d'un Coke Diète. Je les ai transportés dans la véranda avec dix tonnes de journaux. Une heure et demie de bonheur grâce au *New York Times*, sans compter les mots croisés. *Toutes les nouvelles qui méritent d'être publiées*, dit la pub. J'adore.

Après avoir grignoté toute la croûte du pain et un petit bout du pastrami, le chien somnolait à mes pieds.

Dix minutes plus tard, alors que j'étais plongée dans la lecture du *Post & Courier*, j'ai réalisé qu'il ne me restait quasiment rien de mon sandwich.

En cinquième page de la section locale, juste en dessous de la pliure, un gros titre a accroché mon regard par sa grandiose allitération : *Buried Body on Barrier Beach* — « Découverte d'un corps à Barrier Beach ».

Charleston, Caroline du Sud. Au cours d'un stage de fouilles archéologiques à l'île de Dewees, les étudiants n'ont pas exhumé que les restes d'Indiens. Cette semaine, en effet, ils ont mis au jour un cadavre tout ce qu'il y a de plus contemporain. La responsable du chantier, le Dr Temperance

Brennan, du Département d'anthropologie d'UNC-Charlotte, s'est refusée à tout commentaire.

Il semblerait cependant qu'il s'agisse d'un adulte. Selon Topher Burgess, un étudiant de l'équipe, le corps était empaqueté dans du tissu et enseveli à moins de trente-cinq centimètres de la surface du sol. D'après ses estimations, cet individu, non encore identifié, serait mort au cours des cinq dernières années.

Bien que la police n'ait pas été appelée sur les lieux, Emma Rousseau, coroner du comté de Charleston, a jugé la découverte suffisamment importante pour superviser en personne les travaux d'exhumation. Élue deux fois à ce poste, Mme Rousseau a fait récemment l'objet de critiques pour la façon dont ses services avaient traité le cas d'un individu décédé à bord d'un bateau de plaisance, l'an dernier.

Les restes de l'inconnu ont été transportés à la morgue du Centre hospitalier universitaire de Caroline du Sud. Le personnel de l'établissement s'est refusé à tout commentaire.

Homer Winborne, envoyé spécial du Post & Courier.

Un mauvais cliché en noir et blanc nous montrait, Emma et moi, à quatre pattes dans la tranchée. Ses pieds, mon visage.

J'ai foncé à l'intérieur de la maison, Boyd sur les talons. Attrapant le premier téléphone qui me tombait sous la main, j'ai enfoncé les touches. Mes gestes étaient tellement saccadés que j'ai dû m'y reprendre à deux fois.

Merde, c'était le répondeur d'Emma ! J'ai attendu la fin du message en passant d'une pièce à l'autre sans raison.

Long bip.

— Tu as lu le journal ? Réjouis-toi, on fait les gros titres !

À force de circuler, j'avais abouti sur la terrasse. Je me suis laissée tomber sur le divan.

J'en ai bondi dans la seconde, permettant à Birdie de fuir hors de ma vue.

— Il a frappé fort, ton Winborne. Le *Moultrie News* ne lui suffisait pas ! Il a fallu qu'il place son torchon dans le *Post & Courier*. Il ira loin, ce garçon !

Je le savais bien que je parlais à une machine, mais j'étais incapable d'endiguer mon propre flot.

— Pas étonnant que...

— Allô.

Emma avait la voix brouillée comme si elle venait de se réveiller.

— Je disais : pas étonnant qu'il t'ait refilé son Nikon, il avait un autre appareil sur lui, ce ver de terre. Et même toute une flopée si ça se trouve !

— Tempe.

— Un polaroïd dans son short ! Un grand-angle dans son Bic ! Un caméscope miniature collé à la quéquette ! Va savoir. Tous les scénarios sont possibles.

— Tu as fini ? a demandé Emma.

— Tu as lu l'article ?

— Oui.

— Et alors ?

J'en aurais écrasé le combiné.

— Alors quoi ?

— Tu n'es pas furieuse ?

— Bien sûr que si, t'as vu la photo ? J'ai un cul énorme ! T'as fini de fulminer ?

Fulminer, c'était le mot.

— Notre objectif, c'est d'identifier le squelette, a repris Emma d'une voix neutre. Le fait qu'on en parle peut avoir du bon.

— Tu me l'as déjà dit vendredi.

— Eh bien, c'est toujours d'actualité.

— Cet article risque de mettre la puce à l'oreille du tueur.

— À condition que ce type ait été tué. Il a pu mourir d'overdose et ses copains ont paniqué. Ils l'ont enterré là-bas en croyant qu'on ne le retrouverait pas. On n'a peut-être rien de plus qu'une infraction au chapitre dix-sept : élimination d'un cadavre par des moyens illégaux.

— Attention, je vais mordre !

— Admets-le, tu es juste furieuse de t'être fait avoir par Winborne. Mais, tu sais, cet inconnu est sûrement pleuré par quelqu'un. Si ce quelqu'un est d'ici et tombe sur l'article, il nous appellera peut-être…

Je n'ai pas répondu, me contentant d'un mouvement de la main signifiant que je n'en croyais pas un mot. Boyd, qui me regardait du couloir, en a fait danser ses sourcils d'ahurissement tant il était désorienté par mon geste.

— À demain matin, a dit Emma.

Ces salauds de fouineurs de journalistes ! Ce salaud de Winborne !

Remontée à l'étage, j'ai collé mon front contre le miroir de la salle de bains. La glace m'a paru froide.

J'ai rempli d'air mes poumons et l'ai expulsé lentement.

J'admets que j'ai un sale caractère et que je réagis parfois trop violemment. Après, je m'en veux. Mais j'en veux tout autant à ceux qui suscitent en moi de telles réactions.

Emma avait raison, l'article n'était pas si méchant. Finalement, Winborne n'avait fait que son boulot. Il nous avait bien manipulées.

J'ai pris une autre respiration.

En réalité, c'était contre moi que j'étais en furie. Pour m'être fait avoir par ce plancton !

Je me suis examinée dans le miroir.

Des yeux brillants, couleur noisette. D'aucuns di-raient un regard intense. D'autres parleraient des pattes-d'oie. Mais les yeux restent quand même ce qu'il y a de mieux chez moi.

Des pommettes hautes ; un nez un tantinet trop petit ; un ovale qui tenait encore le coup ; des cheveux gris çà et là, mais le blond miel est toujours à la barre.

Je me suis reculée afin de me voir en pied.

Un mètre soixante-cinq. Cinquante-quatre kilos.

Pas si mal, en fin de compte, pour un odomètre qui affiche plus de quarante ans au compteur.

J'ai scruté mon reflet. Une voix que je connaissais bien a retenti dans mon cerveau : *Fais ton boulot sans te laisser distraire, Brennan. Concentre-toi sur ta tâche et mène-la jusqu'au bout.*

Boyd, qui s'était approché de moi à pas de loup, m'a gentiment donné un petit coup de museau sur le genou.

— Tu veux savoir ? lui ai-je lancé tout haut. Que Winborne aille se faire foutre !

Ses sourcils ont été pris de folie.

— Et son torchon avec !

Boyd a agité la tête pour me signifier son plein accord. Je l'ai caressé entre les oreilles.

M'étant baigné le visage, je me suis maquillée, puis j'ai remonté mes cheveux sur le sommet de mon crâne. Après quoi, je suis redescendue au rez-de-chaussée. Je remplissais les plats des animaux quand la porte d'entrée a claqué.

— *Honey !* Je suis de retour !

Pete, les bras chargés de sacs d'épicerie.

— Tu as invité tout ton bataillon de marines à dîner ?

— *Semper Fi !* a répondu mon ex en portant la main au front.

— Comment ça s'est passé avec Herron ?

Pete a profité que je rangeais dans le réfrigérateur un pot de harengs marinés sorti du sac pour se faufiler entre la porte et moi et attraper une Sam Adams qu'il a décapsulée en la coinçant sous la poignée d'un tiroir.

J'ai ravalé mon commentaire. Les sales habitudes de Pete ne me concernaient plus.

— Ce n'était qu'un tour de reconnaissance.

Traduisant sa pensée, j'ai insisté.

— Tu n'as pas réussi à l'approcher ?

— Non.

— Qu'est-ce que tu as fait, alors ?

— J'ai regardé des gens chanter et célébrer le Seigneur à grand bruit. Le spectacle terminé, j'ai montré la photo d'Helene à quelques fidèles.

— Et ?

— Être à ce point dénué du sens de l'observation, c'est carrément spectaculaire !

— Personne ne se rappelait d'elle ?

Pete a sorti un portrait de sa poche et l'a posé sur la table. Je me suis rapprochée.

Apparemment, c'était un agrandissement de photo de passeport ou de permis de conduire. Y était représentée une jeune femme au regard fixe et à l'air sévère, les cheveux séparés par une raie au milieu et attachés sur la nuque. Avec ses traits réguliers mais d'une douceur insipide, elle n'était pas jolie, non. Surtout, rien ne la distinguait d'un millier d'autres filles de son âge.

— J'ai bavardé avec sa propriétaire. Elle ne m'a pas appris grand-chose, sinon qu'Helene était polie, payait son loyer à temps et ne recevait personne. Sans que je ne lui demande rien, elle m'a confié qu'Helene paraissait angoissée vers la fin. Son départ l'a surprise. Avant de recevoir la lettre avec la clé et le chèque du loyer, elle n'avait pas la moindre idée qu'elle s'apprêtait à partir.

J'ai regardé à nouveau le visage sur la photo. Des traits qu'on oubliait facilement, une taille moyenne, un poids moyen. Aucun témoin ne fournirait de renseignement exploitable.

— C'est la seule photo que Flynn avait de sa fille ?

— La seule qui soit postérieure à la polyvalente.

— C'est drôle, non ?

— Flynn est un drôle d'oiseau.

— Tu m'as bien dit qu'il avait engagé un détective, n'est-ce pas ?

Pete a hoché la tête.

— Oui, un ancien flic de Charlotte-Mecklenburg, Noble Cruikshank.

— Et il a tout bonnement disparu ?

— Il a cessé d'envoyer ses rapports et de répondre aux appels de Flynn. J'ai creusé un peu. Cruikshank n'est pas dans la course pour figurer sur l'affiche de la police de Charlotte. Il a été prié de rendre son uniforme en 1994. Pour abus de substance dangereuse.

— Cocktail d'alcool et de drogue ?

— Jimmy B, c'est tout. Il ne risque pas non plus de remporter le prix du meilleur enquêteur de l'année. Apparemment, ce coup de disparaître, c'est assez dans ses habitudes. Il accepte un boulot, touche une avance et se tape une cuite.

— Et ça suffit pour être renvoyé de la police ?

— Il semblerait qu'il soit également fâché avec la paperasse. C'était d'ailleurs son plus gros problème aux yeux de ses supérieurs.

— Flynn ne savait pas que Cruikshank buvait et n'avait plus sa licence l'autorisant à exercer ?

— Il l'a engagé sur le Net.

— C'est risqué.

— L'annonce disait qu'il était spécialisé dans la recherche des personnes disparues. C'est la compétence que recherchait Flynn. Et il aimait bien aussi que Cruikshank travaille à Charlotte et à Charleston.

— Quand est-ce qu'il l'a engagé ?

— En janvier. Environ deux mois après qu'Helene n'a plus donné signe de vie. D'après Flynn, sa dernière conversation avec Cruikshank remonte à la fin mars. Ce jour-là, Cruikshank lui a dit qu'il était sur une piste, mais sans s'étaler. Après ça, plus rien.

— Cruikshank avait un endroit particulier où il aimait aller se saouler ?

— Non. Il allait souvent à Atlantic City, une fois à Las Vegas. Cela dit, ses clients ne se plaignent pas tous de lui. La plupart de ceux que j'ai contactés estiment qu'ils en ont eu pour leur argent.

— Comment tu as dégotté leurs noms ?

— Cruikshank avait fourni des références à Flynn. J'ai commencé par ceux de la liste. Ils m'ont mené à d'autres.

— Que sais-tu de ses derniers faits et gestes ?

— Qu'il n'a pas encaissé le chèque de Flynn pour le mois de février et que son compte bancaire et sa carte de crédit n'ont enregistré aucun mouvement depuis le mois de mars. Il est dans le rouge à la banque pour un montant de deux mille quatre cents dollars et il a un crédit de quatre dollars cinquante-deux sur sa carte. Son dernier paiement pour le téléphone remonte à février. Depuis, sa ligne a été coupée.

— Il a bien une voiture !

— On ne sait rien sur ses déplacements.

— Un téléphone cellulaire ?

— Coupé au début du mois de décembre pour défaut de paiement. Ce n'était pas la première fois.

— De nos jours, un détective privé sans cellulaire ?

— Peut-être qu'il aime faire cavalier seul, a émis Pete en haussant les épaules. Et passer ses coups de fil à partir de son appareil à la maison.

— Il a de la famille ?

— Il est divorcé et sans enfant. Une séparation difficile. Sa femme est remariée. Elle n'a plus de contact avec lui depuis des années.

— Des frères et sœurs ?

Pete a secoué la tête.

— Enfant unique. Ses parents sont morts. C'était déjà un ours au temps où il était dans la police de Charlotte. Il ne frayait avec personne.

Après une pause, j'ai demandé :

— Qu'est-ce que tu feras si tu n'arrives pas à obtenir un rendez-vous de Herron ?

— N'ayez crainte, gente dame ! s'est exclamé Pete, le doigt levé vers le ciel. Le Savant Letton vient seulement d'entrer dans la danse.

Ce surnom de « Savant Letton », Pete l'avait déjà à l'époque où j'ai fait sa connaissance, alors qu'il n'était encore qu'un étudiant en droit. Je ne sais pas de qui il le tient. Je le soupçonne de se l'être donné lui-même.

Je me suis remise à ranger les provisions. J'ai mis la feta au frais.

Pete a incliné sa chaise en arrière et posé les talons sur le bord de la table.

J'ai ouvert la bouche pour objecter. Non. Pas mon problème. Celui d'Anne. Elle n'avait qu'à ne pas l'inviter.

— Et toi, mon petit chou ? La matinée a été bonne ?

Je suis allée chercher le journal et l'ai ouvert à la page de l'article.

— Pas mal, l'allitération, a réagi Pete en découvrant le titre.

— Pure poésie.

Il s'est plongé dans la lecture.

— Visiblement, tu n'es pas contente que ce petit ait parlé à la presse.

— C'est l'article tout entier qui me fout en rogne.

Topher, je n'y avais même pas pensé. Quand Winborne l'avait-il donc interrogé ? Comment s'était-il débrouillé pour le convaincre de répondre à ses questions ?

— Pas mal non plus, la photo.

J'ai fusillé Pete du regard.

— C'est quoi, cette histoire de bateau de plaisance dans laquelle ton amie a foiré ?

— Je n'en ai pas la moindre idée.

— Tu lui demanderas ?

— Sûrement pas !

Les poivrons grillés, le fromage à tartiner saveur saumon et la crème glacée Ben & Jerry's sont allés dans le réfrigérateur et le congélateur ; les biscuits au chocolat et les pistaches dans le placard. Je me suis retournée vers Pete.

— Un homme est mort et sa famille l'ignore encore. Pour moi, c'est une intrusion dans leur vie privée. Tu trouves que j'exagère ?

Pete a haussé les épaules.

— Une info est une info...

Il a vidé sa bière.

— Tu sais ce qu'il te faut ?

— Quoi donc ? (Ton méfiant.)

— Un agréable pique-nique.

— J'ai mangé un sandwich à trois heures.

Pete a fait retomber sa chaise sur ses quatre pieds et s'est levé. Me tenant par les épaules, il m'a fait pivoter et m'a gentiment poussée hors de la cuisine.

— Va noter tes devoirs ou faire ce que tu veux. On se retrouve sous la tonnelle à huit heures.

— Je ne sais pas, Pete.

En fait, je savais très bien. Et d'autant mieux que toutes les cellules de mon cerveau agitaient le drapeau rouge.

Pendant vingt ans j'avais été mariée avec Pete. Nous n'étions séparés que depuis quelques années. Si des problèmes avaient assombri notre union, l'attirance sexuelle n'avait jamais fait partie du lot. Jeunes mariés, nous faisions l'amour comme des fous, et nous le ferions toujours aujourd'hui si Pete ne s'était pas aventuré en zone interdite. Or, ma libido avait une façon de le considérer qui ne laissait pas de m'inquiéter.

Ma relation avec Ryan marchait bien, je ne voulais pas la mettre en péril. La dernière fois que j'avais passé une soirée en tête à tête avec Pete, nous nous étions retrouvés à jouer les ados qui se pelotent sur la banquette arrière d'une Chevrolet.

Manifestement, Pete n'était pas porté sur les atermoiements.

— Eh bien moi, je sais pour deux. Va !

— Mais…

— Il faut que tu manges, il faut que je mange. Nous le ferons ensemble avec le sable pour invité.

Un sentiment profondément ancré dans ma psyché veut que l'idée de nourriture soit liée à celle d'activité partagée. Quand je suis seule chez moi, je me sustente de surgelés ou de plats à emporter. Si je suis en voyage, j'appelle le service aux chambres. Dans les deux cas, j'invite à ma table des animateurs télé : Letterman, Raymond ou Oprah.

Ne pas dîner en tête à tête avec moi-même avait de quoi me tenter. Surtout que Pete était fin cuisinier. Néanmoins, mieux valait mettre les points sur les *i*.

— Mais que ce soit bien clair, Pete ! Ne te fais pas d'illusion romantique.

— Ben voyons, bien sûr que non !

Chapitre 7

J'ai noté encore trois rapports de stage avant de piquer du nez. Avachie sur les oreillers de mon lit, entre veille et sommeil, j'ai vogué d'un rêve à l'autre. Rêves décousus et dépourvus de sens dans lesquels je courais sur la plage ou répartissais des ossements sur une table d'autopsie, aidée par Emma. Dans l'un d'eux, j'assistais à une réunion des Alcooliques anonymes et il y avait là Ryan, Pete et un grand type blond qui discutaient entre eux sans que je puisse entendre ce qu'ils se disaient ni déchiffrer leur expression, car ils se tenaient obstinément dans l'ombre.

Je me suis réveillée, entourée d'une lumière orangée. Dehors, le vent faisait claquer les palmes contre la rambarde du balcon. Le réveil indiquait huit heures dix.

Dans la salle de bains, la vue de ma frange m'a précipitée sur le robinet : elle n'avait rien trouvé de mieux que de se mettre à l'horizontale pendant mon sommeil. L'ayant humectée, j'ai saisi ma brosse dans l'espoir de lui redonner forme humaine. À mi-chemin de cette entreprise titanesque, je me suis arrêtée. Pourquoi me donnais-je tout ce mal ? Et tout à l'heure, déjà, quand je m'étais maquillée ? J'ai jeté ma brosse au loin et dévalé l'escalier.

La maison d'Anne est reliée à la plage par une longue allée en caillebotis qui traverse la dune. À l'endroit le plus élevé se dresse une tonnelle. Pete s'y trouvait déjà, et sirotait un verre de vin dans les derniers rayons du soleil. Ses cheveux étincelaient. Les cheveux de Katy. Ils se ressemblent tant, tous les deux, que je ne peux jamais regarder l'un sans avoir l'autre devant les yeux.

Pete avait dégotté une nappe, des bougeoirs en argent, un petit vase de fleurs et un seau à glace. Deux couverts étaient mis et une glacière attendait par terre dans un coin.

J'étais pieds nus, il ne m'avait pas entendue approcher. J'ai stoppé net, envahie brusquement par un sentiment de perdition étrange qui m'empêchait presque de respirer.

Sans être une adepte du précepte selon lequel toute âme n'a qu'un seul et unique compagnon, je dois reconnaître qu'à la seconde où j'ai rencontré Pete, une force inexplicable m'a littéralement attirée vers lui et j'ai su dans l'instant qu'il serait mon mari. L'attirance que j'éprouvais était de l'ordre de la fusion nucléaire. Chaque fois que nos mains se frôlaient, j'avais l'impression de partir à la renverse. Plus tard, mon cœur s'emballait dès que je le repérais dans une foule.

En le voyant aujourd'hui, en remarquant ses rides sous son bronzage, son front qui se dégarnissait, je n'ai pu m'empêcher de penser combien son visage m'était familier. Pendant plus de vingt ans, ce visage avait été la première chose que je voyais en me réveillant le matin. J'avais encore présente à la mémoire l'expression de crainte mêlée d'admiration que j'avais lue dans ses yeux à la naissance de notre fille. Sa peau, je l'avais caressée des milliers de fois, j'en connaissais les moindres pores ; j'avais suivi des doigts les creux et les méplats de ses traits, exploré le trajet de tous les muscles qui composaient son visage. Ses lèvres aussi, je les connaissais.

Ces lèvres d'où étaient sortis tant de mensonges.

Et, chaque fois, mon cœur s'était déchiqueté un peu plus en découvrant la vérité.

Aujourd'hui, la page était tournée. Pas question de retomber dans le piège.

— *Hey !*

Au son de ma voix, il a bondi sur ses pieds.

— J'ai cru que tu m'avais posé un lapin.

— Excuse-moi, je m'étais endormie.

— Une table près de la fenêtre, madame ?

Je me suis assise. Une serviette en travers du bras, Pete a extrait un Coke Diète du seau à glace et me l'a présenté, le goulot posé sur son poignet, l'étiquette face à moi. Je suis entrée dans le jeu.

— Excellente année !

Pete a rempli mon verre, puis il a servi la nourriture. Salade de crevettes aux épices, truite fumée, salade de langoustine, asperges marinées, brie, tapenade et pain noir coupé en petits carrés.

Je ne crois pas que mon ex-mari pourrait survivre en un lieu éloigné de tout bon traiteur.

Nous avons mangé en regardant les rayons du soleil passer du jaune à l'orange puis au gris. L'océan était calme, les rouleaux et les vagues venaient mourir sur le rivage en une douce symphonie. De temps à autre, un oiseau lançait un cri et d'autres lui répondaient.

Au moment où le gris du ciel virait au noir, nous avons réglé son compte à la tarte au citron. Pete a débarrassé la table. Après, nous nous sommes installés, chacun dans un transat, les pieds sur la balustrade.

— La plage te réussit, Tempe. Tu es superbe.

Il n'était pas mal non plus dans sa version ébouriffée. Néanmoins, j'ai jugé préférable de réitérer ma mise en garde d'avant le dîner.

— Pas d'illusion romantique, Pete.

— Je ne peux pas mentionner le fait que tu es jolie ? s'est-il ébahi en prenant l'air innocent.

De faibles lumières jaunes s'allumaient dans les maisons le long du rivage. Encore une journée qui s'achevait. Nous avons regardé le jour céder la place à la nuit en silence, les cheveux soulevés par la brise. Et Pete a repris d'une voix plus basse :

— S'il est une chose que j'ai du mal à me rappeler, c'est pourquoi nous nous sommes séparés.

— Parce que tu es horripilant et spectaculairement infidèle.

— Les gens changent, Tempe.

Je me suis abstenue de répondre, aucune réplique intelligente ne me venant à l'esprit.

— Tu ne te dis jamais…

Par bonheur, la sonnerie de mon cellulaire lui a coupé le sifflet.

— Comment va la plus belle femme du monde ?

Ryan.

— Bien.

Reposant les pieds par terre, je me suis retournée dans ma chaise longue.

— Débordée, aujourd'hui ?

— Pas trop.

— Du nouveau sur ton squelette ?

— Non.

Pete s'est versé du chardonnay et a levé un Coke dans ma direction. J'ai fait non de la tête.

Des grésillements se sont fait entendre sur la ligne. Ou alors Ryan avait perçu de la réticence dans ma voix, car il a demandé :

— Je t'interromps au mauvais moment ?

— Je finis de dîner.

Une mouette a crié.

— Sur la plage ? a demandé Ryan.

— La nuit est si belle.

Réponse idiote. Ryan connaît parfaitement mes habitudes lorsque je suis seule pour dîner.

— Pete a préparé un pique-nique.

Cinq longues secondes se sont écoulées avant qu'un sinistre « Je vois » ne parvienne jusqu'à moi.

— Tout se passe bien avec Lily ?

— Ouais.

Nouvelle pause prolongée, puis :

— Je te rappelle plus tard, Tempe.

Coupé.

— Des complications ? s'est enquis Pete.

J'ai secoué la tête.

— Je crois que je vais rentrer. Merci pour le dîner. C'était vraiment bien.

— Tout le plaisir était pour moi.

Je repartais vers la maison quand Pete m'a appelée. Je me suis retournée.

— Quand tu seras prête à m'écouter, je voudrais te parler.

J'ai repris mon chemin, les yeux de Pete vrillés dans mon dos. Je les sentais très bien.

Mon petit somme de l'après-midi m'a tenue éveillée jusqu'à trois heures passées. À moins que ce ne soit l'énervement, les causes ne manquaient pas.

À commencer par Ryan à qui j'avais fait de la peine. Ryan que j'avais appelé plusieurs fois plus tard dans la soirée, sans succès. Mais avait-il vraiment de la peine ? N'étais-je pas en train de devenir paranoïaque ? Car, finalement, c'était lui qui était parti pour aller voir Lily en Nouvelle-Écosse. Dans cette Nouvelle-Écosse où vivait également la mère de Lily.

Il y avait aussi Emma. Manifestement, la personne qui l'avait appelée samedi lui avait appris une mauvaise nouvelle. Aurait-elle des ennuis à cause de cette histoire de bateau de plaisance ?

Troisième sujet d'angoisse : qui avait pu se garer devant la maison ce matin ? Dickie Dupree ? Il m'avait menacée, même si je n'avais pas pris ses paroles au sérieux. Aurait-il décidé de mettre ses menaces à exécution ? Il n'agirait sûrement pas lui-même, mais il pouvait demander à quelqu'un de m'intimider physiquement.

Dickie Dupree aurait-il quelque chose à voir avec le squelette exhumé à Dewees ? Non. Là, j'allais probablement trop loin.

Et l'homme de glace ? Avait-il vraiment été contaminé par des bactéries ? Passer cinq mille ans dans les Alpes pour terminer sous forme de casse-croûte pour les microbes, c'était désespérant.

Pourquoi y avait-il deux orthographes au mot « ket-chup » ? Pourquoi « catsup » ? D'où venait ce nom ?

À force de me retourner dans mon lit pendant des heures et des heures, je me suis réveillée le lendemain bien plus tard que prévu. Le temps d'arriver à l'hôpital, il était dix heures bien sonnées.

Emma était déjà là, le dentiste médico-légal aussi. Un hippopotame moulé dans un survêtement qu'il devait avoir dégotté dans une braderie d'invendus de Kmart. Emma me l'a présenté sous le nom de Bernie Grimes.

Une poignée de main dont on ne sait pas comment se dépêtrer : trop molle pour qu'on retienne les doigts, trop collante pour qu'on puisse les lâcher.

Je me suis libérée avec un grand sourire. Il m'a souri en retour et brusquement il s'est mis à ressembler à un silo à grain empaqueté dans du velours bleu.

Emma avait déjà sorti le squelette de la chambre froide. Il était étendu sur la même civière que samedi, une grande enveloppe marron posée sur son thorax. Les radios dentaires étaient déjà accrochées au caisson lumineux.

Grimes nous a décrit point par point les caractéristiques morphologiques du cas CCC-2006020277, son hygiène buccale et toute son histoire dentaire : celle d'un fumeur qui ne se lavait pas les dents tous les jours ; qui snobait le fil dentaire ; qui avait du tartre en quantité énorme, des plombages et des caries non traitées. Bref, un type qui n'avait pas vu un dentiste pendant plusieurs années avant sa mort.

J'écoutais à peine les explications tellement j'étais impatiente de me mettre au travail. Son discours achevé, Grimes a quitté la salle avec Emma pour remplir avec elle le dossier du cas et l'enregistrer dans le fichier du NCIC.

Restée seule dans la salle, j'ai examiné les radios des os l'une après l'autre. Crâne. Membres supérieurs. Membres inférieurs. Bassin.

Rien. Cela ne m'a pas étonnée.

Je suis passée au torse.

Les côtes n'étant plus maintenues en place par de la chair, le technicien d'autopsie les avait posées à plat et radiographiées d'au-dessus. Rien de suspect dans la colonne de droite. J'étais presque arrivée au bout de la colonne de gauche quand j'ai repéré une petite ligne sombre en forme de croissant à l'extrémité de la douzième côte, côté colonne vertébrale.

Je suis allée prendre cette côte sur la civière afin de l'examiner au microscope.

La marque, petite, était bien là, sur le bas de la côte. À l'œilleton, on aurait dit une minuscule entaille bordée d'un renflement osseux.

Entaille provoquée par une lame de couteau ? — ce qui pourrait signifier que l'inconnu avait été poignardé — ou produite post mortem, par une bêche, voire par un coquillage ou un crustacé ? J'avais beau bouger la côte sous l'œilleton, augmenter le grossissement, ajuster la lumière, impossible de répondre à cette question.

Revenant aux radios, j'ai examiné les clavicules, le sternum, les omoplates et le reste des côtes. Normal sur toute la ligne.

Je suis passée à la colonne vertébrale. Les vertèbres avaient été radiographiées séparément, posées à plat comme les côtes, puis tournées sur le côté et rangées en respectant la connexion anatomique.

Quand il y a coup de couteau, c'est souvent l'arrière de la vertèbre qui reçoit le choc, la voûte postérieure. J'ai examiné toutes les radios des vertèbres. Sur aucune d'elles ces surfaces-là n'étaient clairement visibles.

Retour au squelette pour une analyse de tous les os au microscope à la lumière d'une lampe fluorescente, en les retournant dans tous les sens sous la lentille grossissante afin d'examiner en détail chacun des éléments les constituant.

Rien d'anormal jusqu'au moment où je suis arrivée à l'épine dorsale.

Tout sur terre est spécialisé, y compris les vertèbres. Les sept cervicales ont pour spécialité de supporter la tête et d'assurer la mobilité du cou ; les douze thoraciques de maintenir la cage thoracique ; les cinq lombaires de former le creux du dos. Quant aux cinq qui constituent le sacrum, elles sont la partie queue de la ceinture pelvienne. À fonctions différentes, formes différentes.

C'est la sixième cervicale qui a retenu mon attention.

Mais j'ai été trop succincte dans mes explications. En fait, les vertèbres du cou ont d'autres tâches que celle de soutenir la tête. L'une d'entre elles est de fournir un passage bien protégé aux artères qui rejoignent l'arrière du cerveau. Qui dit passage dit petit trou — ou foramen — pratiqué dans le pédicule, qui est une minuscule plateforme osseuse située entre le corps de la vertèbre et son arc. Le cas CCC-2006020277 présentait sur l'apophyse articulaire une fracture verticale qui se déployait en zigzag le long du pédicule gauche, sur le côté du trou près du corps.

J'ai rapproché la vertèbre de l'objectif.

Et découvert également une ligne aussi fine qu'un cheveu sur la partie arrondie du trou.

Aucun signe indiquant la guérison.

Et à l'articulation aussi.

Pas de doute possible : ces deux fractures indiquaient que l'os était frais au moment du trauma.

Cet homme avait subi cette blessure aux alentours de l'heure où il était décédé.

Renversée sur le dossier de ma chaise, j'ai réfléchi à la situation.

C-6. Le bas du cou.

Chute ? Un impact violent et brutal résultant d'une chute peut aller jusqu'à briser les vertèbres. Toutefois, les fractures produites dans ce cas-là sont le plus souvent de nature compressive et affectent en général le corps de la vertèbre. Or, là, la fracture se trouvait à l'articulation. Et sur le pédicule.

Strangulation ? D'ordinaire, le petit os situé à l'avant de la gorge et qui s'appelle l'hyoïde ne sort pas indemne d'une strangulation.

Coup du lapin ? Plus que douteux.

Coup au menton ? Sur la tête ?

Malgré tous mes efforts d'imagination, il ne me venait à l'esprit aucun scénario expliquant la blessure que j'avais sous les yeux. Frustrée, j'ai repris mon examen.

Et découvert autre chose.

La douzième vertèbre thoracique présentait deux entailles similaires à celle que j'avais repérée sur la douzième côte. La première et la troisième lombaire présentaient également des entailles, une chacune.

Entailles aussi incompréhensibles que la fracture de la vertèbre du cou. Et toutes ces entailles étaient situées sur le côté ventre.

Des marques de couteau ? Il faut avoir frappé drôlement fort pour atteindre par-devant une vertèbre lombaire. Avoir traversé tout l'abdomen. Pour enfoncer un couteau jusque-là, il faut mettre le paquet.

Et, dans ce cas-là, les entailles sont grossières, alors que celles-ci étaient extrêmement fines. Produites à l'évidence par un instrument très pointu. Qu'est-ce qui avait bien pu se passer ?

J'étais toujours plongée dans mes spéculations quand Emma est revenue. Je lui ai demandé si Grimes était parti. Elle a hoché la tête. Elle avait le teint encore plus blafard que l'autre jour, et cela accentuait ses cernes noirs sous les yeux.

— Le dossier est rempli. À présent, tout dépend du shérif.

Bien que le NCIC soit opérationnel vingt-quatre heures sur vingt-quatre, sept jours sur sept et cela tous les jours de l'année, seuls les agents des autorités fédérales ou de l'État sont habilités à entrer des données dans le fichier.

— Gullet s'en occupera tout de suite ?

« Aucune idée », m'a-t-elle signifié en levant les deux mains en l'air.

Elle a approché une des chaises rangées le long du mur et s'y est laissée tomber, les coudes sur ses genoux.

— Ça ne va pas ?

Elle a haussé les épaules.

— Tout me paraît tellement dérisoire, parfois.

J'ai attendu qu'elle poursuive.

— Je doute que Gullet appose sur ce cas l'autocollant « À traiter en priorité ». Et même s'il le fait, quelles chances a-t-on de tirer le numéro gagnant ? D'après les nouveaux règlements, pour entrer dans le fichier un adulte porté disparu, il faut qu'il soit handicapé, victime d'un désastre, d'un enlèvement ou d'une agression, ou encore qu'il soit personnellement en danger.

— C'est-à-dire ?

— Qu'il ait disparu en compagnie d'un individu et dans des circonstances prêtant à croire que sa sécurité est en danger.

— Donc, une foule de signalements n'entrent jamais dans le système ? Tu veux dire que notre gars peut très bien ne pas être dans le fichier même si sa disparition a été signalée ?

— L'idée à la base de cette nouvelle réglementation, c'est que les adultes qui disparaissent le font le plus souvent volontairement. Des maris qui se tirent avec leur maîtresse, des épouses exaspérées qui veulent goûter à la vraie vie, des débiteurs fauchés.

— La jeune mariée qui met les voiles, ai-je ajouté en pensant à une affaire qui avait récemment fait la une des journaux.

— Ce sont les cas comme ceux-là qui façonnent la pensée collective, a dit Emma en tendant les pieds et en s'étirant en arrière. C'est vrai que la grande majorité des adultes qui disparaissent cherchent seulement à échapper à leur vie. Et ça, aucune loi ne l'interdit. S'il fallait entrer tout le monde dans le fichier, le système exploserait.

Elle a fermé les yeux. Lui tournant le dos, je me suis avancée vers la civière.

— Ce type-là, je doute fort qu'il ait tout bonnement disparu. Viens voir.

J'étais en train de positionner les vertèbres quand un boum sinistre a retenti.

Je me suis retournée d'un bond.

Emma gisait sur le carrelage.

Chapitre 8

Emma avait atterri sur le crâne. Recroquevillée, la tête rentrée dans les épaules, les membres repliés sous elle de sorte que son dos formait une bosse, on aurait dit une araignée desséchée au soleil.

En un bond j'étais auprès d'elle et j'appliquais deux doigts contre sa gorge. Pouls faible mais régulier.

— Emma !

Pas de réponse.

J'ai reposé délicatement sa tête par terre, la joue contre le carrelage, avant de me précipiter dans le couloir.

— Au secours ! Un médecin, vite !

Une porte s'est ouverte sur un visage.

— Emma Rousseau s'est évanouie. Appelez les urgences.

Les sourcils sont remontés jusqu'à la racine des cheveux, la bouche s'est arrondie.

— Vite ! Ne perdez pas de temps !

Le visage s'est retiré. Je suis repartie en courant auprès de mon amie. Un instant plus tard, deux infirmiers entrés en trombe dans ma salle transféraient Emma sur une civière tout en me bombardant de questions.

— Que s'est-il passé ?

— Elle s'est écroulée.

— Vous l'avez bougée ?

— Juste roulée sur le côté pour libérer la trachée-artère.

— Des problèmes médicaux ?

J'ai regardé l'infirmier en clignant des paupières.

— Est-ce qu'elle était sous traitement ?

Comment aurais-je pu le savoir ? Je me suis sentie affreusement inutile.

— Poussez-vous, s'il vous plaît.

Les roues en caoutchouc ont gémi sur le carrelage. Un léger grincement et un déclic ont ponctué la fermeture de la porte.

Emma avait les yeux fermés. Un tube partait de son bras gauche pour rejoindre une poche suspendue à une équerre au-dessus de sa tête. Le ruban adhésif blanc qui le maintenait en place se voyait à peine sur sa peau.

Elle paraissait minuscule et fragile dans ce lit d'hôpital. Emma, cette force de la nature, cette boule d'énergie. M'approchant sur la pointe des pieds, j'ai pris sa main dans la mienne. Elle a ouvert les yeux.

— Excuse-moi, Tempe.

Sa réaction m'a abasourdie. C'était moi la coupable, moi qui n'avais pas pris en considération sa faiblesse.

— Repose-toi, Emma. Nous parlerons plus tard.

— J'ai le lymphome non hodgkinien.

— Quoi ?

Le déni. Le refus d'entendre ce qu'elle me disait alors que je comprenais parfaitement de quoi il s'agissait.

— Le LNH, lymphome non hodgkinien. Comme le joueur de hockey, a-t-elle ajouté en souriant faiblement.

Un froid glacial s'est répandu en moi.

— Depuis quand ?

— Un certain temps déjà.

— C'est combien, pour toi, un certain temps ?

— Plusieurs années.

— De quel type ?

Question stupide puisque je ne savais quasiment rien de cette maladie.

— Le plus courant. À larges cellules B diffuses.

Des mots prononcés sans l'ombre d'une hésitation pour avoir été lus ou entendus des milliers de fois. Mon Dieu, quelle horreur ! J'ai dégluti avec peine.

— Tu es suivie ?

Elle a hoché la tête.

— Je fais une rechute. Je suis sous protocole CHOP. Vincristine, prednisolone, doxorubicine et cyclophosphamide. Avec tous les cytotoxiques que je prends, je peux attraper toutes les saletés qui passent. Un staphylocoque, et je risque de rester sur le carreau.

J'aurais aimé pouvoir fermer les yeux, chasser tout ça de ma tête. Je les ai gardés grands ouverts. Et c'est avec le sourire de rigueur que j'ai déclaré qu'elle allait s'en sortir.

— Une guillerette pinsonnette comme toi !

— Samedi, j'ai appris que je ne réagissais pas au traitement aussi bien que prévu.

C'était donc ça, la mauvaise nouvelle qu'elle avait reçue à la morgue. Avait-elle voulu m'en parler dans le stationnement de l'hôpital et s'était-elle ravisée en me voyant obnubilée par le squelette ? L'avais-je découragée de se confier à moi, d'une manière ou d'une autre ?

— Ce n'était donc pas la migraine, l'autre jour ?

— Non.

— Tu aurais dû me prévenir. Tu pouvais me faire confiance.

Elle a haussé les épaules.

— À quoi bon t'embêter, tu ne peux rien y changer.

— Les gens qui travaillent avec toi sont au courant ?

Regard évasif.

— J'ai maigri et j'ai moins de cheveux. Mais je peux encore travailler…

— Oh, je n'en doute pas un instant.

Je lui ai caressé la main. Je la comprenais. Emma était quelqu'un qui prenait son devoir très au sérieux. Qui l'accomplissait quoi qu'il lui en coûte. Sur ce point, nous étions des clones, elle et moi.

Sur ce point seulement, car il y avait chez elle des aspects qui n'existaient absolument pas chez moi. Une volonté de puissance ? Le désir d'être reconnue ? Un besoin panique de briller ? Je n'aurais pas su le dire exactement. En tout cas, ce roulement de tambour la poussait à agir, alors que, moi, j'y étais complètement sourde.

Incapable de trouver les mots justes, je me suis rabattue sur les clichés.

— Ces derniers temps, on a fait des pas de géant dans le traitement des lymphomes.

— C'est vrai.

Elle a levé la main en l'air. J'ai appliqué ma paume contre la sienne. Sa main est retombée sur le lit.

Lymphome à grandes cellules B diffuses. Teneur élevée. Cancer destructeur et rapide.

J'ai ressenti comme une brûlure derrière les paupières. Cette fois encore, j'ai réussi à garder les yeux ouverts. Et le sourire a tenu bon sur mes lèvres.

Un air des Bad Boys a brusquement jailli de la table de nuit.

— Mon cellulaire, a dit Emma.

— Tu as téléchargé le thème de COPS ?

Geste impatienté d'Emma.

— Dans le sac en plastique, avec mes vêtements.

La musique s'est interrompue avant que je réussisse à sortir l'appareil. Emma a consulté la liste des demandeurs et enfoncé le bouton de connexion.

Je sais, j'aurais dû protester. Lui dire qu'elle devait se reposer, ne rien faire. À quoi bon ? Elle n'en ferait qu'à sa tête. En cela aussi, nous étions clones.

— Emma Rousseau.

La voix à l'autre bout de la ligne est parvenue jusqu'à moi, grêle.

— J'étais coincée, disait Emma.

— Coincée ! ai-je répété tout bas.

Elle m'a fait signe de me taire.

J'ai levé les yeux en l'air. Elle a pointé sur moi un doigt menaçant.

— Qui a téléphoné pour prévenir ?

Réponse impossible à déchiffrer.

— Où ça ?

Emma a mimé le geste d'écrire. Je lui ai passé un stylo et un bloc-notes pris dans mon sac. Elle a griffonné quelques mots maladroitement, emberlificotée qu'elle était dans tous ses tubes.

— Qui dirige les opérations ?

Longue explication à l'autre bout de la ligne.

— Donnez-moi les détails.

Elle a changé le téléphone d'oreille et je n'ai plus rien entendu. Elle a baissé les yeux sur son poignet, y cherchant sa montre qui n'y était plus. Comme elle pointait le doigt sur la mienne, j'ai tendu mon bras sous son nez.

— Ne touchez pas au corps. Je serai là dans une heure.

Elle a raccroché. Écartant la couverture, elle a pivoté sur les fesses. Je me suis interposée en bloquant ses genoux de mes deux mains.

— Il n'en est pas question. Il n'y a pas deux heures, tu étais dans les pommes.

— Les résultats de mes analyses sont satisfaisants pour tout ce qui touche aux fonctions vitales. Le médecin des urgences a dit que c'était juste un coup de fatigue dû aux médicaments.

— De la fatigue ! Alors qu'un peu plus tu laissais ta cervelle sur le carreau ? !

— Je te dis que tout va bien, maintenant.

Mais c'était au-dessus de ses forces, même pour quelqu'un d'aussi solide qu'elle. Quand elle a voulu faire un pas, ses genoux se sont dérobés et elle s'est rattrapée de justesse à la tête du lit. « Je vais très bien, je vais très bien ! » a-t-elle répété à mi-voix, les yeux fermés, tout en s'efforçant d'obliger son corps à lui obéir.

Je n'ai pas perdu mon temps à discuter. Ayant décrispé ses doigts, je l'ai forcée à s'allonger et j'ai remonté la couverture sur elle jusqu'à sa taille.

Elle continuait à résister d'une voix faible.

— Je ne peux pas, j'ai trop à faire.

— Tu ne vas nulle part sans l'autorisation d'un médecin !

Le coup d'œil qu'elle m'a jetée m'a mise KO. Emma n'avait ni mari ni enfant. Pas d'amoureux non plus, pour autant que je sache. Elle m'avait bien parlé d'une sœur qu'elle ne voyait pas, mais ça remontait à des années. Emma était seule dans la vie.

— Tu as des amis qui peuvent s'occuper de toi ?

— Des bataillons entiers. Je ne suis pas une fanatique de la solitude comme tu as l'air de le croire.

Elle a chassé une miette inexistante sur la couverture.

— Je ne crois rien du tout, ai-je rétorqué, répondant à son mensonge par un autre mensonge.

Un interne des urgences est entré dans la salle à ce moment-là. Les cheveux gras, la mine de quelqu'un qui n'était pas rentré chez lui depuis l'époque où Reagan était à la Maison-Blanche. Le rectangle en plastique sur sa blouse indiquait qu'il s'appelait Bliss — bonheur. Mais peut-être avait-il épinglé ce nom inventé de toutes pièces. Histoire de remonter le moral des patients de façon subliminale. *Le bonheur soit avec vous !*

— Vous pouvez dire à madame que ce n'est pas encore aujourd'hui que je ferai don de mes organes ? lui a lancé Emma.

Relevant les yeux du dossier de mon amie, Bliss a déclaré qu'elle était en pleine forme.

— Maintenant, vous voulez dire ! Parce qu'il y a deux heures, elle était sans connaissance !

— Le traitement qu'elle suit met parfois les malades sur le flanc, m'a répondu l'interne. Courir un marathon n'est peut-être pas conseillé dans son cas, mais elle peut partir d'ici.

Et d'ajouter en se tournant vers Emma :

— Il va de soi que vous devez rester en contact régulier avec votre médecin traitant.

Emma m'a fait une grimace de victoire, le pouce levé en l'air.

— Elle veut se remettre au boulot immédiatement.

— Ce n'est pas la meilleure des choses à faire dans l'immédiat. Rentrez chez vous et reposez-vous, le temps de récupérer vos forces.

— Rassurez-vous, je ne suis pas dans l'équipe de football de Caroline du Sud.

— Vous faites quoi dans la vie ? a-t-il demandé sur un ton fatigué tout en inscrivant quelque chose dans le dossier.

— Madame est le coroner du comté, ai-je répondu à la place d'Emma.

Bliss s'est arrêté d'écrire.

— Je me disais bien aussi que votre nom ne m'était pas inconnu.

Une infirmière a passé la tête. Bliss lui a demandé de débrancher Emma.

— Votre amie a raison, a déclaré Bliss en refermant le dossier. Prenez la journée. Si vous ne vous reposez pas, ça peut recommencer.

L'interne n'était pas sorti depuis cinq secondes qu'Emma était déjà au téléphone avec le bureau du shérif. Gullet était absent. Elle a annoncé à la réceptionniste qu'elle allait venir en personne déposer un dossier à entrer de toute urgence dans le fichier du NCIC.

Débranchée et rhabillée, elle est sortie de la salle. Je la suivais comme un toutou, décidée à faire tout ce qu'il fallait pour qu'elle rentre chez elle ou, tout du moins, à ne pas la lâcher d'une semelle. Au cas où elle s'écroule encore.

Ensemble, nous avons renfermé le CCC-2006020277 dans sa housse et laissé à un technicien la tâche de le rapporter en chambre froide. Tout en rangeant les radios et la paperasse, j'ai insisté auprès d'Emma pour qu'elle rentre se coucher, sans rien obtenir d'autre qu'un « Je vais bien » obstiné.

À peine le pied dehors, j'ai cru que je me dissolvais dans une cuve de miel en fusion. Quant à Emma, elle descendait déjà la rampe au pas de course. Dans l'intention probable de me planter là. À bout d'arguments, j'ai lancé une dernière salve.

— Emma. Il fait 35 °C à l'ombre. Rien n'est important au point de ne pas pouvoir attendre jusqu'à demain.

La phrase est sortie de mes lèvres plus sèchement que je ne l'avais voulu. Elle a laissé échapper bruyamment un soupir agacé.

— Le type qui vient de m'appeler est un de mes enquêteurs. Un corps vient d'être retrouvé dans les bois.

— Il peut s'en occuper tout seul.

— Il pourrait s'agir d'une affaire sensible.

— Toutes les morts sont sensibles.

— Parce qu'à ton avis je ne m'en suis pas aperçue, au bout des deux premiers milliers d'affaires que j'ai traitées ?

Je l'ai dévisagée d'un air pincé. Elle a repoussé une mèche sur son front.

— C'est bon, excuse-moi. En fait, on recherche un jeune de dix-huit ans qui a disparu depuis près de trois mois. Il sortait d'une longue dépression. Il n'a rien emporté avec lui. Ni fric, ni passeport, ni souvenirs d'aucune sorte.

— Les flics penchent pour le suicide ?

Emma a hoché la tête.

— Oui, bien qu'on n'ait pas retrouvé de lettre explicative. Ni le corps. Mon enquêteur croit qu'il pourrait s'agir de lui.

— Eh bien, qu'il s'en occupe !

— Je ne peux pas me permettre la moindre erreur sur ce coup-là. Le papa est un politicien du coin. Un gars pas facile, proche du pouvoir en place et qui sait faire entendre sa voix. Le cocktail est explosif.

Cette histoire de bateau de plaisance devait toucher Emma plus que je ne l'imaginais.

— Sur quoi se base ton enquêteur pour arriver à cette conclusion ?

— Le pendu est accroché à un arbre qui se trouve à moins de trois kilomètres du dernier endroit où le jeune a habité.

Je me suis représenté la scène. Vision par trop familière.

— Le père a été prévenu ?

Emma a secoué la tête.

J'ai proposé un plan B.

— Eh bien, tu l'appelles et tu lui dis que toute priorité est accordée à l'enquête sur son fils. Qu'un corps vient d'être retrouvé, mais son identification est rendue compliquée par le temps écoulé, qui plus est, exposé aux intempéries comme il l'était. Bref, que tu aurais besoin de faire appel à un expert de l'extérieur.

Emma a évidemment pigé au quart de tour, comme d'habitude.

— C'est moi qui autorise les analyses. Le coût ne sera pas un obstacle.

— J'aime bien quand tu te montres raisonnable.

Elle a souri faiblement.

— Tu ferais ça pour moi ? Vraiment ?

— Et toi, tu as vraiment toute autorité pour me confier cette affaire ?

— Oui.

— Eh bien alors, où est le problème ? Mais à une seule condition : tu rentres tout droit chez toi. Promis ?

— Avec un bémol. Je passe d'abord chez le shérif déposer le dossier du squelette de Dewees et je lui arrache la promesse de l'entrer tout de suite dans le fichier. Pendant ce temps-là, tu surveilleras le décrochage du corps. On reste en contact par téléphone.

— Après ta sieste.

— Ouais, ouais.

— Nous voilà avec quelque chose qui ressemble à un plan.

Chapitre 9

Voilà ce qu'Emma savait de ce jeune qui avait disparu.

Enfant perturbé, Matthew Summerfield IV appartenait à une lignée qui n'admettait pas l'imperfection. Sa mère, née Sally Middleton, descendait des Middleton du premier Parlement américain. Son père, diplômé du collège militaire Citadel, régnait tel un monarque sur le conseil municipal de Charleston.

Matthew IV avait bien essayé de marcher sur les traces de Matthew III, mais celui-ci, partisan de la fermeté en amour, l'avait chassé du toit familial pour avoir fumé de l'herbe comme un méprisable plébéien.

Recueilli par des copains, Matthew IV s'était fait des sous en vendant aux touristes une composition extraordinaire de treize variétés de pois pour la soupe et le Hoppin' John, qui n'était autre qu'un mélange de riz et de haricots achetés au Piggly Wiggly du coin et reconditionnés par ses soins. Le 28 février, après avoir quitté son étal au marché d'East Bay Street, dans la vieille ville, le jeune Mat avait à peine eu le temps d'arriver à Meeting Street qu'il était parti en fumée. Il avait dix-huit ans.

Suivant les indications d'Emma, j'ai franchi la rivière Wando et pris la direction du nord. La forêt nationale Francis Marion est une plaine triangulaire de cent vingt-cinq mille hectares, bordée au nord par la Santee, à l'est par le bras de mer séparant l'archipel du continent et à l'ouest par le lac Moultrie. Sévèrement endommagée par l'ouragan Hugo en 1989, la flore est repartie depuis avec une vigueur de jungle brésilienne, au point que j'ai craint pendant tout le trajet de passer sans le voir devant le théâtre des opérations.

Angoisse bien inutile, car une armada de véhicules était stationnée sur le bas-côté : plusieurs voitures de police, gyrophare allumé ; un fourgon de la morgue ; une jeep des services forestiers ; une Chevrolet Nova hors d'âge et deux VUS. Leurs occupants, vêtus à l'identique de pantalons de treillis ou de jeans coupés au genou, étaient appuyés contre les pare-chocs. Et tout ce petit monde affichait la même expression de curiosité, se racontant déjà l'histoire dans sa tête.

Pas une voiture de la presse à l'horizon. Ce bonheur n'allait pas durer, à en juger par le nombre de spectateurs.

En plus de cette assemblée occupée à bayer aux cor-neilles, il y avait là un flic en uniforme et deux jeunes Noirs. Des explications d'Emma, j'ai compris qu'il s'agissait des ados qui avaient eu la chance de découvrir le corps.

Des gars d'environ seize ans, qui arboraient la tenue gangsta typique : crâne rasé, chandail de joueur de basket gigantesque et jeans pendant à l'entrejambe.

Le policier était de petite taille avec des yeux bruns presque noirs et un nez mince et pointu qui devait lui valoir le surnom de Faucon. En dépit de la chaleur et de l'humidité accablantes, il n'avait pas un faux pli à son pantalon et le bord de son chapeau était parfaitement parallèle à ses sourcils. C'est vers ce petit groupe que je me suis dirigée, chargée de mon paquetage.

En m'entendant approcher, le policier a suspendu son interrogatoire et plaqué sur ses traits une expression neutre que je pouvais interpréter à ma guise. Pourquoi pas comme de l'arrogance ? Son badge l'identifiait comme étant H. Tybee.

Les jeunes, bras croisés sur la poitrine, me jaugeaient en penchant si bas la tête sur le côté qu'ils n'étaient pas loin de se gratter l'oreille avec l'épaule.

Trois gars jouant les durs.

Je me suis présentée, expliquant que j'étais là à la demande du coroner.

Tybee a réagi en désignant les bois d'un mouvement de la tête.

— Le mort est par là-bas.

Par là-bas ?

— Ces deux garçons du coin prétendent qu'ils ne savent rien.

Lesdits garçons du coin ont quitté leur posture « avachis sur les jambes » pour échanger des sourires satisfaits. Je me suis adressée au plus grand.

— Comment vous appelez-vous ?

— Jamal.

— Qu'est-ce qui s'est passé, Jamal ?

— On l'a d'jà dit.

— Redites-le-moi.

Il a haussé les épaules.

— On a aperçu un truc qui pendait de l'arbre. C'est tout.

— Vous avez reconnu cette personne ?

— L'était trop amochée.

— Que faisiez-vous dans les bois ?

— On aime bien la nature.

Nouvel échange de sourires.

Un bruit de moteur nous a tous fait tourner les yeux vers la route. Une Ford Explorer blanche au flanc frappé d'une étoile bleue a émergé du virage et s'est arrêtée derrière une voiture de patrouille.

Un homme en est descendu, suivi d'un chien. Un type de haute taille, frisant le mètre quatre-vingt-dix et arborant un torse de boxeur. Il était en treillis et lunettes d'aviateur. Le chien, marron, devait avoir du retriever parmi ses ancêtres.

Encore un peu et j'allais me sentir pas assez habillée pour l'occasion. La prochaine fois, j'emmènerais Boyd.

L'homme s'avançait vers nous avec une prestance de gouverneur. Les mots « Shérif Junius Gullet » étaient brodés sur sa chemise d'un blanc éclatant.

Jamal a décroisé les bras pour fourrer ses mains dans ses poches. N'a pu s'y cacher que le bout des doigts.

— Bonjour monsieur, a dit Tybee en touchant le bord de son chapeau. La dame dit qu'elle remplace le coroner.

— Je sais. Apparemment, c'est le cas. J'ai eu Miz Rousseau au téléphone, a-t-il dit en déformant un peu le nom d'Emma, qu'il prononçait *Roosa*.

Le chien est parti vers les bois et a levé la patte au pied de plusieurs arbres.

Gullet m'a évaluée de haut en bas avant de me tendre la main. Une poignée de main de casse-couilles et une voix dénuée de toute intonation pour me demander si j'étais le médecin de Charlotte.

— Plus exactement, anthropologue judiciaire.

— D'habitude, Miz Rousseau utilise les services de Jaffer.

— Il est à l'étranger, comme elle a dû vous le dire.

— Ça sort un peu de l'ordinaire, mais la décision en revient à Miz Rousseau. Elle vous a fait le topo ?

J'ai hoché la tête.

— L'enfant vivait à moins de deux kilomètres d'ici avec toute une flopée de drogués.

OK, le shérif n'était pas de ces gens qui s'extasient quand ils résument les faits.

— Z'avez vu le corps ? a-t-il demandé sur un ton toujours aussi plat.

— Je viens seulement d'arriver.

— C'est plus que de la purée pour les vers, a lancé Jamal, et son sourire narquois s'est élargi jusqu'à lui dépasser de la figure.

Gullet a tourné la tête lentement, le visage totalement inexpressif, presque ennuyé.

Un silence inconfortable s'est installé.

— Tu ne manques pas de respect aux morts, fiston. D'accord ?

Jamal a haussé les épaules.

— Z'avez pas vu sa tête, au gars !

Gullet lui a planté son doigt costaud dans le sternum.

— Tu veux bien fermer ta gueule un petit moment et écouter la suite ? Cette purée pour les vers, comme tu dis, est une âme du Seigneur au même titre que nous tous. Même toi, fiston, il se pourrait bien que tu fasses partie du lot !

Gullet a retiré son doigt.

Les deux jeunes ont manifesté soudain un intérêt démesuré pour leurs chaussures.

— Là-bas, a repris le shérif en se tournant vers moi, il y a un chemin qui mène au marais. Ce n'est pas un endroit apprécié des touristes ou des gens du coin. La pêche n'y est pas fameuse et il y a trop de bestioles pour qu'il soit agréable d'y camper.

J'ai hoché la tête.

— J'espère que vous ne vous attendiez pas à une partie de plaisir.

Nouveau mouvement de la tête de ma part, cette fois dans le sens latéral.

— En tout cas, j'en connais un qui n'est pas dérangé, a fait remarquer le shérif en voyant son chien s'élancer dans le sous-bois.

Et de suivre son toutou.

Je leur ai emboîté le pas, me branchant intérieurement sur le mode « scène de mort ». À partir de cet instant, ma perception du monde extérieur allait être entièrement focalisée sur l'affaire. Rien de ce qui s'y rapportait ne pourrait m'échapper, une touffe d'herbe trop abondante, un rameau brisé, une odeur particulière ou un insecte minuscule. La mêlée humaine autour de moi s'effacerait pour n'être plus qu'un brouhaha indistinct.

Dans cette partie-là, la forêt était un mélange de pins taeda, d'autres résineux, de hêtres et de ciguës géantes. De l'enchevêtrement de cornouillers, de noisetiers et de broussaille qui constituaient le sous-bois montait un parfum de végétation chauffée par le soleil.

Gullet avait choisi une cadence rapide. Nous avancions sur un sol détrempé et doux sous les pas au milieu d'une folle géométrie d'ombres et de lumières produite par le soleil qui se faufilait entre les branches. Par moments, un bruissement de feuilles révélait la fuite d'un animal étonné.

À une vingtaine de mètres de la route, les arbres s'espaçaient pour former une petite clairière. Le marais s'étendait à droite. Sa surface noire et lisse n'était troublée çà et là que par une libellule ou un insecte aquatique.

Figés dans un étonnement primordial, les pins de la berge plongeaient leurs troncs dans une encre noire où l'on voyait affleurer leurs racines vertes, noueuses et moussues.

À cinq mètres de là se dressait un chêne blanc solitaire. Un corps se balançait à la branche la plus basse, raclant presque la terre du bout de ses pieds. Vision d'horreur dont je ne pouvais arracher mon regard.

Quel drame pouvait pousser un homme à une telle extrémité ? Par quelle torture spirituelle, par quelle angoisse son âme était-elle passée pour qu'il en vienne à introduire sa tête dans un nœud coulant et à sauter dans le vide ?

Des hommes en uniforme et en civil bavardaient entre eux. Les moulinets qu'ils faisaient pour chasser les mouches et les moustiques révélaient de grandes auréoles sombres sous leurs bras.

Une femme était occupée à tourner une vidéo de la scène. Une corpulence de bûcheron et des cheveux bouclés d'une teinte roux cuivré qui ne devait rien à mère Nature. Elle portait deux appareils photo autour du cou et une chemise sur laquelle s'étalait le logo du coroner du comté de Charleston.

Je suis allée me présenter à elle. Son nom : Lee Ann Miller.

— Ça vous ennuie si je jette un coup d'œil au corps ?

— Entre dans la danse, ma chérie !

Me gratifiant d'un sourire aussi large que la baie de Charleston, elle a soulevé ses cheveux pour se rafraîchir.

— Je peux attendre que vous ayez fini, si vous préférez.

— Tes petites fesses dans le champ, c'est pas exactement ce qu'on attend de moi.

Nouveau sourire gigantesque en s'éventant le cou. Nonobstant les circonstances, je lui ai souri en retour. Lee Ann Miller était de ces personnes auprès de qui on vient chercher réconfort et conseil, ou simplement rire un bon coup.

En marchant vers l'arbre, j'ai entendu Gullet s'adresser à l'un des autres joueurs impliqués dans la partie à venir. Je n'ai pas prêté attention à ce qu'il lui disait. Je m'étais déjà concentrée afin de m'imprégner de tous les détails de la scène.

La corde utilisée, jaune, était une tresse à trois fils en polypropylène. Le nœud coulant était enfoncé dans la chair du cou à hauteur de la troisième ou de la quatrième cervicale. Le pendu avait perdu sa tête et les deux vertèbres du haut.

Le corps n'était plus que chairs putréfiées et desséchées recouvrant les os. Les vêtements qui le couvraient, un pantalon noir et une veste en jean, flottaient au vent comme sur un épouvantail. Les chaussettes marron et la botte éculée étayaient l'hypothèse que cet individu s'était pendu à une période de l'année où la température était plus fraîche.

Où était l'autre botte ?

À trois mètres du corps, à l'est, un petit drapeau jaune signalait la présence d'un objet : la seconde botte, justement, avec une partie de la jambe droite enfoncée à l'intérieur.

Enfermés dans le cuir, le pied et l'extrémité distale du tibia et du péroné. Ces os n'avaient plus leur extrémité proximale, leur tige axiale ayant été brisée. Et celle-ci présentait les mêmes bords ébréchés que le fémur, là-bas.

— Expliquez-moi ça ! a dit Gullet qui était venu me rejoindre.

— Les animaux sont des opportunistes. La plupart deviennent des prédateurs pour peu qu'on leur en offre l'occasion.

Un moustique m'a perforé le bras. L'ayant occis d'une claque, je me suis remise à mon repérage des lieux.

Le crâne se trouvait plus loin, à six mètres de l'arbre, coincé au creux d'une des racines qui serpentaient à fleur de terre depuis le tronc. Lui aussi indiqué par un fanion.

Et rongé, lui aussi.

— La tête n'est pas tombée à cause d'un animal qui aurait grimpé dans l'arbre, a déclaré Gullet resté près de moi.

— Non, elle se détache souvent toute seule, surtout si le corps est resté longtemps pendu.

Un bruit dans le feuillage a attiré mon regard. Un corbeau venait de se poser sur une branche.

— Les oiseaux ont pu accélérer sa chute. Mais la jambe, elle, a certainement été arrachée par des prédateurs. En tirant dessus.

Tout en parlant, je promenais les yeux autour de moi.

— Il manque la mâchoire.

— Je m'en occupe, a dit Gullet, pas impressionné pour deux sous.

Le laissant interroger Lee Ann, je me suis accroupie pour examiner la tête de plus près. Pour des raisons connues de lui seul, le chien du shérif a jugé bon de venir me tenir compagnie. Si ces lieux avaient été sous mon autorité, je n'aurais jamais permis qu'un chien s'y promène en liberté. Mais ils étaient sous la responsabilité du shérif et il ne servait à rien de le confronter : il demeurait impassible quoi qu'il arrive.

Mieux valait rester concentrée. Et enfiler mes gants.

Le crâne n'avait plus beaucoup de cheveux. Cependant, à l'endroit où il en avait eu autrefois, l'os, à présent blanchi par le soleil, présentait une très légère variation de couleur.

Du bout du doigt, j'ai fait délicatement rouler la tête. De minuscules insectes se promenaient sur les traits évidés.

Sur le côté gauche, des lambeaux de chair imprégnés de terre étaient encore accrochés à la joue et à la tempe. L'œil était resté dans l'orbite, petit grain de raisin sec noir mélangé à de la terre et à de la mousse.

Le soleil a disparu derrière un nuage juste au moment où le crâne reprenait sa position initiale. La lumière a baissé et la température fraîchi. J'ai frissonné. Le spectacle que j'avais sous les yeux était ce qu'il restait d'un désespoir total.

Revenue près du corps, j'ai inspecté le sol à la verticale des pieds. Pas de larves, mais des carapaces attestant la présence de pupes à un moment donné. J'ai sorti une fiole en plastique de mon paquetage pour en recueillir des échantillons.

Le chien de Gullet observait, la langue pendante.

— La mâchoire n'a pas été retrouvée.

Le shérif était de retour. Je me suis relevée.

— On pourrait fouiller le secteur ?

Il est parti régler la question. J'ai continué à emmagasiner les détails.

Pas de déjections animales. Des guêpes, des mouches, des fourmis. Un tronc d'arbre portant la trace de griffes, un membre déchiqueté. Une corde effrangée au bout. Un nœud coulant positionné à l'arrière du cou.

— Lee Ann Miller voudrait savoir combien de temps il vous faut encore.

— J'ai fini.

— On peut y aller ! a crié Gullet en accompagnant ses mots d'un mouvement circulaire du bras.

Dans le silence des bois, sa voix a retenti comme une explosion.

Lee Ann Miller a levé le pouce. Puis elle s'est dirigée vers l'endroit par où nous étions arrivés. Un mot à l'un des hommes qui regardaient, et celui-ci s'est éclipsé.

Elle est revenue près de l'arbre en portant une civière, aidée d'un autre observateur. Après avoir détaché les courroies et les avoir rabattues sur le côté, elle a étendu une housse à cadavre préalablement ouverte.

L'homme qui était parti est revenu, lesté d'une échelle pliante. Du geste, Gullet lui a indiqué de l'appuyer contre le tronc.

L'ayant dépliée au maximum, l'homme en a escaladé les barreaux. Un rétablissement l'a assis à califourchon sur la branche. Gullet s'est rapproché de l'arbre pour mieux diriger les opérations.

Le reste du groupe observait de loin en silence, les yeux fixés sur le cadavre.

Lee Ann Miller a tendu une cisaille à long manche au gars perché sur la branche. Après quoi, aidée de son assistant, elle a placé la civière juste en dessous du mort. Elle a ensuite introduit délicatement la jambe du pendu dans l'ouverture de la housse et en a soulevé l'autre extrémité en veillant à la tenir le plus possible parallèle par rapport au corps.

Du haut de sa branche, le type a interrogé le shérif des yeux.

— Coupe, lui a crié Gullet, mais vas-y mollo !

Cette fois encore, ses traits n'exprimaient pas la moindre émotion.

— Le plus loin possible du nœud coulant ! ai-je crié à mon tour.

L'homme s'est penché en avant. Ayant bloqué la corde entre les lames courtes et incurvées de sa cisaille, il a refermé les poignées d'un coup sec.

Je me suis avancée, prête à bouger le corps au besoin pour le faire entrer à l'intérieur de la housse.

La corde s'est coupée au deuxième essai.

Lee Ann Miller a levé encore son côté de la housse en même temps que son assistant abaissait le sien. Pour ma part, je me suis tenue les deux bras en l'air pour empêcher au besoin le corps de basculer.

Le cadavre a glissé à l'intérieur de la housse. Suant et grognant, Lee Ann Miller et son acolyte ont fait passer la housse au-dessus de leurs têtes et l'ont déposée sur la civière.

— On voit que vous avez l'habitude.

Elle m'a répondu par un hochement de tête tout en s'épongeant le visage de son bras. Et elle est partie ramasser la tête et les os de la jambe.

Gullet fouillait déjà les poches du mort à la recherche d'une pièce d'identité.

Rien dans le pantalon. Mais dans l'une des poches de la veste, *hell-o!*

Un portefeuille en cuir.

Abîmé bien sûr, car la veste était imbibée de matière en décomposition.

Gullet a cependant réussi à l'ouvrir en grattant avec son ongle. À l'intérieur, le cuir était détrempé et visqueux.

Se servant de ce même ongle, le shérif a gratté la pâte recouvrant un premier compartiment en plastique.

— Tiens, tiens, a-t-il laissé tomber.

Il est possible que ses joues se soient contractées.

Chapitre 10

— Un permis de conduire délivré par notre grand État de Caroline du Sud.

Gullet a gratté encore le plastique. Ayant relevé ses lunettes sur sa tête, il a penché le portefeuille d'un côté puis de l'autre.

— Impossible que ce pauvre gars soit Matthew Summerfield.

Il a passé le portefeuille à Lee Ann.

L'adjointe du coroner l'a incliné pour mieux voir, comme le shérif avant elle.

— Ouais, c'est ça… Mais c'est écrit trop petit pour mes pauvres yeux de vieille.

Elle m'a tendu l'objet.

Bien que la photo soit assez abîmée, il était clair que le sujet représenté n'était plus un enfant. C'était un homme aux traits mous, avec des lunettes à monture noire et les cheveux coiffés de manière à dissimuler sa calvitie. J'ai éloigné le portefeuille pour mieux déchiffrer le nom à côté de la photo.

— On dirait Chester quelque chose… Pinney. Peut-être Pickney ou Pinckney. Le reste est trop abîmé.

Lee Ann m'a présenté une pochette à fermeture étanche. J'y ai laissé tomber la pièce à conviction. Elle a remis le sachet à Gullet.

— Si vous n'avez rien contre, nous allons emporter la dépouille de ce monsieur à la morgue. Mlle Rousseau voudra savoir qui c'est et prévenir sa famille.

Elle a regardé sa montre. Tout le monde a fait son chien de Pavlov.

— On va sur les sept heures, a dit Gullet. Rien d'autre ne se passera ce soir.

Sur un hochement de tête à Lee Ann Miller et à moi-même, il a rabaissé ses lunettes sur son nez et sifflé son chien avant de repartir vers la route.

Laissant son collègue dégager le reste de la corde et le ranger dans un sachet pour pièce à conviction, Lee Ann m'a accompagnée dans un dernier tour du site destiné à nous convaincre que rien n'avait été oublié. Les lianes et la mousse chuchotaient au-dessus de nos têtes. Les moustiques gémissaient ; un chant d'insectes s'élevait de la sombre tristesse du marais. Le ciel rouge sang commençait à céder la place à un crépuscule typique des basses-terres.

Lee Ann a claqué les doubles portes du fourgon de la morgue. Elle avait le visage boursouflé par les piqûres d'insectes et la chemise noircie par la transpiration, devant comme derrière. Je lui ai dit que je préviendrais le coroner. Elle m'a remerciée.

— Ça fera toujours un souci de moins pour mon esprit débordé.

J'ai appelé Emma avant de m'engager sur l'autoroute. Elle a décroché au bout de trois sonneries. Voix faible, sur la défensive. Je l'ai mise au courant du déroulement des opérations.

— Je ne sais pas comment te remercier.

— Tu n'as pas besoin.

— Les Summerfield seront soulagés.

— Air connu, ai-je répliqué sans grand enthousiasme. Le malheur des uns fait le bonheur des autres.

Je l'ai entendue prendre une goulée d'air. Rien n'a suivi.

— Quoi ?

— Tu n'as pas chômé.

— Oh, tu sais…

— J'aurais un service à te demander.

— Vas-y.

Une hésitation, puis :

— Je dois suivre un traitement demain matin. Est-ce que…

— À quelle heure ?

— Sept heures.

— Je passerai te prendre à six heures et demie.

— Merci, Tempe.

Son soulagement m'a presque fait pleurer.

Retour à la maison dans des vêtements qui puaient la mort, comme l'autre jour. Et, comme l'autre jour, décrassage de la tête aux pieds sous la douche extérieure et sous une eau aussi chaude que je pouvais le supporter.

Boyd m'a accueillie avec son enthousiasme habituel, en alternant les huit autour de mes jambes et les sauts sur ses pattes de derrière. Cela, sous l'œil désapprobateur de Birdie — ou méprisant ? Avec les chats, c'est toujours difficile de savoir.

M'étant changée, j'ai rempli leurs bols respectifs avant d'aller écouter le répondeur. Ryan n'avait pas appelé. Ni laissé de message sur mon cellulaire.

Pete n'était pas là, et sa voiture n'était pas dans l'allée. Me voyant décrocher sa laisse, Boyd a été pris de frénésie. Il s'est mis à tourner en rond dans la cuisine, pour s'aplatir brusquement sur les pattes avant, l'arrière-train dressé en l'air. Je l'ai emmené faire une longue promenade sur la plage.

De retour à la maison, j'ai vérifié une fois de plus les deux téléphones. *Nada*. J'ai questionné le chien.

— Ryan n'a pas appelé ?

La tête penchée de côté, il a fait danser ses sourcils.

— Tu as raison. Ou il boude et alors laissons-lui de l'espace, ou il est occupé et il téléphonera dès qu'il le pourra.

Dans ma chambre, j'ai ouvert la baie vitrée donnant sur la terrasse avant d'aller m'écrouler sur mon lit. Boyd s'est effondré sur le plancher. Je suis restée longtemps les yeux ouverts dans le noir, à écouter les vagues et à humer l'odeur de l'océan.

À un moment de la nuit, Birdie a sauté sur mon lit et s'est couché en rond près de moi. Je me disais que je devrais descendre avaler quelque chose quand je me suis endormie.

Gullet ne s'était pas trompé : rien ne s'est passé cette nuit-là.

— Pinckney ? a lancé Emma, le téléphone collé à l'oreille.

Il était un peu plus de onze heures du matin et Emma, revêtue de la chemise réglementaire des patients, recevait son traitement dans la salle de soins de la clinique oncologique où je l'avais conduite ce matin, à deux pâtés de maisons du centre hospitalier. Avantage dû à sa fonction de coroner, elle était autorisée à faire usage de son cellulaire.

— Vous avez son numéro ?

Une pause.

— C'est quoi, l'adresse exacte ?

Une pause.

— Je connais. Je filerai là-bas d'ici une petite heure…

Ayant raccroché, elle a précisé à mon intention :

— Chester Tyrus Pinckney.

— Je n'étais pas si loin.

— Le téléphone est coupé. Si l'adresse est bonne, c'est du côté de Rockville.

— Dans le sud de l'État ? Près de Kiawah et Seabrook ?

— Oui, sur l'île de Wadmalaw. C'est le fin fond de la campagne.

— Il a fait un sacré bout de chemin pour aller se pendre, ton M. Pinckney, tu ne trouves pas ? ai-je fait remarquer après un instant de réflexion.

Emma n'a pas eu le temps de répondre. Une dame en blouse blanche venait d'entrer dans la salle, un dossier à la main. Visage avenant, quoique indéchiffrable.

Emma me l'a présentée comme étant son médecin traitant, Nadja Lee Russell. Sur les traits de mon amie, l'anxiété a remplacé la bravade qu'elle affichait depuis le début de la matinée.

— C'est une crise que vous avez eue là, a déclaré la nouvelle venue.

— Juste de la fatigue.

— Vous avez perdu connaissance ?

— Oui, a reconnu Emma.

— Ça vous était déjà arrivé ?

— Non.

— De la fièvre ? Des nausées ? Des suées nocturnes ?

— Un peu.

— De quoi ?

— Des trois.

Elle a inscrit quelques mots dans son dossier et tourné plusieurs pages. L'on n'a plus entendu que le bourdonnement des néons au plafond.

Le Dr Russell était plongée dans sa lecture. Le silence perdurait, sinistre. La poitrine comprimée par un étau de glace, j'avais l'impression d'être dans l'attente d'un verdict : vous vivrez, vous n'en réchapperez pas ; il y a du mieux, ça empire... Je me suis forcée à sourire.

— J'ai peur de ne pas être porteuse de bonnes nouvelles, Emma, a fini par déclarer le médecin. Les analyses ne sont pas aussi bonnes que je l'espérais.

— Le taux a baissé ?

— Disons qu'il n'y a guère d'amélioration.

La salle m'a soudain paru toute petite. J'ai saisi la main d'Emma.

— Qu'est-ce qu'on fait, maintenant ? a demandé mon amie d'une voix plate, les traits rigidifiés.

— On continue. Tout le monde ne réagit pas pareil. Chez certains patients, l'efficacité du traitement apparaît moins vite.

Emma a hoché la tête.

— Vous êtes jeune et solide. Continuez à travailler si vous en avez la force.

— Ça, certainement !

Le Dr Russell s'est dirigée vers la porte. Emma l'a suivie des yeux. Dans son regard, j'ai vu de la peur et de la tristesse mais aussi, et surtout, du défi.

— Tu peux être certaine que je vais travailler, poulette !

À en croire les brochures touristiques, l'île de Wadmalaw est la mieux préservée de toutes celles de l'archipel qui s'étire le long de la côte, en face de Charleston. C'est aussi la moins attirante.

Techniquement parlant, il s'agit bien d'une île puisque ce bout de terre émergé est séparé du continent par les rivières Bohicket et North Edisto. Cependant, elle ne donne pas vraiment sur l'océan. Elle est bloquée au sud et à l'est par deux îles plus grandes, Kiawah et Seabrook. Le bon côté des choses, c'est que Wadmalaw subit rarement les ouragans de plein fouet. Le mauvais, c'est qu'il n'y a là-bas pas une seule plage de sable fin. Cette terre est un ramassis de bois, de marécages et de zones écologiques peu fait pour exciter l'enthousiasme des touristes ou des citadins en quête de résidence secondaire.

Toutefois, quelques villas récentes témoignent que la vie à Wadmalaw va s'améliorant, même si les fermiers, les marins-pêcheurs et les pêcheurs de crabes et de crevettes continuent de former le gros de la population. La principale attraction de l'île est la Plantation de thé de Charleston, fondée en 1799, qui revendique le titre de plus vieille plantation de thé de toute l'Amérique. Mais y en a-t-il seulement une autre dans le pays ?

Néanmoins, il se pourrait bien que Wadmalaw devienne un jour une mine d'or pour peu que les tenants de l'écotourisme se prennent de passion pour les lézards à écaille molle et les tortues à pattes palmées.

Rockville s'élève tout au sud de Wadmalaw. C'est la direction que nous avons prise au départ de la clinique. Avant de monter en voiture, j'avais tenté de parler de sa maladie avec Emma. Elle m'avait vite fait comprendre que le sujet était tabou. Au début, son attitude m'avait agacée. Pourquoi me demander de lui tenir compagnie si c'était pour me reléguer au rang de spectateur muet ? D'un autre côté, est-ce que je n'aurais pas fait pareil à sa place : ne pas parler de ma maladie pour ne pas lui donner de crédit ? Je me suis conformée à son souhait. À elle de décider, c'était elle la malade.

J'avais pris le volant, Emma faisait le navigateur. Nous avons tout d'abord traversé les îles James et Johns, puis emprunté l'autoroute Maybank avant de bifurquer sur la route Bears Bluff. Mis à part quelques considérations sur la topographie ou les panneaux de circulation, nous roulions en silence, bercées par le ronron de l'air conditionné et le bruit des insectes s'écrasant sur le pare-brise.

Enfin, Emma m'a dit de tourner sur une petite route bordée de chênes aux branches envahies de lianes dégoulinantes. Peu après, elle m'a indiqué de virer encore à droite et ensuite à gauche, quatre cents mètres plus loin. À partir de là, nous avons cahoté sur un chemin de terre creusé d'ornières.

Les arbres des deux côtés s'inclinaient vers le centre de la voie, attirés au fil des siècles par le ruban de lumière que créait ce passage au cœur de la végétation. Au-delà de leurs troncs, on distinguait des fossés remplis d'une eau saumâtre d'un vert presque noir en raison de la mousse qui les encombrait.

Çà et là, une boîte aux lettres à droite ou à gauche signalait le départ d'un chemin. Celui sur lequel nous roulions était à ce point dévoré par la végétation qu'on avait l'impression de progresser le long d'un tunnel creusé dans l'espace par un vermisseau.

— Là !

Emma a désigné une boîte aux lettres. Je me suis arrêtée à côté.

PINCKNEY.

Des lettres en métal assemblées à la va-comme-je-te-pousse, de celles qu'on achète dans les magasins à rabais et qu'on se refile de génération en génération.

Par terre, appuyé contre le pilier, un panneau écrit à la main annonçait des lapins à vendre et des appâts de qualité.

— Qu'est-ce qu'on attrape, avec les lapins ?

— La tularémie, a répondu Emma. Tourne ici.

Trente mètres plus loin, les arbres cédaient la place à un épais taillis qui se dissolvait à son tour en une petite clairière.

Pas l'ombre d'un immeuble de prestige ou d'un court de tennis ; pas l'ombre d'un Dickie Dupree à l'horizon. Ces lieux n'avaient rien pour inciter un promoteur à y construire la maison de ses rêves.

Au centre de l'espace débroussaillé se dressait une maisonnette en bois, entourée du rebut habituel : pneus empilés, pièces de rechange pour moteurs, meubles de jardin déglingués et appareils rouillés. L'habitation, d'un seul étage, reposait sur des piliers en brique à demi éboulés. La porte d'entrée était ouverte, mais la moustiquaire empêchait qu'on distingue quoi que ce soit à l'intérieur.

À droite, un câble en acier courait entre deux montants. Y était suspendue une laisse pourvue d'un collier étrangleur.

Un peu plus loin, un hangar fait de planches grossières, qui ne tenait debout que par l'opération du Saint-Esprit. À tout croire, la cabane des lapins.

Je me suis tournée vers Emma. Elle était en train de prendre une longue inspiration. Visiblement, la tâche à venir n'était pas de celles qu'elle accomplissait la joie au cœur. Elle est descendue de voiture. Je l'ai imitée. L'air chaud et humide était saturé d'une odeur de décomposition végétale.

Elle a grimpé le perron. Je suis restée au pied des marches, sur le qui-vive, prête à voir débouler un pitbull ou un rottweiler. J'adore les chiens, mais je suis réaliste. À la campagne, chien de garde + inconnus = coups de feu et points de suture.

Emma a frappé à la porte.

Un grand oiseau noir est passé en rase-mottes au-dessus du hangar. Je l'ai regardé tournoyer en coassant et disparaître dans les pins au-delà des taillis.

Emma a lancé un appel et a recommencé à tambouriner sur la porte.

Une voix d'homme a répondu, ponctuée par un grincement de gonds.

J'ai reporté les yeux sur la maison.

Et découvert devant moi la dernière personne que je m'attendais à voir.

Chapitre 11

Répondant aux coups d'Emma, un homme venait d'apparaître sur le seuil. Il portait un pantalon jaune qui lui pendait entre les jambes, des sandales en caoutchouc et un t-shirt abricot qui disait : « Va-t'en, la Terre est pleine ! » Des lunettes à montures noires complétaient sa tenue. Surtout, il avait la coiffure la plus moche que j'aie vue de ma vie : trois mèches grasses rabattues sur un crâne aussi chauve qu'un genou.

Je me suis figée, les yeux ronds, la bouche ouverte.

Chester Pinckney lui-même en chair et en os !

— Qui se permet de frapper à ma damnée de porte ?

N'ayant pas vu le permis de conduire trouvé sur le pendu, Emma n'était pas en mesure d'identifier l'habitant des lieux. Elle s'est lancée dans son discours sans remarquer ma réaction.

— Comment allez-vous, monsieur ? Puis-je vous demander si vous êtes de la famille Pinckney ?

— La dernière fois que j'ai jeté un œil à c'te damnée de baraque, c'était bien chez moi.

— Très bien, monsieur. Et vous êtes ?

— C'est-y qu'vous auriez b'soin d'une chenillette, mes p'tites dames ?

— Non, monsieur. Je voudrais vous entretenir de Chester Tyrus Pinckney.

Les yeux de Pinckney se sont rétrécis jusqu'à devenir deux fentes.

— C't'une plaisanterie ou quoi ? a-t-il demandé en déviant son regard vers moi.

— Non, monsieur, a poursuivi mon amie avant que j'aie le temps d'ouvrir la bouche.

— Emma...

Elle m'a fait signe de me taire.

Un sourire a étiré les lèvres de Pinckney, révélant des dents brunies par des années de négligence à la sauce nicotine.

— C'est Harlan qui vous envoie ?

— Non, monsieur. Je suis le coroner du comté de Charleston.

— Passqu'on a une fille pour coroner ?

Emma lui a fourré son insigne sous le nez.

Pinckney l'a ignoré.

— Emma..., ai-je tenté encore.

— Vous, c'est les cadavres, pas vrai ? Comme c'qu'on voit à la télé ?

— Oui, monsieur. Vous connaissez Chester Pinckney ?

La question d'Emma lui a clos le bec, soit qu'elle l'ait plongé dans la confusion, soit qu'il lui faille du temps pour trouver une riposte intelligente. J'en ai profité.

— Monsieur Pinckney, vous n'auriez pas perdu votre portefeuille, par hasard ?

Ils se sont tous les deux tournés vers moi. Emma a froncé les sourcils, puis levé les yeux au ciel en secouant la tête.

— Ah, c'est pour ça ? a lâché Pinckney.

— Vous êtes bien Chester Tyrus Pinckney ? s'est enquise Emma sur un ton plus détendu.

— Parce que j'ressemble à c'te damnée d'Hillary Clinton ?

— Non, monsieur.

— Vous avez fini par le coincer, ce pisseux qui m'a fauché mon portefeuille ? Je vais récupérer mon argent ?

— Quand est-ce que vous l'avez perdu, monsieur ?

— Je l'ai pas perdu, bordel. On me l'a piqué !

— Quand était-ce ?

— Oh, y a longtemps. Je m'en rappelle plus.

— Faites un effort, s'il vous plaît.

Pinckney a pris un moment pour réfléchir.

— Après que le camion s'est retrouvé dans le fossé. Après ça, pas moyen de r'foutre la main sur ce permis.

Nous avons attendu qu'il poursuive. Ce qu'il n'a pas fait.

— La date ? a lancé Emma pour l'inciter à reprendre.

— Février, mars. Faisait un de ces froids ! J'me suis gelé le cul pour rentrer à la maison.

— Vous avez fait une déclaration à la police ?

— Pas l'coup d'dépenser ma salive. J'l'ai vendu à la casse, mon tacot.

— Je parlais de votre portefeuille.

— Et comment que j'ai fait une déclaration ! Soixante-quatre dollars, c'est pas rien !

— Où avez-vous déclaré la perte ? a demandé Emma en commençant à prendre des notes.

— C'est pas une perte, j'vous dis ! C't'un vol !

— Vous en êtes certain ?

— Est-ce que j'ressemble à un abruti qu'est pas foutu de garder l'œil sur ses affaires ?

— Non, monsicur. Veuillez me décrire l'incident.

— On était sortis pour rencontrer des dames.

— Qui ça, on ?

— Ben moi et mon ami Alf.

— Racontez-moi ce qui s'est passé.

— Y a pas grand-chose à dire. Alf et moi, on a bouffé des brochettes et on s'est tapé quelques bières. Le lendemain matin, en m'réveillant, plus de portefeuille.

— Vous avez fait le tour des établissements où vous étiez allés ?

— Ceux qu'on s'rappelait.

— Lesquels ?

Pinckney a haussé les épaules.

— J'crois qu'on a passé un moment aux Deux L. Alf et moi, on a sacrément bu.

Emma a rangé son calepin dans sa poche de chemise.

— Votre bien a été localisé, monsieur Pinckney.

Il a poussé une sorte de hululement.

— De toute façon, j'ai compris d'puis belle lurette qu'ces soixante-quatre dollars allaient pas faire fructifier mon compte d'épargne. Le permis, j'm'en fous, j'ai plus d'camion.

— Je suis désolée, monsieur.

Les yeux plissés, Pinckney a demandé :

— Et pourquoi qu'un coroner s'déplace pour m'annoncer la nouvelle ?

Emma a considéré Pinckney, pesant probablement le pour et le contre qu'il y avait à lui révéler la façon dont son portefeuille avait refait surface.

— Je donne un coup de main au shérif.

L'ayant remercié pour lui avoir accordé de son temps, elle m'a rejointe au pied des marches.

Impossible de retraverser la cour. La voie était bloquée par un caniche gris aussi pelé qu'un vieux tapis, portant autour du cou un collier rose avec des clous.

Et dans ses mâchoires, un écureuil mort.

Le chien nous considérait avec curiosité. Nous lui avons rendu la pareille.

— Douglas, au pied !

Pinckney a émis un sifflement aigu. Le caniche s'est levé sans lâcher sa proie et s'est mis à faire des ronds autour de nous.

Un *thrup* et un *bang* ont scandé notre retour à la voiture. La moustiquaire était retombée.

— Un bon vieux chnoque, a dit Emma.

— Douglas ?

— Non, Pinckney.

— Il mange des écureuils.

Ma plaisanterie n'a pas engendré d'enthousiasme chez Emma.

J'ai démarré, fait demi-tour et repris le chemin creusé d'ornières.

— Combien de chances y a-t-il pour qu'on lui ait piqué son portefeuille, à ce vieux chnoque ? a lancé Emma.

— Autant qu'il y en a pour que je devienne l'*American Idol* cette année.

— Et de deux, a soupiré Emma au moment où les roues retrouvaient l'asphalte.

— Oui, l'homme dans les branchages et l'homme sur le rivage.

— Pas mal, ta rime.

— C'est mon sang irlandais. Et le tien, ton sang, il va comment, à propos ?

— Je suis un peu fatiguée, mais ça va.

— C'est bien vrai, ce gros mensonge ?

Elle a hoché la tête.

— Bon.

Elle ne m'a pas demandé si je comptais lui rendre le service d'analyser le pendu. Elle connaissait la réponse. Elle savait aussi que l'idée de me voir travailler sur un autre cas ne serait pas forcément du goût du shérif.

Imaginant qu'elle devrait avoir une petite conversation avec lui, je l'ai ramenée directement à la morgue. Elle a appelé Gullet immédiatement.

Ensuite, ce mardi après-midi a été la copie conforme de notre samedi matin : même chambre froide, même salle d'autopsie en carrelage et inox, même odeur de mort et de désinfectant. Seule différence, Lee Ann Miller s'était déjà chargée d'attribuer un numéro à la victime : CCC-2006020285.

Ayant revêtu des tenues de chirurgien, nous avons transféré le pendu de sa housse à la table d'autopsie. D'abord, les parties qui tenaient encore ensemble, ensuite le crâne et, pour finir, les parties détachées du corps : celles tombées toutes seules et celles arrachées par des prédateurs.

Le cadavre n'avait plus ni cerveau ni organes internes. Les os de son torse, de ses bras et de la partie supérieure de sa jambe étaient toujours enfouis dans des muscles et des ligaments, mais ceux-ci étaient soit putréfiés, soit tannés par le soleil et le vent.

La présence de chair, aussi gênante soit-elle pour analyser un squelette, est un bonus pour identifier un mort rapidement. Car qui dit tissu dit peau ; et qui dit peau dit empreintes digitales.

La main droite, protégée par la manche de la veste, ne s'était pas totalement momifiée. Toutefois, la décomposition avait gravement fragilisé les tissus. J'ai demandé à Emma si elle avait du TES, une solution d'acide citrique et d'eau salée qui permet de reconstituer les tissus desséchés ou endommagés.

— Oui, grâce à la gentillesse de mon embaumeur préféré.

— Tu veux bien le chauffer à environ 50 °C, s'il te plaît ?

Pour ce cas-là, comme pour l'inconnu de l'île, Emma m'avait intronisée grand manitou. Combien de temps parviendrait-elle à faire admettre la situation, mystère, mais j'étais décidée à pratiquer toutes les analyses qu'elle me demanderait de faire jusqu'à ce qu'un ordre supérieur me l'interdise.

— Au micro-ondes, ça te va ?

— Ouais.

Pendant son absence, j'ai sectionné les doigts de la main droite à hauteur de la jointure entre phalangine et phalangette. À son retour, je les ai plongés dans la solution pour qu'ils s'imbibent.

— Ça t'ennuie si je m'éclipse ? Il y a un mort sur un chantier de construction qui requiert mon attention. Quand les empreintes seront prêtes, donne-les au technicien. Il les transmettra à Gullet.

— Pas de problème.

L'examen du squelette ne présentait pas de difficultés a priori. En dehors de la tâche fastidieuse consistant à dégager les os des tissus mous, l'analyse rappelait en bien des points celle que j'avais pratiquée samedi sur l'inconnu de Dewees.

Le plus compliqué a été de diviser la colonne vertébrale en plusieurs éléments pour la mettre à tremper. J'ai commencé par les os plus faciles à extraire des chairs.

La forme du crâne et du bassin indiquait que cet individu était de sexe masculin.

Ses dents, ses côtes et ses symphyses pubiennes m'ont appris qu'il avait passé entre trente-cinq et cinquante ans parmi nous.

La structure de son crâne et de sa face m'a révélé que ses ancêtres venaient d'Europe.

Deuxième Blanc d'une quarantaine d'années.

Sur le plan physique, les similitudes s'arrêtaient là.

Contrairement à l'inconnu de Dewees, le pendu n'était pas grand. D'après la taille de ses os longs, il devait mesurer entre un mètre soixante-sept et un mètre soixante-douze.

Le premier avait des cheveux blonds qu'il portait longs ; le second, des cheveux bruns et bouclés coupés court.

À la différence de l'homme de l'île, l'homme des bois avait les dents du haut en parfait état, sauf qu'il lui manquait trois molaires et une prémolaire. L'état de ses dents du bas restait un mystère puisque sa mandibule n'avait pas été retrouvée. Cependant, les taches présentes sur la face côté langue donnaient à penser qu'il était fumeur.

Le profil biologique achevé, au tour des éventuelles anomalies du squelette. Repérer tout d'abord les particularités congénitales, les éventuelles altérations de forme subies par les os à la suite d'une activité répétée, les traumas guéris et tout autre signe attestant une maladie quelconque.

L'homme des arbres avait encaissé des coups : péroné droit fracturé, pommettes écrasées, blessure à l'omoplate gauche. Tout cela bien guéri. Sur les radios, la clavicule gauche présentait une opacité anormale donnant à penser qu'elle avait été cassée bien avant la blessure à l'omoplate.

Conclusion : malgré sa petite taille, ce type avait été un bagarreur. Qui se recollait bien.

Je me suis redressée. J'ai fait rouler mes épaules, puis ma tête. Des panthères avaient planté leurs griffes dans mon épine dorsale.

Cinq heures moins vingt, à en croire la pendule. Il était temps d'aller jeter un coup d'œil aux doigts.

Le tissu s'était bien ramolli. À l'aide d'une petite seringue, j'ai injecté du TES sous les coussinets. La peau a pris un aspect rebondi. J'ai frotté les doigts avec de l'alcool avant de les sécher. Je les ai roulés sur un tampon encreur et ensuite sur du papier. Les empreintes étaient assez précises.

Les ayant confiées au technicien, je me suis remise à l'étude des os.

Les dommages post mortem ne concernaient que le bas des jambes. L'aspect rongé et éclaté des os, de même que les petites perforations circulaires laissaient supposer que les prédateurs avaient été des chiens.

En revanche, aucune preuve témoignant d'un dommage survenu au moment de la mort ou donnant à croire que celle-ci ne résultait pas d'une asphyxie due à la compression du cou. En clair : d'une pendaison.

Emma a appelé à sept heures. Je l'ai mise au courant. Elle avait l'intention de se mettre aux aguets devant le bureau du shérif pour lui « pincer les fesses ». Ses termes exacts.

Son allusion à la chasse m'a rappelé que j'avais faim. Après un délicieux repas à la cafétéria composé de lasagnes desséchées et d'une salade noyée sous l'huile, je suis revenue dans la salle d'autopsie.

La colonne vertébrale n'était pas encore totalement réhydratée, mais j'ai réussi à la débarrasser de la plus grosse partie de sa gangue de muscles putréfiés. J'ai remis à tremper le morceau récalcitrant.

Ensuite, j'ai disposé sur un plateau les vertèbres cervicales et thoraciques, ainsi que les deux cervicales préalablement détachées de la base du crâne.

À présent, j'allais procéder à leur examen minutieux en allant de haut en bas. Au microscope, bien évidemment.

Pas de surprise jusqu'à la C-5.

Mais sur la C-6, réédition de la découverte de samedi matin.

Étude du corps vertébral. De l'arc circonscrit. Des processus transversaux avec leurs petits trous pour le passage des vaisseaux crâniens.

Côté gauche, une fracture à la jonction.

J'ai modifié le point et déplacé la lumière.

Pas de doute. Une craquelure fine comme un cheveu traversait le pédicule gauche et partait en rayonnant des deux côtés du foramen.

Copie exacte de la fracture sur le squelette de Dewees. Le fait qu'elle se trouve à la jonction et qu'elle ne présente pas de réaction osseuse indiquait qu'elle résultait d'une force appliquée sur un os encore frais. Autrement dit, elle s'était produite peu de temps avant ou après la mort.

Mais comment ?

Vertèbre C-6. Trop basse pour que cette fracture résulte de la pendaison.

Si la tête n'avait rien d'intéressant à m'offrir puisqu'elle était tombée, vraisemblablement sous l'effet de tiraillements perpétrés par des animaux prédateurs, en revanche le nœud coulant incrusté entre la C-3 et la C-4 pouvait avoir des choses à me dire.

Cette fracture pouvait-elle résulter d'un mouvement brusque et soudain fait par le mort au moment de se jeter dans le vide ? Mais comment était-il arrivé sur cette branche, d'abord ? En escaladant un tronc quasiment lisse sur deux mètres de haut ? Admettons.

Fermant les yeux, je me suis représenté le corps pendu à l'arbre. Le nœud se trouvait à l'arrière du cou et non sur le côté. Position en contradiction avec une fracture unilatérale.

Vérifier les photos de la scène prises par Lee Ann Miller. J'ai fait mentalement un nœud à mon mouchoir.

Une pendaison expliquerait-elle aussi la fracture que présentait l'homme de l'île sur sa vertèbre du cou ? Se serait-il suicidé, lui aussi ?

Peut-être. Mais il ne s'était pas enterré tout seul.

Aurait-il pu se suicider et ensuite être enterré par un proche, comme Emma le pensait ? Mais pourquoi ? Par honte ? Pour éviter les frais d'un enterrement ? Pour que les assurances payent la prime ? Mais il faut des années pour faire entériner une disparition. Non, toutes ces suppositions étaient tirées par les cheveux.

S'agirait-il alors d'un corps dont on se serait simplement débarrassé par des moyens illégaux ?

Dans ma recherche d'une autre explication à cette marque de fracture unilatérale sur la vertèbre de l'homme des bois, j'ai envisagé toutes les situations déjà passées en revue à propos de l'homme de l'île.

Chute ? Strangulation ? Coup du lapin ? Coup sur la tête ?

Aucun de ces cas de figure ne correspondait aux caractéristiques du trauma ni à l'endroit où il se trouvait.

J'étais toujours plongée dans mes pensées quand Emma a fait irruption dans la salle.

— Ça y est ! On l'a identifié !

Je me suis écartée du microscope.

Emma agitait en l'air une sortie d'imprimante.

— Grâce à l'AFIS.

Le fichier des empreintes digitales.

— Il l'a craché tout de suite.

Au nom qu'elle m'a annoncé, c'est mon radar personnel qui a explosé en mille fractures vertébrales.

Chapitre 12

— Noble Cruikshank.

— Doux Jésus.

Si Emma a été étonnée par ma réaction, elle ne l'a pas montré.

— C'est un policier à la retraite de Charlotte-Mecklenburg. On prend les empreintes digitales de tous les aspirants policiers quand ils entrent à l'institut de police, mais ça ne sort pas du fichier interne. Lui, c'est parce qu'il a été arrêté en 1992 pour conduite en état d'ivresse que le fichier général contenait ses empreintes.

— Tu es sûre que c'est lui ?

Question stupide.

— Correspondance dix sur dix.

J'ai consulté son papier. Les caractéristiques recensées étaient le sexe, la race, la taille et l'âge. Pour Cruikshank, ça donnait : masculin, Blanc, 1,68 mètre, 47 ans.

Évidemment que le pendu était Cruikshank. L'analyse du squelette donnait exactement ce même profil et l'état du corps correspondait à deux mois d'exposition à l'air libre.

Noble Cruikshank, le détective engagé par Buck Flynn et qui avait disparu…

Malgré sa mauvaise qualité, la photo jointe en annexe donnait une petite idée du bonhomme.

Une peau grêlée, un nez fort, des cheveux coiffés en arrière et frisottant sur la nuque. Un léger affaissement des chairs sous les yeux et autour de la mâchoire. Une maigreur qu'il devait déplorer, mais qui ne nuisait nullement à son expression de macho pur porc.

— Noble Cruikshank. J'en reviens pas.

— Tu le connais ?

— Pas personnellement. Il a été viré de la police en 1994 pour intimité excessive avec la bouteille. Il a disparu en mars dernier alors qu'il travaillait sur une affaire en tant que détective privé.

— Et tu connais tous ces petits secrets parce que... ?

— Tu te souviens de Pete ?

— Ton mari ?

— Mon ex-mari. Un client lui a demandé d'éplucher les comptes de l'Église de la miséricorde divine et d'en profiter pour s'intéresser aux faits et gestes de sa fille qui œuvrait pour cette institution et qui a disparu elle aussi. Buck Flynn, c'est le nom du client, avait déjà engagé un détective, Cruikshank, mais il a disparu au beau milieu de son enquête.

— Je croyais que Pete était avocat.

— J'ai eu la même réaction que toi. Mais il se trouve que Pete est d'origine lettonne et la mère de Flynn aussi. C'est pour ça que Flynn lui a confié l'affaire. Parce qu'il était du clan.

— La jeune Flynn a disparu ici ?

— Il y a des chances. Helene, c'est son prénom, appartenait à l'Église de la miséricorde divine. Son père en était un important donateur.

— Aubrey Herron, c'est un gros poisson. Flynn ne s'est pas posé de questions quand Cruikshank a cessé de lui donner des nouvelles ?

— Apparemment, il était connu pour prendre des cuites mémorables.

— Flynn avait engagé un ivrogne ?

— Il ne l'a découvert qu'après coup. Il l'avait déniché sur Internet. Les personnes disparues, c'était sa spécialité, à Cruikshank, et il travaillait aussi bien à Charleston qu'à Charlotte. Tu comprends maintenant que, la fois d'après, Flynn ait préféré jeter son dévolu sur quelqu'un partageant avec lui des valeurs héritées de son patrimoine balte.

— Qu'est-ce que Cruikshank pouvait bien fabriquer avec le portefeuille de Pinckney dans sa poche ? s'est étonnée Emma, exprimant tout haut la question qui me turlupinait.

— Il serait tombé dessus par hasard ?

— L'aurait piqué ?

— Reçu de quelqu'un qui l'aurait trouvé ou volé ?

— Pinckney dit qu'il l'a perdu en février ou en mars. C'est l'époque où Cruikshank s'est suicidé.

— Vraisemblablement suicidé, ai-je corrigé.

— Juste. Peut-être que quelqu'un, tombant sur un pendu dans les bois, lui a fourré ce portefeuille dans la poche.

— Faut avoir un sens de l'humour plutôt macabre.

— Ou vouloir créer la confusion au moment de l'identification ?

— Le portefeuille se trouvait bien dans la poche de droite, n'est-ce pas ? Peut-être que Cruikshank a emprunté, trouvé ou fauché cette veste sans même se rendre compte qu'il y avait un portefeuille dans la poche. Tu te souviens si Pinckney a parlé d'une veste qu'il aurait perdue ?

Emma a secoué la tête.

— Pourquoi Cruikshank n'avait-il sur lui aucun effet personnel ?

— Les gens qui ont l'intention de se suicider abandonnent souvent tout derrière eux.

Emma a laissé passer un moment avant de poser la question suivante :

— Pourquoi avoir choisi la forêt Francis Marion ? Et comment s'y est-il rendu ?

— Je reconnais bien là votre esprit percutant, Madame le Coroner.

Pour ce qui était des réponses, nous n'en avions aucune de percutante à proposer, ni elle ni moi.

— Je peux conserver la feuille de l'AFIS ?

— C'est pour toi que je l'ai imprimée.

Je déposais le papier sur la paillasse quand Emma a repris :

— Ton Cruikshank, il s'est vraiment pendu tout seul ?

— Le Cruikshank de *Pete*.

— Et Pete est ici, à Charleston ?

— Oh oui.

Emma m'a gratifiée d'une grimace lascive. Celle que je lui ai retournée m'aurait valu de remporter l'US Open du roulement des yeux.

Il n'était pas loin de neuf heures du soir quand je suis rentrée à *La Mer sur des kilomètres*. Dans la cuisine, deux des plans de travail croulaient sous les pêches et les tomates. Nous étions mardi, Pete avait dû tomber sur le marché fermier de Mount Pleasant.

Pour l'heure, vautré sur le canapé de la salle de séjour avec Boyd, il suivait un match de baseball à la télé. Les White Sox étaient en train de se faire donner une raclée par les Twins. 10-4. Les Sox étaient l'équipe que Pete avait adorée au temps de sa jeunesse à Chicago. Quand ils avaient installé à Charlotte leur camp d'entraînement pour la ligue mineure, il en était retombé amoureux.

Je lui ai annoncé sans ambages que Cruikshank était mort.

— Tu te fous de moi ?

Il s'est redressé, m'accordant tout à coup une attention pleine et entière. Contrairement au chien qui n'a pas dévié les yeux du bol de pop-corn à moitié vide.

— Il s'est pendu.

— Tu es sûre que c'est lui ?

— Correspondance indubitable sur les douze points de l'AFIS.

Pete a déplacé un coussin. Je me suis laissée tomber à côté de lui. Boyd a profité de ce que je racontais à son maître mes aventures avec l'homme des bois puis avec Pinckney pour se déployer discrètement vers le bol, n'avançant que d'un poil à la fois.

— Et comment Cruikshank a fait pour se retrouver avec le portefeuille de l'autre bonhomme ?

— Qui sait ?

— Emma compte avoir avec lui une autre conversation à cœur ouvert ?

— Oh, certainement.

Boyd a penché la tête sur le côté. Puis, sans lâcher Pete des yeux, il a passé un grand coup de langue sur les pop-corn. Pete a attrapé le bol et l'a posé sur la table, derrière nos têtes.

Boyd, à qui l'optimisme ne fait jamais défaut, a sauté sur le canapé pour se vautrer contre moi. Je lui ai gratté l'oreille distraitement.

— Le suicide ne fait aucun doute ? a demandé Pete.

Question tout aussi percutante que celles d'Emma tout à l'heure et pour laquelle je n'avais pas plus de réponse que je n'avais d'explication pour cette fracture à la sixième vertèbre cervicale.

— Quoi ? a insisté Pete, comme je tardais à répondre.

— Ce n'est probablement qu'un détail.

Il a terminé sa Heineken, déposé la bouteille sur la table et s'est installé de façon à m'écouter attentivement.

Je lui ai décrit la fracture que présentait la vertèbre sur l'apophyse articulaire et le pédicule gauche.

— Qu'est-ce qu'elle a d'étrange ?

— Ça ne correspond pas aux traumatismes qui résultent des pendaisons. Surtout que le nœud coulant se trouvait derrière la tête et non pas sur le côté. Et ce n'est pas tout. Le squelette de Dewees présente une fracture identique exactement au même endroit.

— Et c'est capital ?

— Tu ne trouves pas suspect que je ne sois jamais tombée de ma vie sur un trauma de ce type et que, subitement, j'en découvre deux, coup sur coup ?

— Tu as une explication ?

— Plusieurs, mais aucune qui me convainque.

— L'indécision est la clé qui vous ouvre l'esprit.

Boyd a posé son menton sur mon épaule, le museau à quelques centimètres des pop-corn. Je l'ai repoussé sur le côté. Il s'est à moitié affalé sur mes genoux.

— Et toi, ta journée ?

— Génial, non ? Un vrai couple marié ! s'est exclamé Pete avec un sourire d'une oreille à l'autre.

— Époque révolue. Et je n'ai pas le souvenir qu'elle ait été si géniale.

— On est toujours mariés.

D'un coup de coude, j'ai repoussé Boyd afin de me lever. Il a émigré sur les genoux de Pete. Celui-ci, les deux mains levées, s'écriait déjà : « Je n'ai rien dit, je n'ai rien dit ! »

Et d'ajouter qu'il avait poursuivi son repérage à l'Église de la miséricorde divine.

Je me suis laissée retomber contre le dossier du canapé.

— Tu as rencontré Herron ?

Il a fait non de la tête.

— Mais j'ai noyé les employés sous une avalanche de mots terrifiants : procès, mauvaise gestion, détournement de fonds destinés à des œuvres caritatives. J'ai même évoqué une faillite générale où ils perdraient tout, excepté leur pot de chambre.

— J'en ai froid dans le dos !

— Eux aussi. Grâce à quoi Herron me recevra jeudi matin.

Mon cellulaire a choisi ce moment pour sonner. J'ai regardé le nom affiché à l'écran.

Emma.

— Gullet a découvert où habitait Cruikshank. C'est du côté de Calhoun Street, pas loin de la MUSC. Il y est passé et il a réussi à arracher le proprio au spectacle de *Rocky* sur DVD. Apparemment, Cruikshank louait l'appartement depuis près de deux ans, mais il n'y a pas remis les pieds depuis le mois de mars. Un vrai humanitaire, cet Harold Parrot. Trente jours après la date de paiement du loyer, il a entassé les affaires de Cruikshank dans des boîtes, a changé les serrures et a reloué l'endroit.

— Et les boîtes ?

Les sourcils haussés en point d'interrogation, Pete a dessiné des lèvres le mot « Cruikshank ». J'ai fait oui de la tête, pendant qu'Emma poursuivait.

— Il les a descendues à la cave, considérant que Cruikshank avait disparu de la circulation. Il a eu peur de s'en débarrasser au cas où l'autre viendrait réclamer ses affaires. Gullet a eu l'impression que Parrot avait la trouille devant Cruikshank. Je dois aller là-bas demain matin avec lui. Ça te dit de venir ?

— Où ça ?

Emma m'a dicté l'adresse.

— À quelle heure ?

Pete a pointé le doigt sur sa poitrine.

— Neuf heures.

— On se retrouve sur place ?

— Ça me paraît idéal.

Le tapotement du doigt de Pete sur sa poitrine s'est, comment dire, accéléré.

— Ça t'embête si Pete nous accompagne ?

— Plus on est de fous, plus on rit.

La journée a mal commencé et, après, c'est allé de mal en pis.

Emma a téléphoné un peu avant huit heures pour me demander si ça ne m'ennuyait pas trop d'aller au rendez-vous sans elle parce qu'elle avait passé une mauvaise nuit. Elle avait déjà annoncé au shérif que j'étais engagée officiellement comme consultante sur ce cas et requis de la part de ses services une coopération pleine et entière.

Il y avait de l'amertume dans sa voix. À l'évidence, ça lui coûtait d'admettre que son corps ne suivait plus.

Je l'ai assurée que tout irait bien et j'ai promis de la rappeler, sitôt la visite terminée.

Quand je suis entrée dans la cuisine, Pete refermait le clapet de son cellulaire. Il venait d'avoir Flynn au téléphone. Celui-ci avait été heureux de savoir que son détective avait été retrouvé et consterné d'apprendre dans quelles circonstances. Il était surtout ravi que Pete rencontre bientôt le révérend Herron.

Pete avait également contacté un copain à la police de Charlotte-Mecklenburg. La mort de son ancien collègue ne l'avait pas surpris. Il l'avait bien connu et, à l'en croire, Cruikshank était le genre de bonhomme qui se fourre le barillet dans la bouche et attend que quelqu'un veuille bien peser sur la détente.

L'Explorer de Gullet était déjà garée le long du trottoir lorsque nous avons tourné de Calhoun Street dans une large avenue plantée de lauriers et de sureaux qui se terminait en impasse. Le charme de ce quartier jadis résidentiel et cossu avait disparu depuis longtemps sous l'action des bulldozers. Bureaux et commerces frottaient leurs briques neuves aux crinolines d'anciennes demeures qui s'agrippaient becs et ongles à leur passé confédéré.

L'adresse indiquée par Emma nous a conduits jusqu'à une survivante de la guerre de Sécession. Architecture typique de Charleston : façade étroite sur la rue et vaste sur l'arrière ; vérandas sur les côtés, à l'étage comme au rez-de-chaussée.

J'ai remonté la contre-allée à pied, flanquée de Pete. Les nuages empêchaient que la chaleur batte des records, mais l'humidité avait pris la relève. En l'espace de quelques secondes, mes vêtements me collaient à la peau.

Tout en marchant, j'ai détaillé le bâtiment. Bois vermoulu, peintures écaillées et une façade plus ornementée que le Pavillon de Brighton. MAGNOLIA MANOR, indiquait une plaque ouvragée au-dessus de la porte.

Aucun magnolia. Et pas la moindre fleur à l'horizon. Juste sur le côté de la maison, un enchevêtrement de kudzus.

La porte d'entrée était ouverte. Franchir le seuil nous a fait passer d'une chaleur accablante et sirupeuse à une chaleur à peine moins accablante mais tout aussi sirupeuse. Ce qui avait servi autrefois d'élégant vestibule était à présent l'entrée de l'immeuble et comportait tout l'attirail requis pour remplir cette fonction : l'escalier avec sa rampe, le plafonnier et les appliques. Le mobilier, clairsemé, avait le charme d'un cabinet dentaire : commode en stratifié, divan en vinyle, fleurs en plastique, tapis de couloir en plastique, corbeille à papiers en plastique. Celle-ci débordait de publicités à jeter.

Deux rangées de plaques signalétiques laissaient supposer que la maison avait été divisée en six appartements. En dessous et à droite des sonnettes, une carte écrite à la main indiquait le numéro du gardien.

Je l'ai composé. Parrot a répondu à la troisième sonnerie.

Je me suis identifiée. Il a expliqué qu'il était déjà à la cave avec le shérif et m'a indiqué comment les rejoindre : en prenant la porte à gauche au fond de l'entrée.

J'ai fait signe à Pete de me suivre.

La porte de la cave était bien à l'endroit indiqué. Et grande ouverte.

— A priori, ai-je soufflé à Pete, ce n'est pas la sécurité qui a convaincu Cruikshank d'élire ce vieux manoir pour y installer ses pénates.

— C'est sûrement la déco intérieure. Plus avant-garde, tu meurs. Ou le nom. Magnolia Manor, ç'a un certain panache.

Les voix de Gullet et de Parrot nous parvenaient du sous-sol. Le temps de descendre jusqu'à eux, la température a chuté d'au moins six degrés. En bas, ça puait tant la rouille et le moisi qu'on ne savait plus s'il valait mieux respirer par le nez ou par la bouche.

La cave était telle qu'on pouvait s'y attendre : un sol en terre battue, un plafond bas, des murs en brique et mortier. Les quelques concessions au XXe siècle incluaient une antique machine à laver et sa sécheuse, un chauffe-eau et des lampes halogènes accrochées à des câbles effilochés.

Un amas d'objets au rebut : piles de revues, caisses en bois, lampes déglinguées, outils de jardinage, tête de lit en laiton.

Gullet et Parrot se tenaient à l'autre bout de la salle, de part et d'autre d'un établi supportant une boîte ouverte. Gullet tenait un dossier dans une main et le feuilletait de l'autre.

Au bruit de nos pas, les deux hommes se sont retournés.

— Encore un peu et vous ferez partie du décor. Personnellement, j'ai rien contre. Du moment que tout le monde comprend bien le sens des mots « frontière » et « terrain ».

Un vrai sens de l'accueil, ce Gullet.

J'y suis allée d'une amabilité quelconque avant de présenter Pete, réduisant au strict minimum mes explications quant à ce qui pouvait pousser un avocat à s'intéresser à l'ancien locataire de M. Parrot.

— Votre M. Cruikshank était un gars sacrément occupé, a fait remarquer le shérif.

— Vous savez, je ne m'intéresse à lui qu'indirectement…, s'est défendu Pete.

— Ce bonhomme a choisi ma ville pour se tuer, l'a coupé Gullet. Par conséquent, il me concerne. Vous êtes libre de traîner ici avec le doc, si le cœur vous en dit. Mais si vous comptiez enquêter de votre côté, vous pouvez laisser ces idées au vestiaire.

Pete n'a pas dit un mot.

— Miz Rousseau m'a dit que vous recherchiez une jeune dame du nom d'Helene Flynn, a repris Gullet sur ce ton inexpressif qui était le sien

— En effet.

— Puis-je vous demander pourquoi, maître ?

— Elle a rompu les ponts avec son père et il s'inquiète.

— Et quand vous aurez retrouvé cette jeune dame ?

— Je préviendrai son papa.

Gullet est resté si longtemps à fixer Pete que j'ai cru qu'il allait lui demander de partir.

— Ne le prenez pas mal. Ma fille aussi a coupé toute relation avec moi. J'aimerais comprendre pourquoi.

Le shérif a refermé le dossier.

— Tenez. Voilà une lecture qui devrait vous passionner.

Chapitre 13

Gullet a retourné le dossier pour que nous puissions en lire l'étiquette : Flynn, Helene, suivi d'une date correspondant à la période où Flynn avait engagé Cruikshank.

L'ayant remis à Pete, il a recommencé à fouiller dans la boîte, sortant des chemises au hasard pour en lire l'intitulé.

Pete a parcouru le dossier Helene Flynn.

J'observais Parrot. C'était un vieux Noir avec des cheveux crépus séparés par une raie et maintenus en place à grand renfort de gel. Un Nat King Cole en maillot de corps de l'armée.

Et nerveux comme un type qui s'attend à recevoir un coup dans les reins.

— C'est vous qui avez rempli ces boîtes, monsieur ? lui a demandé le shérif.

— Pas celles avec les dossiers. Elles, elles sont exactement comme Cruikshank les a laissées. J'ai rangé les autres.

Il a pointé le doigt sur une pile de caisses.

— Vous avez bien rassemblé absolument tout ce que possédait M. Cruikshank, n'est-ce pas, monsieur Parrot ? Rien n'a été perdu, rangé ailleurs ou autre chose de ce genre ?

— Non, tout est là, bien sûr !

140

Les yeux de Parrot sont passés de Gullet à moi pour finalement se fixer sur le sol.

— Mais j'ai pas fait de liste, si c'est ce que vous voulez savoir. J'ai juste mis tout en vrac dans les boîtes.

— Ah-ah.

Le shérif l'a embroché du regard.

Parrot s'est passé la main sur le crâne. Pas un poil sur sa tête n'a bougé. Sa crinière était plus rigide que du glaçage sur un beigne.

Des secondes ont passé. Une minute tout entière. Quelque part, hors de vue, un robinet s'est mis à dégoutter.

Parrot a refait son geste sur les cheveux. Puis il a croisé les bras, les a laissé retomber. Le shérif gardait les yeux vrillés sur lui.

Gullet a fini par briser le silence.

— Ça ne gêne personne si j'emporte certaines affaires appartenant à M. Cruikshank pour les mettre en sécurité, hein, monsieur ?

— Faut pas une autorisation pour ça ? Un papier plus ou moins officiel ?

Pas un muscle du visage de Gullet n'a tressailli.

Parrot a levé les mains.

— OK, OK, shérif. Pas de problème. Je voulais seulement faire au mieux dans le cadre de la loi. Je dis ça à cause du droit des locataires et le reste.

Il y avait en tout huit boîtes. Je me suis emparée de celle contenant les dossiers. Pete et Gullet en ont emporté chacun deux autres. J'ai profité de ce que les hommes faisaient un second voyage au sous-sol pour appeler Emma de l'Explorer du shérif.

Elle avait encore la voix faible bien qu'elle prétende se sentir mieux.

Je lui ai dit que nous partions pour le bureau du shérif. Elle m'a remerciée et m'a demandé de la tenir au courant.

Vingt minutes après notre départ de Magnolia Manor, Pete s'engageait à la suite de Gullet dans le stationnement du bureau du shérif du comté de Charleston. Ce bâtiment en brique et en stuc de plusieurs étages s'élevait sur Pinehaven Drive, dans le nord de la ville. Deux trajets ont suffi pour transporter les boîtes jusqu'à une petite salle de conférences.

Laissant Gullet prévenir la police municipale, j'ai commencé à examiner les affaires de Cruikshank. Pete a pris le dossier Helene Flynn, pendant que j'ouvrais une première boîte.

Elle contenait des serviettes et des affaires de toilette : dentifrice, rasoirs jetables, crème à raser, shampooing, poudre pour les pieds.

La deuxième renfermait le matériel de cuisine : assiettes et tasses en plastique, quelques verres, ustensiles bon marché.

Dans la boîte nº 3, des provisions : plusieurs sortes de flocons de céréales, des plats préparés de spaghetti et macaroni complètement desséchés, des boîtes de soupe Campbell, des haricots cuits, des Beenie Weenies. J'ai replié les rabats.

— Il n'était pas porté sur la cuisine gastronomique.

Plongé dans son dossier, Pete a grogné un vague assentiment.

La boîte nº 4 contenait un réveil, des draps et des couvertures. La 5 était bourrée d'oreillers. La 6 accueillait la garde-robe.

— Des découvertes passionnantes ? a demandé Pete tout en prenant des notes.

— Un bataillon de chemises usées.

— Ah ouais ?

— Et il aimait le brun.

— Mm, a fait Pete en barrant la phrase qu'il venait d'écrire.

— Des maillots de bain Dale Evans. Pas facile d'en trouver, de nos jours.

— Mm.

— Des porte-jarretelles.

— Quoi ?

Pete a relevé la tête. J'ai brandi sous son nez une chemise de travail brune.

— Tu es très drôle, mon lapin en sucre.

— Et toi ? Intéressante, ton exploration ?

— Il utilisait une sorte de système d'abréviation.

J'ai traversé la pièce pour aller voir ce dont il parlait.

Un mélange de chiffres, de lettres et de courtes phrases.

20/2
LM
Cl-9-6
Ho- 6-2
AB Cl-8-4
CD Cl-9-4
mp no
No F
23 i/o

21/2
LM
Cl 2-4
OK stops
Ho 7-2
AB Cl-8-5
CD Cl-8-1
???
No F
31 i/o

22/2
LM
No Cl
???
AB Cl-8-4
CD Cl-12-4
No F
Cl 9-6

28 i/27 o
si/so rec ! photos

— C'est probablement la date, ai-je dit en désignant la première ligne de chaque groupe. 20 février, 21, etc.

— Toi, tu damerais le pion à Rejewski en personne ! a déclaré Pete avec un grand sourire.

J'ai attendu qu'il s'explique. Il a laissé passer un petit moment.

— « Enigma »... ça ne te dit rien ?

J'ai secoué la tête. Je n'avais pas la moindre idée de ce dont il parlait.

— La machine à chiffrer utilisée par les Allemands pendant la Seconde Guerre mondiale. Elle était actionnée par rotor. Rejewski a réussi à en percer le code grâce à ses connaissances en mathématique théorique.

— Ô Savant Letton, tu restes à la hauteur de ta réputation.

Retour aux boîtes. Une découverte m'attendait dans l'avant-dernière, la n° 7.

Son contenu — rames de papier, enveloppes, calepins vierges, stylos à bille, ciseaux, ruban adhésif, agrafeuse, trombones, élastiques et agrafes — donnait à penser que Cruikshank avait un coin bureau dans son appartement.

Le plus important, c'était une boîte cylindrique.

Que je me suis empressée d'ouvrir.

À l'intérieur, six CD.

Étiquette vierge sur cinq d'entre eux.

Sur le sixième, un nom écrit au marqueur noir : Flynn, Helene.

Mon adrénaline s'est mise à bourdonner. Pour s'apaiser aussitôt.

Pourquoi ? Parce que j'étais déçue.

Mais qu'avais-je espéré lire sur cette étiquette ? *Sépulture inconnue à l'île de Dewees* ?

— Pete.

— Mmm...

— Pete !

Il a relevé la tête. J'ai brandi le CD.

Ses sourcils sont remontés jusqu'à ses cheveux. Une exclamation allait suivre quand Gullet est entré dans la pièce. J'ai tourné le bras vers lui.

— Vous avez un ordinateur sur lequel nous pourrions visionner ça ?

— Suivez-moi.

Dans son bureau, le shérif a pris place dans un fauteuil en cuir à peine plus petit qu'un terrain de basket. Ayant enfoncé quelques touches, il a levé la main en l'air. J'ai glissé le CD entre ses doigts. Il a recommencé à jouer sur son clavier.

En ronronnant, l'ordinateur a entrepris de renifler les informations contenues sur le CD. Gullet a tapé sur d'autres touches avant de nous inviter du geste à venir nous placer derrière lui.

L'écran était parsemé de petits carrés : des dossiers JPEG.

Gullet a double-cliqué sur le premier. Une image a envahi l'écran.

Un bâtiment en brique de deux étages avec une porte au centre et des baies vitrées des deux côtés. Pas d'inscription ni d'enseigne sur la porte ou les baies. Pas de panneau avec le nom de la rue ou le numéro de l'immeuble permettant de situer ce bâtiment. Et impossible de voir ce qu'il y avait à l'intérieur, des stores vénitiens bouchaient la vue.

— À voir le grain et la profondeur de champ minime, ç'a dû être pris au zoom, ai-je fait remarquer.

— Bien vu, a acquiescé Pete.

J'ai demandé au shérif si l'endroit lui rappelait quelque chose.

— Ce qui est sûr, c'est que ce n'est pas Rainbow Row. À part ça, ça peut être n'importe où.

Les photos suivantes montraient ce même bâtiment sous différents angles. Sur aucune, rien dans le champ qui puisse nous servir de repère — immeuble voisin ou mobilier urbain.

— Passez à celle-là, ai-je dit en désignant une image sur laquelle on voyait quelqu'un sortant du bâtiment.

Gullet a double-cliqué.

L'individu, un homme de taille moyenne et à la constitution robuste, avait des cheveux sombres et portait un cache-nez et un imperméable fermé par une ceinture. Il ne regardait pas l'appareil et ne semblait pas se douter qu'il était photographié.

L'image suivante montrait un autre homme en train de sortir de l'immeuble. Les cheveux foncés lui aussi, mais plus grand et plus musclé que le premier. Plus jeune aussi, probablement. Celui-ci portait un jean et un coupe-vent. Comme le premier, il ne se savait pas photographié.

La prochaine personne à sortir de l'immeuble était une Noire avec des cheveux blonds. Grande. Très grande.

Le CD comportait un total de quarante-deux photos. Toutes ou presque représentaient quelqu'un entrant ou sortant du bâtiment : un enfant, le bras en écharpe ; un vieux coiffé d'un chapeau Tilly ; une dame avec un porte-bébé sur la poitrine.

— On passe à un autre dossier ?

J'ai désigné une icône sur la barre d'outils.

Gullet a cliqué sur la flèche située à droite du petit écran bleu. Puis il a marqué une hésitation.

— Cliquez sur « Liste détaillée », lui ai-je ordonné en m'efforçant de ne pas prendre un ton trop autoritaire. Gullet a double-cliqué sur la dernière option. Des colonnes de texte sont apparues à l'écran. La quatrième indiquait la date et l'heure auxquelles les dossiers JPEG avaient été créés.

Pete a énoncé tout haut ce que nos yeux nous disaient. À savoir que les photos avaient toutes été prises le 4 mars, entre huit et seize heures. Je lui ai soufflé tout bas :

— Tu as le numéro de la ligne directe de Rejewski ?

Le Savant Letton a ignoré l'ironie.

Revenu à la page de présentation des photos, Gullet a ouvert le dossier de la première image.

— Donc Cruikshank vivait encore le 4 mars, a-t-il fait remarquer de sa voix monocorde. Et il surveillait cet endroit.

— Ou quelqu'un d'autre, qui lui a remis ce CD.

— Finalement, ça n'a pas grande importance puisqu'il s'est suicidé.

Me regardant par-dessus son épaule, il a ajouté :

— Car il s'agit bien d'un suicide, n'est-ce pas, madame ?

— Ce pourrait être…

Je me suis interrompue, cherchant mes mots.

— Ce pourrait être un peu plus compliqué que ça.

Gullet a pivoté de façon à me regarder bien en face, Pete a posé une fesse sur le bureau : la parole m'était donnée.

J'ai décrit le trauma présent sur la sixième vertèbre cervicale de Cruikshank. Le shérif a écouté mes explications sans m'interrompre. J'ai conclu mon exposé en mentionnant que le squelette récupéré à Dewees présentait un trauma identique.

— Dans les deux cas, il s'agit d'un individu de sexe masculin, de race blanche et âgé d'une quarantaine d'années, a déclaré Gullet et sa voix, sans être enthousiaste, révélait pour une fois un petit intérêt.

J'ai hoché la tête.

— Ce n'est peut-être qu'une coïncidence, a-t-il ajouté.

Peut-être, mais aussi énorme que le Serengeti !

S'étant retourné face à l'ordinateur, il a repris :

— Si Cruikshank ne s'est pas tué lui-même, qui l'a aidé, et pourquoi ? Et que signifient toutes ces photos du même endroit ?

— Le lieu en soi n'a peut-être qu'un intérêt secondaire, l'essentiel étant les sujets photographiés.

— En tout cas, c'est le seul CD qui soit étiqueté Helene Flynn, a remarqué Pete.

— Regardons les autres.

Aussitôt dit, aussitôt fait.

Ils étaient tous vierges.

— Vous avez fouillé toutes les boîtes ? a demandé Gullet.

— Il m'en reste une à voir.

Retour en troupeau à la salle de conférences.

La dernière boîte avait contenu de la mayonnaise Hellman's dans une vie antérieure. Pete et Gullet m'ont regardée en ouvrir les rabats.

Des livres, des photos dans des cadres, un album, un trophée, des souvenirs de la police.

Pas de CD.

— Revenons un peu en arrière, a dit Gullet pendant que je refermais la boîte. En quoi ce bâtiment intéressait-il Cruikshank ? Est-ce lui qui le surveillait ou quelqu'un d'autre ? Et dans ce cas, qui ? Et pourquoi ?

— Et, alors, comment ces photos ont-elles abouti entre ses mains ? a précisé Pete.

Après un moment de réflexion, j'ai énuméré sur mes doigts diverses possibilités.

— Un, Cruikshank a pris les photos lui-même. Deux, on lui a donné ce CD. Trois, on lui a remis une carte mémoire de photos numériques à développer. Quatre, il a reçu ces photos par voie électronique.

— Autrement dit, a conclu Pete, nous n'avons aucune idée de la façon dont il les a obtenues.

— Non. Mais nous savons une chose significative.

Les deux hommes ont tourné les yeux vers moi.

— Que faut-il avoir pour graver des photos sur un CD, que ce soit à partir d'un appareil photo, d'une carte mémoire ou d'un site Web ? Et que faut-il avoir aussi pour recevoir des courriels ou sauvegarder des dossiers ?

— Un ordinateur, ont répondu Pete et Gullet en chœur.

— Il y a fort à parier que Cruikshank en avait un. Et peut-être aussi un appareil photo numérique.

De colère, les yeux de Gullet se sont rétrécis. Du moins, m'a-t-il semblé, mais j'ai pu l'imaginer.

— Ce cher M. Parrot ne va pas tarder à recevoir ma visite.

— Est-ce qu'on peut emporter ça ? ai-je demandé avec un geste du bras qui englobait la boîte n° 8 et celle contenant les dossiers.

Gullet a passé les pouces dans son ceinturon. Sa lèvre inférieure a doublé de volume. Des secondes se sont écoulées sans que j'arrive à savoir s'il avait décidé d'ignorer ma demande ou si, au contraire, il y réfléchissait. Finalement, il a remonté son pantalon en même temps qu'il expulsait un long soupir.

— Le fait est que je manque de personnel en ce moment. Et puisque Miz Rousseau a assez confiance en vous pour vous avoir engagée… Je ne vois pas le mal qu'il pourrait y avoir à ce que vous fourriez votre nez dans ces boîtes. Assurez-vous seulement d'en faire un inventaire détaillé et n'oubliez pas de le signer. Je ne mentionne pas les questions de sécurité.

Il s'est arrêté là. Inutile d'enfoncer les portes ouvertes.

Nous venions d'arriver à Mount Pleasant quand mon cellulaire a sonné. C'est Pete qui conduisait. J'ai réussi à extirper le téléphone du fouillis de mon sac. L'écran indiquait un numéro local que je ne connaissais pas. J'ai pensé un instant à ne pas prendre l'appel, et puis je me suis ravisée. Et si ça concernait Emma ?

J'aurais dû suivre ma première impulsion.

Chapitre 14

— Comment ça va, doc ?

Une nanoseconde de flottement et j'ai reconnu la voix. Le Plancton.

— Comment avez-vous eu ce numéro ?

— Ça vous épate, hein ?

— Je ne donne pas d'interview, monsieur Winborne.

— Vous avez vu mon papier dans le *Post & Courier* ? Sur la découverte à Dewees ?

Silence radio de mon côté.

— Le rédacteur en chef en est tombé de sa chaise. J'ai le feu vert pour le suivi.

J'ai continué à me taire.

— J'ai donc des petites questions à vous poser.

— Je ne donne pas d'interview, ai-je répété lentement de ma voix la plus glaciale, copiée des flics et des douaniers.

— Ça ne dépassera pas une minute.

— Non. (Prononcé sur un ton inflexible.)

— C'est dans votre intérêt…

— Je raccroche. Ne rappelez plus.

— Je ne vous le conseille pas.

— Vous avez toujours votre Nikon, monsieur Winborne ?

— Bien sûr.

— Eh bien, *moi*, je vous conseille de le jeter là où le soleil ne…

150

— C'est à propos de ce corps que vous avez dépendu dans la forêt Francis Marion.

Ç'a marché, je suis restée en ligne.

— Ce type s'appelle Noble Cruikshank, c'est un ancien policier de Charlotte.

Le Plancton avait donc une taupe.

— D'où tenez-vous ce renseignement ? ai-je demandé d'une voix qui rivalisait de chaleur avec un iceberg.

— Doc… (Soupir déçu.) Vous savez bien que mes sources sont confidentielles. Mais les faits sont exacts, n'est-ce pas ?

— Je n'ai rien à vous confirmer.

Pete me jetait des regards perplexes. Je lui ai indiqué par signes de garder les yeux sur la route.

— Il y a un détail qui me turlupine…

À en juger d'après son ton lent et posé, il avait dû voir trop de *Columbo* à la télé.

— Cruikshank était un ancien policier recyclé dans le privé. Il y a tout à croire qu'il était sur une affaire au moment où il est mort… Qu'est-ce qui pourrait bouleverser un gars comme lui au point de n'avoir plus d'autre solution que de se pendre ?

Silence persistant de mon côté.

— Et les caractéristiques démographiques ? Un individu de sexe masculin, de race blanche et de quarante et quelques années… ça vous évoque quelqu'un ?

— Keanu Reeves.

Winborne a ignoré l'ironie. Ou alors il ne l'a pas comprise.

— Je disais donc que j'enquête pour essayer de savoir sur quoi travaillait Cruikshank au moment où il s'est pendu. Vous n'auriez pas une petite idée, par hasard ?

— Je vous laisse à vos suppositions.

— Justement. Je me demande s'il n'y aurait pas des liens entre Cruikshank et le squelette que vous avez exhumé à l'île.

— Je vous conseille de ne rien publier. Et pour une quantité de raisons.

— Donnez-m'en une.

— D'abord, un suicide est loin d'être un scoop, quand bien même le pendu de la forêt serait Noble Cruikshank. Ensuite, au cas où ce serait lui, je doute fort que ses anciens collègues apprécient de vous voir traîner son nom dans la boue. Enfin, c'est une grave atteinte à l'éthique que de divulguer des informations sur la mort de quelqu'un avant que la famille ait été prévenue. Et ça, c'est valable pour toutes les victimes, quelles qu'elles soient.

— J'y penserai.

— Maintenant je raccroche. Si jamais vous me prenez encore une fois en photo, monsieur Winborne, je vous traîne devant les tribunaux.

Sur ce, j'ai coupé.

— Le salaud !

J'en aurais lancé mon téléphone à travers le pare-brise, tellement j'étais furieuse.

— On mange ? a demandé Pete.

J'ai seulement hoché la tête, incapable de dire un mot.

Juste après Shem Creek, Pete a tourné de Coleman Boulevard dans Live Oak Drive, une rue résidentielle ombragée par des chênes envahis de lianes. Un nouveau tournant à gauche dans Haddrell Street, puis un autre encore, et nous avons abouti à un terrain vague recouvert de gravier tenant lieu de stationnement.

Tout au bout, coincée entre la Wando Seafood Company et le Magwood & Sons Seafoods, s'élevait une bâtisse délabrée manifestement construite par des ouvriers qui n'avaient strictement rien en commun, à commencer par la langue. Ce lieu, connu dans le voisinage sous le nom d'« Épave du *Richard and Charlene* », n'est autre qu'un restaurant. Aucun panneau ne le signale. C'est le secret le mieux gardé de tout Charleston.

Grosso modo, son histoire se résume à ceci : pendant l'ouragan Hugo, un bateau de pêche, le *Richard and*

Charlene, s'est retrouvé projeté sur un terrain où s'élevait un restaurant. Voyant en cela un présage, la patronne du resto a décidé de rebaptiser son établissement pour lui donner le nom de l'épave.

Maintenant, calez-vous confortablement dans votre fauteuil. Vous êtes parti pour entendre une légende...

L'événement ci-dessus s'est passé en 1989. L'épave est toujours là de nos jours, à côté du restaurant. Quant aux patrons, ils continuent à professer le plus grand mépris pour toutes les formes de marketing, notamment pour les enseignes publicitaires.

Une dalle de béton en guise de sol, des ventilateurs au plafond, une véranda protégée par des moustiquaires. Et, si vous devez attendre une table, le code d'honneur vous invite à prendre vous-même des bières dans la glacière. La formule plaît, L'Épave fait toujours salle comble.

Aujourd'hui, à quatre heures et demie de l'après-midi, l'endroit était inhabituellement tranquille. Le service ne commençait que dans une heure. Quelle importance, nous étions assis. Et puis, c'est comme ça, à L'Épave.

La façon de commander est aussi simple que les plats inscrits au menu. Le client coche son choix sur la liste déposée sur chaque table avec des crayons de couleur. Pete a choisi le panier de crevettes, le gumbo et le pudding au citron vert en spécifiant qu'il voulait des portions *Richard*. J'ai opté pour un panier d'huîtres, taille *Charlene*. Coke Diète pour moi, Carolina Blonde pour Pete.

Le top de la nourriture au Dixieland.

— Dis-moi si je me trompe, a lancé Pete, une fois les boissons servies. C'est un journaliste qui t'a appelée, n'est-ce pas ?

— Ce maudit rat ! C'est lui, déjà, qui a rappliqué sur mon chantier à Dewees.

— Il a un diplôme en criminologie ?

— J'ai l'air d'avoir été sa conseillère d'orientation scolaire, à ce petit con ? ai-je jeté d'une voix stridente, encore trop énervée pour pouvoir m'exprimer normalement. En tout cas, il en sait bien plus qu'il ne devrait.

— Il doit avoir un informateur.

— Nan, tu crois ? !

— C'est bon, a laissé tomber Pete.

Il a avalé une gorgée de bière et s'est renversé contre son dossier dans une attitude destinée à me faire comprendre que, de son côté, la conversation était terminée tant que je ne me serais pas reprise en main.

Je me suis abîmée dans la contemplation de la moustiquaire. Des mouettes volaient autour des chalutiers amarrés au dock. D'une certaine manière, leur ballet allègre et plein d'espoir a eu sur moi un effet apaisant. Quand la serveuse à apporté les plats, j'ai présenté mes excuses à Pete.

— Ça n'a rien à voir avec toi.

— *No problemo*, a-t-il répondu en pointant une crevette sur moi. Ce que je voulais dire, c'est que pas mal de journalistes sont branchés sur les fréquences des services de secours.

— J'y ai déjà pensé. Winborne a pu effectivement apprendre la découverte du pendu par des transmissions radio, mais jamais son identité.

— Une taupe au bureau du coroner ou du shérif ?

— Peut-être.

— À la morgue ?

— C'est possible.

— À moins que...

Pete a laissé sa phrase en suspens.

Mon beignet s'est arrêté à mi-chemin de ma bouche.

— À moins que quoi ?

— Emma... Elle a peut-être des obligations que tu ignores...

Cette idée m'était déjà venue à l'esprit. Je n'avais pas oublié la chaleur qu'elle avait déployée pour plaider la cause de Winborne, allant jusqu'à dire que sa présence à Dewees ne gênerait en aucun cas l'enquête. J'ai gardé mes remarques pour moi, tout en me disant que Pete soulevait un point important.

D'Emma, la conversation est passée à Katy, puis à la mère de Pete qui devait subir une opération à la hanche; ensuite à ma famille et à notre voyage à Kiawah, il y avait déjà vingt ans de ça.

Six heures moins le quart. Le temps avait passé sans que je m'en aperçoive. *Ooooookay.*

Pete a insisté pour régler la note. Paiement en liquide, L'Épave ne prenant pas les cartes de crédit.

Au moment où nous arrivions à la maison, Pete m'a demandé si je ne voulais pas l'aider à éplucher les dossiers de Cruikshank.

— J'aimerais bien, mais je suis en retard dans la correction de mes copies d'archéo.

— Ça ne peut pas attendre un jour?

— Je dois rendre les notes demain, c'est le dernier jour. En plus, j'ai un rapport à pondre pour les services d'archéologie de l'État. Sans parler de ce qui peut encore me tomber dessus à l'improviste.

— Tant pis, je m'y attellerai tout seul, a répondu Pete sur un ton pleurnicheur.

Son air de chien battu lui a valu un petit coup de poing dans l'épaule.

— Demande à Rejewski de te filer un coup de main!

Sur ce conseil ponctué d'un sourire éclatant, je suis montée dans ma chambre.

J'ai appelé Emma. Je suis tombée sur son répondeur. J'ai laissé un message.

À huit heures, toutes mes copies étaient notées et les résultats expédiés par courriel à la secrétaire de la chaire d'archéologie de l'UNCC qui les transmettrait aux services du registrariat.

J'ai rappelé Emma. Toujours le répondeur. J'ai raccroché.

À dix heures, mon rapport sur la sépulture amérindienne de Dewees était achevé. Y joignant une estimation sur la valeur culturelle de ce site, je l'ai envoyé par courriel à l'Institut d'archéologie et d'anthropologie de l'État de Caroline du Sud. Copies au Département des archives historiques de Caroline du Sud et à Dan Jaffer, à l'USC, section Columbia.

Ces choses étant faites, je me suis calée en arrière pour débattre avec moi-même de l'opportunité d'adresser ou non mes conclusions au promoteur. Dickie Dupree était retors, c'était un fait, mais le chantier de fouilles se trouvait bel et bien sur un terrain qui lui appartenait. Mon évaluation du site risquait d'avoir une incidence sur ses décisions, pour ne pas dire sur son projet d'urbanisation tout entier. Dieu nous en préserve.

— Qu'est-ce que tu en penses, Birdie ?

Le chat, couché sur mon bureau, a roulé sur le dos et tendu ses quatre pattes aussi loin qu'il le pouvait.

— Tu as bien raison.

Ayant trouvé l'adresse électronique de Dupree dans Internet, je lui ai envoyé copie de mon courriel aux institutions concernées.

Pete et Boyd étaient toujours dans la salle de séjour. Ni l'un ni l'autre ne prêtait attention au film qui passait à la télé, un vieux succès avec Bob Hope.

Pete, avachi sur le divan, les pieds sur la table basse, un bloc-notes sur les genoux, était plongé dans le dossier Helene Flynn.

Boyd était couché à côté de lui.

La boîte avec les dossiers ainsi que la caisse n° 8 étaient posées l'une à côté de l'autre sur le rebord de la fenêtre.

À l'écran, un homme décrivait les zombis comme étant des êtres avec des yeux morts, qui suivaient aveuglément les ordres qu'on leur donnait en se fichant bien du résultat. «Comme les démocrates, vous voulez dire ?» lui demandait Bob Hope.

À ces mots, Pete s'est esclaffé, la tête rejetée en arrière.

— Tu ne te sens pas visé ?

— C'est de l'humour ! a rétorqué ce grand démocrate de Pete.

Boyd a soulevé une paupière. M'apercevant sur le pas de la porte, il s'est laissé tomber par terre.

156

— C'est dans ce film que Bob Hope a ses meilleures répliques, a déclaré Pete en pointant son stylo sur la télé.

— Il s'appelle comment, déjà ?

Les vieux films avaient été l'une de nos passions à l'époque où nous avions fait connaissance et pendant nos premières années de mariage.

— *Ghost Breakers*.

— Je croyais que c'était avec les Bowery Boys ?

— Bizzz ! s'est écrié Pete. Tu confonds avec *Ghost Chasers*.

Un rire m'est monté aux lèvres, tant la vue de Pete vautré dans le canapé m'était familière. Surtout que la lumière placée dans son dos empêchait qu'on voie ses rides. Subitement, j'ai pris conscience d'une chose à laquelle je ne m'attendais pas : à savoir qu'il ne se passait pas un jour sans que je pense à mon ex-mari, ne serait-ce qu'un bref instant. Et cela, alors que nous ne vivions plus ensemble depuis déjà un certain temps et que nous menions chacun des vies bien séparées.

Le rire est mort sur mes lèvres.

— C'est quoi, le sujet ? ai-je demandé sur un ton particulièrement blasé.

— Paulette Goddard a hérité d'un château hanté. Les répliques de Bob Hope sont des classiques du genre.

— Le déchiffrage du code, ça avance ?

Il a secoué la tête.

Je suis allée prendre les affaires de Cruikshank et me suis installée sur le canapé, la boîte par terre entre mes pieds.

La première chose que j'en ai sortie était une statuette représentant un joueur de baseball. LIGUE DES CHAMPIONS, 24 JUIN 1983, spécifiait la plaque sur le socle en bois. Je l'ai posée sur la table basse.

Une balle de baseball couverte de signatures est venue l'y rejoindre.

En voyant ces deux souvenirs côte à côte, je me suis demandé s'ils étaient liés. Toutes sortes de pensées se sont formées dans mon esprit.

Cruikshank avait joué dans une ligue. Mais où et à quel poste ? S'agissait-il d'une équipe réputée ou d'une équipe qui ne s'était hissée en finale de championnat que cette année-là, en 1983, comme l'indiquait le trophée ? Et quel temps faisait-il en ce jour de victoire ? Il pleuvait ? La chaleur était intenable ? Le score avait-il été serré ? L'équipe n'avait-elle remporté la victoire qu'au dernier moment, grâce à une frappe extraordinaire qui avait fait hurler les spectateurs ? Cruikshank était-il en possession de cette balle parce que c'était lui qui avait frappé le coup de circuit gagnant ? Ses coéquipiers l'avaient-ils félicité à grand renfort de tapes dans le dos ? Et après, étaient-ils allés boire une bière tous ensemble en décortiquant la partie ?

Ce moment de victoire, Cruikshank l'avait-il revécu les années suivantes, tout seul avec son verre de bourbon ? Était-il retourné sur le terrain ? Juste pour le revoir, pour sentir à nouveau le poids du bâton entre ses mains, pour réentendre le bruit de la balle quand elle rebondit hors du gant ?

S'était-il interrogé sur sa vie, sur ce qui avait fait qu'elle avait si mal tourné pour lui ?

À côté de moi, Pete gloussait. À l'écran, Bob Hope ricanait : « Les filles me surnomment le Pèlerin parce que, chaque fois que je danse avec l'une d'elles, je fais un petit pas sur la voie du progrès. »

J'ai sorti de la boîte deux photos encadrées. La première représentait cinq soldats en uniforme se tenant par les épaules. Cruikshank était le dernier à gauche.

Je l'ai regardé plus attentivement. Il clignait des yeux, probablement à cause du soleil. Son visage était moins émacié, mais on devinait déjà la tête qu'il aurait quelques années plus tard.

En voyant ses cheveux coupés très court, d'autres pensées m'ont effleurée.

Avait-il fait son service militaire ou choisi de se planquer en entrant dans la Garde nationale ? Il était trop jeune pour avoir été envoyé au Vietnam.

La seconde photo montrait des hommes en uniformes sombres répartis en rangs rectilignes. À coup sûr, l'institut de police, le jour de la remise des diplômes.

Il y avait d'autres souvenirs de la police, rangés dans une boîte ronde en métal : des insignes de col en laiton provenant des différentes unités où Cruikshank avait servi, un double de son badge de policier, des barrettes de couleur. Manifestement des décorations remises pour faits glorieux.

Une chemise brune en piteux état contenait son diplôme de l'institut de police, plusieurs attestations de formation spécialisée et d'autres photos : Cruikshank serrant la main à un haut gradé de la police ; Cruikshank avec trois hommes en costumes ; Cruikshank et un autre flic sur fond d'église, en présence de Billy Graham.

Ma pêche dans la boîte m'a également rapporté un briquet Zippo avec le logo de la police de Charlotte-Mecklenburg, un porte-clés, un couteau de poche et une pince à cravate, le tout frappé du même logo. Et encore : un insigne de la police de CM, des menottes, des clés, un porte-jarretelles à frou-frou. Enfin : une boucle de ceinture Sam Browne qui ne datait pas d'hier et un holster éraflé.

Tout cela est passé de la boîte sur la table.

Il restait encore un livre et plusieurs enveloppes tout au fond de la caisse. J'en ai pris une, de grande taille et fermée par un cordon. Je l'ai vidée sur mes genoux : des instantanés. Flous et virant au sépia sur les bords.

Sur toutes les photos, la même femme blonde au nez retroussé et avec des taches de rousseur. Un visage tout droit sorti de *La Petite Maison dans la prairie*. Sur certaines, elle était seule ; sur d'autres, avec Cruikshank. Sur quelques-unes seulement, ils étaient avec tout un groupe : soirées de Noël, séjour au ski, pique-nique. À en juger d'après les coiffures et les vêtements, ces photos remontaient à la fin des années 1970 ou au début des années 1980.

J'ai regardé au dos. Une seule portait une légende : *Noble et Shannon, Myrtle Beach, juillet 1976*. Sur celle-là, Cruikshank et la dame, en maillots de bain, étaient allongés l'un à côté de l'autre à plat ventre sur une couverture, le menton dans les mains.

Sur la dernière photo, Noble et Shannon souriaient comme si le monde entier ne devait jamais vieillir. Mais ce sourire, j'étais loin de m'y associer. Je survolais en esprit un lieu affreusement sombre.

Le fameux «instant Kodak» les avait immortalisés debout l'un devant l'autre, les mains tendues, les doigts entrelacés. Elle, en robe bain de soleil courte avec des fleurs blanches dans les cheveux ; lui, en veste bleu pâle. Devant eux, un genou en terre et grimaçant à la caméra, un faux Elvis Presley portant lunettes de soleil et combinaison de satin blanc à sequins.

La bannière au-dessus des têtes permettait d'identifier le lieu : la chapelle des mariages Viva Las Vegas.

Fixée pour l'éternité, la naissance d'un mariage condamné. Souvenir jadis chéri et devenu vieille photo reléguée au fond d'une enveloppe.

Les paupières me brûlaient. Involontairement, mon regard a dévié vers Pete. J'ai dû me forcer pour reporter les yeux sur la table où s'étalaient les affaires de Cruikshank.

Vision peu réconfortante.

Ces objets illustraient toute une vie, celle d'un homme qui avait eu des amis, qui avait servi son pays, qui avait été policier, qui avait joué au baseball et qui avait été marié.

Une vie à laquelle il avait finalement décidé de mettre fin.

Mais cette décision était-elle bien la sienne ?

Mes yeux se sont reportés sur les photos de Shannon et Noble à Myrtle Beach.

Mariage foutu. Vie foutue.

À l'écran, quelqu'un demandait à Bob Hope s'il ne pensait pas que Paulette Goddard devrait vendre son château. À quoi il répondait qu'elle ferait mieux de garder le château et de vendre les fantômes.

Le rire de Pete a transpercé l'armure de ma fausse indifférence. Combien de fois avait-il ri avec moi ? Fait le clown pour moi ? Acheté des fleurs pour moi alors que nous étions sans le sou ? Fait la danse du slip pour me dérider ? Pour quelle raison son rire s'était-il arrêté ? À quel moment ?

Devant cette triste collection étalée devant moi, je me sentais accablée. Accablée par le naufrage du mariage de Noble et Shannon ; accablée par la mort de Cruikshank, point d'orgue à un désastre ; accablée par l'échec de mon propre mariage et par la confusion des émotions qui se livraient bataille en moi.

C'était trop.

Oppressée, je me suis levée du divan.

— Tempe ? a dit Pete, étonné.

Trébuchant sur la boîte de Cruikshank, je me suis précipitée hors de la pièce sans même savoir où j'allais.

J'avais besoin d'air. D'océan. D'étoiles. De vie.

Ouvrant brutalement la porte d'entrée, j'ai dévalé l'escalier.

Pete m'avait déjà rejointe. M'attrapant par l'épaule, il m'a obligée à me retourner et m'a serrée dans ses bras. Là, dans le jardin, devant la maison.

— C'est bon, c'est bon. Hé, Tempe. Tout va bien, disait-il en me caressant les cheveux.

Au début, j'ai résisté, puis, la tête enfouie dans sa poitrine, j'ai laissé libre cours à mes larmes.

Je ne saurais dire combien de temps nous sommes restés ainsi, moi pleurant à gros sanglots, Pete me consolant avec de petits bruits apaisants.

Quelques secondes plus tard, mais peut-être était-ce des siècles, une voiture, apparue dans Ocean Drive, a freiné à hauteur de la maison et s'est engagée dans l'allée. J'ai relevé les yeux. Dans l'éclat argenté du clair de lune, on distinguait parfaitement que le conducteur était seul.

La voiture s'est arrêtée complètement. Une jeep ? Un petit VUS ?

La portière s'est ouverte. Pete s'est contracté. Un homme a posé le pied à terre et a contourné le capot. Un homme mince et grand. Très grand même.

Oh mon Dieu !

Il s'est immobilisé, illuminé en contre-jour par les phares.

Mon cœur a fait un bond dans ma poitrine.

Je n'ai pas eu le temps de crier son nom. Il était remonté en voiture et démarrait sur les chapeaux de roue.

Un faisceau de lumière a balayé le jardin dans un crissement de pneus.

Et les feux arrière ont rapetissé jusqu'à n'être plus que deux points rouges minuscules.

Chapitre 15

Grimpant les marches du perron deux à deux, je me suis engouffrée dans la maison, le cœur battant à tout rompre. Mon cellulaire, vite ! J'ai tapé une lettre sur le clavier.

Quatre sonneries. Le répondeur s'est mis en marche. Message en français puis en anglais.

J'ai recommencé. Raté. La nervosité me rendait maladroite. Même touche, même résultat.

— Mais décroche, merde !

— Dis-moi au moins qui c'était !

Pete me suivait de pièce en pièce comme un toutou, Boyd sur les talons.

Troisième essai sur le R du clavier.

Une voix mécanique m'a informée que mon correspondant n'était pas joignable.

— Allez, coupe cette machine !

J'ai lancé l'appareil sur le divan. Il a rebondi par terre. Boyd est allé flairer l'objet de ma colère.

— Parle-moi, veux-tu ? a dit Pete sur le ton qu'utilisent les psychiatres pour apaiser les patients saisis d'hystérie. Dis-moi qui c'était.

Deux ou trois respirations à fond pour me calmer et je me suis tournée face à lui.

— Andrew Ryan.

Un instant s'est écoulé, le temps pour Pete de passer en revue son carnet d'adresses dans sa tête.

— Le policier du Québec ?

J'ai acquiescé.

— Pourquoi se pointer pour repartir illico sans un mot ?

— Il nous a vus ensemble.

Une minute de plus d'exercice cérébral. Synapse.

— Ah… Parce que vous deux…

Il a haussé les sourcils et a pointé le doigt sur moi puis sur l'allée où Ryan se trouvait l'instant d'avant.

— Et il est fâché ?

— À ton avis ?

J'ai rappelé Ryan encore deux fois. Il avait éteint son téléphone.

J'ai fait ma toilette, branchée sur le pilote automatique. Lait démaquillant. Crème hydratante. Dentifrice.

Nous n'étions plus des étudiants qui s'étaient juré fidélité, quand même ! Nous étions des grandes personnes. Ryan était quelqu'un de raisonnable, je lui expliquerais et nous en ririons tous les deux.

À condition qu'il m'en donne la chance, ce macho.

Écrasée par le doute, j'ai mis longtemps à m'endormir.

À neuf heures, le lendemain matin, j'étais d'humeur à éteindre mon cellulaire, moi aussi.

Non. À l'écrabouiller dans le bol des toilettes et à tirer la chasse en espérant que ses débris de métal et de plastique iraient se perdre dans un pays du tiers-monde. Le Bangladesh ferait l'affaire. Ou l'un de ces pays qui se terminent en *stan*.

Mais avant ça, à huit heures moins cinq, premier coup de téléphone.

— Bonjour, ma'am. Dickie Dupree, à l'appareil. Je viens de jeter un œil à mes courriels.

Bon. Aux Sudistes d'en rajouter une couche.

— Vous vous levez aux aurores, monsieur Dupree.

— Je suis tombé sur votre rapport. L'idée d'avoir bientôt affaire à des bureaucrates bornés me réjouit.

— Vous m'en voyez ravie, monsieur. J'ai pensé que vous aimeriez être au courant des conclusions de mon expertise.

— Ce que je n'aime pas, c'est que vous racontiez à ces gens de la capitale que mon terrain recèle des vestiges inestimables.

— Ce n'est pas exactement ce que j'ai dit.

— Ce n'est pas loin en tout cas. Votre rapport risque de me causer un sacré retard, et ce retard me causera un préjudice énorme.

— Je regrette que mes conclusions puissent interférer avec vos projets, mais il est de mon devoir de décrire en toute honnêteté ce que les fouilles ont fait apparaître.

— C'est à cause de conneries de ce genre que le pays se dirige droit en enfer ! L'économie est en pleine débandade ; lcs gens braillent qu'ils n'ont plus de travail, plus de toit. Je m'acharne à fournir des emplois et des logements décents et qu'est-ce que ça me rapporte ? Des emmerdements, un point c'est tout.

Je me suis abstenue de répliquer que ses villas de Dewees seraient vendues des millions de dollars à des richards qui étaient tout sauf à la rue.

— Maintenant, un petit con à qui les diplômes tiennent lieu de jugeote va déclarer mon terrain patrimoine national.

— Je suis désolée que mes résultats contrarient vos projets.

— Contrarient ? C'est comme ça que vous voyez les choses ?

La question me paraissant relever de la rhétorique, je n'ai pas considéré comme nécessaire d'y répondre.

— Mais la situation dans laquelle je me retrouve grâce à vous dépasse de loin la simple contrariété !

— Vous auriez dû demander aux services culturels d'expertiser ce terrain avant de vous lancer dans un projet immobilier, ai-je riposté sur mon ton le plus ferme.

— Nous verrons qui contrarie qui, Miz Brennan. Moi aussi, j'ai des amis. Et croyez-moi, ce ne sont pas des crétins de gratte-papiers !

Sur ce, il a raccroché.

La dernière phrase de ce crapaud de Dupree méritait réflexion.

Avait-il l'intention de me faire tabasser par un sbire ? D'ordonner à Colonel de me sauter à la gorge ? Mais s'en prendre à moi était aussi bête qu'inutile. Ça ne résoudrait pas son problème.

J'ai rappelé Ryan. Toujours aux abonnés absents.

Je me suis levée.

Coup de téléphone suivant à huit heures et quart, pendant que je prenais mon petit-déjeuner à la cuisine. Du café et un de ces drôles de muffins apportés par Pete. Canneberge et pignons, curieux mélange. L'autre jour, déjà, ça m'avait laissée perplexe. J'avais même relu l'étiquette deux fois.

Birdie dévorait ses croquettes à belles dents. Boyd, d'humeur mendiante, avait le menton sur mon genou.

— Ici Gullet.

— Bonjour, shérif.

Lui aussi, il a fait l'impasse sur les phrases de politesse.

— Je quitte Parrot à l'instant. À force de lui titiller la mémoire, il a fini par se souvenir d'une boîte qui aurait pu se retrouver séparée du lot.

— Et qui aurait contenu un ordinateur et un appareil photo ?

— Il est resté très évasif, se rappelant vaguement qu'il s'agissait d'équipement électronique.

— Et qu'est-ce qui lui serait arrivé, à cette caisse baladeuse ?

— Son fils aurait pu l'embarquer par mégarde.

— Ah, les enfants !

— Je lui ai donné une heure pour débattre du sujet avec son rejeton. Je vous rappelle dès que j'en sais davantage.

À mon tour de passer des coups de fil.

Emma, toujours le répondeur.

Ryan aussi. *L'abonné que vous tentez de joindre**…

Exaspérant ! Si j'avais pu remonter la ligne jusqu'à la bonne femme qui avait enregistré le message, je lui aurais fait rentrer ses deux textes dans la gorge, le français et l'anglais.

Second essai à huit heures et demie ; troisième à neuf heures moins le quart. Sans plus de succès.

J'ai raccroché, l'estomac noué par cette même crainte bizarre. Où avait donc disparu Ryan ? Pourquoi avait-il débarqué ici sans même me prévenir ? Pour m'espionner ? Pour me coincer avec Pete ?

À neuf heures, j'ai rappelé Emma. Décidément, c'était la journée répondeur ! Le même message m'a demandé mon nom et mon numéro.

Curieux, quand même, qu'elle ne me rappelle pas après quatre messages, me suis-je dit en rinçant mon couvert avant de le mettre dans le lave-vaisselle. Ce n'était pas son genre. Surtout qu'elle savait que je m'inquiétais.

Il est vrai qu'il lui arrivait souvent de ne pas décrocher, pour ne pas tomber sur des gens qu'elle voulait éviter. Mais je ne faisais pas partie du lot. Enfin, pour autant que je sache. Il est vrai aussi que j'appelais très rarement. Alors que maintenant j'étais dans la même ville qu'elle. Aurait-elle peur de me voir empiéter sur son intimité ? Peut-être que je l'agaçais avec ma sollicitude, que je la mettais mal à l'aise ? Regretterait-elle de m'avoir confié son secret ? M'évitait-elle parce que le fait de me voir lui rappelait trop sa maladie ?

Et si elle ne me rappelait pas justement parce qu'elle était vraiment mal ?

En un instant, ma décision était prise.

Je suis allée coller mon oreille à la porte de la chambre de Pete, à l'autre bout de la maison.

---

* Les mots en italique suivis d'un astérisque sont en français dans le texte (N.d.T.).

— Pete ?

— Je le savais que mon petit chou viendrait gratter à ma porte ! Une minute, que j'allume des bougies et que je mette un disque de Barry White.

Du Pete tout craché. Tout pour se faire aimer.

— Il faut que j'aille voir Emma.

La porte s'est ouverte sur un Pete, une serviette autour du cou et le visage à moitié enduit de crème à raser.

— Tu m'abandonnes encore ?

— Désolée. Un truc inattendu.

J'avais décidé de ne pas lui parler de la maladie d'Emma pour ne pas trahir la confiance de mon amie.

Il a compris qu'il ne tirerait rien de moi.

— Parce que, si tu me racontes tout, il faudra que tu me tues après ?

— Quelque chose comme ça.

Il a haussé un sourcil.

— C'est en rapport avec la Légion étrangère française ?

— Non.

Mieux valait changer de sujet.

— Gullet vient d'appeler. Il y a des chances pour que ce soit le fils de Parrot qui ait fauché l'ordinateur de Cruikshank.

— Tu crois que le shérif nous laissera examiner le disque dur ?

— Certainement. Ce n'est pas vraiment un mordu de la technique et il m'a dit qu'il était à court de personnel en ce moment. Grâce à Emma, il me considère comme faisant partie de l'équipe. Enfin, plus ou moins.

— Tiens-moi au courant.

— Tu arriveras à recharger ton cellulaire et à l'avoir avec toi ?

Mon ex est la dernière personne de tout l'hémisphère occidental à avoir fait l'acquisition d'un téléphone portable. Hélas, ses premiers pas dans le monde de la communication sans fil se sont arrêtés là. D'habitude, son

BlackBerry gît, déchargé, sur la commode de l'entrée ou bien au fond d'une poche, quand ce n'est pas dans la boîte à gants.

Il m'a répondu par un salut, la main au képi.

— Je veillerai au bon entretien de l'appareil, capitaine.

— Et pas de pitié avec l'Église de la miséricorde divine, maître.

Des paroles qui se révéleraient bien mal choisies…

La demeure d'Emma était tellement « vieille Caroline du Sud » qu'on l'aurait volontiers habillée d'une robe à crinoline ou à cerceaux. Les deux étages de sa façade pêche aux fenêtres rehaussées de blanc et à doubles vérandas se dressaient fièrement à l'ombre d'un magnolia géant au milieu d'un jardin serti d'une grille en fer forgé.

À l'époque où nous avions fait connaissance, Emma était en pleine négociation pour l'achat de cette maison. Elle était tombée amoureuse de ses parements en bois travaillé, de son jardin et de sa situation, dans Duncan Street, à quelques minutes de l'université de Charleston et du centre hospitalier. Comme le prix auquel la maison était proposée à la vente dépassait de loin les capacités financières d'Emma, sa joie n'en avait été que plus grande quand le vendeur avait accepté son offre.

Synchro parfaite, car, les années suivantes, l'immobilier avait battu des records. Le petit pan d'histoire acquis par Emma valait aujourd'hui une jolie fortune. Bien qu'elle ait à rembourser pour son prêt des mensualités élevées, Emma n'envisageait pas de vendre, préférant rogner sur toutes les dépenses qui ne concernaient pas la nourriture et la maison.

La pluie tombée la nuit précédente avait chassé la canicule qui accablait la ville prématurément. Dans l'air frais de cette matinée, tous les détails étaient magnifiés, le grincement des gonds rouillés du portail lorsque je l'ai poussé, le ciment gondolé par une racine du magnolia qui serpentait à fleur de terre, les effluves de laurier-rose, de jasmin, de myrte et de camélia qui montaient du jardin.

Emma a ouvert la porte en peignoir et en chaussons. Elle avait la peau pâteuse, les lèvres desséchées et fendillées. Des mèches grasses s'échappaient du foulard en indienne noué sur sa tête. J'ai fait de mon mieux pour cacher mon étonnement.

— Salut, copine.

— Toi, alors ! Tu es plus insistante qu'une réclame sur Yahoo !

— Sauf que je ne viens pas te vendre des produits miracles pour faire doubler de volume le pénis de ton bonhomme.

— J'ai déjà une loupe, a répondu Emma du tac au tac. Allez, entre, a-t-elle ajouté avec un faible sourire.

Elle a reculé d'un pas pour me laisser passer. Une odeur de pin et d'encaustique a remplacé le parfum des fleurs.

L'intérieur de la maison ne trahissait en rien les promesses de l'extérieur. La double porte devant moi, en acajou, donnait sur un imposant vestibule. À gauche, un escalier tournant menait à l'étage ; à droite s'ouvrait un grand salon. Partout, des tapis de Chiraz et du Beloutchistan recouvraient les planchers étincelants.

— Du thé ?

— À condition que tu me laisses le faire, ai-je déclaré avec force.

Je l'ai suivie dans la maison. L'épuisement d'Emma transparaissait dans chacun de ses gestes. En traversant l'enfilade de pièces, j'ai vite compris où disparaissait l'argent de mon amie. Partout, des meubles qui dataient de bien avant que les pères fondateurs ne plongent leurs plumes dans l'encre. Si jamais Emma avait un besoin d'argent rapide, elle n'aurait qu'à vendre l'une de ses innombrables antiquités pour vivre tranquillement jusqu'au prochain millénaire. Rien que pour en établir le catalogue, il faudrait des mois de travail à Christie's.

La cuisine avait la taille d'une épicerie. Emma s'est assise à une table ronde en chêne. Je me suis chargée de remplir la bouilloire. Tout en sortant les sachets de thé du buffet, je l'ai mise au courant de l'existence des boîtes de Cruikshank. Elle a écouté sans faire de commentaires.

— Lait et sucre ? ai-je demandé en versant l'eau bouillante dans la théière.

Elle a désigné un oiseau en porcelaine sur le plan de travail.

Je suis allée le prendre ainsi qu'un carton de lait dans le réfrigérateur et j'ai repris mon tour d'horizon de la situation. Emma buvait son thé à petites gorgées. J'ai parlé de l'ordinateur absent, des photos sur le CD, des fractures bizarres que les deux victimes avaient aux cervicales. Emma a posé quelques questions.

La conversation se déroulait le plus amicalement du monde. Il était temps de passer à un mode un peu plus agressif.

— Je peux savoir pourquoi tu n'as pas répondu à mes appels ?

Emma m'a regardée comme le conducteur à qui un squeegee demande s'il peut lui nettoyer son pare-brise, et qui ne sait pas s'il doit lui dire merci ou l'envoyer promener. Plusieurs secondes ont passé. Reposant délicatement sa tasse, elle a semblé prendre une décision.

— Je suis malade, Tempe.

— Je sais.

— Le traitement n'a pas d'effet.

— Je sais aussi.

— Ce coup-ci, je suis à terre.

J'ai eu le temps de lire la douleur dans ses yeux avant qu'elle ne détourne le visage.

— Je ne suis plus capable de faire mon boulot. L'autre jour, déjà, et aujourd'hui pas davantage. J'ai un squelette non identifié qui m'attend et un ancien flic suicidé qui pourrait bien ne pas s'être tué lui-même, d'après ce que tu me dis. Et qu'est-ce que je fais ? Je dors chez moi.

— Le Dr Russell t'a prévenue que tu serais peut-être fatiguée.

Emma a eu un rire sans humour.

— Elle ne me voit pas dégueuler tripes et boyaux.

J'ai voulu protester. Elle m'a coupée d'un geste de la main.

— Je n'irai pas mieux. Il faut que je m'habitue à cette idée.

Ses yeux se sont arrondis. L'instant d'après, elle les baissait sur sa tasse.

— Je ne suis pas toute seule. Je dois tenir compte des gens qui travaillent avec moi et des habitants de cette ville qui m'ont élue à mon poste.

Une rafale de vent a dansé de l'autre côté de la fenêtre, joyeuse, inconsciente de l'angoisse qui régnait de ce côté-ci du carreau.

La bouche sèche, j'ai objecté :

— Rien ne t'oblige à prendre des décisions radicales tout de suite.

— Non, mais bientôt.

J'ai reposé ma tasse. Le thé était froid, je n'y avais pas touché.

Lui poser la question ?

Dehors le carillon tintait doucement.

— Ta sœur est au courant ?

Les yeux d'Emma se sont relevés sur moi. Ses lèvres se sont ouvertes. J'ai cru qu'elle allait me rembarrer, me dire de me mêler de mes affaires. Elle s'est contentée de secouer la tête.

— Comment s'appelle-t-elle ?

— Sarah Purvis, a-t-elle répondu d'une voix à peine audible.

— Tu sais où la joindre ?

— Elle vit à Nashville, son mari est médecin.

— Tu veux que je la contacte ?

— Comme si ma vie l'intéressait !

Emma s'est levée de table et a marché jusqu'à la fenêtre. Je l'ai suivie. Debout derrière elle, j'ai posé mes mains sur ses épaules. Pendant un moment, nous n'avons pas échangé un mot.

— J'aime bien les gypsophiles, a dit Emma en regardant une touffe de fleurs blanches délicates dans le jardin. Ils en vendent au marché. Et de ça aussi, a-t-elle ajouté en désignant un buisson de tiges vertes et blanches terminées par de longues feuilles minces. Tu sais ce que c'est ?

J'ai secoué la tête.

— Du tabac à lapin. Autrefois, ici, dans les basses-terres, la tisane de tabac à lapin était considérée comme le meilleur antirhume. À la campagne, les gens continuent d'en fumer contre l'asthme. On appelle ça aussi la vie éternelle. Je l'ai planté…

Elle s'est interrompue pour prendre une longue inspiration saccadée.

J'en ai eu la gorge serrée.

— Laisse-moi t'aider, s'il te plaît, ai-je réussi à lui dire d'une voix égale.

Le silence est retombé et a perduré. Emma a hoché la tête.

— Mais n'appelle pas ma sœur…, a-t-elle dit sans se retourner.

Puis elle a poussé un long soupir.

— Pas encore.

Je l'ai quittée. Je suis remontée en voiture, agitée par toutes sortes d'émotions : l'inquiétude quant à l'avenir de mes relations avec Ryan, l'énervement que me causaient ces deux affaires : Cruikshank et l'inconnu de Dewees, l'angoisse pour Emma et la rage face à mon impuissance.

Tout en roulant dans la lumière de ce matin sublime, je me suis forcée à ravaler mes inquiétudes, ma colère et mes doutes pour les remodeler en un sentiment neuf et positif.

S'il n'était pas en mon pouvoir de reconstituer la moelle de mon amie, de lui rendre la vie que des cellules malignes s'acharnaient à lui prendre, je pouvais en revanche la soulager de ses soucis professionnels en mettant tout mon savoir à son service. Oui, j'allais faire en sorte d'apporter des réponses à toutes les questions que soulevaient ces squelettes.

Une résolution obstinée venait de prendre forme dans mon cœur.

Pendant ce temps-là, les basses-terres se préparaient à livrer un nouveau secret. Un troisième cadavre allait être découvert au cours des vingt-quatre heures suivantes, et il m'offrirait autre chose que des os desséchés.

Chapitre 16

Mue par la décision que je venais de prendre, je suis retournée à la MUSC. Pourquoi ? Parce qu'il ne m'est pas venu à l'esprit une idée meilleure que celle consistant à poursuivre mon analyse des cas CCC-2006020277 et CCC-2006020285.

Ayant réussi à mettre la main sur un employé de la morgue, je lui ai expliqué qui j'étais en spécifiant que j'agissais à la demande du coroner.

Dès que les civières ont été apportées dans ma salle, j'ai extrait les sixièmes vertèbres cervicales des housses renfermant respectivement les restes de Cruikshank et ceux du squelette exhumé à Dewees. J'allais les analyser au microscope en parallèle.

Le type de fracture était bien similaire. Bon. Déjà un point sur lequel je ne m'étais pas trompée.

Cause de ces fractures, maintenant. Et lien éventuel entre ces deux cas.

Après un moment de réflexion, j'ai décidé d'étudier la terre récupérée par Topher dans la sépulture de Dewees. Pourquoi ? Là encore, parce que je n'avais pas d'idée meilleure.

Tout d'abord, placer dans l'évier une bassine en acier rectangulaire et la couvrir d'un tamis. Ensuite, prendre l'un des trois sacs-poubelles au pied de la civière supportant les restes de l'inconnu de l'île et en défaire le petit fil de fer qui le fermait. Enfin, verser une couche de cette terre dans le tamis et agiter délicatement.

La partie sablonneuse de la terre s'est écoulée dans la bassine à travers les mailles. Cailloux, coquillages, débris d'oursins, d'étoiles de mer, de mollusques et de crabes sont restés dans le tamis. Les ayant examinés à la loupe, j'ai vidé le tamis et versé une nouvelle couche de terre.

Mêmes pierres et vestiges de vie marine.

J'en étais au deuxième sac quand une sorte de virgule a retenu mon attention. Elle était si petite que j'avais failli la rater, enfoncée qu'elle était à l'intérieur d'une coquille brisée.

Un filament ? Un fil ?

J'ai extrait ce coquillage du tas à l'aide d'une pince et l'ai placé dans ma paume. Laquelle était recouverte d'un gant, bien évidemment. Il mesurait moins de trois centimètres. De couleur marron et enroulé sur lui-même, il avait un aspect plus rond et plus trapu que ceux qu'on trouve d'habitude sur les plages.

Retour à la civière pour vérifier la provenance exacte de la terre que j'examinais en ce moment. D'après l'étiquette écrite par Topher, c'était celle qui avait été directement en contact avec les os.

Debout devant l'un des comptoirs qui couraient le long des murs, j'ai dégagé le filament de la coquille très délicatement et l'ai positionné au centre d'une petite plaque de verre que j'ai pris soin de recouvrir d'une autre plaque avant de l'examiner au microscope.

Est apparue une ligne recourbée un peu floue.

J'ai fait le point.

Cette ligne était un cil. Noir, de surcroît.

Je réfléchissais aux implications résultant de cette découverte quand mon cellulaire a sonné. Le numéro à l'écran était précédé du chiffre 843. Le code d'ici. Ce n'était donc pas Ryan.

Déçue, j'ai retiré un gant et enfoncé la touche de mise en communication.

— Ici Gullet. On a récupéré un PC portable de marque Dell Latitude et un appareil photo numérique Pentax Optio 5.5.

— Et tout cela n'était qu'un malheureux malentendu.

— Exactement. Parrot père se confondait en excuses. Parrot fils avait manifestement connu des moments plus agréables.

— Et maintenant ?

— Pas une seule photo en mémoire. Ou c'est Cruikshank qui n'avait rien photographié ou c'est Parrot junior qui a tout effacé pour couvrir ses arrières. Quant à l'ordinateur, il est protégé par un mot de passe qu'on n'a pas réussi à trouver.

— Je peux essayer ?

Gullet a laissé passer une pause.

— Vous vous y connaissez en informatique ?

Mon oui a retenti avec plus de conviction que je n'en avais en réalité, n'ayant jamais tenté d'entrer par effraction dans la mémoire d'un ordinateur. Il est vrai que je me suis toujours servie d'un mot de passe pour protéger mon PC, mais de là à me faire passer pour Sherlock Holmes…

D'ailleurs, à l'autre bout de la ligne, le silence assourdissant s'est prolongé plusieurs secondes. Puis :

— Ça ne peut pas faire de mal. Et puisque Miz Rousseau vous accorde toute sa confiance et que mes adjoints n'ont plus une danse de libre sur leur carnet de bal…

— Je suis à la morgue.

— Soyez-y encore dans une heure.

Rien d'autre n'est sorti de l'examen du reste de la terre. Je refermais le dernier sac quand le shérif est arrivé. S'étant débarrassé de son paquet sur un comptoir, il a plié ses lunettes et les a rangées dans sa poche de poitrine en laissant sortir une branche. Son regard s'est attardé un moment sur les deux civières, dans mon dos.

— Miz Rousseau est là ?

— Non, elle est prise par une affaire qui requiert toute son attention. Venez voir.

Il s'est approché du microscope. J'ai inséré sous l'œilleton l'une des deux vertèbres fracturées. Il l'a regardée sans faire de commentaire. J'ai changé de vertèbre. Il a relevé les yeux vers moi.

Je lui ai expliqué que le premier spécimen provenait de Cruikshank, le second de l'inconnu de l'île.

— Ils se sont tous les deux cassés un os du cou, a fait remarquer Gullet sur son ton si traînant qu'il semblait presque ennuyé.

— Exactement.

— Comment ils ont fait ?

— Je ne sais pas.

Ayant inséré la plaque avec le cil dans l'appareil, je l'ai prié de se pencher à nouveau sur l'œilleton.

— Je regarde quoi, là ?

— Un cil.

Gullet est resté plusieurs secondes collé à l'oculaire avant de m'accorder un regard tout aussi inexpressif que le premier.

— Ça vient de la sépulture sur l'île.

— Il y a deux milliards d'habitants sur la planète. Ça fait combien de milliards de cils ?

— Celui-ci provient de la terre qui était directement en contact avec un corps enfoui à quarante-cinq centimètres de profondeur.

Le visage de Gullet n'a trahi aucune émotion.

— Et ce cil est noir, alors que l'inconnu était blond.

— Il ne proviendrait pas de quelqu'un de votre équipe ?

J'ai secoué la tête.

— Les étudiants qui ont retiré la terre sont tous les deux blonds, eux aussi.

Il est possible qu'un des sourcils touffus du shérif se soit haussé d'un millionième de millimètre.

— Les sourcils, ça marche pour l'analyse d'ADN ?

— Uniquement pour l'ADN mitochondrial.

Il n'a pas réagi.

— C'est l'ADN qui permet d'identifier l'ascendance maternelle.

Explication hypersimplifiée mais juste.

Il a hoché la tête. S'étant levé, il est allé sortir du sac en plastique qu'il avait laissé sur le comptoir un carnet contenant des formulaires de transfert de scellés.

J'ai inscrit la date avant de signer la feuille.

Gullet m'a remis l'exemplaire me revenant et a fourré l'autre dans la poche intérieure de sa veste. Son regard s'est à nouveau posé sur les civières.

— Vous avez découvert quelque chose qui relie ces deux gars l'un à l'autre ?

— Non.

— Sauf qu'ils ont tous les deux trouvé le moyen de se briser le cou.

— Oui, sauf ça.

— S'il existe un lien entre ces types, nous avons là un double homicide. Simple hypothèse, bien sûr.

— Bien sûr.

— Un tueur en série ?

« Peut-être », lui ai-je signifié d'un haussement d'épaules, avant d'ajouter :

— Ces deux victimes pouvaient aussi se connaître.

— Je vous écoute.

— Ou alors ils ont pu être tous les deux témoins de quelque chose qui a fait qu'on les a tués.

Pas même une crispation n'a contracté les traits de Gullet. J'ai insisté :

— Peut-être qu'ils étaient tous les deux mêlés à quelque chose.

— Comme quoi ?

— Drogue, contrefaçon, enlèvement du fils de Lindbergh.

— Simple hypothèse.

— Simple hypothèse.

— Mon adjoint chargé des opérations spéciales a découvert de quel bâtiment il s'agissait.

Mon visage a dû changer d'expression sans que je m'en rende compte — et vraisemblablement révéler ma confusion —, car le shérif a jugé bon de se montrer plus explicite.

— Celui en photo sur le CD de Cruikshank. Mon gars dit que c'est une clinique, dans Nassau Street.

— Une clinique privée ? Financée par qui ? ai-je demandé, comprenant enfin.

— L'EMD. L'Église de la miséricorde divine.

— Herron et sa bande ? *Jesus !* Est-ce qu'Helene Flynn aurait travaillé dans celle-là ?

— Je comprends maintenant que votre petit ami s'intéresse à ces gens. Mais, chez nous, son diplôme en droit ne fait pas de lui un flic. Si nous considérons qu'il y a eu meurtre, et je ne dis pas que nous en soyons là, je ne veux pas qu'un gars en bottes de cow-boy vienne foutre la trouille à d'éventuels suspects.

Il ne m'est pas paru nécessaire de mentionner que Pete n'était pas mon petit ami ni qu'il ne portait jamais de telles bottes.

Le doigt pointé sur moi, Gullet m'a avertie de ne pas lui laisser la bride sur le cou.

— Si votre gars dérape, c'est moi qui écoperai.

À quoi j'ai rétorqué :

— Vous vous occuperez de la clinique ?

— Pour l'heure, je ne vois pas ce qui justifierait une telle décision. Vous me trouvez le mot de passe de cet ordinateur et vous m'appelez. Sinon, je le remets à la SLED.

Les forces policières de Caroline du Sud.

— Et on se retrouvera les derniers dans la file d'attente, vous ne croyez pas ?

Gullet a pris le temps de remettre ses Ray-Ban.

— À vous de jouer, ma'am.

Le shérif parti, j'ai appelé Emma. Elle m'a dit de laisser tomber le cil et le coquillage. Elle demanderait à Lee Ann Miller de les expédier au laboratoire de la police scientifique.

Je me suis donc remise aux vertèbres fracturées.

Plus tard, après avoir photographié cil et coquillage, je les ai placés dans des sachets et remis à une technicienne en lui précisant que je rentrais chez moi. Il était deux heures de l'après-midi.

En route, j'ai appelé Pete sur son BlackBerry. Pas de réponse. L'inverse m'aurait étonnée.

L'idée de m'introduire dans le disque dur de Cruikshank m'excitait tellement que je ne me suis pas arrêtée pour manger. Arrivée à *La Mer sur des kilomètres*, j'ai emmené Boyd faire une courte promenade de santé sur la route. Après quoi, munie d'un sandwich au jambon et au fromage, je me suis installée à la table de la cuisine.

L'ordinateur s'est ouvert sur l'écran bleu de Windows. Là, le curseur a clignoté, attendant de recevoir le mot de passe.

J'ai commencé par les plus souvent utilisés : 123123. 123456. 1A2B3C.

Raté.

Les initiales de Cruikshank ? Sa date d'anniversaire ?

Je suis allée chercher la sortie d'imprimante de l'AFIS portant toutes les données relatives à Noble Carter Cruikshank.

J'ai essayé NCC, CCN, etc., en incluant ou non sa date de naissance. Dans le bon sens et à l'envers. J'ai écrit à l'envers chacun des noms, puis j'ai regroupé les lettres différemment. Après quoi, j'ai interverti les chiffres et les lettres.

Aucun résultat.

CMPD : police de Charlotte-Mecklenburg.

J'ai essayé toutes les combinaisons possibles en associant ces lettres au nom et à la date de naissance de Cruikshank.

Rien.

Shannon. J'ignorais son deuxième prénom ainsi que son nom de jeune fille. Je ne connaissais pas non plus leur date de mariage. Tout ce que je savais, c'est que la photo sur la plage avait été prise en juillet 1976. J'ai essayé d'autres combinaisons.

Le curseur s'entêtait.

Baseball. J'ai sorti le trophée de la boîte. 24 juin 1983. Ajouter la date de naissance à celle du championnat de la ligue. Combiner toutes les données dans l'ordre, puis dans le désordre. À l'envers.

Toujours bloqué.

L'adresse de Cruikshank, maintenant. Plus chacune des dates inscrites sur le relevé de l'AFIS.

À quatre heures et demie, j'étais à court d'idées.

— Ce qui me manque, c'est des infos personnelles.

Au son de ma voix, Boyd a bondi sur ses pattes.

— Tu m'en veux toujours pour cette promenade ratée ?

Il a ouvert la gueule et laissé pendre sa langue pourpre.

— Ce qu'il y a de bien avec vous, les chow-chows, c'est que vous n'êtes pas rancuniers.

Il a penché la tête sur le côté, les oreilles pointées en avant.

— Passons aux dossiers.

Ayant fermé l'ordinateur, je suis allée dans la salle de séjour. Boyd a trotté à ma suite. La boîte contenant les dossiers de Cruikshank était toujours sur le rebord de la fenêtre. Je l'ai emportée sur la table basse et me suis assise sur le canapé.

Boyd s'est hissé d'un bond près de moi. Nos regards se sont croisés. Il s'est laissé retomber sur le plancher.

La boîte renfermait une quarantaine de chemises, épaisses ou plates, mais toutes portant une date et un nom écrits à la main. J'ai parcouru les étiquettes.

Les dossiers étaient rangés par ordre chronologique. On savait tout de suite d'après les dates à quel moment Cruikshank avait travaillé sur plusieurs affaires en même temps. Il y avait aussi des trous. Vraisemblablement, ils correspondaient à ses périodes de beuverie.

J'ai sorti le dossier le plus ancien.

Murdock, Deborah Anne. Août 2000. T.

Il contenait les éléments suivants.

Des notes abrégées, similaires à celles qui se trouvaient dans le dossier d'Helene Flynn.

Des chèques annulés tirés sur un compte conjoint au nom de Deborah et Jason Murdock ; le dernier, daté du 4 décembre 2000.

Des photos d'un couple entrant ou sortant d'un restaurant, d'un bar ou d'un motel.

Des lettres signées Noble Cruikshank et adressées à Jason Murdock, Moncks Corner, en Caroline du Sud, couvraient la période allant de septembre à novembre 2000.

Inutile d'en lire deux pour se faire une idée du tableau.

Deborah était bien la dame sur les photos. Et son compagnon n'était pas Jason.

Dossier suivant : *Lang, Henry. Décembre 2000. T.*

Même affaire. Notes, chèques, photos, rapports. Ce cas-là avait demandé six mois de boulot à Cruikshank. Cette fois, c'était l'époux qui sortait du droit chemin.

Au suivant ! *Todman, Kyle. Février 2001. T.*

Un antiquaire qui soupçonnait son associé de le gruger. En un mois de temps, Cruikshank avait révélé l'escroquerie au grand jour.

L'un après l'autre, ces dossiers faisaient apparaître une tristesse identique : conjoints qui se trompaient, parents qui ne s'occupaient pas de leurs enfants, ados qui fuguaient. Peu de ces histoires se terminaient bien. Que disaient-elles, au bout du compte ? Que si vous aviez des soupçons, il y avait de fortes chances pour qu'ils soient justifiés.

Six heures quinze. Que fabriquait donc Pete ? Et Ryan ?

J'ai vérifié mon cellulaire. Pas de message et la batterie était chargée.

Évidemment.

Retour aux dossiers. *Ethridge, Parker. Mars 2002.* L'une des plus grosses chemises de toute la boîte.

Parker Ethridge, cinquante-huit ans, vivait seul. En mars 2002, son fils était passé le chercher chez lui pour une partie de pêche de quelques jours prévue depuis longtemps. Ethridge n'était pas là. On ne l'avait jamais revu. Ethridge junior avait donné son congé à Cruikshank en mai 2003. Toute une année d'enquête pour un résultat nul.

Franklin, Georgia. Mars 2004. T.

Une étudiante de dix-neuf ans qui avait disparu de son dortoir à l'université de Charleston, en novembre 2003. Quatre mois plus tard, l'enquête de police n'aboutissant pas, les parents avaient engagé Cruikshank. Mission réussie. Georgia s'était installée à Asheville, en Caroline du Nord, avec un fabricant de bijoux bouddhiste.

Poe, Harmon. Avril 2004.

Chômeur. Aperçu pour la dernière fois au Centre médical de Virginie Ralph H. Johnson. Disparition signalée par un ami.

Friguglietti, Sylvia. Mai 2004. T.

Une dame âgée qui vivait dans une résidence pour personnes handicapées. Retrouvée flottant entre deux eaux dans la baie, près de Patriot's Point.

Coup d'œil à la pendule, nouvelle vérification de mon cellulaire.

Huit heures moins huit, et personne ne m'avait appelée.

Découragée, j'ai fait rouler mes épaules et me suis étirée. Boyd a soulevé des paupières lourdes de sommeil.

— Enfin, la perte de temps n'aura pas été totale.

Il a fait rouler ses yeux en arrière avant de les reposer sur moi.

— J'aurai appris que le T inscrit sur l'étiquette signifie que l'affaire est terminée.

Boyd n'a pas eu l'air convaincu. Ça ne m'a pas impressionnée. Je savais que j'étais sur la bonne voie. J'ai laissé retomber mes bras et repris mes recherches.

Snype, Daniel. Août 2004.

Disparu alors qu'il était venu visiter Charleston, en provenance de Savannah, en Géorgie. Billet de retour en car inutilisé. Disparition signalée par sa petite-fille, Tiffany Snype.

Walton, Julia. Septembre 2004. T.

Épouse en fuite retrouvée à Tampa, en Floride, en compagnie d'un amant.

Certains des dossiers les plus récents ne contenaient que des coupures de presse et quelques notes écrites en abrégé. Pas de chèques. Pas de photos. Pas de rapports, mais des articles de journaux qui faisaient tous état de la disparition de quelqu'un.

— S'agit-il d'affaires que Cruikshank était chargé d'élucider ?

Boyd n'avait pas de réponse à cette question. Et pas non plus à la question suivante :

— Cruikshank s'intéressait-il à ces personnes disparues pour une autre raison ?

J'ai ouvert un dernier dossier et lu l'article qu'il contenait.

Un nom a aussitôt retenu mon attention.

Chapitre 17

Homer Winborne, voilà le nom qui avait retenu mon attention. Placé en chapeau d'un article d'une seule colonne découpé dans le *Moultrie News* du 14 mars et qui relatait la disparition d'un certain Lonnie Aikman en 2004.

Une résidente de Mount Pleasant supplie les habitants de Charleston de ne pas baisser la garde, de continuer à rechercher son fils, Lonnie, 34 ans, qui n'a pas été revu depuis maintenant deux ans.

« Il a tout simplement disparu, dit Susie Ruth Aikman. Il m'a dit : "À tout à l'heure, Mom" et depuis, je ne l'ai plus revu. »

La police étant impuissante à localiser son fils, Mme Aikman s'est adressée à un voyant qui lui a déclaré que son fils se trouvait dans la région de Charleston. Consulter un devin a été pour elle le recours ultime. « Quand vous perdez quelqu'un, vous vous raccrochez à tout ce qui peut nourrir votre espoir », explique-t-elle.

Mme Aikman a collé des affiches dans le quartier demandant à quiconque posséderait une information de la contacter personnellement ou de s'adresser à la police de Charleston ou au bureau

du shérif. Elle précise que son fils, atteint de
schizophrénie, était sous traitement au moment de
sa disparition. Elle craint qu'il n'ait été enlevé et
ne soit « retenu quelque part contre son gré ».

Lonnie Aikman mesure 1,73 mètre et pèse 72 kg.
Il a les yeux verts et les cheveux bruns.

Cruikshank avait entouré l'âge d'Aikman, la date de
sa disparition et le mot « schizophrénie ».

Plusieurs détails des différentes coupures de presse
étaient également entourés au stylo. Apparemment,
Cruikshank collectionnait les articles traitant de personnes disparues. Pourtant, ces dossiers-là n'avaient ni
rapport d'enquête ni chèque émanant d'un client pou-
vant donner à penser qu'il avait été engagé pour résoudre ces affaires. La question était donc : pour quelle
raison s'y intéressait-il ?

Deux de ces dossiers ne contenaient que des notes
écrites à la main. Le premier s'intitulait *Helms, Willie*,
l'autre *Montague, Unique*. Compte tenu de leur place
dans la boîte, on pouvait croire que le policier les avait
ouverts peu de temps avant de mourir.

Pourquoi ? Et qui étaient ces gens ? C'était agaçant de
ne pas pouvoir répondre à ces questions.

Dresser une liste des affaires non résolues me permettrait peut-être d'y voir plus clair. Je m'y suis attelée.

Ethridge, Parker : Homme, blanc, 58 ans, 1,69 mètre,
61 kg, cheveux gris, yeux bleus. Vu pour la der-
nière fois en mars 2002.

Moon, Rosemarie : Femme, noire, 28 ans, 1,59 mètre,
47 kg, cheveux roux, yeux bruns. Vue pour la der-
nière fois en novembre 2002. Toxicomane, pros-
tituée.

Watley, Ruby Anne : Femme, noire, 39 ans, 1,64 mètre,
63,5 kg, cheveux noirs mi-longs, yeux bruns. Vue

pour la dernière fois en juillet 2003. Toxicomane,
prostituée.

Poe, Harmon : Homme, blanc, 39 ans, 1,80 mètre,
70 kg, cheveux bruns, yeux bruns. Vu pour la
dernière fois en avril 2004. Toxicomane.

Snype, Daniel : Homme, noir, 27 ans, 1,64 mètre,
54,5 kg, cheveux blonds mi-longs, yeux bruns. Vu
pour la dernière fois en juin 2004. Toxicomane,
prostitué.

Aikman, Lonnie : Homme, blanc, 34 ans, 1,73 mètre,
72,5 kg, yeux verts, cheveux bruns. Vu pour la
dernière fois au printemps 2004. Schizophrène.

L'inconnu de Dewees ne correspondant à aucune de
ces descriptions, je l'ai ajouté à la liste.

CCC-2006020277 : Homme, blanc, entre 35 et
50 ans, entre 1,77 mètre et 1,84 mètre, cheveux
blonds. Fracture de la vertèbre C-6. Entailles sur la
douzième côte, la douzième vertèbre thoracique et les
vertèbres lombaires supérieures. Enseveli à Dewees.

L'article consacré à la disparition d'Aikman
remontait au mois de mars. En découvrant le cadavre à
Dewees, Winborne aurait-il imaginé que nous étions
tombés sur Lonnie ? D'où son insistance ?

Cruikshank, lui, l'avait découpé au plus tôt le jour de
sa publication, soit le 14 mars. Ou plus tard. Le dossier
Aikman était-il celui qu'il avait ouvert en dernier ?

Mais ceux intitulés *Helms* et *Montague*, qui ne com-
portaient aucun article de journal, à quoi correspondaient-
ils ?

Que signifiaient toutes ces abréviations ?

Je m'efforçais de tirer un sens de toutes ces notes que
j'avais prises quand une voix a claironné depuis

l'entrée : « C'est le célèbre livreur de pizza ! » Un cliquètement de clés atterrissant sur un meuble est venu ponctuer cette annonce et Pete s'est encadré dans la porte.

Il portait un pantalon beige et un haut de ton criard qui ressemblait fâcheusement à une chemise de bowling. Une casquette des Hornets complétait sa tenue.

Boyd l'a accueilli en traçant des ronds autour de ses jambes, entrecoupés de bonds pour flairer la boîte tachée de gras que le célèbre livreur tenait entre ses mains.

— J'en ai pris une grande, au cas où tu serais à la maison et mourrais de faim. C'est exprès que tu es dans le noir ?

Immergée dans ma liste, je n'avais pas vu le soir tomber. Pourtant, il était à peine huit heures vingt à ma montre.

— C'est drôle qu'il fasse nuit si tôt.

— Une tempête monstre nous fond dessus. Toute l'île se barricade. On a des lattes ou des panneaux pour boucher les ouvertures ?

— Triste nouvelle, Pete. Les Hornets ont émigré à La Nouvelle-Orléans, ai-je dit en pointant sa tête du doigt.

— J'aime bien les couleurs, a fait Pete en retirant sa casquette pour en admirer le logo.

— Pourpre et turquoise ?

— Pas turquoise, barbare ! Bleu sarcelle ! Des tons choisis par Alexandre Julian en personne et que la Ligue tout entière nous envie.

— Ça ne change rien au fait que l'équipe a quitté Charlotte.

Pete a lancé sa casquette sur un meuble.

— Qu'est-ce que tu fais ?

Ouvre l'œil, et le bon ! m'ont aussitôt grésillé mes centres inférieurs.

Quoi ? Y aurait-il danger ?

— Allô, allô ! La Terre appelle Tempe.

J'y suis revenue d'un coup.

— Qu'est-ce que tu fais ? a répété Pete sans s'énerver.

— J'examinais les dossiers de Cruikshank.

— On a retrouvé son PC ? Ça donne quelque chose ? J'ai secoué la tête.

— J'ai essayé en vain tous les mots de passe possibles et imaginables. Où est-ce que tu as traîné toute la journée ?

— J'étais pris au piège de l'enfer fiduciaire. Qu'est-ce qui est brun et noir, et fait joli sur les comptables ?

J'ai levé les deux mains en signe d'ignorance tout en sachant pertinemment que je n'aurais pas dû.

— Un doberman pinscher.

— C'est méchant.

— Mais vrai. Ces types se rabattent sur la comptabilité parce qu'ils n'ont pas le charisme nécessaire pour devenir des hommes d'affaires.

— Tu as interrogé Herron sur Helene Flynn ?

— Ce bon révérend a considéré que nous devrions commencer par l'examen des livres comptables… Ne me regarde pas comme ça ! J'ai été engagé par le papa pour savoir où avait disparu son argent. Sa fille, c'est un problème secondaire.

— Tu as dit à Herron que Cruikshank était mort ?

— Oui.

— Sa réaction ?

— Ahurissement, tristesse et souhait sincère que son âme connaisse le repos. Et toi, tu as levé un lièvre en épluchant ces dossiers ?

— Peut-être bien.

Nous sommes sortis dans la véranda. Sous l'effet du vent, le ventilateur tournoyait sans même être allumé.

J'ai apporté des assiettes et des serviettes. Pete a servi les pointes de pizza. Tout en mangeant, je lui ai expliqué ce que j'avais appris.

— Le T sur l'étiquette signifie que l'affaire est terminée.

— C'est déjà un début.

— C'est exactement ce que j'ai dit à Boyd.

À son nom, le chien a pointé les oreilles sans écarter pour autant son museau du bord de la table.

— Un bon nombre des dossiers ouverts récemment ne contiennent que des coupures de presse sur des personnes disparues. J'ai établi une liste pour voir s'il n'y aurait pas répétition du mode opératoire… C'est quoi, ça ? ai-je demandé en désignant des petites boules noires racornies disséminées sur ma pizza.

— Des grains de cassis. Et ensuite ?

— Depuis 2002, Cruikshank a ouvert des dossiers sur deux femmes et quatre hommes qui ont disparu dans la région de Charleston, sans avoir reçu le moindre chèque d'un client ni envoyé aucun rapport d'enquête. Il y a aussi deux dossiers qui ne comportent que des notes.

— Autrement dit, des gens qu'il n'a pas été chargé officiellement de retrouver.

— C'est ce que je pense aussi.

Pete s'est donné un temps de réflexion avant de demander si l'inconnu de Dewees pourrait être l'un de ces disparus.

— Sur le plan physique, on ne peut pas vraiment parler de correspondance.

— Et qui sont tous ces gens ?

— Parmi les hommes, il y a un Noir et trois Blancs. Leur âge va de vingt-sept à cinquante-huit ans. L'un donne dans la prostitution, deux sont des toxicomanes, le quatrième est schizophrène. Les deux femmes sont des Noires de vingt-huit et trente-neuf ans. Toutes les deux des prostituées qui se droguent.

— Tu crois qu'il pourrait s'agir d'une sorte de tueur en série qui prendrait pour cible des marginaux qui ne manqueront à personne, comme les putes et les drogués ?

— Je ne connais pas la date exacte à laquelle Aikman et l'inconnu de Dewees ont disparu. Mais entre la disparition d'Ethridge et de Moon, il y a un laps de temps de huit mois, et huit mois aussi entre Moon et

Watley. Après ça, l'intervalle passe à neuf mois pour Poe, et à deux mois pour Snype. S'il s'agit d'une série, la progression dans le temps est atypique.

— Les tueurs en série ne sont pas des gens atypiques, en général ? a demandé Pete en se resservant de la pizza.

— Des hommes et des femmes, noirs et blancs, âgés de vingt-sept à cinquante-huit ans, on en trouve à la pelle.

— Tu laisses de côté les ados rebelles et les étudiantes à cheveux longs avec la raie au milieu ?

Visiblement, mon ex faisait référence aux victimes préférées de John Gacy et Ted Bundy.

— Te voilà profileur, maintenant ?

— Oh, juste un Savant Letton, doublé d'un livreur de pizza.

— C'est l'idée de qui, ces grains de cassis ?

— D'Arturo.

Nous sommes restés un moment à écouter les vagues marteler le rivage. Finalement, c'est moi qui ai brisé le silence :

— L'article sur Lonnie Aikman a été écrit par Homer Winborne. Comme il est paru dans le *Moultrie News* du 14 mars, on peut en déduire que Cruikshank était encore vivant à cette date.

— Winborne, c'est le journaliste qui s'est pointé sur ton chantier ?

J'ai hoché la tête.

— Tu l'as appelé ?

— Je compte le faire.

— Des nouvelles de *Monsieur** … ?

— Non.

M'étant resservie de la pizza, je suis partie à la pêche aux grains de cassis, les alignant sur le bord de mon assiette.

— Tu ne serais pas un peu psychorigide sur le front de la gastronomie ?

— Je ne trouve pas que le cassis et l'anchois se marient si bien que ça. Dis-moi plutôt comment ça s'est passé, avec Herron.

— Je ne l'ai pas vraiment rencontré.

Pete m'a relaté par le menu ses entretiens avec les comptables de l'EMD. À l'entendre, il avait passé une journée mortelle. Je lui ai fait part de l'information que m'avait transmise Gullet, à savoir que quelqu'un du bureau du shérif avait reconnu le bâtiment en brique sur le CD de Cruikshank.

— Ah ouais ? a réagi Pete, la bouche pleine.

— C'est une clinique privée financée par l'EMD.

— Où ça ?

— Dans Nassau Street.

Les mâchoires de Pete se sont immobilisées, puis il a avalé sa bouchée.

— C'est là que travaillait Helene Flynn. En tout cas, qu'elle a travaillé à un certain moment.

— C'est ce que je me suis dit. Ça explique que Cruikshank ait surveillé l'endroit.

Pete s'est essuyé la bouche et a réduit sa serviette en boule avant de la jeter dans son assiette.

— Gullet va s'en occuper ?

— Il ne considère pas l'inconnu de Dewees et Cruikshank comme des priorités. J'ai eu beau lui montrer les fractures sur les deux vertèbres, ça ne l'a pas convaincu qu'ils aient pu être assassinés.

— Et si je…

— Gullet est absolument contre l'idée que tu contactes qui que ce soit à cette clinique. Il a été très clair là-dessus.

— En quoi est-ce que ça pourrait gêner…

— Pas question !

— Et pourquoi, je te prie ?

Il avait pris un ton coupant que je ne connaissais que trop bien, mon ex-mari étant de ces gens qui n'acceptent pas qu'on leur barre la route.

— S'il te plaît, Pete. Ne complique pas mes relations avec Gullet. Il nous laisse déjà fourrer notre nez dans des dossiers que nous ne sommes pas censés consulter. On a aussi l'ordinateur de Cruikshank. Ce serait trop bête de perdre ces avantages. En tout cas, je me refuse à prendre ce risque. Je dois aider Emma à résoudre ces deux affaires.

— Tu en as déjà fait pas mal. À son tour de se battre avec Gullet. C'est elle, le coroner !

Mes yeux ont dévié sur la nuit, de l'autre côté de la moustiquaire. Au-delà d'une masse bosselée que je savais être la dune, les vagues formaient une ligne argentée.

Je me suis décidée.

— Emma est malade.

— Comment ça, malade ?

Je lui ai expliqué ce qu'était le lymphome non hodgkinien et lui ai appris qu'Emma faisait une rechute.

— Oh, je suis désolé, Tempe.

Il a posé sa main sur la mienne. Nous n'avons plus rien dit. Dehors, l'océan explosait en ovations tonitruantes.

Mes pensées étaient entièrement focalisées sur Emma. Celles de Pete ? Je n'aurais su le dire. Sur Helene Flynn ? Sur l'équilibre budgétaire de l'EMD ? Sur le code utilisé par Cruikshank dans ses dossiers ? Sur le dessert ?

Étonné de notre silence, Boyd a poussé mon genou avec son museau. Je lui ai tapoté le crâne et me suis levée pour débarrasser les restes de pizza. Ce moment m'a paru tout indiqué pour changer de sujet.

— Je suis tombée sur un cil en examinant la terre autour du corps de l'inconnu de Dewees. Noir, le cil, or ce type était blond.

— Tout le monde n'a pas les cils noirs ?

— Si, avec du mascara.

— Tu crois qu'il provient de la personne qui l'a enseveli ?

— En tout cas, les étudiants qui l'ont exhumé ont tous les deux les cheveux clairs.

— Le principe d'échange de Locard, a déclaré Pete en m'adressant un grand sourire de savant.

— Tu m'épates !

Et c'était vrai, car il venait de faire référence à un concept que les criminalistes connaissent bien. Selon Locard, quand deux objets entrent en contact, il se produit obligatoirement un transfert de particules de l'un à l'autre. L'escroc et la banque. Le tireur isolé et la branche d'arbre sur laquelle il est assis. Le meurtrier et le trou qu'il a creusé dans le sable. Tout criminel porte sur lui des traces provenant du lieu de son crime, de même qu'il laisse derrière lui des traces témoignant de sa présence.

— Tu l'appelles, ton journaliste ? a demandé Pete.

Coup d'œil à ma montre. Il était presque dix heures.

— Plus tard. Je voudrais jouer encore avec les dossiers de Cruikshank.

— À propos de dossiers, qu'est-ce qui pousse un comptable à franchir la ligne jaune ?

Visiblement, Pete était parti pour une série d'histoires drôles. Je me suis contentée de le regarder.

— Le fait de voir inscrit dans ses annales que c'est ce qu'il a fait l'année dernière.

Je me suis laissée choir dans le canapé. *Yo !* s'est exclamé mon subconscient stressé à la vue de la casquette de Pete.

De quoi s'agissait-il ? De la NBA ? Des Hornets ? De leurs couleurs pourpre et turquoise ?

Non, pas turquoise. Bleu sarcelle.

En anglais : *teal*.

Comme Jimmie Ray Teal. Un nom que j'avais lu dans le journal. Mais quand ? Ah oui, le matin du jour où s'était terminé le stage d'archéologie. Il y avait moins d'une semaine.

Pete vaquait de pièce en pièce. Il devait être en train de boucher les fenêtres en prévision de la tempête. Je lui ai crié :

— C'est quel jour, qu'ils ramassent les ordures ?

— Ça, tu m'en demandes trop. Pourquoi ?

C'était lundi dernier que j'étais allée déposer un paquet de journaux dans l'abri à poubelles situé sur l'avant de la maison, près de la rue.

— Pourquoi ? a répété Pete.

Munie d'une lampe de poche, j'ai dévalé le perron. À présent, le vent malmenait sérieusement les palmiers. L'orage était tout près. Dans cinq minutes, ce serait le déluge.

Ayant rabattu le toit de l'abri, j'ai sorti le bac en plastique bleu réservé aux papiers.

J'ai commencé par le fond, vérifiant la date de parution à la lumière de ma lampe électrique et glissant sous mon pied les journaux qui ne m'intéressaient pas. À mi-hauteur de la pile, un bruit de moteur m'est parvenu. Une voiture venait de tourner dans Ocean Boulevard. J'ai continué mes recherches.

Les phares se rapprochaient.

Hourrah, la première section du journal du 19 mai ! Le vent tordait les pages entre mes mains.

La voiture ralentissait. Je n'y ai pas prêté attention.

Section économie, petites annonces, nouvelles locales et de l'État.

Arrivée à la hauteur de la maison, la voiture s'est arrêtée.

J'ai relevé la tête, éblouie par les phares pointés sur la poubelle.

Ryan ?

J'ai ressenti comme un flottement au creux de la poitrine.

La voiture ne repartait pas. Bizarrement, elle ne s'engageait pas non plus dans la contre-allée.

J'ai levé la main en visière.

Le conducteur a fait vrombir son moteur. Les pneus ont crissé, faisant gicler la terre.

Quelque chose a filé droit sur moi.

J'ai levé les mains en l'air, le journal s'est envolé.

Chapitre 18

Quelque chose de dur a rebondi sur mon coude et une douleur fulgurante est remontée jusqu'à mon épaule en même temps que du liquide dégoulinait le long de mon bras. De la bière, à en juger par l'odeur.

De la lampe que je tenais dans ma main valide, j'ai balayé le terrain devant moi. Au pied de l'abri à poubelles, quelque chose a brillé dans le noir. Une bouteille de bière.

Jetée par des jeunes en mal de sensations fortes ?

Très drôle.

Lancée sciemment contre moi ?

En tout cas, le journal était à présent dispersé dans toute la cour, certaines sections plaquées par le vent contre les poubelles. Ayant récupéré le tout, je suis rentrée dans la maison.

Pete, installé dans la salle de séjour, prenait des notes dans un calepin. Voyant que je me tenais le bras, il a ironisé.

— T'as été frappée par la foudre ?

Au moins, il m'épargnait une nouvelle plaisanterie sur les experts-comptables.

— Un con qui passait en voiture m'a jeté une bouteille.

— Tu as mal ? s'est-il inquiété.

— Un peu de glace et je ne sentirai plus rien.

Je lui ai raconté l'incident. Cependant, un soupçon se levait en moi. D'abord cette voiture inconnue garée devant la maison dimanche dernier, tôt le matin, et maintenant cette attaque. Les jeunes qui font des escapades avec des voitures volées n'ont pas pour habitude de prendre les gens pour cible, et encore moins de s'arrêter pour les regarder sous le nez. Voulait-on me faire passer un message ? Me signifier qu'on en avait contre moi ? Qui ça, Dickie Dupree ? J'avais intérêt à surveiller mes arrières.

Le coude enveloppé dans de la glace, j'ai relu l'article paru vendredi dernier dans le *Post & Courier*.

Et ajouté Jimmie Ray Teal à ma liste des personnes disparues.

Teal, Jimmie Ray : Homme, 47 ans. Vu pour la dernière fois le 8 mai partant de chez son frère, Jackson Street, pour se rendre chez le médecin.

Je m'interrogeais sur la race de Teal quand un autre nom m'est venu à l'esprit : Matthew Summerfield, le fils du conseiller municipal. Encore un qui manquait à l'appel. Et que j'ai inscrit dans ma liste. Sauf que son profil ne collait pas vraiment avec les autres disparus de Charleston. Mais quel était-il, ce profil ?

Summerfield, Matthew IV : Homme, blanc, 18 ans. Vu pour la dernière fois le 28 février quittant la place du Vieux-Marché. Toxicomane.

Je me suis endormie au fracas de la tempête monstre, pour reprendre l'expression de Pete.

Toutes sortes de rêves décousus ont peuplé ma nuit : Ryan, un bébé dans les bras ; Gullet criant des choses que je ne comprenais pas ; un mendiant édenté tendant une casquette des Hornets ; Emma me faisant signe de la rejoindre dans une pièce obscure et moi, incapable de bouger un pied pendant qu'elle reculait et reculait jusqu'à se fondre dans le noir.

C'est la sonnerie de mon cellulaire qui m'a réveillée. En allongeant le bras pour l'atteindre, j'ai ressenti une vive douleur au coude.

— Ici Gullet.

On entendait des conversations et des sonneries de téléphone dans le fond.

— Et un de plus ! Ça nous en fait trois.

Mon ventre s'est contracté.

— Découvert par des pêcheurs au fond d'un baril échoué sur la plage, au sud de Folly Beach. Le secteur étant sous juridiction du comté, c'est nous qui sommes commis. Miz Rousseau est toujours indisposée. Elle a dit de vous mettre sur le coup. Vous voilà donc coroner de facto, jeune dame.

À sept heures du matin, la jeune dame en question n'était pas d'attaque pour lancer une réplique percutante. Tout en cherchant à tâtons de quoi écrire, elle s'est donc contentée de demander au shérif qu'il lui explique le chemin.

— Non. Rendez-vous à la morgue dans une demi-heure. Je n'ai pas envie de poireauter si vous vous perdez.

J'ai réagi aigrement, tout en comprenant qu'il avait probablement raison.

— À quoi rime tant de presse ?

— C'est bientôt la marée montante.

Jeans, t-shirt, queue de cheval et mascara. En deux temps, trois mouvements, j'étais au rez-de-chaussée.

Pete était déjà parti. Pour une nouvelle journée de torture à calculer des taux actuariels, je suppose. Dans la cuisine, Boyd et Birdie se jaugeaient du regard de part et d'autre d'un bol renversé d'où s'écoulait un reste de céréales.

Le chat s'est enfui à ma vue. Le chien s'est assis, du lait sur les babines.

— Tu es pris la patte dans le sac, chow-chow.

J'ai déposé le bol dans l'évier. M'étant versé un café, j'ai examiné mon bras.

Mon bleu serait certainement spectaculaire et passerait par toutes les couleurs de l'arc-en-ciel.

En me voyant décrocher sa laisse, Boyd a été pris de frénésie. J'ai couru avec lui jusqu'au trottoir. Le jardin était couvert de palmes arrachées et d'autres débris.

Après avoir arrosé l'abri à poubelles, le pied de la boîte à lettres et une branche tombée, Boyd a voulu s'engager sur la route. J'ai dû tirer fort pour le ramener à la maison. Il faisait danser ses sourcils avec l'air de me demander si je n'étais pas devenue folle.

— C'est pour te punir du bordel, avec les Cheerios !

À ces mots, ses sourcils se sont agités de plus belle.

Une barre de céréales dans le ventre, je suis partie pour la MUSC. Le shérif m'attendait devant la porte de la morgue.

Il a pris la bretelle qui franchit l'Ashley et relie James Island au continent et a mis cap au sud. Très vite, des panneaux ont indiqué Folly Beach.

Gullet m'a mise au courant de la situation tout en conduisant. Des pêcheurs, un baril, un corps. Pas grand-chose de neuf depuis son coup de téléphone.

J'ai voulu savoir pourquoi le coroner avait requis ma présence. Il a répondu que le corps ne serait sûrement pas beau à voir.

De l'autre côté de la fenêtre, le paysage défilait — maisons, arbres et poteaux électriques.

Gullet n'a pas entamé d'autre conversation. Il lançait des regards furtifs à mon coude.

Au diable ! À quoi bon jouer les fiers-à-bras ? Si quelqu'un s'était mis en tête de me harceler, autant que le shérif soit prévenu. Je lui ai raconté qu'on m'avait prise pour cible hier soir et aussi que Pete avait aperçu une voiture suspecte garée devant la maison dimanche matin.

— Vous avez marché sur les plates-bandes de quelqu'un depuis votre arrivée ? a demandé Gullet sans se départir de son ton habituel, dénué de toute expression.

— J'ai fait chier un journaliste du nom de Homer Winborne.

— Il est inoffensif.

— Et Richard Dupree, le promoteur ?

— Lui, c'est un diplomate-né. Je m'étonne que le département d'État ne l'ait pas encore recruté.

— Il est inoffensif ?

Petite hésitation avant d'acquiescer.

— En général.

Et en particulier ? Mais je n'ai pas insisté.

Quinze minutes après le pont sur l'Ashley, Gullet a tourné dans une petite route qui s'enfonçait dans les marais. Spartinas et joncs dressaient leurs tiges vers un ciel d'un bleu sans nuage. La terre, entre les touffes, scintillait d'une couleur ambrée. J'ai baissé ma vitre. Une odeur ardente de vie primitive et de décomposition a frappé mes narines, mélange d'huîtres, de crabes appelants et de millions d'invertébrés plus anciens que le temps.

Ragaillardie, j'ai rétabli la communication.

— Vous savez que la Caroline du Sud a plus de marécages qu'aucun des autres États qui bordent l'Atlantique ?

Gullet m'a jeté un regard en coin.

— Les gars du labo ont fini d'analyser le portefeuille de Pinckney.

— Des choses intéressantes, en plus du permis de conduire ?

— Pas vraiment. Des coupons pour repas gratuits, une carte de réduction pour une épicerie, un billet de loterie, soixante-quatre dollars et un préservatif de taille XL.

— Un optimiste, ce Pinckney.

— Sur bien des points.

J'ai passé le reste du voyage à admirer les aigrettes, dont on apercevait les corps blancs et les pattes grêles au-dessus de l'eau noire, entre les ondulations des hautes herbes.

Quand Gullet a coupé le moteur, je n'avais qu'une idée très vague de l'endroit où nous nous trouvions. Devant nous, deux cabanes se dressaient à l'ombre d'un massif de houx monumental. Derrière, on devinait un quai qui s'avançait dans l'eau, mais je n'aurais su dire si cette eau était celle de la rivière Stono ou celle de l'Atlantique plongeant un tentacule dans cette partie de l'estuaire.

Deux véhicules étaient stationnés. Une voiture de police, son gyrophare allumé et sa radio grésillante, et une camionnette noire.

Au moment où je me suis extirpée de l'Explorer du shérif, des merles à ailes bleues se sont envolés dans un tintamarre de cris rauques. Un gars en uniforme est descendu de la voiture de patrouille pour venir saluer Gullet. À son nez de faucon et à ses traits taillés au couteau, j'ai reconnu l'agent H. Tybee.

— Shérif... M'dame. (Main au chapeau par deux fois.) La victime a été découverte par un monsieur dénommé Oswald Moultrie quand il est venu vérifier ses nasses, ce matin. Il habite là-bas. (Mouvement du menton en direction de la première cabane.)

— Il a cru qu'il était tombé sur le trésor de Barbe-Noire ? a demandé Gullet, les yeux rivés sur le quai derrière Tybee.

— Je ne connais pas la réponse à cette question, a répliqué l'agent, manifestement peu porté à rigoler. Nous avons délimité le lieu suivant vos instructions et tout laissé tel quel.

— Vous lui avez fait signer une déclaration ?

— Oui, monsieur.

— L'autre cabane est habitée ?

— Celle avec l'auvent rouge appartient à son frère, Leland Moultrie.

Deux hommes étaient assis devant cette cabane et fumaient. Copie conforme l'un de l'autre : noirs, maigres et portant des lunettes en plastique de couleur grise. Sans aucun doute, les frères Moultrie.

Gullet s'est dirigé vers la jetée. Je lui ai emboîté le pas. Le bras d'eau était étroit. Tellement, même, qu'à certains endroits deux bateaux n'auraient pu se croiser. La mer était basse, et ce quai branlant, juché sur ses poteaux maigrelets enfoncés dans la vase, avait quelque chose des aigrettes aperçues en chemin.

Lee Ann Miller et un autre agent du shérif y avaient pris position, côté rivage. Nous les avons rejoints. Échange de salutations. L'agent, qui s'appelait Zamzow, n'avait pas l'air dans son assiette.

Les laissant à leurs spéculations sur la façon dont le baril avait pu remonter le bras de mer jusqu'ici, j'ai marché au bout du quai. Un relent âcre et rance perçait sous l'odeur de végétation saline en décomposition.

Bloquant mes oreilles aux suggestions des uns et des autres sur les moyens de hisser ce baril sur le rivage, je me suis concentrée.

Ce quai était pourvu en contrebas d'une plateforme utilisée pour écailler et vider les poissons. Pour l'heure, elle servait de plateau-repas aux mouches. Deux nasses rouillées étaient posées sur un côté ; sur l'autre, il y avait une hache à long manche appuyée contre le montant de bois.

J'ai regardé en bas.

L'eau était d'un vert presque noir, la boue noire et visqueuse. Des crabes minuscules couraient en biais dans tous les sens, brandissant leurs pinces comme des gladiateurs leurs boucliers. Çà et là, on remarquait des empreintes à trois pointes laissées par des oiseaux.

Le baril gisait plus loin, à demi submergé, telle une épave poussée par l'orage. Des traces de bottes y menaient et en repartaient. Tout autour, la boue piétinée révélait les efforts des Moultrie pour remonter leur prise jusque sur le rivage.

Une chaîne entourait le baril. Certains anneaux semblaient corrodés, d'autres encore solides. Le baril, comme la chaîne, portait la trace de coups.

Le couvercle, posé à l'envers sur la boue, présentait une profonde rainure sur tout son pourtour.

À l'intérieur du baril, un crâne chauve et un visage d'une pâleur d'autant plus atroce qu'il trempait dans une eau brunâtre, gorgée de boue.

J'étais prête. Je suis allée retrouver les autres.

— À première vue, il s'agit d'un baril de pétrole, ai-je constaté.

— Rouillé comme un clou de cercueil, a dit Lee Ann Miller. Les sigles ou les lettres sont effacés depuis un bon bout de temps probablement.

— Le baril est vieux, mais pas la chaîne. Faites des gros plans et mettez la hache sous scellés. Ils ont dû taillader les anneaux avec le côté tranchant de la lame et faire sauter ensuite le couvercle en se servant du côté émoussé.

— Leland prétend qu'il a sauté tout seul, est intervenu Zamzow.

— C'est possible, ai-je reconnu.

— Comment vous voulez qu'on sorte le corps ? a demandé Lee Ann Miller. On appelle tout le monde à la rescousse ? Ça serait mieux, non ?

— Absolument, ai-je dit. Il y a peut-être autre chose à l'intérieur.

Miller m'a gratifiée d'un de ses sourires d'un kilomètre de large :

— Dès que j'ai entendu le mot « baril », j'ai décidé de prendre le fourgon qui pue et un hectare de plastique. Ce n'est pas la première fois que je me retrouve à transporter des bébés de ce genre.

— Approchez le véhicule, a ordonné le shérif.

Zamzow s'est immédiatement exécuté. S'adressant à Miller, Gullet a demandé si elle avait pensé à se munir de chaînes.

— J'ai des cordes.

— Des cuissardes ?

Elle a acquiescé d'un hochement de la tête peu enthousiaste.

— Bon, eh bien on va passer des cordes autour de ce baril et tirer des lignes pour le hisser jusqu'au bord. Après, on le transportera avec le diable.

Lee Ann a jeté un coup d'œil à la vase.

— Ça doit grouiller de serpents, là-dedans.

— Doit y avoir des mocassins d'eau et peut-être aussi un ou deux crotales, a laissé tomber Gullet sans la moindre compassion.

Miller est partie vers le fourgon et en est revenue chargée d'une paire de cuissardes en caoutchouc et de deux rouleaux de corde en polypropylène jaune. Ayant déposé le tout à nos pieds, elle s'est lancée dans sa séance de photos.

Tybee a déplacé la voiture de patrouille, guidé par Zamzow. Puis celui-ci a attaché deux cordes au pare-chocs et les a tirées jusqu'au bout du quai.

Tybee est resté au volant. Miller et Zamzow sont venus nous rejoindre, le shérif et moi. Personne ne manifestait le désir de chausser les cuissardes.

— La vieille que je suis n'a rien d'une déesse des eaux, a déclaré Lee Ann.

— Moi, je nage pas ! a décrété Zamzow, le teint aussi vert qu'un paysage de Monet.

Cloués à leurs chaises de jardin, les frères Moultrie nous observaient.

La chaleur montait. La marée n'allait pas tarder à s'y mettre aussi. Derrière nous, les mouches dansaient la claquette au-dessus des entrailles de poisson desséchées.

Je me suis emparée des cuissardes. Mes espadrilles retirées, j'ai enfoncé les pieds tout au fond des jambes et remonté les bretelles sur mes épaules. M'étant allongée à plat ventre sur le quai, j'ai pris une grande inspiration avant de me laisser tomber jambes premières dans la vase. Lee Ann Miller m'a lancé des gants. Je les ai fourrés sous mon bras.

La boue était glissante mais ferme. J'ai atteint le baril sans encombre, à petits pas précautionneux, effarouchant les crabes sur mon chemin. De près, la puanteur était intenable, j'avais le cœur au bord des lèvres.

J'ai pris soin d'enfiler les gants avant d'attraper le couvercle pour le repositionner sur le baril. L'ayant solidement enfoncé en tapant dessus avec une pierre, j'ai retiré mes gants et signalé qu'on m'envoie une ligne.

Zamzow m'a lancé une première longueur de la corde. J'ai confectionné un nœud coulant et l'ai fait passer autour de la partie émergée du baril. Puis j'ai roulé la corde sur une longueur d'environ quarante-cinq centimètres et j'ai tiré fort, pour bien serrer le nœud.

M'agrippant au baril, j'ai avancé de quelques pas pour aller me placer derrière. Sous mes doigts, la rouille s'effritait et tombait dans la boue.

Arrivée à la limite de l'eau, j'ai balayé des yeux le paysage alentour. A priori, pas de serpent roulé en boule prêt à jaillir.

Une profonde inspiration, et je suis repartie.

La pente était plus raide que prévu. Un pas de plus, j'avais déjà de l'eau jusqu'au tibia ; un autre encore, et j'en avais au-dessus des genoux.

Non sans déraper plusieurs fois, j'ai réussi à gagner l'arrière du baril. Je baignais maintenant jusqu'à la taille dans une eau triste et noire.

Sur un signe de ma part, Zamzow m'a lancé une seconde corde. J'y ai fait un nœud coulant au bout et l'ai posée sur le baril. Ayant rempli mes poumons à fond, je me suis accroupie et j'ai enfoui la tête dans l'eau.

Sensation de froid quand l'eau a recouvert mon visage.

Les paupières serrées, j'ai tenté de faire passer le nœud coulant autour de la partie submergée du baril. Chaque fois, la corde m'échappait. J'ai dû sortir la tête de l'eau à plusieurs reprises pour remplir d'air mes poumons. Accroupie dans l'eau, je creusais la boue pour faire passer la corde sous le baril, mais mon coude endolori me gênait dans mes efforts.

Je refaisais surface pour la quatrième fois quand Gullet a hurlé :

— Arrêtez !

J'ai relevé la tête vers lui, ma frange dégoulinante d'eau plaquée sur mes yeux. Le shérif fixait la rive derrière moi.

— Qu'est-ce qu'il y a ? ai-je demandé entre deux halètements.

— Ne bougez pas !

Il avait prononcé son ordre sans élever le ton et sans la moindre expression.

Au lieu de lui obéir, je me suis retournée.

Mon cœur s'est arrêté de battre.

Chapitre 19

Un alligator ! Environ deux mètres de long. Les écailles couvertes de boue, la gorge blanc-jaune, la mâchoire remplie de dents pointues.

Et pointée sur moi.

Sous mes yeux ahuris, l'animal s'est laissé glisser du haut-fond et a disparu sous la surface de l'eau.

Tirant de toutes mes forces sur mes membres, j'ai foncé vers le rivage, le cœur battant à tout rompre.

Gullet a sauté du quai et dérapé dans la vase. Se rattrapant au baril, il a tendu la main vers moi. Je l'ai harponnée de mes doigts pleins d'argile pour me hisser hors de l'eau. Douleur atroce au coude. Ma main glissante a échappé à la poigne de Gullet. Je suis tombée à la renverse dans l'eau boueuse. Les cuissardes se sont alourdies. Sous l'effet de l'adrénaline, j'ai refait surface à la vitesse d'une fusée. Lançant une épaule en avant, j'ai tangué à tâtons dans l'eau noire.

Où était le baril ?

Et l'alligator, mon Dieu ?

Mue par le désespoir, j'ai fait un bond de grenouille, trouvé le fond avec mes mains, ancré mes deux pieds dans la vase et sorti la tête hors de l'eau. Gullet a sifflé, me désignant une corde lancée dans l'eau.

— Hisse ton cul, *darlin'* ! hurlait Lee Ann Miller. Hisse ton cul !

À côté d'elle, un des frères Moultrie brandissait un objet, les yeux rivés sur un point dans mon dos. Zamzov aussi fixait quelque chose à gauche derrière moi.

Mes cuissardes remplies d'eau m'empêchaient d'avancer, transformaient en réalité mes cauchemars de la nuit précédente. Bandant mes muscles, j'ai pataugé vers la corde, comprenant que c'était l'alligator qui était derrière moi.

Mais était-il vraiment là ? C'est sur ma gauche qu'a soudain jailli un geyser d'éclaboussures. Dans un instant, des crocs allaient se refermer sur moi.

— Tire ! a hurlé Lee Ann.

J'avais atteint la corde. Je m'y suis accrochée, un genou dans la vase, et j'ai entrepris de me hisser. Bientôt les mains de Gullet m'ont attrapée et, sous mes pieds, j'ai senti la terre ferme.

Flageolant sur mes jambes, je suis restée un moment pliée en deux. De l'eau sale s'échappait de mes cuissardes. Relevant les yeux, j'ai aperçu Lee Ann, le visage rayonnant, les deux pouces levés en l'air.

— Je ne savais pas que les alligators aimaient l'eau salée, ai-je lâché entre deux halètements.

— Çui-là, c'est pas un difficile, a expliqué l'un des Moultrie.

Il a choisi un cou de poulet dans son seau d'amorce et l'a lancé dans la rivière en amont. Des V renversés ont ondulé vers le bord. L'animal avait piqué sur la proie.

Nous avons attendu une vingtaine de minutes sur le quai en buvant du café et en regardant l'alligator faire le guet, enfoui dans la vase dix mètres plus haut, ne laissant apparaître que le bout de sa gueule et la crête de ses vertèbres. Difficile de savoir s'il somnolait ou s'il nous tenait à l'œil, prêt à défendre son dîner.

— La mer ne descendra pas plus bas, a déclaré Gullet en secouant par terre le marc au fond de son verre. Quelqu'un a envie de défier Ramon à la lutte ?

Car tel était le nom de cet animal, dont Oswald Moultrie nous avait dit aussi qu'il avait ses habitudes dans cette crique.

— Moi, tant qu'à faire. Vu que je suis déjà trempée…

Trempée, c'était peu dire. Il n'y avait pas un seul centimètre de mon corps qui ne soit couvert de boue.

— Si c'est pour nous prouver que tu n'as pas peur des alligators, tu nous as déjà convaincus ! a dit Lee Ann.

— Je n'en ai pas peur, en effet.

Ce qui était en gros la vérité. Si j'ai peur de quelque chose, ce sont des serpents. Une peur panique, mais je n'en ai pas soufflé mot.

— J'ai de quoi le réchauffer ! s'est exclamé Zamzow. S'il se pointe vers nous, je lui loge une balle dans le cerveau.

Et de brandir le fusil de chasse Remington qu'il venait de sortir du coffre de la voiture de police.

— À quoi bon le tuer ? Une balle sur sa route, et il fera demi-tour, a fait observer le shérif.

Lee Ann ramassait les verres. Je lui ai remis le mien en lui demandant de dire aux Moultrie de préparer le poulet, puis je me suis laissée glisser en bas du quai de la même façon que précédemment.

Pataugeant dans la boue, j'ai contourné le baril de manière à me placer face au rivage.

Gullet avait raison. La mer remontait. L'eau arrivait maintenant presque au ras du couvercle.

Ce coup-ci, nous étions convenus d'un plan : une fois la corde passée sous le baril, je guiderais la remontée en le tenant par le haut pendant que Gullet et Zamzow le hisseraient à l'aide de deux cordes auxiliaires attachées au fond.

Ce plan a fini par marcher, non sans quelques déboires. J'ai dû m'y reprendre à trois fois pour arriver à glisser la seconde corde autour du baril. Soufflant et dégoulinant, j'ai serré à mort les deux nœuds coulants et vérifié qu'ils tenaient bien. Apparemment, tout était solidement arrimé.

J'ai fait signe à Gullet, qui a fait signe à Miller, qui a fait signe à Tybee, qui a démarré le moteur de la voiture de police.

Les cordes se sont tendues lentement. Le baril a bougé, puis a basculé en arrière et a repris sa place.

Gullet a agité la main. Lee Ann a crié. Le moteur a vrombi encore. Retenant ma respiration, je me suis accroupie dans l'eau dans la position du receveur, au baseball, et j'ai poussé des deux épaules sur le fond du baril. Sans résultat.

J'ai poussé encore, les poumons en feu.

Enfin, j'ai senti un mouvement. Je me suis redressée dans un bruit de succion et de raclage. Le baril émergeait de l'eau et remontait la pente couverte de boue.

Gullet m'a rejointe et nous avons continué à pousser pendant que Zamzow guidait la manœuvre. Le baril s'élevait peu à peu, les flancs ruisselant d'une eau dégoûtante qui se déversait par les fissures.

Une éternité plus tard, il était au sec, plus haut que la limite de l'eau à marée haute. Restait à le hisser jusqu'en haut de la berge, où Lee Ann nous attendait à côté d'une civière, son appareil photo autour du cou. Ça n'a pas été une partie de plaisir non plus.

Sans un mot, Leland Moultrie m'a désigné un robinet extérieur près de sa maison. Je m'y suis dirigée, portée par un sentiment de gratitude. Ayant retiré les cuissardes, je me suis penchée et j'ai fait couler de l'eau sur mes cheveux et mon visage. Son frère, Oswald, est ressorti de sa cabane, une serviette à la main. Je l'aurais embrassé.

Lee Ann prenait toujours des photos quand je suis revenue de mon décrassage. Du liquide continuait à s'écouler du baril. Qui était à l'intérieur ? Quelqu'un qui était mort depuis des dizaines d'années ? Depuis deux ou trois ans ? Depuis une lune à peine ? Le corps était-il boursouflé et décoloré par son séjour dans l'eau de mer ? Les chairs rongées par les prédateurs à carapace ou à nageoire qui avaient réussi à s'introduire dans le baril par une fissure du métal ?

Au cas où l'autopsie serait impossible, Emma me demanderait-elle d'analyser aussi ces os ?

Pourquoi la reine s'acharnait-elle à porter des chapeaux affreux ?

Soudain une idée m'a traversé l'esprit : et si ce corps enfermé dans le baril était celui d'un des disparus que recherchait Cruikshank ?

Helene Flynn ? Non, c'était trop abominable.

Du haut d'un perchoir invisible, un animal a lancé un cri. Son appel m'a ramenée à l'instant présent.

Lee Ann poussait un diable en direction du baril. Le tenant incliné, Gullet a donné un grand coup de façon à faire glisser les poignées du diable sous le baril. Lee Ann est repartie vers le fourgon du coroner avec sa cargaison sous les regards attentifs de Tybee et Zamzow.

Et voilà ! Mon travail était achevé. À Lee Ann et aux agents du shérif de s'occuper de ce sacré baril.

Propres comme des sous neufs, les agents.

Appuyée contre la voiture de Tybee, j'ai lacé mes espadrilles et je suis allée prendre mon sac dans l'Explorer de Gullet. Me coiffer, à présent.

Le rétroviseur m'a renvoyé mon image. Mauvaise idée que d'avoir mis du mascara, ce matin.

Laissant Tybee et Zamzow sur place pour filmer une vidéo des lieux et poursuivre l'interrogatoire des Moultrie, Gullet a pris le chemin du retour derrière le fourgon de la morgue, non sans avoir étalé soigneusement une grande toile de plastique sur les sièges avant de son Explorer.

À la morgue, Lee Ann s'est occupée du déchargement pendant que je prenais une douche et enfilais une tenue de chirurgien. Un quart d'heure plus tard, je la rejoignais dans le sas d'entrée, près du portail en fer.

— Où est Gullet ?

— Il a été appelé.

— Par son couturier ?

— Peut-être bien, a répondu Lee Ann en riant, mais je le soupçonne plutôt d'être en train de reluquer son petit VUS chéri sous toutes les coutures. Ce n'est quand même pas parce qu'il soigne son apparence qu'il n'a pas de jugeote. Il demande que tu le tiennes au courant des résultats de l'analyse.

— Vous avez appelé Emma ?

Lee Ann a hoché la tête.

— Elle a dit de l'ouvrir. Ce boulot me revient de droit. On saura alors qui, de toi ou des pathologistes, remporte le cigare.

— Vous allez rester ?

— Je ne raterais pas le spectacle pour tout l'or du monde.

Ayant attribué au cas le numéro CCC-2006020299, elle a préparé une étiquette que j'ai tenue sur le baril puis sur la chaîne pendant qu'elle les prenait en photo.

— La chaîne est en bon état, a-t-elle fait remarquer, l'œil vissé à l'appareil, mais le baril, alors, ce n'est plus qu'un paquet de rouille.

— Ce n'est peut-être pas le même métal.

— Ou bien on a utilisé une chaîne neuve pour entourer un vieux baril.

Le temps d'achever la séance de photos, une mare de magma nauséabonde s'était formée sur le sol en ciment. Nous avons inspecté l'extérieur du baril. Comme on pouvait s'y attendre, tous sigles et inscriptions en avaient disparu.

— Il doit y avoir un bon nombre de sociétés qui fabriquent des barils de deux cents litres.

— Des douzaines, a renchéri Lee Ann.

Ayant pris quelques polaroïds supplémentaires, elle est partie pour revenir un instant plus tard, munie d'un pied-de-biche et d'une tronçonneuse.

— Alors, *sweetie*, comment veux-tu que je m'y prenne ?

— Tant qu'à faire, frappez un bon coup !

— Les coups, ça me connaît. J'ai travaillé pour Tex Avery.

Et d'enfiler de longs gants en cuir avant de s'emparer d'une pince-monseigneur. Elle a coincé le bord du couvercle entre les mâchoires de son instrument et tenté de faire le levier. Sans résultat.

— Tu l'as sacrément enfoncé. C'est comme une ventouse.

— C'est vrai que je n'y suis pas allée de main morte.

Ayant réussi à soulever le bord sur une partie, elle a introduit le pied-de-biche dans l'ouverture et appuyé de toutes ses forces sur le manche. La moitié du couvercle a sauté d'un coup dans une cascade d'éclats de rouille. Elle a ensuite faufilé ses doigts à l'intérieur et poussé à différents endroits du pourtour. Puis elle a saisi le bord et tiré en l'air violemment. Le disque de métal s'est retrouvé entre ses mains.

Une odeur d'humidité et de renfermé s'est échappée du baril, odeur d'algues en décomposition, d'eau salée éventée et de mort.

Le couvercle déposé par terre, Miller s'est emparée d'une lampe de poche. Nous avons plongé les yeux à l'intérieur.

La forme, d'un blanc cireux, était humaine tout en ne l'étant pas, imitation grotesque d'un être humain assis sur les talons, la tête entre les jambes.

— Celui-là, c'est pas dit qu'il soit de ton rayon, a dit Lee Ann, les narines pincées.

Je n'en étais pas aussi sûre. En situation d'humidité, il arrive souvent que l'hydrogénation et l'hydrolyse des graisses du corps produisent une substance graisseuse d'aspect souvent cireux, connue sous le nom d'adipocire ou cire des tombes. Une fois formée, cette matière qui contient des acides gras et du glycérol peut perdurer longtemps sous forme d'emplâtre et maintenir ensemble les tissus adipeux, l'enveloppe corporelle et les traits de la face alors que la décomposition s'est poursuivie à l'intérieur et que les organes ne sont plus que de la soupe. Je suis tombée plusieurs fois sur ce cas.

— Le corps a été introduit par les pieds et ensuite tassé, a dit Lee Ann.

— Ou bien on a forcé la victime à entrer dans ce baril et à s'accroupir.

— En tout cas, elle est nue.

— Et petite, on dirait.

J'avais parlé tout haut, sans même m'en rendre compte, emportée comme toujours dans un tourbillon de tristesse et de colère.

— Une femme ? a demandé Lee Ann, elle aussi prise au piège des émotions.

— Je préfère ne pas m'avancer pour l'instant.

Mais je connaissais déjà la réponse pour avoir vu dans ma vie tant de femmes tabassées, épouses, étudiantes, belles-filles, serveuses ou prostituées. La victime était du type « petit modèle », celui qui reçoit les coups.

Transformant ma colère en source d'énergie, j'ai désigné le sable.

— Il y en a des kilos. Ajoutés pour alourdir le baril, probablement.

— Z'auraient mieux fait de mettre des pierres, a dit Lee Ann. Un coup d'hélice, un début d'érosion, et le sable s'échappe par les trous. Ça explique pourquoi le baril est remonté du fond et s'est mis à flotter.

— On sort la victime sur la table ?

Nous avons abaissé le diable avec des gestes soigneux, le tenant bien parallèle au sol, comme si nous craignions de bousculer son occupante. Précaution inutile. Elle n'en était plus à ça près.

Ayant chaussé des lunettes de protection, Lee Ann a branché sa scie et découpé le baril dans le sens de la longueur, sans oublier le fond. Et nous avons retiré la partie supérieure.

La victime était sur le dos, tassée au fond du baril, la tête baissée entre ses jambes repliées. L'adipocire présentait des marques d'abrasion là où les genoux et les tibias avaient frotté contre la paroi.

Pendant que je m'étais changée, Lee Ann avait étalé un drap en plastique sur une civière. Ayant retiré ses lunettes et ses gants en cuir, elle l'a approchée du baril. Nous en avons retiré le plateau amovible et l'avons posé par terre. Les mains protégées par des gants chirurgicaux, nous nous sommes préparées à déplacer la victime. J'ai pris la tête, Lee Ann les fesses.

— Prête ? m'a-t-elle demandé d'une voix tendue.

J'ai hoché la tête.

J'ai soulevé de deux centimètres, juste pour voir si les chairs ne se détachaient pas.

— C'est bon.

Un centimètre après l'autre, nous avons dégagé le corps en tirant très délicatement quand ça coinçait. Le baril a libéré lentement sa prisonnière. Nous l'avons tenue en l'air un moment pour que le liquide fétide s'égoutte ; puis, à mon ordre, nous avons fait en même temps un pas sur le côté et déposé le corps sur le plateau amovible. Ensuite, nous avons replacé le plateau sur la civière.

J'ai fait le tour de la victime.

Les chairs étaient abominablement distendues, la peau et les cheveux transformés en bouillie. Cependant, les parties génitales permettaient d'affirmer qu'il s'agissait bien d'une femme. Évidemment.

Le laps de temps passé dans le baril l'avait figée en position fœtale et l'on aurait dit qu'elle se protégeait des indignités qui l'attendaient encore, du fait qu'elle était décédée de mort non naturelle. Qu'elle se protégeait de moi, de Lee Ann, du bataillon de gens qui tous ensemble allaient reconstituer l'horreur de ses derniers instants et analyser en détail tous les aspects de la dégradation subie par son corps emprisonné dans l'eau.

D'un côté, j'éprouvais l'envie irrationnelle de couvrir sa nudité, de la protéger de nos silhouettes en tenue de chirurgien, des lumières trop vives, des ampoules qui clignotaient et de nos instruments étincelants ; d'un autre, je savais que ça ne lui serait d'aucune aide. De même que l'inconnu de l'île, de même que l'homme dans l'arbre, cette femme dans le baril devait retrouver son identité.

Je me suis juré de la lui rendre, de découvrir le nom qui la reliait au monde des vivants, de mettre un terme à cet anonymat qui empêchait qu'elle soit pleurée par ses proches et que soient reconnues les tortures qu'elle avait subies.

Je l'ai fait rouler sur le dos, aidée de Lee Ann, pour que celle-ci puisse la photographier. Ensuite, nous avons tenté, par de légères pressions, de redresser ses membres recroquevillés.

— Cette pauvre fille, a soupiré Lee Ann. On dirait une contorsionniste coulée dans du béton. Si on veut arriver à un résultat, va falloir y aller plus fort.

Nous avons augmenté notre pression. Les bras ont cédé, l'un après l'autre, et nous avons pu les allonger de part et d'autre du corps.

Aux jambes, à présent. Lee Ann a appuyé sur le genou droit pendant que je tirais sur la cheville. La rigidité a fini par céder.

Au moment où la jambe s'est allongée, *pfuit !* une petite boule a roulé du ventre de la victime jusqu'à sa hanche.

— *Holy hell*, qu'est-ce que c'est que ça ? s'est écriée Lee Ann, exprimant tout haut ma pensée.

Chapitre 20

— Abaissons l'autre jambe.

Sur mes indications — Lee Ann se chargeant du genou, moi de la cheville —, nous avons réussi à la déplier, elle aussi, grâce à une bonne coordination entre nous.

Le ventre était un gouffre rempli d'une gelée pourrie d'où s'élevait une puanteur qui aurait vidé des villages entiers de leur population.

Respirant avec la bouche, j'ai fait le tour de la table pour venir voir cette petite boule de plus près. Sous cette même cire graisseuse qui enduisait les chairs de la femme, on reconnaissait des poils bruns et soyeux.

Des fils ? Des cheveux ?

J'ai fait rouler la boule du doigt. Elle était à la fois ferme et molle, comme un fruit trop mûr.

Ou de la chair.

Subitement, j'ai compris.

C'était de la fourrure.

Sous le regard attentif de Lee Ann, j'ai creusé dans la cire.

Est apparue une patte décharnée. Puis une autre.

Les yeux ronds, Lee Ann a entrepris de dégager les pattes arrière sans proférer un son. En joignant nos efforts, nous avons extrait un animal roulé en boule de cette marinade en décomposition. Corps boursouflé, pelage râpé.

— Fido, Félix, Flopsy ? a demandé ma compagne.

L'espèce était impossible à reconnaître.

— En tout cas, ce n'est pas un lapin. Il a la gueule plate et les pattes avant et arrière de la même longueur.

J'ai sondé plus bas et découvert une longue queue mince.

— Voyons les dents.

Lee Ann a ouvert les mâchoires pendant que je tenais la tête.

— C'est un chat, ai-je constaté.

Je me suis représenté le mien, Birdie. Cette femme avait été jetée dans un baril avec son animal de compagnie, comme de vulgaires déchets.

Je me suis retenue pour ne pas abattre mon poing sur l'acier inoxydable. J'ai fermé les yeux.

Concentre-toi, Brennan. C'est la seule façon de mener à bien l'enquête.

— Il ne reste plus qu'à découvrir son nom, ai-je dit.

Lee Ann a poussé la civière jusqu'à une salle d'autopsie.

En premier lieu, j'ai examiné les doigts de la victime dans l'espoir de récupérer ses empreintes, ne serait-ce que partiellement.

De son côté, Lee Ann s'est occupée de trouver un technicien pour faire des radios. Le temps qu'il vienne à bout de sa tâche, nous avons rempli les formulaires. Sans échanger un mot.

Les radios livrées, Lee Ann les a réparties sur les caissons lumineux puis, aidée du technicien, elle a transféré le corps sur la table d'autopsie pendant que je me déplaçais le long du négatoscope pour examiner les images grises et blanches des entrailles de cette femme.

Le cerveau et les organes n'étaient plus que de la bouillie. Les yeux ne portaient plus trace de liquide vitreux. Pour cette victime, l'analyse se réduirait à l'étude du squelette. Mon terrain de prédilection.

Je me suis concentrée sur les radios des os. À première vue, ni fracture ni anomalie. Pas d'implants, de plaques ou de vis. Aucun corps étranger, comme une balle ou un quelconque objet en métal.

— Nous n'aurons pas besoin des lumières de Bernie Grimes. Elle n'a ni dents ni prothèse.

— C'est une femme âgée ? a demandé Lee Ann.

— Entre deux âges. Elle ne relève pas de la gériatrie.

J'avais répondu sur un ton distrait, intriguée que j'étais par une petite tache blanche de la taille et de la forme d'un grain de riz, visible sur les deux dernières radios.

Lee Ann est venue me rejoindre.

— Super, les angles de vue pour le chat, a-t-elle jeté, sans se retourner, au technicien qui avait pris les radios. Et médaille d'or pour la rapidité, Kyle.

— J'avais peur de ne…

J'ai interrompu le technicien pour désigner la tache. Elle était située sur le dos du chat, à la base de son cou, bien au milieu.

— C'est un corps étranger ? a demandé Lee Ann.

— Bizarre, ça apparaît sur les deux radios.

Je suis retournée à la civière. À l'aide d'un scalpel, j'ai pratiqué une incision dans le cou de l'animal. Trente secondes de sondage, et un minuscule cylindre est apparu. L'ayant déposé dans le creux de ma main, je l'ai montré à mes deux compagnons.

— Je sens que tu vas nous dire ce que c'est, a fait Lee Ann.

— C'est une puce électronique qui sert à identifier les animaux. C'est en verre biocompatible. À l'intérieur du tube, il y a une bobine et un circuit miniature. Ça s'implante sous la peau, entre les omoplates, à l'aide d'une seringue hypodermique.

— Et ce sont les contrôleurs de Matrix qui s'en chargent ?

— Les vétérinaires. L'opération prend moins d'une minute. Mon chat en a une, il ne le sait même pas.

— Et ça marche comment ? s'est enquise Lee Ann sur un ton dubitatif.

— La puce contient un numéro d'identification préprogrammé lisible par un scanner. Le scanner envoie un signal radio de basse fréquence à la bobine et celle-ci renvoie le numéro d'identification. Ce numéro est dirigé ensuite vers un fichier central où sont conservées toutes les informations relatives au propriétaire de l'animal.

— Comme ça, si jamais Sac-à-poils prend la poudre d'escampette, on pourra le récupérer.

— À condition qu'il ait la chance d'être ramassé par quelqu'un qui l'aura fait scanner.

— C'est quand même un comble que ce soit plus facile d'identifier un chat qu'un être humain ! Et elle marche combien de temps, cette puce ?

— En théorie, soixante-quinze ans.

— Où est-ce qu'on trouve des scanners capables de lire ces machins-là ?

— Chez les vétérinaires, les fourrières, les associations de défense des animaux. C'est assez courant.

— Autrement dit, nous avons peut-être là le fameux pistolet fumant du salaud qui a fait le coup.

— Pas vraiment. Mais on peut identifier la victime, oui.

Miller m'a présenté un sachet en le tenant ouvert. J'y ai fait glisser le tube. Puis elle a demandé à Kyle de se mettre en chasse d'un vétérinaire capable de scanner la puce.

Le technicien sorti, nous avons entrepris l'examen de la dame.

— Tu crois que c'est une Blanche ? a demandé Lee Ann en regardant ce qui restait du visage.

— D'après les radios, le crâne et l'architecture faciale sont plutôt caucasiens.

— Sur quoi te bases-tu pour dire qu'elle est d'âge moyen ?

— L'arthrite qui est peu développée, les spicules osseux à l'endroit où les côtes s'attachent au sternum… Vous croyez que vous arriverez à retirer les symphyses pubiennes ?

— Sous ta direction, sûrement !

Elle est partie chercher une scie de butée.

J'ai placé un appuie-tête en caoutchouc sous le cou de la femme. Ce qui restait de sa face ne permettait guère d'imaginer les traits qu'elle avait eus de son vivant. Elle n'avait plus de paupières et ses orbites étaient remplies de cette substance cireuse qui adhérait à ses os. Elle n'avait pas non plus de cils, de sourcils ou de cheveux.

Lee Ann est revenue. Elle a retiré les symphyses pubiennes pendant que je prenais des photos, et les a mises à tremper dans le bac. J'en étais à faire un dernier gros plan du visage quand un détail a attiré mon attention. Ayant posé mon appareil, je me suis penchée sur le cou de la victime.

Une cannelure d'environ quatre millimètres creusait la chair friable, un sillon étroit qui ne faisait pas la moitié de mon petit doigt.

Trace post mortem ? Laissée par un objet en contact avec le cou à l'intérieur du baril ? Due à des prédateurs marins ?

Munie d'une loupe, j'ai passé le doigt sur ce creux. Les bords en étaient nets et précis. Impossible que ce sillon soit le résultat de grignotements.

J'ai entendu la porte s'ouvrir et se refermer, puis des pas s'approcher et Lee Ann dire quelque chose. Entièrement absorbée par mon examen, je n'ai pas relevé les yeux. Je scrutais le trajet de ce sillon, ainsi que l'état des chairs au-dessus et en dessous.

Le creux faisait une ligne horizontale qui allait en s'agrandissant sur la gauche du cou et perdait de sa régularité. Les tissus voisins présentaient des abrasions.

— Qu'est-ce qui t'intrigue comme ça ?

J'ai passé la loupe à Lee Ann. Elle s'est penchée sur la cannelure.

— C'est bien ce à quoi je pense ?

— Sillon horizontal, assorti de griffures.

— Strangulation par ligature ?

J'ai hoché la tête.

— Avec quelle sorte de lien ?

— Un câble, probablement. Le sillon est arrondi et son diamètre petit.

Cette marque m'a rappelé Cruikshank se balançant à la branche d'un chêne dans la forêt Francis Marion.

Lee Ann a du avoir la même association d'idées, car elle a demandé :

— Aurait-elle été pendue ?

— Dans les pendaisons, le sillon se relève à l'endroit du point de suspension. Celui-ci est horizontal sur tout le pourtour.

Cette femme baignant dans un affreux magma sur la table d'acier ne présentait aucun des signes révélateurs d'une mort par asphyxie. La décomposition et la saponification avaient effacé toute trace. Résultat : il n'y avait pas de pétéchie témoignant d'une augmentation brutale de la pression sanguine, pas de signe cutané indiquant une cyanose, pas d'hémorragie dans les tissus. Et nous n'avions pas non plus de trachée, d'œsophage ou de muscles à analyser : rien qui permette à un pathologiste de conclure définitivement à une mort par strangulation.

— Quand les os auront été nettoyés, j'examinerai les cartilages du larynx, en particulier l'hyoïde et la thyroïde. Mais je suis déjà assez sûre de la conclusion, compte tenu de ce que je vois.

Une autre image a clignoté dans mon cerveau : les ossements retrouvés à Dewees avec leurs minuscules entailles. Quand toutes les chairs auraient été retirées, je regarderais soigneusement les vertèbres et les côtes de cette troisième victime.

— Kyle a mis la main sur un vétérinaire qui peut scanner la puce. Le Dr Dinh.

— Loin d'ici ?

— À un pâté de maisons, a répondu Lee Ann en collant un Post-it jaune sur la vitre d'un placard audessus du comptoir. Il sera dans son cabinet jusqu'à cinq heures et demie. Après ça, il ne sera plus joignable jusqu'à mardi.

Memorial Day. J'avais totalement oublié. Lundi était férié. La pendule indiquait quatre heures trente. Je devais me dépêcher.

Je suis allée prendre les os pubiens dans la bassine où Lee Ann les avait mis à tremper. Le cartilage s'est détaché facilement. Les deux faces des symphyses étaient lisses et légèrement enfoncées près du bord.

Elle me regardait faire, dans l'expectative.

— Ouais. La quarantaine à peu de chose près... Bon, je file chez le vétérinaire.

J'ai retiré mes gants et mon masque.

— Quand est-ce que le squelette sera entièrement nettoyé ?

— Lundi matin.

— Ça m'ennuie de vous demander de travailler un jour de congé, surtout que c'est un long week-end.

Elle a éclaté de rire.

— Je n'ai rien de prévu, *sweetie*. Juste une balade au Home Depot.

— Vous êtes une sainte.

— Sainte Lee Ann, patronne du bricolage. En attendant, qu'est-ce que je dis à Gullet ?

— Que c'est une Blanche entre deux âges, fourrée dans un baril avec son chat après avoir été étranglée.

Le Dr Dinh partageait un petit centre commercial en stuc rose avec un magasin de matériel électronique, une boutique de téléphones cellulaires, un agent d'assurances, un magasin « tout à un dollar » et une boutique de location de vidéos. Une inscription en lettres jaunes sur la vitrine identifiait son cabinet comme étant la Clinique vétérinaire d'amour et de soins pour les animaux.

Mon esprit fatigué s'est mis à jouer avec les mots : soins d'amour pour les animaux ; amour des soins pour les animaux. Amour et soins... Payés séparément ou en lot avec une ristourne ? J'avais vraiment besoin d'un bain moussant et d'un bon repas.

La chance était avec moi. Un VUS a quitté sa place en marche arrière pendant mon second tour de stationnement. Je n'ai pas hésité. Il n'y avait pas plus d'une douzaine d'emplacements.

Au moment où j'entrais dans la clinique, une femme en est sortie en courant. À ma vue, le chihuahua qu'elle portait dans ses bras et qui n'était pas plus gros qu'un rat a produit un… jappement ? Non, le mot ne rend pas justice à la stridence du son.

La salle d'attente du Dr Dinh était un cagibi de deux mètres cinquante sur trois, coupé par un comptoir en faux bambou placé face à l'entrée et sur lequel trônait un PC datant de 1983. Sans personne derrière.

Au-delà du comptoir, deux portes fermées. Toutes les deux agrémentées d'un support en plexiglas servant à déposer les dossiers des patients. Des voix étouffées sortaient d'une de ces portes. L'autre cabinet devait être occupé lui aussi, à en juger par le dossier dans le support.

Sur un côté du comptoir, une rangée de chaises en bois peint s'étirait le long du mur. La plus lointaine était occupée par un vieux monsieur accompagné d'un beagle décati, lové contre sa jambe.

Une femme était assise sur le siège le plus à gauche, un panier turquoise posé à ses pieds sur le linoléum. On apercevait à l'intérieur des yeux noirs tout ronds et des moustaches. Un furet ?

Ma montre indiquait cinq heures et quart. Pour un Dr Dinh qui voulait partir à cinq heures et demie, les choses semblaient mal parties.

Le pépé au beagle m'a désigné de l'œil une chaise au milieu. À mon approche, la femme n'a pas levé les yeux de son BlackBerry. L'animal cousin du furet s'est réfugié dans l'ombre.

Armée d'un magazine consacré aux chats, j'ai pris mon tour dans la queue.

J'avais absorbé deux pages d'un article sur la façon d'empêcher les félins de sucer les couvertures quand une femme est sortie de la pièce n° 1, suivie d'une paire de jumeaux et d'un golden retriever. Un instant plus tard, un homme de petite taille à la chevelure noire étincelante passait la tête par cette même porte. Il avait des lunettes à monture argentée et une blouse de laboratoire bleue où était brodé le nom « Dinh ».

Il a invité la dame au furet à entrer dans la pièce libérée par la maman et ses garçons.

Je me suis levée.

Dinh s'est approché de moi et m'a demandé si j'étais la personne avec la puce. Quand j'ai voulu lui expliquer la situation, il m'a intimé le silence d'une main et a tendu l'autre. Je lui ai remis le sachet. Il a disparu dans la salle d'examen n° 2. Je me suis rassise en me demandant combien de temps j'allais poireauter.

Voici comment les choses se sont passées…

Cinq heures cinquante-six. Une femme et un caniche quittent la salle n° 2.

Six heures quatre. Le pépé au beagle entre dans la salle n° 2.

Six heures vingt-deux. La femme au furet sort de la salle n° 1.

Six heures quarante-cinq. Pépé sort de la salle n° 2 sans son chien.

Sept heures cinq. Dinh réapparaît et me remet un papier. Y sont inscrits quatre noms : « Cléopâtre » et « Isabella Cameron Halsey ».

Je conclus que le premier est celui du félin, les autres ceux de la propriétaire. En dessous, une adresse : King Street.

J'ai remercié le vétérinaire plutôt fraîchement, mon seuil d'amabilité étant dépassé depuis longtemps. Satisfaire ma demande ne lui avait certainement pas pris cinq minutes. Il aurait pu s'en occuper tout de suite au lieu de me faire attendre plus d'une heure.

Pour couronner le tout, je me suis retrouvée prise dans un embouteillage non loin du Vieux-Marché. Dinh m'avait tellement énervée que j'avais traversé la

Péninsule au lieu de prendre le pont de l'île aux Palmiers.

J'ai tourné une fois. Puis une autre. Les rues étroites étaient encombrées de touristes. Je n'avais qu'une envie : me retrouver chez moi et j'étais là, à rouler au pas derrière un fiacre ! J'étais fatiguée, sale et surtout furieuse contre moi-même pour avoir été aussi bête. J'en aurais pleuré.

J'ai dépassé une église en pierre grise surmontée d'un très haut clocher. St. Philip. OK. J'étais dans Church Street. Un progrès si j'oubliais la picouille qui lambinait devant moi.

Et qui ralentissait encore.

Le discours du cocher me parvenait par-dessus le bourdonnement de mon climatiseur. Il devait inventer toutes sortes d'histoires sur les monuments. Mon estomac s'est rebiffé. La faim venait s'ajouter à ma liste de doléances. Pianotant sur le volant, j'ai regardé par la fenêtre du passager. Le Tommy Condon's Irish Pub. Des clients dînaient dans la véranda. Ils avaient l'air heureux. Ils étaient propres.

Mon regard a dévié sur le stationnement de l'établissement. Et repéré une jeep. Mes doigts se sont immobilisés.

À la vue de la plaque, mon cœur s'est emballé. Je devais descendre de voiture immédiatement.

J'ai scruté le trottoir. Aucune chance de trouver une place dans la rue. Comment est-ce qu'on accédait à ce stationnement ?

Et pas moyen de doubler cette vieille picouille qui avançait à la vitesse d'un escargot.

Enfin, j'ai atteint le croisement. J'ai tourné et remonté la rue. Il y avait une place où me faufiler.

Le temps de claquer la portière et je me suis mise à courir.

Chapitre 21

Assis à une table dans la véranda, Ryan fumait une cigarette en contemplant son bock de bière et ses vestiges de cheeseburger. Le disque en métal débordant de mégots attestait qu'il était là depuis un certain temps.

Mauvais signe. Ryan ne recommençait à fumer que lorsqu'il était angoissé. Ou fâché.

Surtout, ne pas le brusquer.

— Vous êtes du coin, beau bonhomme ?

Légèreté et pétulance de façade. En réalité : une tension extrême.

Son visage a pivoté vers moi. Un éclat est passé dans ses yeux. Si bref que je n'ai pas eu le temps d'en déchiffrer le sens.

J'ai désigné une chaise.

Il a répondu par un haussement d'épaules.

Je me suis assise.

Il a déposé sa cigarette dans le disque. J'ai persisté dans mes bonnes dispositions.

— Le *snowbird* a migré au sud en quête de soleil et de sable ?

Ryan, visage fermé.

— Pourquoi est-ce que tu n'es pas entré dans la maison, l'autre soir ?

— J'avais un billet pour visiter le donjon hanté.

J'ai fait comme s'il n'avait rien dit.

— C'est exprès que tu ne réponds pas à mes messages ?

— Problèmes de réseau.

— Où est-ce que tu es descendu ?

— Au Charleston Place.

— C'est bien ?

— Rien à redire sur le moelleux des serviettes.

— J'aurais préféré que tu viennes chez Anne.

— Trop peuplé pour mon goût.

— Tu te trompes complètement, Ryan.

— À quel propos ?

L'arrivée de la serveuse m'a empêchée de répondre.

— T'as faim ? a demandé Ryan avec une chaleur humaine de caissière de supermarché.

J'ai commandé un Coke Diète ; lui, un Palmetto Pale Ale, une bière blanche de la région.

Bon. Il ne me sautait pas au cou, mais il ne s'en allait pas non plus, c'était toujours ça. Et je pouvais le comprendre. Si je m'étais tapé deux mille deux cent cinquante kilomètres pour le découvrir en train de câliner son ex, je ne crois pas que j'aurais apprécié.

Sauf que je ne câlinais pas Pete et que lui, il s'était montré aussi sûr de lui qu'un boutonneux de secondaire II.

Nous sommes restés sans rien nous dire. La soirée était humide, sans un souffle de vent. J'avais beau m'être changée avant de quitter l'hôpital, mes vêtements propres me collaient déjà à la peau. Un début d'irritation commençait à poindre en moi. La raison a su lever une main apaisante. Quand la serveuse nous a apporté les boissons, j'ai réussi à modifier mon angle d'approche.

— Je n'avais pas la moindre idée que Pete devait venir et qu'on serait tous les deux chez Anne en même temps. C'est elle qui l'a invité, c'est sa maison. D'ailleurs, j'étais censée partir le jour de son arrivée. C'est sûrement pour ça qu'elle ne m'avait pas dit qu'il venait. De toute façon, il y a cinq chambres à coucher. Et puis, qu'est-ce que je pouvais lui dire ?

— Garde ton pantalon ?

— Tu es complètement à côté de la plaque.

Ryan a levé la main, me signifiant par là qu'il ne voulait pas le savoir.

Mon irritation est montée d'un cran.

— Lâche-moi un peu, Ryan, tu veux bien ? Je viens de passer une semaine particulièrement difficile.

— Avec ton mari aussi, tu fais la liste des calamités ? Coup de soleil, un point ; vin médiocre, deux points ; fourmis dans la salade du pique-nique, trois points.

Il arrive parfois que je me donne de bons conseils, par exemple : ne te laisse pas dominer par ta colère. Le plus souvent, je les ignore. Je n'ai pas fais exception aujourd'hui.

— Ne viens-tu pas de passer toi-même toute une semaine en Nouvelle-Écosse avec une ancienne amante ?

— Mon Dieu, tu te rongeais les sangs ! Fais comme si je m'en apercevais maintenant.

Que la faute en incombe à la chaleur, à mon énervement, à ma fatigue ou à mon manque de diplomatie, le fait est que je n'étais pas au meilleur de ma forme. C'est donc sur un ton pincé que j'ai répliqué :

— J'ai une amie atteinte d'une maladie probablement incurable, un journaliste qui me traque, un promoteur qui me menace et trois homicides à analyser en même temps. J'ai passé la semaine à faire la navette entre les urgences, la morgue et un marais où surnageaient des corps putréfiés. (Là, j'exagérais un peu, mais j'étais lancée.) Mercredi soir, j'ai craqué. J'avais besoin de réconfort. Pete a eu pitié de moi. Désolée si la synchro était mauvaise et si ton fragile ego de mâle s'en est trouvé ébranlé !

Je me suis rejetée contre mon dossier, les bras croisés, hors d'haleine. À la périphérie de mon champ de vision, j'ai repéré des couples qui se tournaient vers nous. Je leur ai fait face, les fusillant du regard. Ils n'ont pas insisté.

Ryan a allumé une autre cigarette et avalé profondément la fumée. Quand il l'a exhalée, j'ai suivi des yeux le cheminement de sa volute aspirée par le ventilateur du plafond.

— Lily m'a envoyé chier.

— Quoi ? Qu'est-ce que tu veux dire ? Quand ça ?

Questions stupides, sa remarque m'avait prise au dépourvu.

— Dimanche soir, au restaurant, après que je t'ai eue au téléphone, on s'est disputés à propos d'un abruti qui avait le visage hérissé de clous. Je ne me rappelle même plus ce que j'ai dit. Elle s'est énervée et a quitté la salle en hurlant que je lui gâchais la vie et que je ferais mieux de disparaître pour ne plus jamais revenir.

— Comment a réagi Lutetia ?

— Elle a dit que je devrais faire machine arrière, lui laisser un peu d'espace vital, a répondu Ryan, le visage de pierre. J'ai passé toute la journée de lundi et la matinée de mardi à appeler Lily sans qu'elle daigne répondre.

Me penchant en avant, j'ai posé ma main sur la sienne.

— T'inquiète pas, tout finira par s'arranger.

— Ouais.

Il a crispé les mâchoires plusieurs fois.

— Il faut qu'elle s'habitue à l'idée d'avoir un père.

— Ouais.

— Ça ne fait même pas un an que vous vous connaissez.

Ryan n'a pas répondu.

— Tu veux qu'on en discute ?

— Non.

— En tout cas, je suis heureuse que tu aies décidé de venir ici.

— Ah ouais ? a lâché Ryan avec un sourire triste. Au départ, l'idée n'était pas mauvaise.

— Mercredi soir, j'étais au fond du baril. Tu as débarqué au beau milieu de la scène, juste au moment où Pete s'efforçait de me remonter.

Il n'a pas répondu. Il ne s'est pas non plus renfermé dans sa coquille.

— Tu sais bien que je ne te mentirais pas, tu me connais.

Il persistait dans son silence.

— Il ne s'est rien passé de plus, Ryan.

Il jouait à faire rouler sa cigarette sur le rebord du cendrier en métal. Un long moment s'est écoulé. Suivi d'un autre. Finalement, il a dit :

— Après avoir été rejeté comme ça par Lily, je me suis senti coupable. Nul en tout. Je ne voulais plus voir personne… Sauf toi. J'ai sauté dans la jeep. Vingt heures de route pour te découvrir dans le jardin…

Il a laissé sa phrase en suspens. J'ai voulu dire quelque chose. Il m'a interrompue.

— J'ai peut-être réagi trop violemment et me suis laissé emporter, mais j'ai pris conscience d'une chose, Tempe : c'est que si je ne connais pas ma fille, et je veux bien admettre ma part de responsabilité dans l'affaire, je ne te connais pas plus.

— Bien sûr que tu me connais !

— Non. Pas vraiment.

Il a tiré longuement sur sa cigarette avant d'enchaîner.

— Je connais ton CV. Je sais que tu es une brillante anthropologue, un as dans ton domaine ; que tu as fait tes études dans l'Illinois et passé ton Ph.D. à Northwestern ; que tu as collaboré avec la DMORT, que tu as été consultante auprès de l'armée et que tu as été experte auprès de l'ONU pour des questions traitant de génocide. Tout ça, c'est très impressionnant, mais ça ne me dit pas comment tu penses ou comment tu ressens les choses. Pour moi, tu restes une toile blanche, comme ma fille.

Il a retiré sa main de dessous la mienne pour prendre son bock.

— J'ai partagé avec toi bien plus de choses que ce qui est inscrit dans mon CV.

— C'est vrai.

Il a descendu la moitié de sa bière.

Pour se calmer ? Pour rassembler ses idées ?

— Je sais aussi qu'à dix-neuf ans tu as épousé Pete et qu'il est avocat. Qu'il t'a trompée et que tu t'es consolée dans l'alcool. Je sais que ton mariage n'a pas marché. Que ta fille est étudiante et ta meilleure amie agent immobilier. Que tu as un chat. Que tu aimes les Cheetos et déteste le fromage de chèvre. Que tu ne portes pas de froufrous ni de talons aiguilles. Que tu peux être caustique, drôle et même un tigre au lit.

— Arrête, ai-je dit en rougissant.

— De toute façon, j'étais au bout de la liste.

— Tu n'es pas juste, et tu le sais très bien.

J'étais trop épuisée mentalement et physiquement pour mettre beaucoup de véhémence dans ma protestation.

Ryan s'est penché vers moi en appui sur les avant-bras. Dans l'air lourd et immobile, son odeur de mâle a flotté jusqu'à mes narines, mêlée à celles de sa lotion après-rasage et des cigarettes qu'il avait fumées.

— Ça fait dix ans qu'on se connaît, Tempe. Je sais que ton travail te passionne. Mais à part ça, la plupart du temps, je n'ai pas la moindre idée de ce que tu ressens. Je ne sais pas ce qui te rend heureuse ou triste, ce qui t'enrage ou te donne de l'espoir.

— Les Cubs de Chicago.

Ryan s'est laissé retomber en arrière en soupirant.

— Tu vois ? C'est exactement ce que je disais.

Il a écrasé sa cigarette et vidé sa bière.

Colère, ressentiment ? Un étau me broyait le cœur.

N'était-ce pas plutôt ma peur de la proximité ?

J'ai bu quelques gorgées de mon Coke. Entre nous, le silence rugissait.

La serveuse a regardé dans notre direction et compris qu'il valait mieux ne pas s'approcher. Les couples à côté payaient l'addition et s'apprêtaient à partir. Un cheval a trottiné le long de l'église. Celui derrière lequel j'étais restée bloquée ?

Mon esprit a dérivé sur cette promenade qu'il effectuait tout au long de la journée. N'en avait-il pas assez de refaire sempiternellement la même boucle, jour après jour ? Qu'est-ce qui le poussait à obéir ? La peur du fouet ? S'adonnait-il à des rêveries de cheval pour faire passer le temps ? Ne connaissait-il du monde que ce qu'il en voyait entre ses œillères ?

Et moi, est-ce que je mettais des œillères à mes émotions ? Ryan avait-il raison de dire que j'érigeais un mur autour de moi ? Était-ce pour me barricader contre des souvenirs dérangeants qui remontaient à très loin ? Contre des questions dérangeantes qui, elles, étaient ancrées dans le présent ?

L'une de ces questions était-elle Pete ?

Au souvenir de mon ex, un coup de poignard m'a perforé la poitrine. Étais-je totalement sincère avec Ryan ? Avec moi-même ? La gorge serrée, la bouche sèche, j'ai demandé :

— Qu'est-ce que tu attends de moi, exactement ?

— Lutetia m'a posé une foule de questions à ton sujet. La plupart du temps, j'ai été incapable d'y répondre. Ça l'a étonnée. Je lui ai dit que ça n'avait pas d'importance. Elle a répliqué : « Peut-être, mais quand même, tu devrais savoir ! » Tu sais, rouler seul en voiture sur une si longue distance, ça laisse du temps pour creuser en soi-même. J'en suis venu à me dire que Lutetia n'avait pas tort. Il y a entre nous des zones où la communication n'existe pas, Tempe. Notre relation s'inscrit à l'intérieur de frontières bien délimitées.

Relation ? Frontières ? D'entendre ces mots sortir de la bouche d'Andrew Ryan, je n'en revenais pas. Lui, le mauvais garçon, le joueur, ce Don Juan de la section homicide de la police de Montréal. Je n'ai pu que marmonner :

— Si je ne te dis pas tout, ce n'est pas par mauvaise volonté.

— Il ne s'agit pas *de ce qu'on* partage avec l'autre, mais du *partage en soi*. Et toi, tu me tiens souvent à l'écart, sciemment ou pas.

— Pas du tout.

— Alors, pourquoi est-ce que tu m'appelles Ryan ?

— Mais parce que c'est ton nom ! ai-je fait, ahurie.

— Mon nom de famille. Ce sont les autres flics qui m'appellent Ryan, ou les gars de mon équipe de hockey. Alors que toi et moi, nous sommes des intimes. Aussi intimes que deux personnes peuvent l'être.

— Tu m'appelles bien Brennan.

— Uniquement dans le cadre professionnel.

Mes yeux sont restés fixés sur mes mains. C'est vrai que je l'appelais Ryan. Est-ce que c'était une façon de le tenir à distance ?

— Qu'est-ce que tu veux ?

— On peut commencer par parler, Tempe. Tu n'as pas besoin d'en faire des tonnes. Dis-moi juste des choses sur ton idée de la famille, sur tes amis, ton premier amour, tes espoirs, tes peurs…

Levant une main, il a ajouté :

— Fais-moi part de tes considérations sur l'esprit et le monisme anomal.

Sa tentative d'alléger le débat ne m'a pas déridée.

— Tu connais Katy, Anne, mon neveu Kit.

Il connaissait aussi ma sœur. Harry, pour ne pas la nommer. Il l'avait rencontrée, la fois où elle était venue à Montréal en quête de nirvana et s'était retrouvée embrigadée dans une secte d'où nous avions eu le plus grand mal à l'arracher. À l'époque, Ryan me faisait déjà les yeux doux, mais j'étais fermée à toute idée d'implication personnelle. Je les soupçonne, Harry et lui, d'avoir profité d'une soirée où je n'étais pas là pour se connaître au sens biblique du terme. Je ne les ai jamais interrogés sur le sujet. De leur côté, ils n'ont pas donné d'explication.

— J'oubliais Harry.

— Comment va-t-elle ? a demandé Ryan et sa voix m'a paru un tantinet plus détendue.

— Elle est toujours à Houston. Elle vit maintenant avec un fabricant de clavecins.

— Elle est heureuse ?

— Tu la connais.

— Parle-moi de tes parents.

On aurait dit Dr. Phil interrogeant un invité à son émission.

— Mon père, Michael Terrence Brennan, avocat, bon vivant et grand buveur. Ma mère, Katherine Daessee Lee, Daisy pour les intimes.

— D'où ton deuxième prénom imprononçable.

— Comme Daisy, mais avec deux s.

— Daisy… J'aime assez ça…

— Ne me refile jamais ce surnom ridicule.

Promis juré, m'a signifié Ryan en levant deux doigts comme les scouts.

J'ai dégluti et repris :

— Michael est un Irlandais de Chicago, Daisy descend d'une vieille famille de Charlotte. Ils tombent amoureux à l'université et se marient dans les années 1950. Michael étant engagé par un grand cabinet juridique de Chicago, ils emménagent à Beverly, un quartier irlandais du sud de Chicago. Daisy adhère aussitôt à toutes sortes de clubs et d'associations : la Junior League, la Ladies' Auxiliary, la Rosary Society, Les Amis du zoo, mais l'arrivée de son premier enfant, Temperance Daessee, met un terme à ses ambitions sociales. Harriet débarque trois ans plus tard. Encore trois ans plus tard, Kevin Michael vient agrandir le cercle de famille.

À ce souvenir pourtant vieux de presque quarante ans, la douleur m'a littéralement coupée en deux. Brusquement, je me suis rendu compte que je parlais au présent et de moi-même à la troisième personne. Qu'importe, puisque le stratagème m'aidait à m'exprimer. Pour plus de renseignements, adressez-vous à Freud.

— Neuf mois plus tard, Kevin meurt de leucémie. Effondré, papa bat le record du monde du coude levé, ce qui lui vaut le chômage, une cirrhose et un cercueil doré. Maman s'enferme dans une névrose débilitante. Elle revient à Charlotte avec ses petites filles Temperance et

Harriet. Le trio établit sa résidence chez grand-maman Lee.

Du bout des doigts, Ryan a essuyé une larme sur ma joue.

— Merci, a-t-il dit si faiblement que je l'ai à peine entendu.

J'ai imité de mes mains les panneaux lumineux au-dessus des cinémas.

— Deuxième série : Les années à Charlotte…

Les bruits du pub voltigeaient autour de nous. Des secondes ont passé, s'additionnant jusqu'à former toute une minute, avant que nos regards ne se croisent. Ryan semblait moins crispé. Calé contre son dossier, il me regardait comme s'il me voyait pour la première fois, les sourcils levés. Il aime bien lever les sourcils. C'est une mimique qui marche sur son public. Ça lui donne un air de curiosité inextinguible.

Je me suis vue telle que je devais lui apparaître : les joues striées de mascara, une queue de rat au sommet du crâne. Il n'avait pas besoin de m'interroger pour deviner à quoi j'avais occupé ma journée. Le boulot est un de nos sujets habituels. Un terrain neutre.

Devançant sa question, j'ai soupiré.

— C'est une longue histoire.

— Lutte féminine dans la boue ?

— Contre un reptile, et il s'appelait Ramon.

— J'ai adoré Henry Silva en chasseur de gros gibier… *Alligator*, 1980, a-t-il précisé en me voyant éberluée. Jeté dans les chiottes par un maître sans cœur alors qu'il n'était qu'un bébé. Dans les égouts de Chicago, Ramon grandit jusqu'à atteindre dix mètres de long. Ce jour-là, il décide de découvrir comment c'est de vivre au plein air. Un classique des séries B.

— Je te raconte ma journée ?

— Oui.

— Je peux avoir un cheeseburger ?

Ryan a fait signe à la serveuse. La commande passée, il s'est installé dans une position confortable, les bras croisés sur la poitrine, les jambes tendues devant lui, une cheville posée sur l'autre. J'ai commencé :

— Tu es déjà au courant du squelette de Dewees.

— Que tes étudiants ont déterré ?

J'ai hoché la tête.

— C'était un Blanc d'une quarantaine d'années, mort il y a au minimum deux ans. Il a une fracture bizarre sur une vertèbre cervicale et des entailles sur la douzième côte et plusieurs vertèbres du bas du dos. Ses caractéristiques ont été soumises au fichier NCIC. Aucun résultat, bien qu'il ait été soigné pour des problèmes dentaires. Idem avec le fichier des personnes disparues de la police locale. Mais un élément intéressant est apparu au cours de l'analyse, un seul : un cil mélangé avec les os. Un cil noir alors que ce type était blond. Emma l'a envoyé au laboratoire d'État pour un test d'ADN.

— C'est qui, Emma ?

— Le coroner du comté de Charleston, me suis-je contentée d'indiquer, incapable de m'étendre plus long-temps sur le sujet.

— Ce squelette de Dewees est donc le corps numéro un.

— Oui. Maintenant ceci : Pete est à Charleston dans le cadre d'une enquête financière sur l'Église de la miséricorde divine, une institution fondée par un évangéliste de la région du nom d'Aubrey Herron. Il effectue cette enquête pour le compte d'un client dont il se trouve par ailleurs que la fille Helene a disparu il y a six mois, alors qu'elle travaillait dans une clinique pour les démunis, financée justement par cette congrégation.

« Quand elle a disparu, son père, Buck Flynn, a engagé un détective privé du nom de Noble Cruikshank. Qui, lui aussi, a disparu deux mois plus tard. C'était un ivrogne, coutumier de cuites mémorables, raison pour laquelle on ne l'a pas vraiment recherché. Lundi dernier, des jeunes ont découvert un pendu dans une forêt nationale au nord d'ici. On a réussi à prendre ses empreintes. Le fichier a fait apparaître qu'il s'agissait de Cruikshank. Curieusement, il avait sur lui le portefeuille d'un certain Chester Pinckney, un bonhomme du coin qui vit dans les marais.

— Comment ça ?

— Aucune idée. Pinckney prétend qu'on lui a volé son portefeuille. Je crois plutôt qu'il l'a perdu.

Mon cheeseburger est arrivé. J'y ai ajouté la laitue, la tomate et des condiments.

— Cruikshank était un Blanc de quarante-sept ans. Il présente au cou la même fracture que l'homme de Dewees. Mêmes vertèbres, même côté, alors que le nœud coulant était placé à l'arrière de sa tête.

— Il a des entailles sur les côtes et les vertèbres du bas du dos ?

— Non.

Je me suis tue, le temps de dévorer une grosse partie de mon hamburger.

— Gullet, le shérif du comté de Charleston, a récupéré les affaires de Cruikshank auprès de son propriétaire. S'y trouvait notamment un CD avec des photos de gens entrant et sortant de cette clinique où Helene Flynn a travaillé. Il y avait aussi une caisse remplie de dossiers traitant de disparitions. Des dossiers comme tous les dossiers, contenant des notes personnelles, des récépissés de chèques, des copies de lettres et de rapports aux clients. Mais aussi des dossiers qui ne renfermaient que des coupures de presse et d'autres encore qui ne contenaient que des notes manuscrites.

— Instructives, ces notes ?

— On n'a rien pu en tirer, elles sont en code. Pareil, pour le PC. Il est protégé par un mot de passe.

— D'accord, Cruikshank est ton cadavre numéro deux. À quel moment Ramon entre en scène ?

Je lui ai raconté mes aventures de la matinée.

— La femme au chat retrouvée dans le baril est une Blanche d'environ quarante ans, probablement décédée à la suite d'une strangulation. Le chat est enregistré comme appartenant à une certaine Isabella Cameron Halsey. Je compte m'occuper de cette piste dès demain.

— Des liens entre ces trois cas ?

— Pas vraiment, en dehors du fait que les victimes sont blanches et d'âge moyen. Les deux hommes présentent des fractures au cou identiques. La femme a été étranglée. Mais je n'ai pas fini de l'analyser. Les os ne seront pas nettoyés avant lundi.

Ryan a baissé les yeux sur le petit rond en métal rempli de mégots, mais sans vraiment le regarder. Comme s'il se concentrait sur une pensée et commençait à entrevoir une chose dont il n'avait jamais pris conscience auparavant. Il a laissé passer un bon moment avant de demander :

— Tu as vraiment débranché la prise, en ce qui concerne Pete ?

J'ai choisi mes mots avec soin.

— Ça fait combien de temps que je l'ai quitté ?

Ryan a relevé les yeux et les a plantés dans les miens. Un regard bleu roi, des cheveux blond pâle, des traits parfaits. Une gueule à vous faire enfreindre les lois de six États et une bonne douzaine de règlements fédéraux.

Mais qu'est-ce qui me prenait de répondre à sa question par une autre ? Ne pouvais-je pas lui dire «Oui » tout simplement ? Allait-il me poser sur les deux joues un baiser fraternel et me dire au revoir gentiment ? Mes doigts se sont crispés sur l'anse de ma chope de Coke.

Mais Ryan a souri.

— On repart à zéro ? a-t-il demandé, et sa voix était calme et paisible.

— Hissez haut… Jusqu'à Valparaiso ! ai-je répondu, inondée par une vague de soulagement.

Il a tendu la main. Nous les avons serrées. Nos doigts se sont séparés avec lenteur.

— Je tiens quand même à te dire que ma vieille maman irlandaise s'est creusé la cervelle pour me choisir un nom de baptême, a déclaré Ryan.

— Ça va, pousse pas trop.

— Tu ne vas pas t'en tirer à si bon compte.

— D'accord.

— Je suis un détective.

— Je sais.

— Ce qui veut dire que je détecte les choses.

— Ce qui est tout un art.

— Et requiert des années d'expérience ! Mais je pourrais mettre ce talent à ta disposition si tu savais trouver les mots capables de me persuader.

— Et tu enquêterais sur Isabella Halsey ?

— Et sur le chat. J'adore les chats.

— À quelle sorte de persuasion faudrait-il que je recoure ?

— À une persuasion terriblement persuasive, a dit Ryan en promenant son doigt sur ma main jusqu'à mon poignet.

J'ai fait signe à la serveuse.

Quand l'addition est arrivée, nous avons tous les deux tendu le bras pour la prendre. C'est Ryan qui a gagné. Au moment où il a sorti sa carte de crédit, je me suis levée et j'ai fait le tour de la table.

Serrant ses épaules entre mes bras, j'ai posé ma joue sur sa tête.

Il a accepté d'emménager chez Anne.

Chapitre 22

J'étais en train de manger des céréales avec Ryan quand la porte de la chambre à coucher de Pete s'est ouverte avec bruit.

Un « Hé Lucy, je suis là ! » d'un pur style Desi Arnez a retenti dans la maison.

— Que fout cette jeep devant chez nous ? a braillé Pete en faisant irruption dans la cuisine.

Boyd a bondi sur ses pattes, pas Ryan. Mais tous les deux, le flic et le chien, se sont mis à faire danser leurs sourcils. L'avocat a haussé les siens jusqu'à la racine de ses cheveux. Exactement comme Desi.

— On peut savoir qui est ce charmant monsieur ? s'est enquis mon ex, les lèvres crispées en un semblant de sourire.

J'ai fait les présentations. Ryan s'est levé à demi. Les hommes se sont serré la main. Pete, en short de jogging et sweat-shirt à manches découpées, avait ses Nike aux pieds. Se hissant en arrière sur le plan de travail, il s'est mis à balancer la jambe.

— Ta journée d'hier à l'Église de la miséricorde divine s'est bien passée ? lui ai-je demandé.

— Pas autant que la tienne, je suppose.

Petit coup d'œil en coin à Ryan, la bouche tordue par un rictus.

Je l'ai fusillé du regard. Il a pris un air d'ingénue.

Ryan, quant à lui, gardait les yeux rivés sur la boîte de Cap'n Crunch.

— Entrées de fonds et sorties de fonds, a enchaîné Pete. J'ai l'impression de plus en plus nette que papa Buck n'a pas besoin d'un avocat mais d'un comptable.

— Tu as réussi à parler à Herron ?

— Non, et ça commence à m'enrager. Le saint homme devait s'envoler pour Atlanta. Une obligation de dernière minute à laquelle il ne pouvait absolument pas se soustraire et qui le chagrinait profondément. Mais ses employés allaient tout faire pour moi.

— Sauf te parler d'Helene.

— Ah, non. Ils m'ont dit qu'elle a effectivement travaillé pour eux, mais qu'elle les a quittés de son propre chef. Pour aller où ? Ils ne le savent pas et sont sans nouvelles d'elle. En Californie, peut-être. Ah, que Dieu reste à ses côtés !

Boum, boum… Les talons de Pete cognaient en cadence les placards sous le plan de travail.

— Et ils n'ont aucune idée de la façon dont leur disciple de sœur a pu disparaître sans laisser de trace ?

— Ils s'en tiennent tous à la Californie. Pour eux, c'est parole d'Évangile. Là-bas, les cliniques pour cas sociaux sont aussi nombreuses que les cocotiers. Elles sont d'ailleurs, pour la plupart, tenues par des noix de coco. Ils craignent que la pauvre Helene n'ait abandonné l'Évangile pour les enscignements de ces têtes de noix.

Boum… badaboum, scandaient les Nike de Pete.

— Disparaître complètement, c'est tout à fait possible. Il suffit pour ça d'entrer dans une communauté, de ne plus utiliser sa carte de crédit ni payer ses factures, assurance de voiture, impôts ou assurance emploi.

— Ce qui expliquerait l'absence de tout papier signé de sa main. D'après papa Buck, Cruikshank lui aurait dit que sa fille n'avait pas donné signe de vie depuis le mois de novembre. À propos, tu as du nouveau sur lui ?

Boum… Boum.

J'ai secoué la tête, en ajoutant :

— Tu peux arrêter de donner des coups de pied dans les placards d'Anne ?

Les jambes de Pete se sont immobilisées pendant dix secondes pleines. Se tournant vers Ryan, il a demandé :

— Vous avez conduit cette jeep depuis le Canada ?

— Elle s'appelle Woody.

— Ça fait un long voyage.

— Surtout pour elle qui a laissé son cœur dans les Adirondacks, a répliqué Ryan avec un regard de poisson mort. Le bois, c'est si sensible.

— Très drôle, a laissé tomber Pete. C'est un gars comique, a-t-il ajouté en se retournant vers moi.

Cette fois, c'est Ryan qui a eu droit à un regard menaçant.

— Tu as découvert pourquoi Cruikshank avait sur lui le portefeuille de l'autre type ? a demandé Pete.

Boum... Boum.

— De Chester Pinckney ? Non.

— Et toi, bonne journée, hier ?

Je lui ai raconté la récupération du baril.

— Un alligator, ce n'est pas digne de toi, mon petit chou.

— Épargne-moi tes surnoms.

— Excuse-moi.

Boum. Boum.

J'ai mentionné la strangulation, le chat, la puce électronique et le Dr Dinh.

Ryan ne perdait pas une miette de la conversation. Sa théorie, c'est que les gens parlent deux langues dont une seule est verbale.

— Comment va Emma ? a demandé Pete.

— Elle a pris un congé.

— Ça ne va pas mieux ?

— Il faut que je l'appelle.

Pete s'est mis debout. Posant le talon sur le plan de travail, il s'est lancé dans une série d'étirements. Ryan a battu des paupières comme une jeune fille en pâmoison.

Je lui ai retourné un regard irrité et j'ai demandé à Pete ce qu'il comptait faire aujourd'hui.

— Une bonne course sur la plage avec Boyd et ensuite une partie de golf.

— De golf ?

Pete a changé de jambe.

— Herron ne sera pas de retour avant demain pour son grand spectacle du dimanche. J'entrerai dans l'arène au moment de l'intervention divine.

— Tu mélanges les métaphores.

— Je garantis le résultat.

— Tu as l'air assez sûr de ton coup.

— T'inquiète pas, je porterai ma coque de protection.

Clin d'œil dans ma direction tout en se remettant debout sur ses deux jambes. J'ai levé les yeux au ciel.

Il est allé décrocher la laisse du chien. Boyd a été pris de folie. Pcte s'est accroupi pour accrocher la laisse au collier. Il s'est relevé, le doigt pointé sur moi.

— Bonne journée. Ne t'ennuie pas, surtout !

Sur ce, il a disparu avec le chow-chow. Son dernier mot m'est parvenu de l'autre côté de la porte :

— Mon petit chou !

Nous avons pris la jeep pour aller à Charleston. Ryan était au volant, je lui indiquais la route. Pendant le trajet, je lui ai parlé de ma longue amitié avec Emma, de notre vraie proximité quand bien même nous restions des mois sans prendre de nouvelles l'une de l'autre. Quand je lui ai dit, sous le sceau du secret, de quelle maladie elle était atteinte, il a proposé que nous passions la voir après notre visite à Isabella Halsey.

Je lui ai raconté ensuite mes prises de bec avec Dickie Dupree et Homer Winborne. Il a voulu savoir à combien j'estimais mon inquiétude sur une échelle de 1 à 10.

Réponse : 5 sur 10 pour le promoteur, un petit 2 sur 10 pour le journaliste. Et j'ai embrayé :

— Que voulais-tu dire hier soir en parlant de monisme anomal ?

Son regard déçu m'a signifié qu'il trouvait cette lacune dans mon éducation particulièrement déplorable.

— C'est une position, dans la philosophie de l'esprit et de l'action, opposée au dualisme et selon laquelle les processus mentaux seraient dotés de véritables pouvoirs en matière de causalité, car ils établiraient avec les entités physiques des relations que les seules lois de la nature ne sauraient expliquer.

— Comme ce qui se passe entre nous.

— Exactement.

— Tourne à gauche ici. Et Woody ?

Ryan m'a lancé un regard interrogateur.

— Depuis quand c'est le nom de ta jeep ?

— Ce matin.

— Tu viens de l'inventer ?

— Inspiré par ton GI Joe.

— Pete était un marine. Sois gentil, ne lui sors pas des répliques ridicules. Je n'ai pas envie qu'il te prenne pour un zozo.

Isabella Halsey habitait King Street, au cœur du vieux Charleston. Comme d'habitude, le quartier était noir de monde : femmes élégantes en robes bain de soleil, d'autres en shorts qui leur couvraient à peine les fesses ; hommes à bronzage dix-huit trous et casquette de baseball en résille, leurs gros ventres sanglés dans des polos, le cellulaire vissé à l'oreille et l'œil aux aguets ; enfants transformés en coups de soleil ambulants ; jeunes mariés ou fiancés marchant main dans la main. À croire que tous ces gens avaient débarqué ensemble dans le stationnement de la navette de Donald Duck.

Le marché de la vieille ville débordait d'activité. Les marchands de glaces s'excitaient sur les sonnettes de leurs triporteurs ; des Noires vendaient des fleurs ou des paniers de fines herbes, d'autres proposaient de vous tresser les cheveux ; des maris frayaient le chemin aux femmes et enfants ; des retraités, le nez dans leur carte, n'arrivaient pas à décider quel site visiter en premier ; des ados se tiraient mutuellement le portrait avec leur

Kodak jetable ; des marchands vantaient leurs haricots, pralines ou confitures de pêches.

La maison d'Halsey se trouvait à deux pas de Battery, près d'un square qui donnait sur le port et auquel ne manquait aucun des accessoires requis : statues, canons et kiosque à musique datant de l'époque victorienne.

Immanquablement, la vue de ce parc déclenche dans mes oreilles des accords de fanfare. Des souvenirs d'école remontent du fond de ma mémoire, plus précisément le cours d'histoire de sœur Mathias, en classe de huitième. Car c'est précisément de cette place qu'en avril 1861 les Confédérés se battirent contre les troupes de l'Union stationnées à Fort Sumter, de l'autre côté du bras d'eau. *Bonjour**, la guerre civile. Certains nostalgiques n'ont toujours pas dit *adieu** à la grandeur passée. Ils se battent pour que le drapeau confédéré continue de flotter sur la ville et pour que l'on chante *Dixie* en toute occasion.

La jeep garée, nous avons marché dans East Bay, en direction du sud. Après Rainbow Row, nous avons tourné dans Tradd Street et longé trois pâtés de maisons pour rejoindre cette partie de Church Street où la chaussée a toujours ses vieux pavés.

Le nom de Magnolia Manor, dévolu à la modeste habitation de Cruikshank, aurait pleinement convenu à la demeure de Mme Halsey. En effet, tout un côté du jardin était planté d'immenses magnolias séculaires et les rebords de fenêtre croulaient sous les fleurs, eux aussi.

« Authentique », « tellement original », « inviolé », voilà comment les agents immobiliers auraient décrit ces lieux. Pour ma part, c'est le terme « Paradis du bricoleur » qui m'est venu à l'esprit à la vue de la façade en stuc beige, des volets noirs et de la grille en fer forgé. Un bon coup de peinture ne leur aurait pas fait de mal. Quant au caillebotis de l'allée et de la terrasse, il était vert de mousse.

Cela dit, une senteur ineffable se dégageait des lieux.

— Tu crois que Washington a piqué un somme ici ? a demandé Ryan à voix basse.

— À ce qu'on dit, il couchait par-ci, par-là.

À travers les branches des magnolias, on distinguait une dame occupée à tricoter, assise à une table dans un coin du jardin. Ses cheveux blancs étincelant au soleil. L'ovale de son visage, son cou et ses bras révélaient un âge avancé, mais ses gestes étaient fermes et assurés.

— Si la femme dans le baril était bien Isabella Halsey, alors cette dame est peut-être sa mère.

Ryan a posé une main sur mon épaule. Je l'ai regardé. Son regard bleu de Viking avait une drôle d'expression. Parce qu'il comprenait mon inquiétude ? Parce qu'il me reconnaissait la capacité à ressentir les choses profondément ? Quoi qu'il en soit, son hochement de tête m'a redonné courage. J'ai appelé.

La dame a relevé la tête, mais sans regarder dans notre direction.

— Madame ! Excusez-nous de vous déranger, ai-je repris avec hésitation, ne sachant comment démarrer la conversation. Nous sommes ici à propos de Cléopâtre.

Elle a tourné la tête vers nous. Le reflet du soleil dans ses lunettes m'a gênée pour voir sa réaction.

— Madame ? Est-ce que nous pourrions vous parler un instant ?

Elle s'est penchée en avant, la bouche pincée en un U renversé. Ayant posé son ouvrage sur la table, elle nous a fait signe d'entrer. Pendant que nous traversions le jardin, elle a sorti des cigarillos de sa poche et en a allumé un.

— Vous en voulez ? a-t-elle proposé en nous tendant ses Davidoff.

J'ai refusé, Ryan aussi.

— Vous les jeunes, alors ! s'est-elle exclamée en agitant en l'air des mains aux veines bleutées. Dieu du ciel, ses anges et ses saints ! Vous fuyez le tabac, vous retirez la caféine du café et la crème du lait. Des poules mouillées, voilà ce que vous êtes, des poules mouillées ! Vous prendrez de la tisane ?

— Non, merci.

— Des biscuits ?

— Non, merci.

— Évidemment ! Il pourrait y avoir du vrai beurre là-dedans. Du beurre qui vient d'une vraie vache ! Vous êtes mannequin, Bouton-d'or ?

— Non, madame.

Pourquoi faut-il que je sois toujours celle qu'on affuble d'un surnom ?

— Vous devriez. Vous avez la maigreur idéale.

Elle a élevé la main jusque sous son menton et a souri, les paupières baissées. Lana Turner posant pour un photographe de studio.

— Miss Magnolia Blossom, 1948, a-t-elle expliqué dans un rire, et elle a tiré sur son cigarillo. Certains de mes attraits se sont quelque peu affaissés, mais la vieille dame que je suis devenue fit jaser tout Charleston autrefois.

Elle a désigné un banc en fer forgé.

— Installez-vous… Laissez-moi deviner, a-t-elle enchaîné tandis que Ryan et moi-même prenions place. Vous enquêtez sur la vie des gens riches et célèbres de Dixie ?

— Non, madame. Je…

— C'était pour rire, Bouton-d'or. Racontez-moi tout. Pourquoi ce beau jeune homme et vous-même venez-vous me poser des questions sur des Égyptiens morts depuis des lustres ?

— Je parlais d'un chat.

Derrière les lunettes, les paupières fripées se sont plissées puis rouvertes sur des yeux écarquillés.

— Vous voulez dire ma Cléo ?

— Oui, madame.

— Vous avez retrouvé mon chat ?

Me penchant en avant, j'ai posé la main sur le genou de la vieille dame.

— Croyez bien que je suis désolée de devoir vous le dire, mais Cléo est morte. Nous avons trouvé votre adresse par sa puce d'identification… Cléo a été retrouvée avec une femme décédée, elle aussi. Nous pensions que c'était elle, sa maîtresse.

Un éclat est passé dans le regard de la vieille dame. Je me suis préparée à un déluge de larmes.

— Par maîtresse, vous entendez bien Isabella Halsey ?

— Oui.

Je m'attendais à un immense chagrin, à de la colère ou à de l'incrédulité. J'en suis restée pour mes frais. Elle a émis son petit rire de tout à l'heure.

J'ai échangé un coup d'œil avec Ryan.

— Vous me prenez pour une vieille gaga ?

Confuse, je me suis renversée en arrière.

— Vous avez à la fois tort et raison, Bouton-d'or. La pauvre Cléo est peut-être bien en train de cueillir des pâquerettes avec sa maîtresse, mais cette âme infortunée n'est pas moi, aussi sûr que le Seigneur vit au ciel !

Sentiment de déjà-vu... À Wadmalaw... Chester Pinckney.

Deux fois la même semaine ? J'ai senti mes joues s'empourprer.

— C'est *vous*, Isabella Cameron Halsey ?

— En chair et en os, a-t-elle déclaré en extirpant de son décolleté un mouchoir en papier dont elle s'est tamponné les joues. Et à défaut d'être en pleine possession de mes moyens, encore capable de tricoter. La seule chose qu'on puisse faire par une telle canicule.

— Cléopâtre était votre chat ?

— Assurément.

— Et c'est vous qui lui avez fait implanter la puce ?

— Sans l'ombre d'un doute.

Soupir théâtral, puis :

— C'est triste à dire, mais Cléo aimait quelqu'un d'autre.

— Que voulez-vous dire ?

— J'ai tout fait pour cette chatte, mais elle n'a jamais été heureuse avec moi. Cette petite traînée en fourrure a fini par me quitter.

Et d'ajouter avec une timidité feinte, en regardant Ryan :

— Excusez mon français, monsieur.

— *Pas de problème, madame**, a rétorqué Ryan en prenant son accent le plus parisien.

Mme Halsey a papilloté des cils. Ryan lui a adressé un sourire rayonnant.

— Qu'est-il arrivé à Cléopâtre ? ai-je demandé.

— Un beau jour, fatiguée de cet amour unilatéral, j'ai ouvert la porte et je l'ai laissée partir, tout simplement.

— Vous savez ce qui lui est arrivé ?

— Elle a emménagé chez quelqu'un d'autre.

— Vous savez qui ?

— Bien sûr. Je les voyais souvent ensemble au square.

Le nom fourni par Mme Halsey a été, dans cette enquête, le premier pas sur le chemin qui devait nous conduire au succès.

Chapitre 23

— Unique, ce n'est pas un nom qu'on oublie. On n'en croise pas une ribambelle tous les jours.

La réponse de la vieille dame a soulevé en moi une vague d'excitation : des deux dossiers de Cruikshank ne contenant que des mots écrits en code, l'un était justement intitulé Unique je ne sais plus quoi. Me forçant au calme, j'ai demandé :

— Et quel était le nom de famille de cette dame ?

Mme Halsey s'est crispée légèrement.

— Vous m'excuserez, mais elle n'était pas sur ma liste de vœux de fin d'année. C'est avec Cléopâtre qu'elle avait lié amitié. Toutes deux aimaient la rue et le reste. C'est sur cette base, je suppose, que leur affection mutuelle s'est fondée.

— Parlez-moi un peu d'elle.

— Pour ne rien vous cacher, ce qui n'est pas dans mes habitudes, je vous dirai que cette chatte avait l'esprit branché sur ses parties méridionales, si vous voyez ce que je veux dire.

— Je voulais dire : Unique.

— Évidemment. Disons seulement que nous ne partagions pas les mêmes vues sur la vie. Nous n'avons pas connu les mêmes expériences.

— Ah ?

Et de préciser, en baissant le ton à la façon d'une dame bien élevée critiquant quelqu'un d'un milieu inférieur :

— La pauvre, elle trimbalait ses affaires dans un panier de supermarché, béni soit son cœur !

Béni soit son cœur, formule typique du Sud. Rajoutez-la en bout de phrase et toutes les calomnies que vous pourrez dire seront recevables.

— Vous voulez dire qu'Unique était une sans-abri ?

— Très certainement. Je n'ai jamais commis d'indiscrétion. Ç'aurait été grossier… Vous êtes sûr que vous ne voulez pas un thé sucré ? a-t-elle ajouté avec un grand sourire à l'adresse de Ryan. Un Snapple, peut-être ?

Ryan lui a rendu son sourire. J'ai réitéré nos remerciements.

— Quand l'avez-vous vue pour la dernière fois ?

Mme Halsey s'est tapoté le menton d'un doigt. Elle avait des articulations noueuses et la peau jaunie par la nicotine.

— Cela fait un moment, déjà. Mais ces gens changent de quartier comme d'autres de chaussettes.

Cette déclaration ne méritant pas de réponse, j'ai gardé le silence.

— Quatre mois peut-être. Ou même six. Je n'ai plus un sens du temps qui passe aussi aigu qu'autrefois.

— Il vous est arrivé d'échanger quelques mots avec elle ?

— Une fois tous les 36 du mois. Quand je lui donnais quelque chose à manger.

— Comment avez-vous appris son nom ?

— Par un voisin, quand j'ai vu qu'elle avait mon chat et tout. Il m'a dit qu'il la voyait de temps en temps du côté de la cathédrale catholique.

— Quel âge avait-elle ?

— En tout cas, plus celui de porter les cheveux lâchés dans le dos. Après un certain âge, ce n'est plus de mise. Et voilà que je recommence à jaser ! Mais vous savez quoi ? a-t-elle dit en se tournant vers Ryan. J'ai beau avoir quatre-vingts ans, j'ai encore tout mon jugement.

Ryan a opiné du bonnet, lui signifiant par là qu'il en était parfaitement convaincu.

— Un certain âge, dites-vous ? ai-je insisté.

— Il m'est difficile d'être plus précise. La malheureuse n'était pas très soignée, voyez-vous. Ce qui est sûr, c'est qu'elle n'avait plus droit à l'aide sociale que les associations caritatives versent aux jeunes.

— Y a-t-il autre chose que vous vous rappelez ?

— Elle n'avait plus une dent, béni soit son cœur.

À ces mots, le mien s'est emballé.

— À vrai dire, poursuivait la vieille dame, je dois lui en vouloir un peu que ma Cléo l'ait tant aimée… On dira ce qu'on voudra, mais le cœur d'un chat reste un mystère, a conclu Mme Halsey et ses épaules se sont voûtées. Chez moi, Cléo a été élevée dans du coton. Ça ne l'a pas retenue.

— Je comprends votre peine. Moi aussi, j'ai des animaux de compagnie.

— Unique prodiguait à Cléo une tonne d'amour. Elle la gardait contre son cœur dans un porte-bébé.

Ayant réussi à saisir l'attention de Ryan, j'ai montré la sortie du regard. Il a hoché la tête.

— Merci beaucoup de nous avoir accordé un peu de votre temps, madame Halsey.

— Mademoiselle. Je n'ai jamais été mariée.

— Désolée.

— Ne le soyez pas ! Vous ne pouvez pas imaginer combien ça m'est égal, a-t-elle rétorqué, se méprenant sur le sens de ma réponse.

Je me suis levée, imitée par Ryan. Mme Halsey s'est hissée sur ses pieds pour nous raccompagner jusqu'au portail.

— Si la dame qui est morte est bien cette Unique qui a pris ma Cléo, j'ai de la peine pour elle, vous pouvez me croire. Isabella Halsey n'est pas de ces femmes qui gardent rancune à qui que ce soit. Sauf à mon ingrate de chatte, a-t-elle lancé sur un ton ironique et un sourire a plissé son visage.

Réitérant mes remerciements, j'ai franchi le portail, suivie de Ryan.

— Le pardon est le parfum que la violette dispense au talon qui l'écrase, a déclaré Mme Halsey au moment où je replaçais le loquet dans sa gâche. N'est-ce pas le plus joli des aphorismes ?

— Oh, certainement, ai-je acquiescé.

— Vous savez à qui on le doit ?

— À Mark Twain, est intervenu Ryan alors que je secouais la tête.

Mme Halsey a levé vers lui un sourire éclatant.

— Vous, vous êtes certainement du Sud.

— Non, il est canadien.

Le sourire admiratif de Mme Halsey a cédé la place à la perplexité. Et c'est certainement sur le curieux sentiment que les frontières n'étaient plus ce qu'elles étaient que nous l'avons laissée.

— À quoi tu penses ? a demandé Ryan, une fois rassis dans la jeep.

— Que les privilégiés peuvent être d'un égoïsme démesuré.

— Oui, mais d'une amabilité et d'une distinction folles. Mme Halsey en est certainement le meilleur exemple.

— Pour nous, gens du Sud, la bonne éducation est une des qualités dont nous sommes le plus fiers.

— Tu crois que ta dame dans le baril était cette sans-abri qui s'appelait Unique ?

— En tout cas, elle avait Cléo avec elle et elle est édentée, elle aussi. Et les coïncidences ne s'arrêtent pas là. Sur les deux dossiers de Cruikshank qui ne renferment que des notes codées, l'un est intitulé *Unique*.

— Tu te rappelles le nom de famille ?

— J'ai oublié.

— Et l'autre dossier ?

Occupée à composer un numéro sur mon cellulaire, je lui ai indiqué par signe que je ne m'en souvenais pas non plus.

— Tu appelles Macho Gazpacho ?

J'ai levé les yeux au ciel.

Pete a décroché à la troisième sonnerie.

— Mon petit chou…

— Tu es toujours à la maison ?

— Je suis en pleine forme, merci de me poser la question. Ma séance de gym a été formidable. Boyd me chuchote de te dire bonjour.

— Je voudrais que tu me cherches quelque chose dans les dossiers de Cruikshank.

— Je peux savoir pourquoi ?

Je lui ai raconté la visite à Isabella Halsey et indiqué ce que je voulais. Pete a dit qu'il allait voir et me rappellerait tout de suite. Quelques minutes plus tard, mon cellulaire sonnait.

— Unique Montague et Willie Helms.

— Merci, Pete.

J'ai coupé et transmis les deux noms à Ryan. Il a demandé si ça méritait une visite à la cathédrale. J'ai acquiescé.

— C'est tout près, en prenant Broad Street.

Laissant la jeep dans Legare Street, nous sommes partis à pied vers l'église. Au moment où nous montions les marches du perron, Ryan a désigné l'un des deux vitraux au-dessus du portail.

— Tu as vu ? Le blason papal.

— Et à côté, celui de la Caroline du Sud.

— Élevé dans du coton ! a-t-il lancé en faisant traîner son « o » sur quatre battements de cœur au moins.

— Tu copies Mme Halsey ?

— Je trouve cette expression géniale.

— N'en abuse pas.

St. John the Baptist est la quintessence de ce que l'on entend par le mot « cathédrale » : des bancs sculptés, un autel en marbre blanc, des vitraux illustrant la vie du Christ et des grandes orgues aussi colossales que la station spatiale internationale.

Ajoutez à cela un air saturé du parfum des fleurs et de l'encens.

Flash-back personnel : la messe du dimanche, au temps de mon enfance. Grand-mère et maman, la tête couverte d'une mantille ; Harry et moi feuilletant maladroitement les missels à couverture de nacre reçus pour notre première communion.

— Adresse-toi au bon père, là-bas.

La voix de Ryan m'a ramenée au temps présent. Nous nous sommes dirigés vers l'autel.

Le prêtre, de petite taille, avait les yeux bridés et des pommettes proéminentes. Je lui ai prêté un ancêtre asiatique bien qu'il se soit présenté sous le nom de père Ricker. Il avait un léger accent et appliquait strictement les règles de grammaire sans recourir à aucune contraction.

Lorsque je me suis enquise d'Unique Montague, il a voulu connaître les raisons de mon intérêt.

Je lui ai appris qu'on avait repêché un corps qui pouvait être le sien.

— Oh, mon Dieu, mon Dieu ! Je suis désolé, s'est-il exclamé après s'être signé. Je ne suis que le vicaire de cette paroisse et, malheureusement, je suis loin de connaître tous mes paroissiens. Mais il m'est arrivé de bavarder avec Mlle Montague.

— À quel sujet ?

Grimace embarrassée.

— Mlle Montague avait un chat. Et je suis un amoureux des chats. Mais peut-être nos rencontres servaient-elles un plan du Seigneur plus vaste que ces brèves conversations.

Ryan et moi avons dû avoir l'air perdus, car il a précisé :

— Le Seigneur dans sa bonté m'a peut-être placé sur la route de Mlle Montague pour que je m'occupe de sa dépouille.

— Pouvez-vous me la décrire ?

La description du père Ricker correspondait en tout point au cadavre dans le baril.

— Quand l'avez-vous vue pour la dernière fois ?

— Cela fait déjà quelque temps. Cet hiver.

— Vous savez si Mlle Montague avait de la famille à Charleston ?

— Un frère, je crois. Je suis désolé, a-t-il dit en jetant un bref regard à Ryan. Nous n'avons parlé que rarement, ici même, quand elle avait besoin d'eau pour son chat.

Le père Ricker se montrait aimable, certes, mais on sentait en lui une certaine prudence. Il prenait toujours quelques secondes avant de formuler sa pensée.

— Est-ce que l'Église aurait des renseignements sur elle ? Une adresse ? Celle de parents ?

Il a secoué la tête.

— Je suis désolé. Mlle Montague ne faisait pas partie officiellement de notre congrégation.

— Merci, mon père. N'hésitez pas à m'appeler si quelque chose vous revient à l'esprit.

J'ai inscrit mon numéro de téléphone sur ma carte de visite.

— Oui, naturellement. C'est si triste. Je suis désolé. Vraiment désolé. Je prierai pour son âme.

Nous sommes ressortis.

— Il t'a paru désolé, à toi ? a demandé Ryan pendant que nous regagnions la voiture.

— Il l'a bien répété cinq fois. Et encore, je n'ai commencé à compter qu'au milieu.

— Qu'est-ce que c'est, un vicaire de paroisse ?

— Un prêtre attaché à un secteur déterminé ?

— Le vicaire Ricker.

Ryan a ouvert la jeep. À l'intérieur, la température avoisinait les 2 000 °C. J'ai bouclé ma ceinture.

— Et maintenant ? a demandé Ryan en s'installant au volant.

— Le climatiseur.

— Les désirs de madame sont des ordres, a répondu Ryan en mettant l'appareil en marche. Conduire Miz Tempe est un bonheur pour moi.

— Qu'est-ce que tu dis de ça ? On passe chez un traiteur et on appelle Emma pour manger avec elle. Je refile à Gullet les noms d'Unique Montague et de Willie Helms et, pendant qu'il creuse la question, toi et moi, on épluche les dossiers de Cruikshank.

— Ça m'a tout l'air d'un plan.

Sauf que les choses ne se sont pas passées comme ça. Gullet était sorti. J'ai laissé un message à la réception. Quant à Emma, elle ne répondait pas chez elle. C'est à son bureau que j'ai fini par la débusquer. J'y suis allée de ma harangue — désormais quotidienne — sur les bienfaits du repos.

— Relaxe. Je me borne à des travaux d'écriture. Je ne mets pas ma vie en danger, contrairement à toi. Lee Ann m'a raconté ta rencontre avec Ramon l'alligator.

— Elle t'a parlé du chat, Cléopâtre ?

— Oui. Ç'a donné quelque chose ?

Je lui ai raconté comment ma visite chez le Dr Dinh m'avait conduite à Isabella Halsey et comment cette dame m'avait mise sur la voie d'une sans-abri dénommée Unique sur qui Cruikshank avait un dossier. Puis je lui ai parlé des autres dossiers.

— Si je comprends bien, ceux sur Montague et Helms ne comportent pas de coupures de presse ?

— Aucune. Uniquement des notes manuscrites.

— Comment se fait-il que Cruikshank se soit intéressé à eux si la presse n'a pas fait état de leur disparition et si personne ne l'avait engagé pour les retrouver, comme semble l'indiquer l'absence de contrat et de récépissé de chèques ?

— C'est toute la question.

— Attends, tu veux dire que la dame du baril pourrait être à la fois l'Unique dont a parlé Mme Halsey et celle ayant pour nom de famille Montague à qui Cruikshank s'intéressait ?

— La réponse portera sur deux points, madame le coroner, le premier étant le chat. Et là, combien de chances y a-t-il pour qu'on se trompe ? Quant au deuxième point, ce nom d'Unique, on ne peut pas dire qu'il coure les rues.

— Oui, ça vaut le coup de creuser.

— J'ai déjà commencé. D'après un prêtre de St. John the Baptist, l'Unique de Mme Halsey aurait un frère dans

259

la région. J'en informerai Gullet. Entre-temps, est-ce que quelqu'un de chez toi pourrait essayer de mettre la main sur les dossiers dentaires de Willie Helms ?

— Pourquoi ?

— Les enquêtes que Cruikshank effectuait de son propre chef, sans s'appuyer sur aucun article de presse, concernaient deux personnes disparues. Montague et Helms. Je me dis que ce Helms pourrait être notre inconnu de Dewees.

— Tu sautes un peu vite aux conclusions. Mais je veux bien mettre Lee Ann sur le coup. Elle est géniale pour amadouer les dentistes.

— Quand je pense que tu vas rater les beignets de crabe et un riz aux crevettes !

— J'ai déjà avalé un gâteau et un Pepsi.

— Et tu t'étonnes d'être malade.

— Bon appétit !

Un souhait pareil, ça s'exauce. C'est ainsi que nous nous sommes retrouvés sur la terrasse de Poogan's Porch à dévorer : Ryan un poulet Charleston, moi des crevettes au maïs. Mon cellulaire a sonné juste au moment où nous quittions les lieux.

— Docteur Brennan ?

— Oui.

— Le père Ricker, de St. John the Baptist.

— Oui, mon père.

— L'île de Sullivan.

— Je suis désolée, mais… ?

Jesus, il m'avait refilé sa manie.

— Le frère de Mlle Montague. Il habite l'île de Sullivan. En essayant de me rappeler les phrases qu'elle m'avait dites ce jour-là, je me suis souvenu que l'une d'elles m'avait fait penser à mon enfance. J'ai prié, Dieu a répondu. Sullivan, c'était le nom de mon tout premier chat.

— Merci, mon père. Vous êtes d'une aide formidable.

— Les voies du Seigneur sont impénétrables.

— Oui.

Ryan a appelé Lily pendant que j'appelais Gullet. Il n'a pas eu de chance ; moi, si. Le shérif était là.

Je lui ai relayé l'information que m'avait transmise le père Ricker. Sans grand enthousiasme, il a dit qu'il allait demander à un agent de rechercher les Montague habitant l'île de Sullivan.

— Tu m'as bien dit que Cruikshank surveillait une clinique, n'est-ce pas ? m'a demandé Ryan, à peine avais-je raccroché.

— Oui, une clinique financée par l'Église de la miséricorde divine. C'est là que travaillait Helene Flynn quand elle a disparu.

— Une clinique pour les gens démunis ?

— Oui.

— Et il avait un dossier au nom d'Unique Montague ?

— Oui, ai-je répondu, devinant où Ryan voulait en venir. Cette clinique prodigue des soins médicaux aux démunis et aux sans-abri comme Unique Montague. Le voilà, le lien entre tous ces gens, et Cruikshank l'avait peut-être deviné.

— Peut-être.

Pour ma part, j'y croyais presque.

— Ça peut paraître fou, mais je sens au fond de mes tripes que mes deux inconnus sont liés entre eux. Et qu'ils sont liés aussi avec Cruikshank. Peut-être même avec Helene Flynn.

— Personnellement, je vois le rapport entre la clinique, Helene Flynn et Cruikshank. Et Montague aussi, en tirant un peu. Mais ton inconnu de Dewees, je ne vois pas du tout comment il s'inscrit dans l'histoire.

— Moi non plus, pour le moment.

— Tu te bases sur quoi pour développer cette théorie ?

— L'intuition.

Regard de Ryan me signifiant : « Reviens-en. »

Je me suis rebiffée.

— C'est bien ainsi qu'on définit le sentiment qui vient des tripes, non ?

Vexée, je me suis rejetée en arrière, les bras croisés sur la poitrine.

Néanmoins, Ryan avait raison, il fallait bien l'admettre. Rien ne reliait vraiment ces quatre affaires ensemble. Cruikshank et l'inconnu de Dewees présentaient tous les deux d'étranges fractures au cou, ce qui était un lien, ou pouvait l'être. Mais ça pouvait tout aussi bien n'être qu'une coïncidence. D'autant plus que l'inconnu de Dewees avait aussi des entailles sur d'autres vertèbres, et pas Cruikshank.

En tout cas, les côtes et les vertèbres de la femme du baril méritaient un examen approfondi. Et pas plus tard que lundi.

Oui, cette femme était probablement Unique Montague. Cruikshank avait un dossier à ce nom. Il en avait un aussi au nom d'Helene Flynn, ce qui faisait un lien entre ces trois personnes : Flynn, Montague et Cruikshank.

Cruikshank avait également un dossier au nom de Willie Helms. L'homme de Dewees pouvait-il être Willie Helms ? Si oui, il y avait alors un lien entre Flynn, Montague et lui. Par l'intermédiaire de Cruikshank.

Sur la base de leur fracture au cou, pouvait-on dire qu'il existait un lien entre l'inconnu de Dewees et Cruikshank ? Si oui, cet homme se retrouvait ayant un lien avec tous les autres, du fait de son rapport avec Cruikshank. À moins que ces fractures similaires ne soient que coïncidences ?

Cela faisait bien des « si » et des coïncidences. Et moi, je ne croyais pas aux coïncidences.

À quoi est-ce que je croyais ?

Aux preuves claires et nettes. Aux faits démontrés.

Problème, nous n'en avions pas.

Ce que nous avions, c'était des entailles sur des os, des fractures au cou, un cil à l'intérieur d'un coquillage, des notes gribouillées à la main et un disque dur d'ordinateur. Rien qui relie sans équivoque tous ces gens entre eux.

— On a des photos de gens entrant dans cette clinique, ai-je dit à Ryan. Cruikshank les avait sauvegardées sur CD.

— On y voit Helene Flynn ?

— Non, mais peut-être Unique.

— Où est ce CD ?

— Chez le shérif.

À l'idée de le visionner à nouveau, je me sentais soudain en transe.

Chapitre 24

La trente-troisième photo représentait une femme sortant du bâtiment en brique. Elle avait les lèvres curieusement fripées et des cheveux emmêlés qui pendaient tout autour de son visage.

Surtout, elle avait un porte-bébé sur la poitrine.

Incroyable que j'aie pu oublier cette image.

Nous étions dans le bureau du shérif. J'avais présenté Ryan à Gullet en précisant qu'il était policier et réputé pour sa discrétion. Gullet avait été cordial, sans plus. Peut-être pensait-il à autre chose. Impossible de rien lire sur son visage, à ce gars-là.

Cette fois, c'était sur mon ordinateur que nous regardions le CD de Cruikshank. Gullet était penché au-dessus de mon épaule et Ryan assis en face de moi, à l'autre bout de la salle.

— C'est quoi, ça? a demandé le shérif en désignant une ombre arrondie qui partait du bas du porte-bébé.

Je suis passée au mode «plein écran» et j'ai zoomé sur la partie concernée. Bien que l'image se soit transformée en un mélange de points et de carrés minuscules, on voyait clairement une sorte de tube ondulé sortir du porte-bébé.

— La queue de Cléopâtre.

— Vous êtes sûre? a ânonné Gullet de sa voix monotone.

— Regardez, il y a des rayures claires et sombres. Je m'y connais en chats. Ces raies-là sont celles d'une queue de chat.

— Que je danse la gigue pendu par les oreilles !

Un coup d'œil à Ryan par-dessus l'écran m'a appris qu'il avait légèrement haussé les sourcils. J'ai froncé les miens pour lui intimer le silence.

— C'est quoi, l'histoire de cette bonne femme Montague ? a demandé Gullet en se penchant pour détailler la courbe formée par l'appendice de Cléopâtre.

— Nous vous avons dit tout ce que nous savions.

J'ai recommencé à faire défiler les images, avant d'ajouter :

— Et vous, vous avez réussi à localiser son frère ?

— Il y a dix-sept Montague dans les environs de Charleston et aucun à l'île de Sullivan. On épluche la liste. Admettons qu'on mette la main sur ce type, est-ce que Miz Rousseau parviendra à extraire de la dame du baril un ADN utilisable ?

— Oui.

Gullet n'a pas réagi. Pendu par les oreilles au point d'en perdre la voix ?

— Qui dirige cette clinique ? a demandé Ryan.

— L'Église de la miséricorde divine, ai-je répondu.

— Je veux dire : qui dirige les opérations là-bas sur le plan quotidien ?

Je n'ai pas eu besoin de me retourner pour sentir que Gullet relevait les yeux sur Ryan.

— Mes excuses, monsieur, mais rappelez-moi le corps auquel vous appartenez ?

— Sûreté du Québec, lieutenant-détective à la section des crimes contre la personne.

— Oh, Canada, a lâché Gullet après un moment de silence, comme si cette information nécessitait mûre réflexion.

— *Protégera nos foyers et nos droits.*

J'y suis allée de mon grain de sel.

— À Montréal, je travaille avec le détective Ryan, et il se trouve qu'il est de passage à Charleston cette semaine. J'ai considéré qu'il serait intéressant d'avoir son opinion sur cette affaire, puisqu'il était là. Juste au cas où je laisserais bêtement passer quelque chose.

— Les homicides ? a demandé Gullet.

— Oui. La seule différence, c'est la prononciation.

— Je peux vous demander ce qui vous amène à Charleston ?

— J'avais un congé. J'en ai profité pour venir vous donner un coup de main, histoire de rehausser votre niveau.

Si jamais Gullet a plissé les paupières, ça n'a duré que le temps d'un frisson. Contrairement à moi.

— Vous êtes dans ce département depuis longtemps ?

— Oh, oui.

— C'est vous qui avez choisi cette affectation ?

— Oui.

— Vous savez pourquoi ?

— Oui.

J'ai jugé bon d'intervenir.

— Le lieutenant Ryan est considéré comme l'un des meilleurs détectives du Québec. Ses idées pourraient nous aider, nous offrir un angle de vue différent.

À voir l'attitude de Gullet, il était clair qu'il n'en croyait pas un mot. J'en ai donc rajouté une couche.

— Je l'ai vu de mes propres yeux résoudre des affaires qui stagnaient depuis des mois. Son talent pour pénétrer l'esprit des assassins et déchiffrer les scènes de crime est indubitable.

— Miz Rousseau est d'accord ?

— Oui.

— Par les feux de l'enfer. Encore un peu, et j'aurai dans mon équipe plus d'invités que d'agents locaux.

Le silence a rempli la salle. J'étais sur le point de le briser quand Gullet a repris la parole. S'adressant à moi :

— Une connerie de sa part, et c'est vous que je tiens pour responsable. Le coroner aussi, par la même occasion.

— Le détective Ryan a toute ma confiance.

266

— Quant à vous, monsieur, ne comptez pas que je vous délivre un papier officiel. Votre intervention est et restera strictement officieuse.

— Et excessivement discrète, a renchéri Ryan. Les homicides m'intéressent, shérif. Tous, sans exception. Si je peux vous aider d'une manière ou d'une autre sans entraver votre travail en quoi que ce soit, j'en serai ravi.

— Aussi longtemps que nous nous comprenons, a répliqué Gullet de son même air impassible. Tant qu'à faire, venez donc jeter un coup d'œil.

Ryan nous a rejoints. J'ai fait repasser l'ordinateur en mode projection de diapos. Les images ont défilé. Gullet les a commentées à l'intention de Ryan.

— La clinique se trouve dans Nassau Street. L'Église de la miséricorde divine est propriétaire du bâtiment et du matériel. C'est elle qui établit le budget de fonctionnement, engage et renvoie les employés. Pour le reste, elle n'intervient pas vraiment. La clinique est ouverte du mardi au samedi. On y soigne principalement les coups de froid et les accidents mineurs. Les cas graves sont adressés aux urgences. Le personnel est peu nombreux : un infirmier à plein temps, un médecin à temps partiel et deux autres personnes pour le secrétariat et le ménage.

— Vous avez leurs noms ? ai-je demandé.

Gullet est allé prendre une chemise sur son bureau.

— Le doc s'appelle Marshall ; l'infirmier, Daniels. L'achat des fournitures et le secrétariat sont assurés par une dame du nom de Berry. Le ménage, c'est un certain Towery qui s'en charge.

Je m'apprêtais à poser une question quand une femme s'est encadrée dans la porte.

— Shérif, vous vouliez être tenu au courant pour les Haeberle. Marlene est sur le 911 et miaule que John Arthur l'a encore tabassée.

— Elle est amochée ?

— Mmm… Sur une autre ligne, John Arthur prétend qu'elle lui a crevé l'œil avec une cuillère en bois.

267

— Ils sont saouls ?

— Demandez-moi si mon chien se gratte quand il a des puces.

— Ces damnés-là, a dit Gullet en jetant un coup d'œil à sa montre. Dites-leur à tous les deux que j'arrive. Et qu'ils n'ont pas intérêt à ce que je tombe sur une bouteille de tequila.

L'adjointe s'est retirée.

— Notre mot d'ordre à nous, c'est : *Servira et protégera*, a ironisé Gullet. Et tant pis si les abrutis qui vivent dans des roulottes-dépotoirs se trouvent être vos beaux-parents.

J'ai demandé au shérif si je pouvais sauvegarder ces images sur mon ordinateur. Il a acquiescé d'un signe de tête.

J'ai donc créé un dossier dans lequel j'ai copié les photos de Cruikshank. L'opération terminée, je lui ai demandé s'il avait trouvé des choses sur Willie Helms.

— Un de mes gars fait la tournée des refuges. Rafraîchissez-moi la mémoire : en quoi ce monsieur nous intéresse-t-il, déjà ?

— Cruikshank rassemblait des renseignements sur lui en même temps qu'il travaillait sur l'affaire Helene Flynn. Et pas seulement sur lui, sur Unique Montague et sur d'autres personnes portées disparues.

Comme Gullet se contentait d'un « heu heu » sceptique, j'ai précisé :

— Emma recherche le dentiste qui aurait pu soigner Willie Helms. L'homme retrouvé à Dewees avait beaucoup de plombages.

— C'est sauter un peu vite aux conclusions, non ?

Ils commençaient à être nombreux à me le dire.

— *Un* des meilleurs détectives du Québec, as-tu dit ?

— N'en crois pas un mot, c'était de l'exagération pure et simple.

— Et cette expression : danser la gigue pendu par les oreilles ?

— Tu vois très bien ce qu'il a voulu dire.

Ryan s'est engagé dans la circulation, laquelle était passablement bouchée pour un samedi après-midi.

— Ce n'est pas bien de danser la gigue pendu par les oreilles ?

— Tout dépend des circonstances.

— Peut-être qu'il faisait une contrepèterie et qu'en fait il voulait dire : ganser la digue ? Ou peut-être : gazer la dingue…

Je l'ai pincé au bras. Il a poussé un cri.

— C'est une agression !

— Fous-moi en taule.

— Bon, on fait quoi, maintenant ?

— Cruikshank, Flynn et Montague ont tous des liens avec cette clinique, mais Gullet n'entend pas que des cow-boys à grosses bottes viennent harceler le personnel.

— Je ne porte que des mocassins.

— Il parlait de Pete.

— Le beau petit garçon ?

Vingt minutes plus tard, nous avions regagné la Péninsule et roulions dans une zone déshéritée située entre la vieille ville et le pont au-dessus de la Cooper. Le quartier se distinguait par l'état de délabrement avancé dans lequel se trouvaient les pavillons en brique et en fer et les vérandas affaissées où s'entassait un bric-à-brac rouillé. Çà et là, un panneau en contreplaqué tenait lieu de porte ou murait une fenêtre.

C'est Ryan qui a repéré le premier la clinique en brique rouge. S'étant garé non loin, il a coupé le moteur.

Le bâtiment, planté entre deux terrains vagues, avait la forme d'une boîte rectangulaire aux flancs hérissés de climatiseurs. Pas un seul arrondi pour charmer le regard. Tous les volets et les enseignes avaient été supprimés pour ne pas déranger l'harmonie alentour. Les stores étaient fermés, comme le jour où Cruikshank avait pris ses photos.

Nous étions là, dans la voiture, à détailler les lieux quand la porte vitrée s'est ouverte, produisant subitement un vif éclat de soleil. Une vieille dame est sortie. Ayant marqué une hésitation, elle s'est engagée sur le trottoir à petits pas précautionneux.

Me protégeant les yeux d'une main, j'ai scruté la rue à droite et à gauche de la porte d'entrée aussi loin que portait mon regard. Vers le nord, juste au milieu du pâté de maisons, un abribus ; vers le sud, juste au milieu du pâté de maisons, une cabine téléphonique. On apercevait le récepteur décroché qui se balançait au bout du fil.

— On dirait que les photos ont été prises tantôt de l'abribus, tantôt de la cabine.

Ryan en est convenu. Nous sommes sortis de voiture et avons traversé la rue.

En vrai, le bâtiment paraissait encore plus délabré qu'en photo. La vitre d'une des fenêtres, probablement cassée depuis longtemps, était recollée au ruban isolant.

Ryan m'a tenu la porte. À l'intérieur, l'air était lourd et chaud. Ça sentait l'alcool et la transpiration.

Des rangées de chaises en vinyle du plus pur style Kmart étaient alignées dans le vestibule. Deux étaient occupées : l'une par une femme avec un œil au beurre noir ; l'autre par un jeune avec trois malheureux poils de chèvre au menton. Toussant et reniflant tous les deux. Ni lui ni elle ne s'est donné la peine de lever les yeux à notre entrée.

Contrairement à la réceptionniste. C'était une dame d'à peu près mon âge, grande et musclée, avec une peau acajou et des frisettes hérissées, noires à la racine et blond vénitien au bout. Sans doute Berry, directrice générale du département Secrétariat et fournitures. Photo n° 3 dans le CD de Cruikshank, si mes souvenirs étaient bons. Baptisée par nous « la grande Noire blonde ».

En nous apercevant, elle s'est redressée d'un air pincé. Peut-être avait-elle déjà annoncé la fermeture. Peut-être devinait-elle que nous n'étions pas là pour des cachets contre la diarrhée.

Nous nous sommes approchés de son bureau. Je lui ai décoché mon sourire le plus chaleureux. Son visage est resté aussi dur que le logo des Hell's Angels. Elle aurait eu des bagues cloutées aux doigts qu'elle se serait mise à les tournicoter.

— Je suis le Dr Brennan et monsieur est le détective Ryan. Nous effectuons pour le compte du coroner du comté de Charleston une enquête sur une dame décédée qui pourrait être Unique Montague.

— Qui ça ?

J'ai répété le nom.

Berry avait des yeux aux pupilles presque noires et au blanc tirant sur le jaune trouble. Je les ai regardés plonger jusqu'à mes pieds et remonter le long de ma personne. La détente hautement sensible de ma mauvaise humeur s'en est trouvée agacée.

— Nous avons des raisons de croire que Mlle Montague était soignée dans cette clinique.

— Vraiment ?

— L'était-elle ? ai-je insisté en m'efforçant de contenir mon irritation.

— Était-elle quoi ?

Je me suis tournée vers Ryan.

— Mes questions manqueraient-elles de clarté, détective ? Prêteraient-elles à confusion ?

— Je n'en ai pas l'impression.

— Je répète : Mlle Unique Montague était-elle une patiente de cette clinique ?

— Je ne dis pas qu'elle l'était ni qu'elle ne l'était pas, a répondu la secrétaire.

Je me suis de nouveau adressée à Ryan.

— Peut-être est-ce ma façon de parler ? Peut-être que Mlle Berry n'aime pas la *manière* dont je pose les questions.

— Si vous essayiez d'être plus polie ? a dit Ryan.

— Plus gentille, vous voulez dire ?

Il a haussé les épaules.

Me retournant vers la Noire, je l'ai gratifiée d'un sourire encore plus délicieux.

— Si cela ne vous dérange pas trop, pourriez-vous nous faire part de ce que vous savez sur Mlle Montague ?

Elle a planté ses yeux dans les miens. J'ai cordialement détesté ce que j'y ai lu. Et l'ai détesté d'autant plus que c'était la stricte vérité : ni Ryan ni moi n'avions de mandat officiel. Moyennant quoi, elle n'avait aucune raison de nous offrir son concours. J'ai néanmoins continué à bluffer.

— Vous savez ce qui me fait rire, moi ? Mais alors, vraiment rire ? ai-je ajouté en étirant mon sourire d'une oreille à l'autre. C'est les visites au poste de police. Là-bas, vous avez droit à des boissons gazeuses gratuites et même à des beignes si vous avez de la chance. Je ne parle pas de la petite pièce confortable qu'on vous offre, rien que pour vous tout seul.

Berry a pris le temps de reposer son stylo sur son livre de rendez-vous avant de laisser échapper un bruyant soupir.

— Et pourquoi vous recherchez des renseignements sur cette dame ?

— Son nom est apparu au cours d'une enquête de police concernant un cadavre.

— Pourquoi son nom à elle ?

— Je ne pense pas que cette question ait quelque chose à voir avec le sujet qui nous préoccupe… Et vous, détective, vous trouvez que si ?

— Je n'en ai pas l'impression.

Berry s'est renversée sur son dossier et a croisé sur sa poitrine bonnet D des bras gros comme des troncs.

— Vous travaillez pour le coroner ?

— Oui.

— Dans ce cas, vous feriez mieux de sortir tout de suite la housse à cadavre.

— Pourquoi ?

— Parce que vous êtes tellement comiques, tous les deux, que je risque de mourir de rire dans mon fauteuil.

— C'est une réplique désuète, ai-je soupiré.

— La prochaine fois, je prendrai un autre scénariste.

— Recommençons plutôt. Il est possible qu'Unique Montague soit venue ici avec un chat sur le cœur.

— Pas mal de nos patients sont dévorés par les parasites.

Cet échange ne menait nulle part, c'était clair. Mentionner Helene Flynn ? Noble Cruikshank ? Non, mauvaise idée. S'il y avait effectivement un lien entre tous ces gens, ce genre de questions risquait de déclencher la fameuse panique que Gullet tenait tant à éviter. Mieux valait changer mon fusil d'épaule.

— Je voudrais parler au Dr Marshall.

— Il ne vous dira rien sur nos patients.

Consciente de sa bourde, elle s'est empressée d'ajouter :

— À condition, bien sûr, que cette Mme Montague ait bien été soignée chez nous, ce que je ne dis pas.

— Bien sûr qu'elle se faisait soigner ici !

D'un même mouvement, nous avons tous pivoté vers la femme à l'œil au beurre noir.

Chapitre 25

Elle nous observait de dessous ses paupières en berne dont l'une était gonflée et de toutes les couleurs. Elle avait la peau cireuse et des cheveux noirs très courts hérissés en paquets sur le crâne.

Quand je lui ai demandé si elle connaissait Unique Montague, elle a levé les deux bras en l'air. Gros plan sur ses ongles rongés et les marbrures bleutées au creux de son coude.

— J'ai seulement dit qu'elle venait ici. C'est tout.

— Comment savez-vous que c'était elle ?

— Je passe la moitié de ma vie à poireauter dans ce taudis. Ici, vous pouvez crever tant que vous voulez, z'en ont rien à faire !

Elle a ponctué ses mots d'un coup d'œil furieux à la secrétaire.

— T'es pas en train de crever, Ronnie, a répliqué Berry sur un ton glacial.

— J'ai la grippe.

— T'es en manque.

Je me suis interposée.

— C'est ici même, dans cette clinique, que vous avez bavardé avec Unique Montague ?

— Je gâche pas ma salive avec les mabouls, moi. Mais je l'ai entendue parler à un grand chat brun en s'appelant elle-même Unique.

— Vous êtes sûre ?

— J'ai parfaitement entendu votre question. Vous avez ma réponse.

— Quand était-ce ?

Elle s'est contentée de hausser une épaule pour indiquer son ignorance.

— Vous savez où elle habite ?

— La maboule ? Elle a dit au chat qu'ils rentraient au refuge.

— Quel refuge ?

— Vous m'prenez pour une salope d'assistante sociale ?

— Surveille ton langage ! a lancé la secrétaire sur un ton menaçant.

La bouche de Ronnie s'est pincée jusqu'à n'être plus qu'une ligne mince et serrée. Les mains croisées sur le ventre, elle a tendu les jambes devant elle et fermé ses yeux.

Barbichette a pris la relève. Sans daigner écarter la tête du mur ni même ouvrir les yeux, il a lancé de sa place :

— J'ai une chance d'être vu par quelqu'un ou est-ce qu'y vaut mieux que je rentre chez moi et que j'vous envoie ma morve par la poste ?

Berry s'apprêtait à lui clore le bec quand nous est parvenu un bruit de porte qui s'ouvre, suivi de pas dans le couloir à droite du bureau de l'accueil. Un homme a débouché dans le vestibule, deux dossiers à la main.

— Rosario.

— Z'êtes le doc ? a demandé Barbichette, les yeux toujours fermés, à l'énoncé de son nom.

— Non.

— Z'êtes l'infirmière Nancy, alors ? a ricané le jeune.

— Infirmier Daniels. Corey Daniels. Ça te gêne, les hommes infirmiers ?

Barbichette a relevé enfin les paupières. Son ricanement s'est bloqué dans sa gorge.

Et à juste titre. Car si Berry était grande, Daniels l'était plus encore. Et je ne veux pas dire grand et mince, version athlète de la NBA. Non. Grand comme le géant Sasquatch déguisé en chirurgien. Avec des cheveux tirés en arrière à la façon des sumos et des tatouages qui descendaient du biceps au poignet.

— Scuse, *man*. Mais je me sens vraiment mal.

Toute envie d'établir un contact visuel avec son interlocuteur avait quitté Barbichette.

— Je vois. Et toi, beauté ? a enchaîné Daniels en se tournant vers Ronnie. Ta dose n'agit plus ?

— J'ai de la fièvre.

— Je vois. Suivez-moi, tous les deux.

— Monsieur Daniels, ai-je lancé comme Ronnie et Barbichette se hissaient hors de leur siège.

— Ouais ?

Ton surpris. À croire qu'il ne nous avait pas remarqués, Ryan et moi.

— Ils cherchent des renseignements sur une femme du nom d'Unique Montague, est intervenue Berry en élevant la voix un peu plus que nécessaire, m'a-t-il semblé.

— Et ils sont ?

— Coroner et flic.

— Vous avez une carte d'identité ? a demandé Daniels à Ryan.

Plus malin que la secrétaire, l'infirmier ? Pas si sûr. Il n'a fait qu'effleurer du regard ma carte de prof à l'UNCC et l'insigne que Ryan lui fourrait sous le nez.

— Attendez une minute, que je situe ces patients.

Quelle que soit la tâche sous-entendue par sa formule, il lui a fallu un gros quart d'heure pour en venir à bout. À son retour, il a continué de m'ignorer, s'adressant exclusivement à Ryan.

— Le Dr Marshall dit que vous reveniez dans une heure. Il aimerait vous voir en personne.

— Nous allons attendre, a répondu mon compagnon.

— Ça risque de durer, a rétorqué Daniels en plantant ses yeux dans ceux de Ryan.

— Nous sommes des gens patients.

Daniels est reparti sur un haussement d'épaules assorti d'un regard signifiant : « À votre guise. » Je suis allée trouver la secrétaire dans l'espoir d'établir un cessez-le-feu.

— Puis-je vous demander depuis combien de temps vous travaillez dans cette clinique, mademoiselle Berry ?

Regard renfrogné pour toute réponse.

— Combien de patients traitez-vous par semaine ?

— Si vous êtes chasseur de têtes, j'suis pas intéressée à changer de boulot.

— Je suis seulement impressionnée par le dévouement de l'Église de la miséricorde divine à l'égard des démunis.

D'un doigt posé sur ses lèvres, Berry m'a enjoint de la boucler. Son geste a eu pour effet de titiller un interrupteur dans un coin de mon cerveau.

— Pour faire ce travail, il faut que vous soyez vous-même drôlement dévouée aux objectifs de l'association.

— Je suis une sainte.

Et si je lui refilais un coup de pied au cul, l'offrirait-elle au Seigneur ?

J'ai préféré m'en tenir aux amabilités.

— Vous avez travaillé dans d'autres cliniques de l'EMD ?

La réponse de Berry, glaciale, a constitué en un mouvement des yeux allant de ma personne à la rangée de chaises Kmart.

— Qu'est-ce qu'il y a, encore ? Je n'ai pas été polie ?

J'avais déjà du mal à contenir mon énervement. La voir réitérer son ordre a fait pencher la balance en faveur des axones. Le contact s'est établi.

— Dites-moi, comment ça s'est passé pour vous ? Vous avez obtenu ce poste de réceptionniste quand la pauvre Helene a disparu ?

Berry s'est détournée.

J'étais partie pour lancer une raillerie plus stupide encore quand Ryan m'en a empêchée en venant poser la main sur mon épaule. J'étais en train de faire exactement ce que Gullet nous avait interdit : révéler notre jeu sans rien obtenir en échange. Dépitée, je me suis assise à côté de lui.

La secrétaire est allée donner un tour de clé à la porte. Revenue à son bureau, elle s'est plongée dans des papiers.

Dix minutes se sont égrenées.

Barbichette est réapparu, un petit sac à la main. La secrétaire l'a fait sortir.

Un peu plus tard, ç'a été le tour de Ronnie.

Nous attendions toujours. De temps en temps, quand je relevais les yeux, je surprenais Berry en train de nous observer. Elle se détournait aussitôt et ses froissements de papier reprenaient. Visiblement, elle en avait des montagnes à trier.

À sept heures, j'ai commencé à arpenter le hall.

— Tu crois que le Dr Marshall s'est tiré par-derrière ? ai-je soufflé à Ryan en passant près de lui.

— Le pitbull monte toujours la garde.

— C'est de moi que tu parles ?

Il m'a regardée d'un air surpris.

— Je peux partir, tu sais. De toute façon, pour l'infirmier, je n'existais pas.

— En tout cas, tu existes bel et bien pour le pitbull.

— Ouais. Côté relations publiques, on ne peut pas dire que le personnel soit surqualifié. L'EMD devrait offrir une formation en écoute du public à ses équipes d'accueil. Comme ça, elle ferait d'une pierre deux coups.

— Je croyais que tu ne voulais pas qu'on mentionne le nom d'Helene Flynn, a fait remarquer Ryan, un léger reproche dans la voix.

— Je ne voulais pas le faire, mais ils m'ont tellement énervée tous les deux, l'infirmier et la secrétaire. Je me suis dit que si elle avait travaillé ici avec Flynn, elles s'étaient peut-être raconté des choses…

Devant l'air sceptique de Ryan, j'ai insisté avec plus de conviction que je n'en avais réellement, allant jusqu'à dire qu'elles étaient peut-être copines.

M'étant laissée retomber sur le dossier de mon siège, j'ai entrepris de me ronger un ongle. Ryan avait raison. Il était peu probable que des filles comme Berry et Flynn aient pu partager quoi que ce soit. Pour être tout à fait franche, ce n'était pas vraiment ça qui m'avait motivée, c'était plutôt la colère. Et j'avais dévoilé nos intentions pour rien.

— Tu veux te charger du Dr Marshall?

— Ma participation est et demeurera strictement officieuse, a répondu Ryan en imitant la voix traînante et monocorde du shérif.

— Tu crois qu'on perd notre temps?

— Peut-être. Mais ça m'amuse de te voir faire chier les gens.

— Je veux seulement prendre le pouls des employés d'ici. Je suis convaincue que la femme du baril est Montague.

Au son d'une voix d'homme s'excusant de nous avoir fait attendre, nous avons relevé les yeux. Et découvert un médecin entrant dans le hall. Il avait des cheveux bruns et une musculature impressionnante pour sa taille, qui était moyenne. Blouse blanche, pantalon gris et chaussures italiennes de prix. Beaucoup plus chères que ma voiture.

— Dr Lester Marshall. Désolé, l'infirmier n'a pas su me dire vos noms.

Nous nous sommes levés. J'ai fait les présentations sans m'étaler sur nos employeurs respectifs. Marshall n'a pas cherché à creuser la question. Apparemment, Daniels avait couvert le sujet pour nous.

— Je crois savoir que vous enquêtez sur Unique Montague. Puis-je vous demander pourquoi?

Derrière nous, les froissements de papier ont cessé.

— Nous avons des raisons de croire qu'elle est morte.

— Allons en parler dans mon bureau… Adele! a-t-il lancé à l'intention de la secrétaire, Corey est parti. Vous pouvez y aller aussi. La journée est terminée.

Tout en suivant Marshall le long du couloir, j'ai dénombré deux salles d'examen, une cuisine, un grand cagibi de rangement et une salle de bains. L'agencement des pièces portait à croire que la maison avait servi d'habitation avant d'être transformée en clinique.

À l'étage, un couloir et quatre portes closes. Tout au bout, donnant sur l'arrière, le bureau du Dr Marshall. Probablement une ancienne chambre à coucher. La pièce, de taille réduite, était meublée dans un esprit spartiate : une table qui avait connu des jours meilleurs, des sièges sur le déclin, une armoire à dossiers écaillée et un climatiseur essoufflé inséré dans la fenêtre.

Le Dr Marshall s'est assis à son bureau. Lequel n'était encombré que par un dossier. Pas de photo de sa femme ou de ses enfants. Pas de plaque ni de gravure humoristique. Pas de presse-papiers ni de tasse commémorant une conférence médicale.

Pas davantage de photo ou de diplôme aux murs. Pas même l'autorisation d'exercer la médecine délivrée par l'État, contrairement à mon idée que les médecins étaient tenus de l'afficher. Mais peut-être le Dr Marshall avait-il accroché la sienne dans la salle d'examen.

D'une main grande ouverte, il nous a indiqué les sièges.

Il devait avoir entre quarante et soixante ans, difficile d'être plus précis. De près, on voyait qu'il se coiffait de façon à dissimuler une calvitie bientôt galopante.

— Vous savez, naturellement, que le respect de la confidentialité interdit au personnel médical de fournir des renseignements sur la santé d'un patient, a-t-il déclaré et il a ponctué son préambule d'un sourire trop étincelant et régulier pour être un don de dame Nature.

— Mlle Montague était une patiente de cette clinique ? ai-je demandé.

Nouvel affichage de dentition parfaite.

— Je me trompe quand j'imagine que ce dossier est le sien ?

Le Dr Marshall a repositionné la chemise de façon que le bas soit absolument parallèle au bord de son bureau. Ses doigts épais se terminaient par des ongles manucurés avec soin. Quant à ses avant-bras, leur taille laissait supposer qu'il fréquentait régulièrement une salle de gymnastique.

— Je ne vous demande pas l'historique médical de cette dame. Simplement la confirmation qu'elle était bien traitée ici.

— Ce point n'entre pas dans la notion d'historique médical ?

— Il est à croire que Mlle Montague est décédée.

— Dites-m'en davantage sur le sujet.

Je me suis bornée aux généralités : à savoir que le cadavre avait été retrouvé dans l'eau et présentait un certain degré de décomposition et de saponification. Rien de confidentiel là-dedans. Si Marshall en concluait qu'il s'agissait d'une noyade accidentelle, tant pis pour lui.

Pour l'heure, il n'avait toujours pas ouvert le dossier devant lui. Dans cette salle petite et chaude, l'odeur de son eau de Cologne prenait le pas sur toutes les autres : odeur de prix. Cela dit, il était aussi exaspérant que l'infirmier et la réceptionniste sous ses ordres.

— Peut-être préférez-vous que nous agissions sur mandat du procureur ; que nous alertions les médias et obtenions une couverture approfondie des activités de l'EMD au niveau de l'État, pour ne pas dire au niveau national ?

Là, le bon docteur a pris sa décision. Mais peut-être l'avait-il prise plus tôt et avait-il seulement cherché à gagner du temps jusque-là.

— Unique Montague s'est présentée ici pour être soignée.

— Décrivez-la-nous, s'il vous plaît.

Sa description correspondait à la femme découverte dans le baril.

— Quand Mlle Montague est-elle venue pour la dernière fois ?

— Elle venait rarement.

— À quand remonte sa dernière visite ?

Marshall a ouvert la chemise et en a soigneusement lissé la pliure du plat de la main.

— L'été dernier, en août. La patiente, Mlle Montague, s'est vu délivrer les médicaments que nécessitait son état et informer qu'elle devait revenir dans deux semaines. Elle ne s'est pas présentée le jour de la consultation. Naturellement, je ne peux pas…

— Vous savez où elle vivait ?

Marshall a pris le temps de lire attentivement le dossier, reposant chaque page tournée exactement sur la précédente.

— L'adresse indiquée, Meeting Street, nous est tristement familière. C'est là que se trouve l'association d'aide aux personnes en détresse.

— C'est un refuge pour sans-abri ?

Marshall a hoché la tête.

— Elle a indiqué le nom de parents ?

— Cette ligne est blanche.

Le dossier refermé, il a refait son geste du plat de la main sur la pliure de la chemise en carton.

— C'est fréquent. Je n'ai malheureusement pas le temps de m'impliquer personnellement dans le destin de nos patients. C'est mon grand regret dans ce métier que j'ai choisi.

— Ça fait combien de temps que vous travaillez dans cette clinique ?

Marshall a souri, cette fois sans dévoiler ses dents.

— Le sujet Montague est clos ?

— Vous avez d'autres choses à nous dire sur elle ?

— Qu'elle aimait beaucoup son chat.

Le médecin a repositionné les deux moitiés de sa cravate l'une sur l'autre. En soie, la cravate, et sortant de chez un grand couturier. Lequel ?

— En général, je viens ici après le déjeuner, les mardi, jeudi et samedi. Les autres jours, je consulte ailleurs.

Il s'est levé, nous signifiant notre congé.

— Surtout, n'hésitez pas à m'appeler. Si je peux vous être d'une aide quelconque…

— Je ne crois pas qu'il ait tellement apprécié notre visite, a dit Ryan en mettant la jeep en marche.

— Sur quoi tu te bases pour dire ça ?

— C'est un maniaque des mains propres.

— Normal, pour un médecin.

— Chez lui, c'est plutôt du style Howard Hughes. Je te parie qu'il vérifie deux fois si les portes sont bien fermées, qu'il recompte ses trombones et range ses chaussettes par couleur.

— Moi aussi, je les range par couleur.

— Tu es une femme.

— D'accord, c'est un maniaque de l'ordre. Mais tu crois qu'il en sait plus qu'il ne le dit ?

— Le seul fait qu'il ait en sa possession son dossier médical constitue un aveu.

— Et les deux autres ?

— Costauds.

— C'est tout ?

— Costauds et sûrs d'eux.

J'ai mis en marche le climatiseur.

— L'infirmier a fait de la taule, a enchaîné Ryan.

— Comment tu le sais ?

— Ses tatouages.

— Tu es sûr ?

— Certain. Tu peux me faire confiance.

Que ce soit la chaleur ou la frustration de n'aboutir à rien, le fait est que tout m'énervait. Même Ryan.

Peut-être aussi m'en voulais-je d'avoir perdu mon sang-froid. Qu'est-ce qui m'avait pris d'aller mentionner le nom d'Helene Flynn ? Était-ce une gaffe ? Est-ce qu'elle remonterait jusqu'à Gullet ?

En revanche, si elle remontait jusqu'à l'EMD, ça pouvait être positif, faire avancer les choses. Qui sait, forcer Herron et son Église à coopérer davantage dans l'enquête sur la disparition d'Helene Flynn ?

Néanmoins, côté shérif, ma gaffe risquait de créer des problèmes à Emma. Gullet, furieux, pouvait décider de me virer de l'enquête.

En tout cas, je n'avais rien divulgué sur la mort d'Unique Montague. Mais quand même, j'avais perdu mon sang-froid. Et tout ça, sans résultat.

Calée dans mon siège, j'ai réfléchi à la situation. J'étais toujours plongée dans mes pensées quand mon cellulaire a sonné.

Sans résultat ?

Oh, ma chère. Nous en avions, des résultats !

Chapitre 26

À en juger d'après sa voix, Emma avait retrouvé son énergie de guillerette pinsonnette.

— Trente-quatre coups de fil avant que Lee Ann ne tombe sur l'arracheur de dents qui avait un dossier au nom de Willie Helms. Le Dr Charles Kucharski. Je suis donc allée le voir.

— C'est comme ça que tu te limites à des travaux d'écriture ?

Elle a ignoré ma remarque.

— Il était si heureux d'avoir de la visite que j'ai cru qu'il allait me menotter à un mur dans la cave de sa maison.

— Ce qui veut dire ?

— Qu'il n'est pas accablé par le travail.

— Je vois, ai-je dit sur le même ton que Daniels.

— Kucharski se souvient d'Helms comme d'un grand bonhomme au teint pâle avec beaucoup de tics, qui devait avoir pas loin de quarante ans. Sa dernière visite remonte à avril 1996.

— Quel genre de tics ?

— Des mouvements erratiques du cou et de la main. Au point qu'il devait lui attacher la tête et les poignets au fauteuil pour pouvoir utiliser sa fraise. Selon lui, Helms souffrait probablement du syndrome de Tourette.

— Il avait son adresse ? Un numéro de téléphone où le joindre, chez lui ou sur son lieu de travail ?

— C'est son père, Ralph Helms, qui payait les factures. Le dentiste avait son téléphone. Lee Ann a appelé, la ligne était coupée. Helms père est mort à l'automne 96.

— Après cette date, les visites régulières chez le dentiste ont donc cessé.

— Comme lieu de travail, Willie Helms avait indiqué la Johnnie's Auto Parts, près de la route 52. Ça appartient à un dénommé John Hardiston qui fait le commerce de pièces détachées de voitures et de vieilles ferrailles. D'après lui, c'est par amitié pour Ralph qu'il avait engagé son fils et l'autorisait à vivre là, dans une vieille roulotte. Helms s'occupait des chiens et faisait fonction de gardien. Il a travaillé presque dix ans pour Hardiston et puis, un beau jour, il est parti sans prévenir.

— Il y a longtemps de ça ?

— À l'automne 2001. Comme Helms parlait toujours d'aller à Atlanta, Hardiston ne s'est pas inquiété. Il s'est dit qu'il avait fini par réaliser son rêve. D'après lui, c'était un bon employé. Il a été désolé de le perdre.

— Tellement désolé qu'il ne s'est pas donné la peine de le rechercher. Enfin... Si Helms est mort en 2001, cette date concorde avec les estimations.

— C'était l'autre chose dont je voulais te parler. Le gars de chez nous qui s'occupe des insectes fait remonter la mort de ton inconnu à cinq ans au maximum. Je te lis son rapport ?

— Tu me le résumes.

S'interrompant souvent dans sa lecture, Emma m'a fait part des renseignements suivants :

— Des cocons de pupes désertés par leurs habitants... Toutes sortes d'espèces qui s'enfouissent dans le sol... Des traces attestant la présence de coléoptères à un moment donné — cadavres d'adultes et carapaces abandonnées.

Froissement de page qu'on tourne.

— Comme Helms avait pas mal de métal dans la bouche, j'ai posé ses radios sur le bureau de Bernie Grimes pour qu'il établisse la comparaison avec celles de ton inconnu. Il appellera dès qu'il aura trouvé un moment pour le faire.

La pause qui a suivi n'avait plus pour motif l'élagage du texte, mais bien la volonté d'Emma de se ménager un effet oratoire.

— Maintenant, le top du top. Dans le fouillis qui encombre mon bureau, je suis tombée sur un fax du laboratoire de médecine légale de l'État.

— Ils ont pu extraire de l'ADN du cil ?

— Je t'en prie, ils ne l'ont reçu que jeudi. Mais un malacologue a examiné le coquillage.

— Qui ça ? ai-je demandé, n'ayant jamais entendu ce mot de ma vie.

— Un spécialiste en palourdes, moules et coquillages de tous poils. Ce spécimen-là est un… *Viviparus intertextus*.

À en juger d'après le rythme de sa voix, le fax ne devait pas être très lisible.

— C'est une bébête assez fréquente dans nos marais des basses-terres mais qu'on ne trouve pas à proximité d'eau salée. Jamais sur les plages ou dans les estuaires.

— Ce qui fait qu'il n'aurait pas dû se trouver dans cette tombe ?

— C'est ça. C'est une espèce qui ne vit qu'en eau douce.

— Bo-o-o-on. La victime a été tuée ailleurs et transportée ensuite à Dewees.

— Ou enterrée ailleurs. Et le corps a refait surface par la suite et migré jusqu'à Dewees.

— Ou encore ce coquillage est tombé des vêtements ou de la pelle de celui qui a creusé la tombe.

— Bref des explications qui se valent toutes.

Nous les avons étudiées à tour de rôle, sans qu'aucune ne l'emporte sur les autres. Pour changer de sujet, Emma m'a demandé où j'en étais avec la dame du baril.

Je lui ai raconté notre visite à la clinique sans rien lui cacher.

— Gullet ne sera pas content.

— Ça, c'est sûr !

— Je me charge de lui. J'en profiterai pour lui secouer les puces à propos de Helms. Mais je doute que ce long week-end soit très productif.

— C'est bien vrai que tu te sens mieux ?

— Oui.

— Profite du répit pour dormir !

Ayant raccroché, j'ai résumé la conversation à Ryan. Sa réaction a été la suivante :

— Il se pourrait bien que vous ayez trois sur trois pour l'identification des victimes : Cruikshank, Helms et Montague. Tu sais ce que ça mérite ?

J'ai secoué la tête.

— Des beignets de crabe.

— Et des crevettes sauce Sa-Cha ?

— Certainement. On nourrit ton ex ?

Ma réaction ? Lever les yeux.

— De son vrai nom, Pete s'appelle Janis.

Ryan m'a regardée d'un air hébété.

— C'est un prénom letton. Ça ne t'ennuie pas, tu es sûr ?

— Je m'en voudrais de voir un athlète de son envergure se gaver de frites.

J'ai appelé Pete. Il était à la maison et mourait de faim.

Notre idée de manger chinois s'est révélée fort lucrative pour le Cheng's Asian Garden à Mount Pleasant. En dépit de mes protestations, Ryan a tenu à régler l'addition, confirmant ainsi l'adage selon lequel les femmes sont condamnées à être perpétuellement attirées par le même type d'homme.

Et de fait, mon amoureux actuel et mon ex sont des clones sous bien des aspects, notamment pour ce qui est de payer l'addition. Ni l'un ni l'autre ne me laissent le faire et, quand ils achètent quelque chose, ce n'est jamais en rognant sur un sou.

À notre arrivée à *La Mer sur des kilomètres*, une table mise nous attendait dans la cuisine, avec baguettes et tout le tralala. Boyd était roulé en boule dessous ; Birdie, juché sur le réfrigérateur d'où il jouissait d'une vue imprenable sur la situation.

Pete, les traits reposés, avait le teint hâlé de l'homme qui vient de passer des heures à jouer au golf. Ryan et moi avions l'air de deux personnes qui ont passé la journée dans une jeep surchauffée.

À la vue du pantalon en gabardine de Ryan, Pete a exprimé une feinte approbation.

— On ne sait jamais si le temps ne va pas tourner au frais.

Sa remarque lui a valu un coup d'œil de ma part, bien qu'elle soit justifiée, la laine n'étant pas exactement le tissu le mieux adapté au climat de la région.

— Il faut que je passe chez Gap, a répondu Ryan. J'ai pris la route quasiment sur un coup de tête. J'aime bien vos shorts. Ils sont chics.

— Merci.

— J'en ai eu des pareils dans le temps. Mais vers douze ans j'ai dû m'en séparer. J'avais passé l'âge.

Le sourire qui commençait à éclore sur les lèvres de Pete s'est dissous dans l'instant. La conversation a persisté sur ce mode pendant que mes deux hommes réglaient leur compte aux crevettes, aux beignets de crabe et à la douzaine d'autres plats.

Entre deux escarmouches, j'ai réussi à faire part à mon ex de ce que nous avions appris sur Montague, Helms et la clinique. Il m'a appris de son côté qu'il s'était arrangé pour qu'un spécialiste épluche la comptabilité de l'EMD.

Et le pas de deux a repris entre Ryan et lui. Coups bas et attaques voilées ont scandé le reste du dîner. J'aurais pu me croire dans l'arène entre Frazier et Mohammed Ali.

Finalement, j'ai annoncé à Pete que j'allais revoir les boîtes de Cruikshank avec Ryan. Il a aussitôt proposé de nous aider.

Nous débarrassions la table quand mon cellulaire a sonné. Emma. Pour me prévenir que l'homme de l'île était bien Willie Helms.

— *Yowza !* me suis-je écriée.

Pete et Ryan, les bras chargés de boîtes, se sont retournés tous les deux.

— À présent, le tout est de savoir ce qui lui est arrivé, et quand. Et pourquoi on l'a enterré à Dewees.

— Ces questions-là relèvent du shérif, a répliqué Emma avant de raccrocher.

Mis au courant, Pete et Ryan se sont écriés en chœur : « *Yowza !* »

Dix minutes plus tard, c'était au tour de Gullet de m'appeler.

— Je croyais vous avoir dit de rester tranquille !

Selon sa bonne habitude, il sautait à pieds joints dans le vif du sujet.

— Vous avez parlé de cow-boys à grosses bottes.

— C'était à propos de la fille qui a fugué.

— Helene Flynn a disparu. Ça ne veut pas dire qu'elle ait fait une fugue.

Il a laissé passer une pause. Puis :

— C'était une fille instable.

— Quoi ?

— Je vais vous dire ce que je sais sur elle, une bonne fois pour toutes, et le sujet sera clos. Mais sachez tout d'abord que sa disparition ne relève pas de mon secteur.

Nouvelle pause.

— Quand cette jeune dame a disparu, son père s'est donné pour mot d'ordre d'assiéger par téléphone mon bureau, exigeant que je lance des recherches. Je me suis entretenu en personne avec le révérend Herron. Il m'a expliqué qu'Helene Flynn s'était mise à les harceler, le Dr Marshall et lui. Tant et si bien qu'ils avaient été obligés de lui demander de quitter l'EMD.

— Première nouvelle.

— Herron n'aime pas critiquer ses anciennes ouailles.

— Sur quoi portait ce harcèlement ?

— Helene était convaincue que Marshall n'était pas net sur le plan financier. Herron prétend avoir étudié la question et n'avoir rien découvert d'anormal. Selon lui, la jeune dame fondait trop d'espoirs dans les opérations subventionnées par l'association. Maintenant, laissez tomber cette clinique. J'ai autre chose à faire que d'apaiser des médecins enragés.

— Marshall vous a appelé ?

— Évidemment qu'il m'a appelé ! Il bouillait. Il a dit que vous intimidiez le personnel.

— Qualifier notre visite de manœuvre d'intimidation me paraît un peu exag…

— Et je n'ai pas non plus les moyens de vous envoyer une meute de chiens de garde. À vous ou à vos petits amis.

Ne réagis pas, Brennan. Ne t'obstine pas avec cet homme.

— Je crois avoir identifié les deux autres disparus. La femme du baril est probablement Unique Montague, cette sans-abri dont je vous ai parlé au téléphone. Les descriptions fournies par l'ancienne propriétaire du chat et par le vicaire de St. John the Baptist correspondent au profil établi à partir de l'analyse des os.

— Miz Rousseau vient de m'appeler pour me le dire.

Il y a eu un grésillement statique sur la ligne. J'ai attendu que ça passe avant d'ajouter :

— Unique Montague se faisait soigner dans cette clinique de l'EMD.

— Comme une foule d'autres gens.

— Flynn et Montague ont toutes les deux un lien avec cette clinique, et Cruikshank la surveillait.

— Forcément, puisqu'il enquêtait sur Flynn. Quant au fait qu'une clocharde s'y fasse soigner, ce n'est pas un motif suffisant pour réclamer un mandat, vu que cet établissement a justement pour but de soigner les indigents. Dites-moi plutôt ce que vous savez de ce deuxième mort identifié dont Miz Rousseau m'a parlé.

— Il s'agit de l'homme retrouvé à Dewees. Il s'appelle Willie Helms. Lee Ann Miller a retrouvé son dentiste et Bernie Grimes a comparé les dentitions.

J'ai rapporté au shérif tout ce que je savais sur le père de Helms et sur les fonctions que lui-même occupait.

— Son employeur, Hardiston, ne l'a pas vu depuis l'automne 2001.

M'attendant à un nouveau sermon de la part de Gullet, j'ai été stupéfiée de l'entendre m'annoncer de sa voix toujours aussi monocorde qu'un vagabond ramassé par un de ses agents prétendait avoir quelquefois vidé une bouteille avec un dénommé Willie Helms.

— Il pourrait le décrire ?

— Ce bon citoyen n'a pas tous ses neurones. L'agent a réussi à en tirer que Helms était un grand type agité, avec des cheveux blonds et un amour prononcé pour les boissons fortes.

— Ça colle avec les souvenirs du dentiste. Quand est-ce qu'il l'a vu pour la dernière fois ?

— Sur ce point-là, curieusement, ses réponses étaient logiques. Il a dit que c'était le jour où les immeubles se sont effondrés.

— Vous voulez dire le World Trade Center ? ai-je demandé après un instant de réflexion.

— Oui, le 11 septembre. Il a dit qu'avec Helms ils avaient regardé le reportage à la télé dans un bar du port. Après ça, il ne l'a plus jamais revu.

Une pause. Gullet s'est raclé la gorge.

— Vous avez fait du bon boulot pour Helms et Montague. Mais la clinique, vous laissez tomber. Inutile d'exciter les molosses sans une bonne raison pour le faire.

— Quoi, comme raison ?

Une longue pause a suivi, puis :

— Deux patients.

— Vous ne croyez pas…

— Laissez tomber la clinique, doc. Ce que je vous dis là, ce n'est pas simplement un conseil d'ami. Cette

clinique ne dépend pas de mon secteur. C'est la police municipale qui a juridiction et on me demandera de fournir des preuves.

— Cruikshank, Helms et Montague, ça fait déjà trois morts retrouvés dans votre secteur.

Gullet n'a rien répondu. Il le savait, bien sûr. Je me suis permis d'insister.

— Vous voulez dire que si j'arrive à établir un lien entre cette clinique et encore une autre personne portée disparue, votre bureau interrogera Marshall et le personnel, ou bien que je dois adresser personnellement une requête à la police municipale ?

— Ce que vous avez en ce moment, c'est une employée mécontente qui a probablement fait une fugue et un détective engagé par le père de la précédente pour la retrouver. Ce n'est pas suffisant. Vous découvrez qu'un autre patient de cette clinique a disparu, et je m'occupe du problème. À propos, vous avez l'ordinateur portable de ce détective depuis assez longtemps. Je passerai le récupérer mardi matin à la première heure.

Tonalité.

Pete et Ryan n'ayant entendu que ma partie de la conversation, je leur ai résumé les propos du shérif.

— Il a la trouille de cette clinique, c'est clair, a réagi Pete. La question est : pourquoi ?

— C'est le genre de bonhomme qui prend tout au pied de la lettre, a déclaré Ryan. Sans un pistolet fumant à côté du cadavre, pas de mandat. Et sans mandat, interdiction d'entrer.

Pour ma part, j'ai émis l'idée qu'il couchait peut-être avec Herron. Pete a embrayé.

— Il est possible que l'EMD ait largement couvert les frais de campagne de son élection au poste de shérif.

Ou toute autre personne qui tire les ficelles dans la région, me suis-je dit.

La table débarrassée, j'ai apporté la boîte de Cruik-shank. Armé du dossier d'Helene, Pete est allé s'installer dans la salle de séjour. Boyd l'y a suivi. Birdie est

resté avec nous, perché sur son haut plateau préféré, le congélateur.

J'ai ajouté les noms d'Unique Montague et de Willie Helms à ma liste avant de la montrer à Ryan.

— Ce sont ceux dont les dossiers ne contiennent que des notes.

Ryan les a parcourus tous les deux.

— Ceux de ces gens-là ont en plus des articles de journaux, mais rien qui indique que Cruikshank ait été engagé pour enquêter sur leur disparition.

Nous avons passé en revue le dossier sur Lonnie Aikman, notamment l'article de Winborne. Après un moment de réflexion, Ryan a déclaré :

— Si Helms était atteint du syndrome de Tourette, comme le pense son dentiste, il était probablement suivi par un médecin.

— Il y a des chances.

— Aikman aussi était malade. Schizophrène. Et sous traitement.

— C'est ce que dit l'article.

— Autrement dit, suivi par un médecin.

— Tu crois que Helms et Aikman auraient pu être soignés à la clinique de l'EMD ? ai-je demandé, comprenant où Ryan voulait en venir.

— En tout cas, cet os mérite qu'on le ronge. Ton idée sur Willie Helms n'était pas évidente au départ, et vois le résultat.

Je n'écoutais pas vraiment ce qu'il disait. J'essayais de me rappeler un autre disparu. Un article que j'avais récupéré dans la poubelle, le jour de l'orage. Comment s'appelait-il, déjà ?

J'ai secoué le carnet dans lequel j'avais fait ma liste des disparus. Un petit papier en est tombé en tourbillonnant sur la table. Découpé dans le *Post & Courier* du vendredi 19 mai.

J'en ai lu à haute voix les points intéressants.

— Jimmie Ray Teal, quarante-sept ans, disparu le 8 mai. Vu pour la dernière fois partant de chez son frère, Jackson Street, pour aller chez le médecin.

J'ai bondi sur mes pieds. L'instant d'après, je feuille-
tais hâtivement l'annuaire du téléphone à la lettre T. Un
Nelson Teal était répertorié dans Jackson Street. J'ai
composé le numéro. Dix sonneries sans réponse. J'ai
recommencé. Même résultat.

Échange de regard avec Ryan. Il a déclaré :

— La mère d'Aikman vit à Mount Pleasant.

Retour à l'annuaire.

— Pas d'Aikman à Mount Pleasant. Un à l'île aux
Palmiers, un autre à Moncks Comer et deux à
Charleston.

Ryan s'est occupé des banlieues, moi de la ville de
Charleston. Curieusement, tous les Aikman étaient chez
eux. Hélas, personne ne connaissait de Lonnie ou la
mère d'un monsieur portant ce nom. Restait Winborne,
l'auteur de l'article.

— Tu as son numéro ? m'a demandé Ryan.

J'ai fait défiler la liste des appels reçus sur mon cellulaire. Le numéro de Winborne était toujours inscrit. Le
contacter me réjouissait autant qu'une crise de zona.
Enfin… En tout cas, ce crétin n'avait rien écrit sur
Cruikshank, c'était déjà ça.

10 h 07 à ma montre. Poussant un long soupir, j'ai enfoncé la touche d'appel.

— *Ichi* Winborne.

À croire qu'il mastiquait un caramel mou.

— Dr Brennan à l'appareil.

— Un instant.

Un *glup*, suivi d'une déglutition.

— J'y suis, allez-y !

J'ai répété mon nom.

Un bruit de papier froissé et la mastication a repris.

— La dame qui fouillait à Dewees ?

— Oui.

— Vous en avez eu pour votre argent avec ce cadavre, pas vrai ?

Aussi exaspérant au téléphone qu'en chair et en os, le
Plancton.

— Monsieur Winborne, en mars dernier vous avez écrit un article pour le *Moultrie News* sur un certain Lonnie Aikman qui a disparu en 2004.

— Ça alors, je n'en reviens pas ! La poulette lit mes œuvres !

La poulette en question s'est retenue à quatre mains pour ne pas raccrocher.

— Puis-je savoir ce qui vous a incité à écrire un article sur Aikman si longtemps après sa disparition ?

— Vous m'appelez pour me dire que votre squelette de Dewees est celui de Lonnie ?

— Pas du tout.

— Mais c'est lui, n'est-ce pas ?

— Non.

— Mon œil…

Pas de réaction de ma part.

— Vous êtes toujours là ?

— Je suis là.

— Le corps retrouvé à Dewees n'est vraiment pas Aikman ?

— Ces restes ne sont pas ceux de Lonnie Aikman.

— De qui, alors ? Vous le savez, forcément.

— C'est une information que je ne suis pas autorisée à divulguer, monsieur Winborne. En revanche, j'aimerais connaître les raisons de votre intérêt pour Lonnie Aikman.

— Vous n'êtes pas née de la dernière pluie, doc ! Subitement, c'est fou ce que ça me démange dans le dos. Vous me grattez, je vous gratte.

En gros, c'est ce que j'ai cru comprendre de son discours déformé par la mastication. J'ai hésité à me lancer. Que dévoiler à ce serpent ?

— Le squelette retrouvé à Dewees a pu être formellement identifié grâce aux dossiers dentaires. Si je ne suis pas autorisée à vous livrer son nom, je peux intervenir auprès du coroner pour qu'elle vous garde la primeur des détails dès que la famille aura été prévenue.

— C'est tout ?

— Je vous en fais la promesse, et je vous promets également que si ce squelette devient une nouvelle sensationnelle…

— Sensationnelle au point de passer sur CNN ? Au point qu'Anderson Cooper décide de m'interviewer ? De m'inviter à la Situation Room ?

— Monsieur Winborne…

— Sensationnelle…, dites-vous ? J'ai peur d'en faire dans ma culotte.

Il commençait à me taper sur les nerfs, le Winborne, avec son caquetage.

— Je voudrais simplement savoir ce que vous savez sur Lonnie Aikman.

— En vertu de quoi ?

— Ces renseignements pourraient se révéler utiles dans l'enquête sur la mort de quelqu'un d'autre, ai-je lâché, les dents serrées.

— De qui ?

— Je ne peux pas vous le dire.

— Et Cruikshank, dans tout ça ?

— Quoi ?

— Le détective retrouvé pendu dans la forêt Francis Marion. Comment est-ce qu'il entre dans le tableau ?

— Vous indiquez dans votre article que la mère d'Aikman habite à Mount Pleasant. Elle n'est pas dans l'annuaire.

— D'abord Cruikshank !

On tournait en rond. J'allais devoir lui donner quelque chose.

— La mort de Noble Cruikshank est considérée comme un suicide selon toute vraisemblance.

— Selon toute vraisemblance ?

— L'enquête se poursuit.

— Il travaillait sur quoi, ce Cruikshank ?

— Les personnes portées disparues.

— Comme Lonnie Aikman ?

— Rien ne permet de supposer qu'il existe un lien entre la mort de Cruikshank et la disparition de Lonnie

Aikman. Maintenant, ça me gratte aussi, monsieur Winborne.

— D'accord. Susie Ruth Aikman est remariée. Le téléphone est au nom de son nouveau mari.

— Puis-je avoir le numéro ?

— Voyons, doc ! Vous le donner équivaudrait à violer ma parole, à exposer un informateur à dieu sait quel danger.

Les molaires de mes deux mâchoires se sont serrées à mort.

— Vous pouvez joindre Mme Aikman et lui demander de m'appeler ?

— Ça, oui. Le marché est équitable, vous ne trouvez pas ?

Vingt minutes plus tard, Winborne me rappelait.

— Il y a quatre jours, une voiture a été remontée de l'eau, à côté de la route 176. Au volant : Susie Ruth Aikman.

Visiblement, il était encore sous le choc.

Chapitre 27

— La police n'a rien trouvé de suspect. On suppose que Susie Ruth s'est endormie au volant ou qu'elle a volontairement quitté la route, prise de folie passagère.

— Quel âge avait-elle ?

— Soixante-douze ans.

La voix de Winborne avait perdu tout entrain.

— Elle souffrait de démence sénile, d'une maladie du cœur ?

— Pas qu'on sache.

Mon esprit s'emballait. Un accident de la circulation inexpliqué exige d'habitude une enquête du coroner. Le corps de Susie Ruth Aikman avait été retrouvé mardi. Or, ce jour-là, j'avais passé la journée entière avec Emma. Comment se faisait-il qu'elle ne m'ait pas parlé de cette vieille dame ? Parce qu'elle ne se sentait vraiment pas bien ? Parce qu'elle avait oublié ? Parce qu'elle n'avait pas jugé nécessaire de le faire ?

— Pour tout vous dire, je n'en avais rien à foutre de vos fouilles. La brillante idée de couvrir le sujet émanait de mon rédacteur en chef. Mais quand vous êtes tombée sur ces ossements...

Il s'est interrompu, hésitant à son tour.

— Depuis près de deux mois, je suis sur un coup.

J'ai attendu qu'il poursuive. La pause a duré.

— Voyons-nous demain. Je n'ai pas envie de vous raconter ça au téléphone.

— Où et quand ?

— À l'église unitarienne, au coin des rues Clifford et Archdale. Suivez l'allée en brique qui aboutit au passage donnant sur King Street. J'y serai à neuf heures. J'attendrai dix minutes.

— Je viens seule et vêtue de noir ?

— Ouais, venez seule. La tenue, ça vous regarde.

Une fois de plus, j'ai eu droit à la tonalité. Ça m'arrivait souvent, ces temps-ci.

J'ai fait part à Ryan de mon rendez-vous avec Winborne au moment où je me préparais à entrer dans mon lit. Il m'a demandé si ça méritait qu'il hisse un drapeau sur le balcon.

— Et comment ! Gorge *très* profonde !

Il est allé accrocher ma petite culotte à la balustrade.

Le lendemain matin, à neuf heures précises, je franchissais le portail du jardin de l'église unitarienne. Ryan était posté à deux pas de là, à l'église St. John, paroisse luthérienne. Des cloches sonnaient. Au carillon de la cathédrale catholique St. John the Baptist sont venues s'ajouter les cloches de l'église méthodiste afro-américaine d'Emmanuel, puis celles du temple méthodiste unifié de Bethel, celles de l'église épiscopale St. Michael et, pour terminer, celles de la paroisse presbytérienne des Premiers Écossais. Je vous jure. Pas étonnant que Charleston soit surnommée la ville sainte.

Le jardin de l'église unitarienne semblait revenu à l'état sauvage, envahi qu'il était par des buissons de lys, de lantanas et de myrtes. Des arbres au feuillage abondant délimitaient le chemin.

Winborne se trouvait à l'endroit indiqué. Dans l'ombre, son visage ressemblait à un cendrier sale. Mais le Plancton devait afficher des joues pas rasées bien avant que ce soit la mode, si vous voulez mon avis.

Il m'a regardée approcher, un sourire méfiant aux lèvres.

— Bonjour.

Je me suis contentée de lui retourner son salut, me retenant de lui dire qu'il avait intérêt à ne pas s'être foutu de ma gueule.

— Je sais, nous ne sommes pas partis d'un bon pied…

— Je vous remercie d'avoir gardé pour vous l'histoire de Cruikshank.

— C'est le rédacteur en chef qui l'a enterrée.

J'aurais dû m'en douter.

— Qu'avez-vous donc à me dire ?

— Je suis sur un coup.

— Vous me l'avez déjà dit hier soir.

Il a jeté un coup d'œil par-dessus son épaule avant de poursuivre.

— Il y a quelque chose de pourri dans cette ville.

Ce crétin avait-il vraiment dit « quelque chose de pourri » ?

— Quel est ce coup dont vous parlez, monsieur Winborne ?

— Cruikshank, je vous l'ai déjà dit. Ce que je ne vous ai pas dit, c'est que mon article du mois de mars sur Lonnie Aikman n'était pas mon premier sur lui. J'en avais déjà écrit un en 2004 au moment de sa disparition. Cruikshank l'avait lu. Il m'a contacté.

— Vous avez rencontré Cruikshank ? Quand ça ?

Je lui aurais bien demandé par la même occasion comment il avait appris que le pendu avait été identifié comme étant Cruikshank, mais j'ai reporté la question à plus tard.

— En mars dernier. Cruikshank est venu m'interroger sur Lonnie Aikman. Mais vous me connaissez : avant de répondre, je dois connaître le pourquoi. Cruikshank ne voulait rien me dire. J'ai dû déployer tous mes pouvoirs de persuasion.

— Ça gratouille et ça chatouille.

— C'est la règle du jeu. J'ai du nez, a-t-il ajouté en se tapotant une narine. Quand je vois un flic prendre la pose du chien d'arrêt, je me figure qu'il y a peut-être matière à un article. Et je me mets à renifler le même terrier que lui.

Un vieil homme qui marchait en traînant les pieds nous a grogné un bonjour en arrivant à notre hauteur. Nous lui avons tous les deux répondu par une inclinaison de la tête. Winborne l'a regardé s'éloigner d'un air aussi détendu qu'un végétalien enfermé dans un parc à bestiaux.

— Cruikshank me dit qu'il est à la recherche d'une bigote ou d'une femme travaillant pour les bonnes œuvres et qui a disparu à l'automne. Selon lui, elle aurait pu avoir connu Aikman. Je lui parle de Lonnie. Mais je suis un gars soupçonneux, moi. Lonnie a disparu en 2004. Comment cette poulette pourrait-elle l'avoir connu ? En conséquence, je file Cruikshank. Et les lieux qu'il fréquente ne sont pas peuplés de bonnes sœurs, laissez-moi vous le dire.

— Qu'entendez-vous par là ?

— Un soir, il prend racine dans une taverne de King Street qui a tout d'un trou ; le lendemain, il écume les bars de danseuses et bavarde avec les filles. Vous voyez le tableau.

Ça ne rimait en effet à rien de la part d'un détective censé retrouver une fille comme Helene Flynn. Mais Cruikshank était un noceur.

— Comment savez-vous qu'il visitait ces endroits dans le cadre de son enquête ?

Winborne s'est contenté de hausser les épaules.

— Vous le lui avez demandé ?

Winborne a baissé les yeux sur ses chaussures pour les relever et fixer un point au-dessus de mon épaule.

— Il m'a repéré le troisième soir.

Je voyais la scène d'ici : Winborne avec son Nikon et Cruikshank menaçant de le transformer en chair à pâté.

— Je suis resté cool. J'ai dit que j'allais lui coller au derrière jusqu'à ce qu'il me déballe son histoire.

— Et il vous a dit de dégager si vous ne vouliez pas qu'il vous écrabouille ?

— Exactement. J'ai pas demandé mon reste. Vous l'avez rencontré ?

Je n'avais vu Cruikshank qu'en photo. Mais j'aurais eu peur moi aussi, car, s'il n'était pas grand, il avait l'air mauvais.

— Quand est-ce que ça s'est passé ?

— Le 19 mars.

— Qu'est-ce que Cruikshank vous a dit exactement sur Lonnie Aikman ?

— Ce que je savais déjà par sa mère : que c'était un type bizarre, persuadé que des agents du gouvernement lui avaient implanté une puce dans le cerveau ; qu'il envoyait des courriels à tout le monde, du chien de la voisine à George W. ; qu'il avait trente-quatre ans, était sans emploi et vivait chez sa maman. Une dame charmante, par ailleurs.

— Dans votre article, vous dites qu'il était schizophrène. Est-ce qu'il était sous traitement ?

— De temps à autre, vous savez comment c'est.

— Vous savez par quel médecin il était suivi ?

— Ce sujet n'a jamais été évoqué.

— Vous n'avez pas cherché à savoir ?

— Ça ne m'a pas paru d'une importance capitale, a rétorqué Winborne, et il a croisé ses bras velus sur sa poitrine d'un air suffisant. Susie Ruth a travaillé sa vie entière dans un atelier de retouches de vêtements. Peut-être que la prime d'invalidité de son fils lui permettait de le garder auprès d'elle.

— Elle travaillait à l'époque où il a disparu ?

— Elle était à la retraite depuis des années.

Winborne a sorti de sa poche arrière une photocopie de son article de 2004 et me l'a remise.

— Le petit Aikman à sa maman.

Le texte n'indiquait rien que Winborne ne m'ait déjà confié. La photo, en revanche, méritait qu'on s'y arrête.

Lonnie Aikman avait des yeux sombres au regard lumineux, une grande bouche aux lèvres entrouvertes et des dents espacées. Des cheveux aux épaules, des clous dans les oreilles et l'air d'avoir dix-sept ans.

— Cette photo date de quand ?

— Comme il était persuadé que la CIA le surveillait de l'intérieur de son cerveau, il ne se laissait photographier par personne et jetait à la poubelle toutes les photos de lui qui lui tombaient sous la main. Sa mère a eu un mal de chien à garder celle-ci… À vous, maintenant. L'histoire de Cruikshank.

Winborne a appuyé sa demande d'un geste de ses doigts recourbés. J'ai répondu en choisissant mes mots soigneusement.

— D'après ses dossiers, il enquêtait sur des gens qui avaient disparu dans la région de Charleston. Principalement des drogués ou des travailleuses du sexe, mais pas tous.

— À longueur d'année, des putes et des drogués disparaissent, a laissé tomber Winborne sur le ton qu'aurait pris Isabella Halsey, la propriétaire du chat. Donnez-moi des noms.

J'ai lu la liste que j'avais recopiée sans y inclure Unique Montague ni Willie Helms.

— Rosemarie Moon. Ruby Anne Watley. Harmon Poe. Parker Ethridge. Daniel Snype. Jimmie Ray Teal. Matthew Summerfield.

— La bigote, c'était quoi son nom, déjà ?

— Helene Flynn.

— Encore une de ces militantes prêtes à sauver le monde des coups de pied au cul qu'il mérite ?

— Membre de l'Église de la miséricorde divine.

— Les chrétiens sournois sont de vraies plaies, si vous voulez que je vous dise. Pour ce qui est de Jimmie Ray Teal et de Matthew Summerfield, le fils du conseiller municipal, la presse a largement couvert leur disparition. Je connais tous les détails. Les autres… ?

Il a fait une moue dubitative.

Je lui ai tendu ma feuille avec les noms.

— Vous avez d'autres renseignements sur Aikman ?

— Il n'a pas vraiment fait les gros titres.

Sous le coup d'une impulsion, je lui ai demandé s'il n'avait pas entendu parler d'un certain Chester Pinckney, par hasard.

Il a secoué la tête.

— Pourquoi ?

— Il se pourrait que Cruikshank l'ait connu.

J'ai gardé pour moi le fait que le portefeuille de cet individu avait été retrouvé dans la veste de Cruikshank et j'ai mis un terme au rendez-vous sur la demande de me contacter si jamais quelque chose lui revenait à l'esprit.

Je rebroussais chemin en m'interrogeant sur les raisons qui avaient pu motiver Winborne à souhaiter une entrevue discrète quand il m'a rappelée.

— Cruikshank a laissé échapper une drôle de phrase, le jour où il m'a repéré.

Je me suis retournée.

— À l'en croire, il serait tombé sur quelque chose de bien plus gros que la disparition d'une demoiselle de charité.

— Que voulait-il dire ?

— Je ne sais pas. Mais, dans les mois qui suivent, on le retrouve pendu à un arbre… Et maintenant c'est Susie Ruth Aikman qui meurt en voiture, a-t-il ajouté, après un regard par-dessus son épaule.

De retour à la maison avec Ryan, j'ai aussitôt allumé mon ordinateur portable et ouvert le dossier dans lequel j'avais recopié le CD de Cruikshank.

Pete nous a rejoints, Ryan et moi, au moment où je commençais à faire défiler les images. Installés de part et d'autre de mon fauteuil, les deux hommes étaient aussi nerveux que des élans en rut.

Certains des sujets photographiés entrant ou sortant de la clinique avaient bien une vague ressemblance avec Lonnie Aikman, mais sans plus. Il est vrai que la photo que m'avait remise Winborne datait d'au moins quinze ans et n'était pas très nette. En plus, la plupart des gens photographiés par Cruikshank avaient la tête tournée et, une fois agrandis, leurs traits devenaient complètement flous.

Pete et Ryan se renvoyaient sarcasme sur sarcasme sans se départir d'une grande courtoisie. Au bout d'une heure, fatiguée de leur joute, je me suis retirée dans ma chambre pour rappeler Nelson Teal. Sans résultat, une fois de plus.

En mon absence, Pete a préparé des sandwichs et Ryan a appelé Lily sur son cellulaire. Sa fille continuait de ne pas décrocher. Un coup de fil à Lutetia lui a appris qu'elle allait bien, mais s'obstinait dans son refus de lui parler.

À midi, retrouvailles dans la cuisine. Le duel oratoire a repris de plus belle. Au milieu du repas, j'en ai eu ma claque.

— On dirait deux enfants évadés d'un camp de redressement !

Les deux incriminés ont pris des airs de chiots innocents.

— Si on déclarait la trêve pendant ce long week-end, histoire de se requinquer ?

Je n'arrivais pas à croire que c'était moi qui disais ça.

— Pete, va donc faire un dix-huit trous. Pendant ce temps-là, Ryan et moi, on ira tendre une embuscade à Emma et on la ramènera passer la journée à la plage avec nous.

Pas d'objection de la part des belligérants.

Convaincre Emma n'a pas été aussi facile. Il m'a bien fallu négocier vingt minutes.

Le soleil était chaud et le ciel d'un bleu céramique, sans un seul nuage. À notre arrivée sur la plage, les adorateurs du soleil étaient déjà là en foule à griller sur des serviettes, à mijoter dans des chaises longues, bref, à se bousiller l'épiderme.

Avec Emma, nous avons alterné flottaison sur matelas pneumatique et marche dans les vagues. Très haut dans le ciel, des pélicans volaient en formation. De temps à autre, l'un d'eux rabattait ses ailes et plongeait dans la mer pour en ressortir avec un poisson quand la chance lui souriait, ou bien de l'eau dégoulinant de son bec quand il était bredouille.

J'ai profité de ces promenades pour rapporter à Emma mes conversations avec Gullet et Winborne et lui demander si je pouvais travailler à la morgue demain matin. Elle m'a promis de faire établir un laissez-passer à mon nom. Je ne l'ai pas interrogée sur Susie Ruth Aikman, malgré l'envie que j'en avais, et je n'ai pas davantage soulevé l'épineuse question du bateau de plaisance mentionné dans l'article de Winborne.

Ryan a passé son temps à lire un roman de Conroy à l'ombre de l'énorme parasol que nous avions traîné sur la plage depuis la maison. De temps en temps, il s'aventurait dans l'eau, nageant le crawl ou une sorte de dos crawlé typiquement québécois. De retour à l'ombre, il se badigeonnait de crème solaire et se réinstallait dans son fauteuil.

Bien avant que nous ne rentrions à la maison, Emma avait retrouvé des couleurs plus ou moins normales et Ryan était passé du «blanc de poulet» au «rose grenadine».

Après ma douche, nous sommes allés nous taper des brochettes chez Melvin's Barbecue avant de reconduire Emma chez elle. Journée tranquille, légère et reposante tout à la fois.

Et bien synchronisée. Férié ou pas, j'allais consacrer ce week-end à atteindre le quota de trois cadavres qu'exigeait le shérif.

Chapitre 28

Le lendemain matin, à huit heures et demie, nous partions pour la MUSC. Pour la première fois depuis son arrivée à Charleston, Ryan avait l'air reposé. Que ce soit dû au soleil ou aux câlins post-barbecue, il était nettement plus détendu. Dans la soirée, il avait eu une autre conversation avec Lutetia. Si leur fille lui en voulait toujours, elle avait accepté de voir un psychologue et Lutetia s'occupait de prendre les rendez-vous.

Lee Ann Miller nous attendait à la porte de la morgue. En voyant le bleu qui s'étalait sur mon bras, elle a répété presque mot pour mot les commentaires que Ryan m'avaient faits plus tôt ce matin, puis elle est allée sortir la dame du baril de la chambre froide. En son absence, j'ai appelé Nelson Teal pour la énième fois. Ce coup-ci, la ligne était occupée.

Progrès éventuel, le signal occupé ne signifiant pas obligatoirement que quelqu'un soit là. Un autre interlocuteur pouvait appeler ce numéro en même temps que moi.

La dame du baril livrée dans la salle d'autopsie, Lee Ann s'est retirée pour s'occuper de la paperasse. Ryan s'est installé dans un fauteuil avec son Conroy.

J'ai enfilé des gants et entrepris de disposer le corps. Refoulant mon désir d'examiner tout de suite les vertèbres cervicales, j'ai respecté scrupuleusement le protocole, examinant au microscope tous les os à tour de rôle en descendant de la tête vers les pieds.

Le crâne ne présentait aucun signe de violence. La mâchoire était intacte. Rien non plus sur les mains, les bras ou les épaules. Le sternum et les premières vertèbres cervicales étaient intacts.

Mais bientôt les choses ont changé.

— Viens voir, ai-je dit le ventre noué par une crainte froide.

Ryan est venu se coller à l'œilleton.

— Ce que tu regardes, c'est le pédicule gauche de la C-6. La fracture est identique à celle que présentent Helms et Cruikshank. Même vertèbre, même côté.

— L'hyoïde est cassé ?

Il se référait à un petit os en forme de U situé dans la gorge et qui est souvent brisé en cas de strangulation manuelle.

— Non.

— Pendaison ? a-t-il demandé encore en se redressant.

— La fracture ne concerne qu'un côté.

— Une traction forte et soudaine, alors ?

Il exprimait à haute voix les diverses possibilités que j'avais déjà envisagées dans mon for intérieur.

— Peut-être...

J'ai désigné la ligne de fracture verticale qui traversait l'apophyse articulaire et l'avant de la lame antérieure à la jonction avec le pédicule.

— Ça, c'est l'endroit d'où part le muscle scalène antérieur.

J'ai déplacé le bout de mon stylo jusqu'à une petite proéminence osseuse à côté de la fracture.

— Ceci est le tubercule carotidien, ainsi dénommé parce que c'est là que se trouve le point de pression de l'artère carotide. Une traction violente peut effectivement causer une compression de la gaine carotide et, dans les cas graves, bloquer l'écoulement du sang vers et à partir du cerveau. Ce qui peut aboutir à la mort.

— Une demi-clé Nelson ? a demandé Ryan.

Il voulait parler de la prise de jiu-jitsu qui consiste à passer le bras sous l'aisselle de l'adversaire et à remonter par-derrière jusqu'à son cou.

J'ai élevé les mains en signe d'ignorance. Une ignorance qui commençait à m'énerver sérieusement. Cette prise, j'y avais pensé dès que j'avais repéré la fracture chez Willie Helms, mais rien ne permettait d'affirmer qu'il s'agissait bien de cela.

— Ce qui me tracasse, c'est que je comprends la physiologie de la blessure, mais pas la mécanique qui l'a produite. Une fracture de l'apophyse articulaire suppose l'emploi d'une très grande force. Un coup brutal sur la tête conjugué à une torsion contre un scalène antérieur contracté a pour effet d'arracher les pédicules antérieurs des quatrième, cinquième et sixième vertèbres. Ou du moins de les distendre. Or ici; nous n'avons rien de tout cela. Comment une force aussi grande peut-elle aboutir à ne briser qu'un os en tout et pour tout ?

En réponse à cette question, j'ai eu droit à un regard de Ryan destiné à me faire comprendre que ce n'était pas à lui qu'il fallait le demander.

Il est retourné à son livre. Moi, à mes os.

Quelques minutes plus tard, je suis tombée sur une entaille. Située sur la L-3, côté abdomen. Comme chez Helms. J'ai poursuivi mon examen, de plus en plus angoissée.

Moins d'une heure après, je récapitulais mes résultats à Ryan en lui montrant du bout de mon stylo les différents traumas.

— Une fracture du pédicule gauche de la vertèbre C-6 ; un total de huit entailles sur les vertèbres lombaires deux, trois et quatre, côté tronc. C'est tout. Pas d'autre dommage sur le squelette.

— Tu crois qu'elle a été poignardée au ventre ?

— S'il s'agit bien de coups de couteau, l'assassin était vraiment furieux ou sous l'emprise de la drogue parce que, pour entailler la face intérieure des vertèbres, il faut que la lame ait d'abord traversé tout l'abdomen.

— Tu as une idée du type d'instrument utilisé ?

— Les entailles sont minuscules et creusées en V, les bords sont nets et sans striures. Tout ce que je peux dire, c'est qu'il s'agit d'une lame effilée et non dentelée.

— Des blessures indiquant que la victime s'est défendue ?

J'ai secoué la tête.

— Aucune trace sur les os de la main et de l'avant-bras.

— Cruikshank a la même fracture sur la cervicale mais pas d'entaille, alors que Helms et Montague ont à la fois fracture et entailles, a prononcé Ryan en réfléchissant à haute voix.

— Oui. S'ils ont été tués par le même assassin, c'était peut-être pour des raisons différentes.

Ni lui ni moi n'avons trouvé d'explication qui nous satisfasse pleinement. Cependant, un mot prononcé par Ryan plus tôt dans la journée avait fait résonner en moi un vieux souvenir. Celui d'un rapport sur les fractures unilatérales au milieu du cou. Où avais-je donc lu ça ? Et quand ? N'était-ce pas plutôt un exposé entendu à un symposium, il y avait des années de cela ? Mais comment s'appelait le collègue qui l'avait présenté ?

Il fallait que je regarde sur Internet.

Sur le chemin du retour, en traversant l'île aux Palmiers, j'ai composé une nouvelle fois le numéro de Nelson Teal. Une dame a décroché. Elle s'est présentée sous le nom de Mona Teal. Je lui ai demandé si elle connaissait un Jimmie Ray.

— C'est un cousin à Nellie, mon mari. Vous l'avez retrouvé ?

— Non, madame. Je regrette.

— Vous ne téléphonez pas pour me dire qu'il n'est plus, n'est-ce pas ? Le Seigneur soit loué pour cela !

À en juger par la cadence de son discours et par ses expressions, mon interlocutrice était certainement afro-américaine.

— Jimmie Ray habite chez vous ?

— Non, Seigneur Dieu. Il traîne du côté des docks. Il n'est pas tout à fait bien dans sa tête, vous savez.

Quelque peu perplexe, je lui ai demandé comment elle avait pu apprendre sa disparition s'il était sans logis.

— Tous les lundis, je lui fais du poulet grillé, à ce pauvre agneau. Pour moi, c'est une œuvre à la gloire du Seigneur. La dernière fois, pas lundi dernier mais celui d'avant, Jimmie Ray est passé plus tôt que d'habitude pour prendre sa douche parce qu'il devait aller chez le médecin. Ça lui arrive, de temps en temps, d'utiliser la maison pour se laver. Et voilà qu'il commence à me parler d'une démangeaison qu'il a. Seigneur, j'avais vraiment pas envie d'entendre ça ! Il reste à peine ici quand il vient. Sauf que, là, il est jamais revenu. Et ça lui ressemble pas, à Jimmie Ray. C'est quelqu'un qui a ses habitudes, voyez-vous, et c'est difficile de le faire changer d'avis. Quand il saute deux lundis de suite, je sais pour sûr qu'il y a quelque chose qui va pas. Parce que mon poulet, c'est sûr qu'il l'aime, notre Jimmie Ray.

— Vous savez chez qui il avait rendez-vous ?

— Il avait pas rendez-vous. Jimmie Ray, il a pas les moyens de consulter un médecin privé.

— Ah ? ai-je dit en me forçant intérieurement au calme.

— Il va à la clinique de Nassau Street qu'est gratuite, comme Nellie et moi.

— La clinique de l'EMD ?

— C'est ça. Là-bas, pas besoin de rendez-vous. Vous vous posez dans la salle d'attente et vous attendez votre tour.

La pièce manquante dans le profil de Jimmie Ray venait de retrouver sa place. J'ai regardé Ryan, le pouce levé en l'air. Il a compris que je venais de relier Teal à la clinique. Levant une main du volant, il m'a fait un geste identique.

— Merci, madame Teal.

312

— Vous trouvez Jimmie Ray, vous lui dites que son poulet l'attend.

J'ai raccroché et levé la main en l'air. Ryan l'a frappée joyeusement.

— Et de trois ! me suis-je exclamée en composant déjà le numéro de Gullet.

Ma jubilation n'a pas duré. Le chef était absent jusqu'à mardi, m'a appris la réceptionniste. J'ai fait valoir l'urgence de la situation. Hélas, le shérif était à la pêche et ne pouvait être joint.

Appeler Emma ? Non, mieux valait que j'en sache davantage sur ces fractures.

Pete n'était pas là quand nous sommes arrivés à *La Mer sur des kilomètres*. Une bénédiction, car leur routine de mâles alpha me pompait l'air.

Sans perdre une minute, je me suis connectée à Internet. Devinant que j'allais en avoir pour un petit bout de temps, Ryan est parti magasiner pour se trouver des vêtements mieux adaptés au climat.

J'ai commencé par le *Journal of Forensic Science*, sans rien y trouver. Puis j'ai passé en revue une douzaine d'autres publications médico-légales. Deux heures plus tard, j'étais à court d'idées. J'avais appris des quantités de choses sur les fractures dues aux accidents de la route, de hockey, de plongée et de plaquage au sol au football, mais rien qui corresponde à mon modèle.

Malgré tous mes efforts, impossible de me rappeler où j'avais lu ou entendu le rapport de ce collègue. Ma frustration croissait de minute en minute.

Je fixais l'écran en me demandant pour la millionième fois si quelque chose reliait vraiment tous ces cas. Cruikshank, Helms et Montague présentaient tous les trois des fractures unilatérales sur la sixième vertèbre cervicale. Helms et Montague avaient des entailles dans le bas du dos. Montague était suivie à la clinique de l'EMD. Jimmie Teal aussi. Et Helene Flynn y avait travaillé.

Montague, Helms et Cruikshank étaient morts. Teal et Flynn étaient portés disparus.

Disparu aussi Lonnie. Quant à Susie Ruth Aikman, elle était morte. La mère ou le fils avaient-ils été soignés dans cette même clinique ? Y avait-il un lien entre les Aikman et les trois disparus précédents ? Ou entre eux et les autres disparus auxquels s'intéressait Cruikshank ?

La clinique avait forcément quelque chose à voir dans l'affaire. Helene Flynn s'en était plainte à son père avant de rompre avec lui. Elle s'en était plainte également à Herron. Et Cruikshank avait surveillé cette clinique.

Peut-être n'était-ce pas la clinique, mais les patients, qu'il surveillait ?

Mue par une impulsion, j'ai recherché sur Google le nom de Lester Marshall. J'ai lu sur un monsieur spécialisé dans l'élevage des chevaux arabes et sur un autre qui enseignait la thérapie d'énergie selon la méthode qi gong, ou quelque chose comme ça.

Quand j'ai inscrit *Dr* devant le nom, j'ai été transférée dans un fichier de médecins. Pour la modique somme de 7,95 $, ce site-là a juré de tout me cracher sur l'individu en question, sauf la recette préférée de sa grand-mère.

Au diable l'avarice !

Mes huit dollars m'ont fourni l'adresse de Lester Marshall et son numéro de téléphone à la clinique de Nassau Street en plus des renseignements suivants, qui constituaient déjà un début de piste.

Marshall avait obtenu son diplôme de médecin à l'école de médecine de St. George, à l'île de Grenade.

C'était un généraliste, sans spécialisation particulière. Il n'était affilié à aucune association dans quelque domaine que ce soit.

Il n'avait pas fait d'internat. À la fin de ses études, il avait travaillé dans un hôpital de Tulsa, dans l'Oklahoma, de 1982 à 1989. Il avait été engagé par l'EMD en 1995.

Il n'avait fait l'objet d'aucune action disciplinaire au niveau d'un État de l'Union ou au niveau fédéral.

J'étais en train d'imprimer ces résultats quand j'ai entendu la porte d'entrée s'ouvrir. Au bruissement de papier qui m'est parvenu, j'ai tiré la conclusion que Ryan ne rentrait pas les mains vides.

— Tu as retrouvé le nom de ton collègue ? m'a-t-il demandé en venant poser un baiser sur le sommet de ma tête.

— Non. Mais lis ça. Une petite recherche sur Lester Marshall.

— Une école de médecine à l'île de Grenade, ça existe ?

— J'imagine, mais ça ne vaut pas l'école Johns Hopkins.

— Un peu chaotique, le CV de ce monsieur.

— Plutôt. Et d'abord, où était-il entre 89 et 95 ?

— Qu'est-ce qui a bien pu le forcer à quitter l'Oklahoma ?

— S'il a eu des ennuis en 89, ce site ne nous le dira pas. Les erreurs médicales et les procès ne sont pas mentionnés. Uniquement les actions disciplinaires datant de moins de cinq ans.

— Tu as fait des recherches sur le pitbull et l'infirmier ? a demandé Ryan en emportant ses achats dans la chambre.

Ni Adele Berry ni Corey Daniels n'étaient répertoriés dans Google. Je me suis plongée dans l'annuaire de Charleston. Un Corey R. Daniels était cité comme habitant l'île de Seabrook.

Un infirmier demeurant à Seabrook ? Curieux. Cette île et celle de Kiawah étaient certainement les coins les plus chers de toute la région.

De la fumée sans feu ? C'est à cela que je pensais quand Ryan est réapparu. En noir des pieds à la tête. Casquette avec la visière dans la nuque, sandales Teva, short et t-shirt orné d'un diable démolissant un ange à l'aide d'une lampe de poche. La légende disait : *L'électricité vient des électrons, la moralité vient des cons.*

— Pas mal, ai-je dit à voix haute tout en pensant « déprimant ».

— J'ai trouvé le message inspirant.

Moi, inintelligible, mais je n'ai rien dit.

— Je ne voulais pas faire trop BCBG.

— C'est joli, le noir, avec la peau rose. Espérons que les filles sauront te résister.

— On n'est jamais à l'abri d'une agression.

— Ça te dit d'essayer de pirater le mot de passe de l'ordi de Cruikshank ?

— Ce n'est pas mon point fort, mais je peux t'offrir un soutien moral.

J'ai pointé l'index sur son t-shirt : «La moralité vient des cons.» Au même moment, un déclic s'est fait dans mon esprit.

Était-ce l'électricité ? la lampe de poche ? l'ange ? Quoi qu'il en soit, la même synapse qui avait fait le lien entre Teal, les Hornets et la casquette de Pete a dû reprendre du service, car, du fin fond de mon entrepôt à souvenirs, un nom a surgi :

— Larry Angel !

— *How I love him, how I tingle when he passes by*, a fredonné Ryan en imitant les Carpenters sur scène.

— Ce n'est pas Johnny Angel, mais Larry Angel. Un anthropologue qui a travaillé au musée Smithsonian pendant des années. Et il ne s'agit pas d'un article de journal, mais d'un chapitre de livre.

Ryan m'a suivie dans la salle de séjour où j'avais entassé toute une pile de bouquins emportés de Charlotte à l'intention de mes étudiants du stage.

Le livre en question se trouvait bien dans le tas. Et la photo en noir et blanc d'une sixième vertèbre cervicale illustrait le chapitre en question. Une photo sur laquelle on voyait une fracture traversant la lame à l'avant du pédicule gauche ainsi qu'une fêlure minuscule la traversant à l'arrière.

— Waou ! s'est écrié Ryan.

— *Yowza !* ai-je renchéri.

Nous avons épluché le texte ensemble.

En l'espace d'un instant, j'ai été transformée en glaçon.

Je savais maintenant de quelle façon Montague, Helms et Cruikshank avaient trouvé la mort.

Chapitre 29

— Une fois, j'ai arrêté un homme qui refroidissait ses victimes avec un lacet étrangleur, a dit Ryan. C'était un gars de la vieille école, de Saint-Jean-sur-Richelieu. Il détestait les pistolets. Sa spécialité, c'était de passer un nœud coulant autour du cou de la victime et d'introduire un objet solide, genre tournevis ou bout de tuyau, dans une boucle aménagée sur le côté. Après, il n'avait plus qu'à visser. Y a pas plus simple et efficace pour étrangler quelqu'un.

Exactement la méthode qu'exposait Angel dans son livre.

— Oui, la force s'en trouve démultipliée, ai-je dit d'une voix presque inaudible tellement j'étais dégoûtée. Ça explique qu'une seule vertèbre soit brisée et seulement sur un côté. Dans le cas présent, à gauche, du côté où était la boucle.

L'emploi de cette méthode expliquait aussi la façon dont la mort s'était produite. J'ai décrit le processus à Ryan en lui spécifiant qu'Unique Montague présentait une cannelure autour du cou ainsi que des griffures, signe qu'elle avait lutté désespérément pour respirer.

— En raison de l'angle que forment les vertèbres C-6 et C-7, grosso modo cinq à dix degrés, une pression exercée à l'avant sur le tubercule carotidien peut parfaitement se retrouver dirigée vers le bas et vers l'arrière.

Dans ce cas, le cerveau n'est plus aussi bien irrigué et l'air ne sort plus des poumons.

— Pour toi, les trois cadavres présentent vraiment des blessures identiques ?

J'ai hoché la tête. Les yeux de Ryan se sont vrillés dans les miens. Ils étaient d'un bleu de glace.

— Maintenant, tu peux affirmer que ton ivrogne de détective ne s'est pas suicidé.

— Cruikshank, Helms et Montague ont tous été tués à l'aide d'un lacet.

— Mais pourquoi ?

— Mystère.

— De plus, Helms et Montague ont été poignardés ou transpercés par un objet d'une manière ou d'une autre. Mais pas Cruikshank. Là encore, pourquoi ?

— Mystère.

— Helms a été enseveli dans le sable, Montague jetée à la mer dans un baril et Cruikshank pendu à un arbre.

— Ne le dis pas !

Me comprenant à demi-mot, Ryan m'a épargné un troisième pourquoi.

— Tout nous ramène toujours à cette foutue clinique.

Bondissant sur mes pieds, j'ai attrapé mon cellulaire. Ryan m'a regardée enfoncer brutalement les touches sans réagir à mes commentaires furieux.

— Gullet voulait trois victimes ? Il les a ! Et qu'est-ce qu'il fait ? Il taquine le poisson avec ses petits amis.

Au bureau du shérif, la réceptionniste a réitéré son discours précédent : Gullet n'était pas joignable. J'ai réitéré le mien : je devais le joindre de toute urgence. Quand je lui ai demandé de me communiquer son numéro à la maison ou celui de son cellulaire, elle m'a carrément raccroché au nez.

— Enfant de ch…

— Calme-toi et appelle Emma.

Ryan, statue de la raison.

J'ai suivi son conseil. Bien qu'épatée par mes résultats, madame le coroner a estimé qu'il valait mieux attendre la fin du week-end pour entreprendre quoi que ce soit.

— Génial. Tu m'as l'air aussi intéressée à régler le problème que ton crétin de shérif ! Tant pis si des gens disparaissent et qu'on les retrouve zigouillés ! Z'avaient qu'à pas mourir pendant le Memorial Day ! Aujourd'hui, c'est la fête. Sortez les bières et jetez des biftecks sur le gril !

Du coin de l'œil, j'ai vu Ryan croiser les bras et laisser tomber son menton sur sa poitrine. À l'autre bout du fil, Emma essayait de contenir le flot. Mais j'étais lancée.

— Jimmie Ray Teal est peut-être en train de pourrir dans son coin avec un nœud coulant autour du cou. Et Helene Flynn aussi. Et pourquoi pas une pute ou deux et un schizo, tant qu'à y être ? Mais bordel, c'est un congé férié !

— Tempe…

— Cruikshank, Montague et Helms ont été tués à l'aide d'un garrot, Emma. Un cinglé leur a passé de sang-froid un fil autour du cou et a serré jusqu'à ce que mort s'ensuive. Et Dieu sait ce que Montague et Helms ont subi après ça.

— Tempe.

— Il n'y a donc que moi pour m'inquiéter de leur sort ?

À vrai dire, j'avais conscience de parler trop fort et de me laisser emporter, car si Teal et Flynn étaient morts, où était l'urgence ? Rien de ce qu'on pourrait faire ne leur rendrait la vie.

— Je voudrais que tu appelles ma sœur.

— Quoi ?

La demande d'Emma m'a prise au dépourvu.

— Tu veux bien ?

— Oui. Bien sûr. Mais pourquoi ?

— Ça fait trop longtemps qu'on est fâchées.

Doux Jésus ! Que lui était-il arrivé aujourd'hui pour qu'elle veuille se réconcilier avec sa sœur ?

— Tu as vu le Dr Russell ?

— Je la vois demain.

— Qu'est-ce qui te fait changer d'idée comme ça ?

— Trouve Sarah et dis-lui de venir me voir.

— Est-ce que…

— Dis-lui que je suis malade.

— Donne-moi son numéro.

Pause embarrassée.

— Je ne l'ai pas.

Grâce à mes nouveaux talents de chercheuse en médecins sur Internet, j'ai localisé assez rapidement le beau-frère d'Emma, Mark Purvis. Cardiologue attaché à deux hôpitaux de Nashville et affilié à une flopée d'associations, contrairement à Marshall.

La visite d'autres sites m'a appris qu'il avait pour épouse une Sarah Rousseau sortie de la polyvalente South Florence, en Caroline du Sud, en 1981, avec qui une foule d'anciennes amies de classe mouraient d'envie de renouer. Vous vous imaginez.

Ce même site m'a fourni le téléphone personnel des Purvis, leur adresse et même le plan pour se rendre chez eux. Bénie soit l'ère électronique !

Leur employée de maison m'a informée que le médecin et son épouse étaient en Italie et ne seraient de retour que dans la première semaine de juin.

J'ai pratiquement écrasé le téléphone en raccrochant. Le monde entier s'était-il donné le mot pour être injoignable ?

Devant mon agitation, Ryan a proposé d'aller marcher sur la plage. Idée accueillie par Boyd avec une joie évidente. Au cours de la promenade, nous sommes tous les trois tombés d'accord sur un fait : à savoir que seule une étude approfondie des boîtes de Cruikshank et du contenu de son ordinateur pouvait faire avancer la situation.

De retour à la maison, nous nous sommes installés dans la salle de séjour après un bref arrêt à la cuisine pour nous désaltérer. Ryan a pris possession d'une moitié du divan, moi de l'autre. Boyd s'est lové à nos pieds. Birdie a préféré nous contempler du haut de la cheminée. J'ai demandé à Ryan s'il voulait tenter sa chance avec les notes codées utilisées par Cruikshank.

— Tu crois que c'est une bonne idée, Hootch? a-t-il demandé au chien.

En entendant le surnom que lui avait donné Ryan lors de leur première rencontre, Boyd a soulevé la tête et fait danser ses sourcils. Puis il a reposé son menton sur ses pattes.

— Hootch a dit : *No problemo.*

— Très bien. Pendant ce temps-là, je finirai cette dernière caisse.

Je n'ai pas jugé nécessaire de m'étendre sur les raisons qui m'avaient fait interrompre mon examen des boîtes, mercredi dernier. À quoi bon remuer le souvenir du câlin de Pete, après ma déprime?

La cause du départ en trombe de Ryan ce soir-là a fait son entrée dans la maison juste au moment où j'écartais les rabats de la boîte.

— Quoi de neuf, beauté? a lancé Pete du vestibule.

Ryan a crispé les mâchoires. Boyd a filé comme une flèche accueillir son maître.

Un boum et une cascade de cliquètements : des clubs de golf retombant les uns sur les autres. Quelques secondes plus tard, Pete s'est encadré dans la porte, le chow-chow cabriolait tout autour de ses jambes.

— Maître…, a fait Ryan en hochant la tête.

— Détective…, a répliqué Pete en hochant la tête à son tour. Tempe…

Second salut à ma personne. Des grandes personnes pétries de politesse. Puis, les lèvres de Pete se sont recourbées en un pli ironique.

— Mon petit chou.

— Ça va, ne commence pas !

Pete a joué l'innocent.

— Quoi de neuf?

Je l'ai mis au courant des derniers développements.

— Je termine cette boîte pendant que Ryan essaie de percer le mystère des notes.

— Là où un modeste avocat a échoué, un détective ne peut que réussir, s'est écrié Pete avec un enthousiasme teinté de sarcasme. Vous trouverez la clé menant au tueur, Andy ?

— Non, des renseignements sur le mouvement des troupes en Irak, Pete.

— Ah, j'avais oublié combien cet Andy est amusant, s'est esclaffé Pete en pointant les doigts sur Ryan.

— Vous avez dû récolter pas mal de rires, vous aussi.

— Je compte sur vous deux pour débusquer les terroristes. Moi, je vais prendre une douche.

Pete a tiré une rafale avec ses doigts avant de sortir, Boyd sur les talons.

— Pete ?

Il s'est retourné.

— Oui, mon petit chou ?

— De ton côté, à l'EMP, tu n'as pas senti de vibrations qui pourraient expliquer la mort de Cruikshank ?

— Pas la moindre…

Et d'ajouter à l'adresse de Ryan :

— Bon choix, le noir. Ça va avec tout et ça n'a pas besoin d'être lavé !

Je l'ai regardé partir avec un drôle de sentiment au cœur. Ce n'était pas de l'agacement, non, et pas de la pitié non plus. Plutôt la nostalgie d'un sentiment qui n'existait plus.

Ayant extrait de la boîte le trophée, la balle de baseball, les souvenirs de la police et les photos, j'ai sorti le livre et les deux enveloppes non encore ouvertes.

Le livre, intitulé *Chronique d'un crime*, promettait aux lecteurs de leur livrer une foule de détails sur « les criminels les plus infâmes des temps modernes et leurs crimes honteux ».

Tout un programme !

À la lecture de la table des matières, j'ai ressenti comme un frétillement à la hauteur du sternum. Étaient regroupés là tous les tueurs habituels : Lizzie Borden, Ted Bundy, Dr Crippen, Jeffrey Dahmer, Albert Fish, Charlie Manson, Jack l'Étrangleur et Pete Sutcliffe.

Qu'est-ce qui avait bien pu pousser Cruikshank à se renseigner sur les tueurs en série ? L'intérêt personnel ? La volonté de comprendre de l'intérieur les mobiles du tueur qui sévissait peut-être à Charleston ?

J'ai posé le livre sur la table basse pour m'occuper des enveloppes. Le contenu de la première se réduisait à une photocopie et à des pages imprimées à partir d'un site Internet. Site que je connaissais bien. Et même très bien.

— Cruikshank a fait des recherches sur Lester Marshall, et il a consulté les mêmes sites que moi.

— C'est normal, puisqu'il surveillait la clinique où Marshall exerce. Il a trouvé des trucs différents ?

— Pas vraiment. Mais il a aussi fait des recherches sur un autre médecin diplômé de St. George la même année que Marshall, en 1981. Dominic Rodriguez. Lui, il a fait son internat au CHU de San Diego et il y a exercé jusqu'en 1990. Après cette date, le site ne dit plus rien.

Je suis passée à la photocopie.

— On dirait que Cruikshank a trouvé une liste de CHU acceptant les étudiants de St. George dans les années 1980-1985. Ça n'a pas l'air de venir d'Internet, ai-je ajouté tout en parcourant la feuille. Il y a une foule d'établissements étrangers. Et des noms impression-nants. Pour la neurologie, l'université de Chicago ; pour la médecine interne, Georgetown ; pour la médecine d'urgence, Duke. Je ne vois pas de Lester Marshall répertorié, mais Dominic Rodriguez a son nom entouré. Tu crois que Cruikshank s'intéressait à lui parce que c'était un copain de classe de Marshall ? Mais lui, il est chirurgien alors que Marshall est généraliste.

Ryan a réfléchi un moment avant de répondre.

— D'un côté, on a un Marshall qui disparaît à Tulsa en 89 pour réapparaître à Charleston en 95 ; de l'autre, on a un Rodriguez à San Diego, dont on ne sait plus rien à partir de 1990. C'est curieux, non ?

Au moment où je replaçais cette première enveloppe dans la boîte, j'ai aperçu un prospectus plaqué contre la paroi. Une publicité vantant les mérites d'une station thermale mexicaine à Puerto Vallarta.

Je l'ai brandie.

— Rodriguez était peut-être mexicain et souhaitait ardemment rentrer au pays.

— Ouais, a dit Ryan.

Comprendre : ça m'étonnerait.

— Ça arrive aux chirurgiens de tout plaquer quand ils sont crevés. Peut-être que Rodriguez s'est installé à Puerto Vallarta en 1990 afin d'exercer la médecine dans un environnement moins stressant.

— Une station thermale ?

— D'après la réclame, l'établissement a un personnel médical hautement qualifié et propose des soins que pratiquent très peu de cliniques au monde.

— Comme quoi ?

— Il y a un numéro de téléphone.

— Peut-être que Cruikshank gardait cette réclame parce qu'il comptait faire une cure de désintoxication.

— Pourquoi ?

— Parce que c'était un ivrogne.

— Mais pourquoi au Mexique ?

— Parce qu'il aimait les burritos.

Une réplique aussi bête méritait seulement que je lève les yeux au ciel. Rien d'autre.

— Tu en es où avec les notes codées ?

— Ça avance.

— Vraiment ?

— Oui.

— Et alors ?

— Patience, gente demoiselle.

J'ai laissé retomber le prospectus dans la boîte et j'ai pris la seconde enveloppe.

Même contenu : photocopies et sortie d'imprimante. En tout, six ou sept feuilles, certaines volantes, d'autres attachées.

J'ai commencé à lire.

Sans rien y comprendre au début.

Mais peu à peu les choses ont pris un sens. La pièce a comme reculé autour de moi et un sombre pressentiment s'est enraciné au plus profond de mon être.

Ma lecture achevée, j'ai consulté la table des matières du livre sur le crime. Ça y était. Les doigts glacés de terreur, j'ai ouvert au chapitre indiqué. Une page était marquée à l'aide d'un Post-it jaune, comme si Cruikshank s'était surtout intéressé à un cas bien particulier.

Non! hurlaient en chœur mes neurones, c'est trop macabre.

Hélas, tout collait : la clinique, les personnes disparues, les entailles sur Helms et Montague.

Helene Flynn avait-elle été assassinée parce qu'elle avait découvert le pot aux roses ? Était-elle tombée sur la vérité en recherchant des preuves de malversations financières ? Et Cruikshank avait-il tout compris, lui aussi ?

J'ai voulu faire part à Ryan de l'idée abominable qui avait germé en moi. Aucun son n'est sorti de ma bouche.

Ce qui s'est passé ensuite s'est déroulé à une vitesse si rapide que ma mémoire n'en a conservé qu'un mélange de faits confus. Et tous les efforts que j'ai déployés par la suite en vue de reconstruire l'événement dans sa chronologie se sont révélés inutiles.

Pete allant à la cuisine ; Boyd bondissant derrière lui en aboyant comme un fou ; les raies de lumière sur le mur du couloir quand la lampe de la cuisine s'était allumée ; un coup de feu tiré dehors ; moi, par terre sur le tapis, plaquée au sol par Ryan ; puis Ryan relâchant sa pression et moi fonçant à la cuisine et m'accroupissant, terrifiée.

Tout cela dans un concert d'aboiements.

Enfin, mon cœur s'arrêtant de battre à la vue de Pete affalé sur le carrelage, et du sang qui coulait d'une blessure invisible.

Chapitre 30

Une ambulance est arrivée. Deux infirmiers se sont occupés de Pete. Ryan me serrait dans ses bras. Boyd, en proie à la même panique que moi, grattait la porte du garde-manger en gémissant. La cuisine était inondée de sang. Survivait-on à une hémorragie pareille ?

Personne ne s'intéressait aux questions que je posais sans relâche. Après une manipulation insensée impliquant la mise en place de tubes et de compresses, Pete a été attaché à une planche, posé sur une civière et emporté au loin.

Deux policiers de l'île aux Palmiers ont débarqué et nous ont interrogés en détail. Caper et Johnson, à en croire leurs badges. À un moment, Caper m'a demandé d'où me venait mon bleu au creux du bras. J'ai parlé de la bouteille de bière lancée sur moi, le jeudi d'avant. Caper en a pris note.

Ryan a précisé aux flics qu'il était sur le coup et a présenté son badge. Quand il a tenté de faire dévier l'interrogatoire, les agents ont dit qu'ils comprenaient, mais qu'ils devaient faire un rapport.

J'ai exposé en termes laconiques les raisons de la présence de Pete à Charleston. Caper a voulu connaître mon avis sur l'auteur du coup de feu. Je lui ai suggéré d'interroger Herron et les employés de la clinique de l'EMD. À voir son expression, il y avait peu de chances pour que cela se produise.

— C'est probablement un jeune de la plage qui a voulu faire une farce. Ces damnés enfants piquent le pistolet de leur père et s'amusent à tirer en l'air pour passer le temps. Tous les longs week-ends, on a droit à une bêtise de ce genre.

— Tous les longs week-ends ? s'est exclamé Ryan.

L'explication ne tenait pas la route, évidemment, mais je n'avais pas envie d'en discuter. Je voulais suivre l'ambulance.

Une heure plus tard, j'étais avec Ryan dans la salle d'attente des urgences de la MUSC. Pour une fois, j'avais pénétré dans le bâtiment par l'entrée des vivants, rue Ashley. J'ai prié pour que Pete en ressorte par la même porte.

Une heure s'est égrenée lentement. D'autres ont suivi. Pete était en chirurgie. C'est tout ce qu'on voulait bien me dire. En chirurgie, point à la ligne.

Aux urgences, c'était la folie des jours de congé. Le personnel n'en pouvait plus. Une famille de six personnes avait été brûlée dans l'explosion de son barbecue ; un enfant repêché in extremis dans une piscine ; un ivrogne piétiné par une calèche ; une femme battue par son mari ; un homme abattu par sa maîtresse. En plus des cas d'overdose, de déshydratation, de coups de soleil et d'empoisonnement alimentaire. C'est avec un grand soulagement que nous nous sommes entendu dire de monter au premier étage, dans la salle d'attente du service de chirurgie.

Cela faisait déjà trois heures que nous attendions quand un médecin s'est avancé vers nous, les traits las. À la vue de son tablier rouge de sang, mon cœur s'est serré. Impossible de rien lire sur son visage.

Ryan m'a pris la main. Nous nous sommes levés.

— Docteur Brennan ?

Je me suis contentée de hocher la tête par crainte de ne pas réussir à maîtriser ma voix.

— M. Petersons est sorti du bloc.

— Comment va-t-il ?

— J'ai extrait la balle et les fragments. Il a quelques lésions au poumon droit.

— Dites-moi la vérité.

— Il a perdu beaucoup de sang. Les vingt-quatre prochaines heures seront critiques.

— Je peux le voir ?

— Il a été transporté aux soins intensifs. Une infirmière va venir vous chercher.

À l'unité des soins intensifs, l'atmosphère était bien différente de celle qui régnait aux urgences du rez-de-chaussée. Les lumières étaient tamisées et les bruits étouffés : crissement de semelle ou murmure de voix.

Au sortir de l'ascenseur, notre guide nous a conduits jusqu'à un carré composé de quatre cubes séparés par des parois en verre. Au centre, une infirmière surveillait les malades.

Ce soir, le quadrilatère accueillait trois patients. L'un d'eux était Pete.

Sa vue m'a encore plus bouleversée que celle d'Emma aux urgences, l'autre jour, tant il paraissait vulnérable et minuscule malgré son mètre quatre-vingt-trois et ses épaules de bûcheron. Épuisée, l'énergie sans limite du Savant Letton.

Des tubes partaient de son nez et de sa bouche, un autre de sa poitrine, un quatrième de son bras. Tous maintenus en place avec un pansement adhésif et reliés à l'un des multiples sacs suspendus à la tige à soluté, en tête du lit. Tout autour, des machines pompaient, aspiraient, ronronnaient et, sur le moniteur, des lignes composées de pics et de gouffres se poursuivaient sans relâche.

Mon halètement a dû être perceptible, car Ryan a recouvert ma main de la sienne.

Je flageolais. Son bras s'est serré autour de ma taille.

J'ai réussi à garder l'équilibre en m'appuyant contre la paroi de verre. Les yeux fermés, j'ai récité une prière venue du fond de mon enfance.

Faisant fi des règlements de l'hôpital, j'ai appelé Katy sur son cellulaire. Répondeur. Que lui laisser comme message ?

— Katy, c'est maman. Appelle-moi immédiatement. C'est urgent.

Rentrer à la maison, rester à l'hôpital ? L'infirmière m'a certifié que Pete ne serait pas en mesure d'entendre ou de voir quoi que ce soit avant demain.

— Allez vous reposer. Je vous appellerai dès qu'il y aura du nouveau.

J'ai suivi son conseil.

Cette nuit-là, alors que nous étions déjà couchés, Ryan a exprimé tout haut les questions que je me posais moi-même.

— Tu crois que Pete était visé ?

— Je ne sais pas.

— Cette balle pouvait très bien t'être destinée.

Je n'ai pas répondu. Le tireur avait été assez proche pour reconnaître un homme d'une femme, mais peut-être avait-il seulement visé une silhouette.

— Ils n'avaient pas l'air tellement contents de nous voir, à la clinique de Nassau Street, a insisté Ryan. Si tu as soulevé un lièvre, ils se sont peut-être énervés.

— Et les policiers du coin qui trouvaient presque normal que des jeunes s'amusent à tirer en l'air. C'est l'Amérique et c'est le Memorial Day.

— Comment il s'appelle, déjà, ton promoteur immobilier ?

— Dickie Dupree.

Visiblement, Ryan suivait la même ligne de pensée que moi.

— Une voiture bizarre apparaît devant chez toi. Quelqu'un te lance une bouteille de bière. Tout ça au moment où tu fouilles un terrain lui appartenant.

— La bouteille de l'autre jour et le coup de feu de ce soir ne sont pas forcément liés.

— Dupree t'a quand même menacée.

— Autant je peux l'imaginer me balançant une bouteille, autant j'ai du mal à le voir tirant sur quelqu'un ou recrutant un homme de main pour le faire. C'est trop gros. Surtout que mon rapport est déjà entre les mains de la commission de l'État. Qu'est-ce qu'il y gagnerait ? En fait, tout s'est passé après qu'on a mis au jour les ossements de l'île de Dewees. Peut-être que c'est autour de Willie Helms qu'il faut chercher l'explication à ce coup de feu.

— Ou autour d'Unique Montague.

— Ce qui nous ramène à la clinique… Oh, mon Dieu ! J'étais tellement inquiète pour Pete que j'ai oublié le plus important !

Bondissant hors du lit, j'ai dévalé l'escalier, Boyd sur les talons.

Les feuilles contenues dans la deuxième enveloppe étaient éparpillées dans la salle de séjour. Je les ai toutes récupérées et j'ai attrapé aussi le livre sur les tueurs en série. Boyd me suivait pas à pas.

Revenue dans le lit, j'ai demandé à Ryan s'il avait entendu parler de William Burke et de William Hare.

Il a secoué la tête.

— Ils ont commis seize meurtres en moins d'une année.

— Où ça ? Quand ça ?

— À Édimbourg, entre 1827 et 1828. À l'époque, la loi britannique n'autorisait à disséquer que les corps de gens exécutés comme criminels. L'offre en cadavres étant inférieure à la demande des professeurs et des étudiants en anatomie et chirurgie, les viols de sépultures abondaient.

— Voilà ce que j'appelle un bel esprit d'entreprise ! Ces Écossais, quand même, ils forcent l'admiration. Même les criminels.

— Sauf que ces deux-là étaient des Irlandais. Ils avaient émigré en Écosse pour travailler à la construction du canal de l'Union. Ils avaient pris pension chez une logeuse du nom de Maggie Laird et le trio se réunissait souvent pour lever le coude en compagnie d'une certaine Helen MacDougal qui vivait là aussi.

« En 1827, un des pensionnaires de Mme Laird est décédé de maladie, laissant derrière lui un loyer impayé. Le jour de son enterrement, Burke et Hare ont dérobé le cercueil et vendu le corps à Robert Knox, professeur d'anatomie à l'école de médecine d'Édimbourg. »

— Cher ?

— Dix livres et sept shillings. Une somme rondelette, en ce temps-là. Voyant dans ce commerce l'occasion de gagner facilement de l'argent, ce duo dynamique s'est recyclé dans la fourniture de cadavres aux personnes intéressées. Quand un autre pensionnaire est tombé malade, Burke et Hare l'ont étouffé en lui bloquant à la fois le nez et la bouche. Cette méthode est devenue leur mode opératoire, d'où le nom de *burking* utilisé en anglais pour parler d'assassinat par étouffement.

« La victime d'après a été un type apparenté à Helen MacDougal, puis un musicien de la rue et toute une série de prostituées. Le temps passant, Burke et Hare sont devenus paresseux ou trop sûrs d'eux. Ils se sont mis à choisir pour victimes des gens qui vivaient près de chez eux. Tant et si bien que les habitants du quartier ont commencé à jaser : trop de gens disparaissaient sans raison. Et puis ç'a été le tour des étudiants du Dr Knox de s'étonner en voyant de plus en plus souvent de têtes connues parmi les cadavres à disséquer. Finalement, c'est celui d'une prostituée du nom de Mary Docherty qui a signé la perte du couple infernal.

« Arrêtés, les quatre complices se sont accusés l'un l'autre. Hare et Maggie Laird se sont vu promettre le pardon s'ils dénonçaient les autres. Burke et Helen MacDougal sont passés en jugement. Helen a été jugée non coupable, Burke condamné à la peine capitale. Avant d'être pendu, il a avoué un total de seize meurtres. »

— Pourquoi commettre un crime quand il suffit de lire les pages nécrologiques et de s'acheter une bonne pelle ?

— Ces gars-là étaient paresseux. C'est fatigant de déterrer un mort.

— Donc, Cruikshank collectionnait les articles sur Burke et Hare ?

— Ouais, il en avait des tonnes.

Ryan a considéré les papiers que je lui tendais pendant plusieurs secondes.

— Tu crois qu'à la clinique quelqu'un assassine des patients pour s'emparer de leurs cadavres ?

— Je crois que c'est une possibilité qu'il a envisagée.

— Admettons. Mais dans quel but ?

— Je ne sais pas... Peut-être pour les revendre par petits bouts. Rappelle-toi le scandale de cette entreprise de pompes funèbres qui était de mèche avec plusieurs compagnies spécialisées dans la fourniture d'organes humains.

Ryan a secoué la tête.

— Sans aucune autorisation de la famille, les croque-morts remplaçaient les os des cadavres par des tuyaux en polypropylène. Ce serait même arrivé à la dépouille d'Alistair Cooke.

— Tu veux rire ?

— C'était dans tous les journaux. Les os volés étaient vendus à des sociétés qui approvisionnent les hôpitaux en organes. On utilise tout le temps des os prélevés sur des morts pour faire des greffes.

— Dans le cas présent, ça ne colle pas. Helms a été enterré, et Montague abandonnée aux caprices de l'océan avec leur squelette complet.

— Peut-être que leurs os n'ont pas convenu pour une raison ou pour une autre.

— Donne-m'en une.

— D'accord. Peut-être que le problème ne vient pas des os mais du meurtrier. Il a pu avoir peur, se faire repérer au moment de se débarrasser du cadavre ou bien son instrument est tombé en panne. Tout au long du processus, quelque chose a pu foirer.

— Et les entailles, tu en fais quoi ?

Les entailles, oui. Dans le bas du dos. Dans la partie abdominale de la région pelvienne.

Ne t'arrête pas aux os, Brennan. Garde l'esprit ouvert.

Peu à peu, une possibilité abominable a creusé son chemin dans ma tête pendant que Ryan développait sa pensée.

— En tout cas, tu as raison sur un point : Helms habitait dans une roulotte déglinguée, Montague était sans-abri, Aikman malade mental et Teal vivait dans la rue. Quant aux autres disparus, prostituées, drogués et marginaux, c'était tous des gens dont l'absence ne se remarque pas. Des gens comme ceux que Burke et Hare choisissaient pour victimes.

Mais je n'entendais pour ainsi dire pas ce qu'il disait, bouleversée que j'étais par une idée atroce. Ryan poursuivait :

— En dehors de Helms et de Montague, nous n'avons aucune preuve que quelqu'un soit mort. Nous savons seulement que Cruikshank étudiait le filon Burke et Hare et qu'il surveillait la clinique de l'EMD ; qu'Helene Flynn y a travaillé et que Montague et Teal y étaient suivis en tant que patients. Nous n'avons même pas la certitude que Teal soit mort.

— Cruikshank en était certain, ai-je dit. Et il a été tué lui aussi parce qu'il avait découvert quelque chose. Ryan…

— Chut.

— Non, écoute-moi.

Ryan a fermé la lumière et m'a attirée contre lui. J'ai voulu protester, il a resserré son étreinte et nous sommes restés tous les deux en silence dans le noir. Un peu plus tard, Birdie a sauté sur le lit. Je l'ai senti tournicoter et se coucher à côté de moi.

J'étais trop épuisée pour arriver à m'endormir. L'abominable soupçon continuait de me hanter sans que je trouve d'autre réponse à lui opposer que : c'est impossible.

Pour me changer les idées, je me suis fredonné intérieurement : *ce soir, repos ; demain, boulot.*

Sans résultat. Mes pensées sautaient d'un sujet à l'autre. Les images se succédaient en une spirale sans fin : Pete branché à tous ces appareils censés le maintenir en vie ; le sol de la cuisine inondé de son sang et de mes larmes aussi pendant que je le lavais à grande eau ; Katy à qui j'apprenais la mort de son père. Mais où était-elle passée, d'ailleurs ?

Au milieu de tout cela venait s'intercaler la sœur d'Emma que j'avais promis d'appeler dès son retour d'Italie : autre conversation déplaisante en perspective. Ou encore le shérif dont je ne comprenais pas l'attitude à mon égard. Résistance ou simplement indifférence ?

En tout cas, s'il y en avait un à qui je n'étais pas indifférente, c'était Dicky Dupree, à en croire ses menaces. Mais m'avait-il vraiment menacée ? Partout dans le monde les promoteurs se plaignent auprès de leurs amis haut placés que les archéologues n'ont d'autre idée en tête que de barrer la route au progrès. De toute façon, que pouvait-il me faire ?

Et ça repartait pour un tour : Pete, Emma, Gullet, Dupree, Lester Marshall, Corey Daniels, Adele Berry, Lonnie Aikman, sans oublier Unique Montague sous la forme d'une gargouille ni Willie Helms sous la forme d'un crâne. Et de nouveau Pete.

Le réveil sur la table de nuit rougeoyait dans l'obscurité. Dehors, les vagues murmuraient. Les minutes s'additionnaient les unes aux autres. Jusqu'à former une heure tout entière.

À côté de moi, Ryan était tendu. Je le sentais à son corps aussi bien qu'à son souffle dont la cadence n'était pas celle du sommeil.

Lui faire part de mes soupçons ?

Non. Attendre d'être certaine. Et continuer à creuser.

— Tu dors ? ai-je chuchoté tout doucement.

— Non.

— Tu penses à Lily ?

— Entre autres, a-t-il répondu d'une voix morne.

— À quoi encore ?

— Au code de Cruikshank.

— Tu l'as déchiffré ?

— Je crois qu'il s'agit la plupart du temps d'initiales, de dates et d'heures, sauf en ce qui concerne le dossier Helms.

— Le T signifie que l'affaire est terminée.

— Bravo, je t'admire.

Je lui ai refilé un coup de coude. Il a repris :

— CD pour Corey Daniels. AB pour Adele Berry. LM pour Lester Marshall. Je ne sais pas pour les autres. Les dates, pas de problème. Quant aux chiffres après les initiales, je pense qu'ils indiquent l'heure à laquelle la personne en question est entrée ou sortie de la clinique.

— C'est aussi simple que ça ?

— Il y a sûrement autre chose, mais, en gros, je crois que Cruikshank notait les allées et venues des gens.

— Celles des employés de la clinique uniquement ?

— Certaines des personnes doivent être des patients. Pour Helms, c'est différent. Les notes se rapportent forcément à l'enquête, puisqu'il avait disparu depuis déjà un bon bout de temps avant que Cruikshank se voie confier la tâche de rechercher Helene.

— Comment se fait-il que Pete n'ait pas réussi à percer ce code, si le système utilisé est aussi simple ?

— Il ignorait le nom des employés de la clinique et celui de Willie Helms, a répondu Ryan en s'abstenant d'ironiser, ce qu'il n'aurait pas manqué de faire plus tôt dans la soirée. Quelle heure est-il ?

— Trois heures dix, ai-je répondu après un coup d'œil au réveil.

— C'est pas grave. Je ne crois pas que ces notes nous apporteront grand-chose, a dit Ryan en m'attirant contre lui. Tu ne t'endors pas ?

— Je n'ai pas la tête à ça, Ryan.

— Je pensais au mot de passe de l'ordinateur de Cruikshank.

— On doit le rendre à Gullet demain.

— Tu veux qu'on essaie une dernière fois de le pirater ?

— Oui.

Je voulais surtout vérifier quelque chose.

— Tu connais le matricule de Cruikshank ? a demandé Ryan.

— Il y a une plaque de la police de Charlotte dans une des boîtes, mais elle ne porte pas de numéro.

— Est-ce qu'il a conservé autre chose de son attirail ? Holster, menottes, clé de menottes ?

— Oui. Pourquoi ?

— Nous ne sommes pas des gens très compliqués, nous les policiers, contrairement à notre fascinante image publique. Prendre son matricule pour mot de passe, c'est une vieille habitude chez les représentants de la loi. Héritée de celle, plus vieille encore, qui consiste à le reporter sur ses affaires.

J'ai filé sur le palier, suivie d'un Boyd aussi déterminé que moi à battre le record du monde de descente d'escalier. Ryan nous a emboîté le pas avec plus de dignité.

Il n'était pas encore arrivé au rez-de-chaussée que j'avais déjà trouvé un filon.

— Cruikshank a gravé des chiffres à côté de la serrure sur les menottes. Tu peux me les lire.

Je lui ai donné les menottes et j'ai foncé allumer l'ordinateur.

Ryan m'a dicté les chiffres. Je les ai tapés. Des points noirs sont apparus dans le petit carré blanc, et le bureau de Windows a rempli l'écran.

— Ça y est !

— On commence par la boîte de réception ? a demandé Ryan.

J'ai passé dix minutes à tenter en vain de m'y connecter.

— L'ordi est équipé d'un système Wifi. Cruikshank devait aller dans des cafés ou des bibliothèques pour se connecter sur Internet. Je doute que Magnolia Manor soit branché au réseau. Je ne vois pas de nouveaux courriels, mais des centaines de téléchargements. Ça risque de me prendre un bon moment. À ta place, j'irais me recoucher.

— Tu es sûre ?

Il a posé un baiser sur ma tête. Je l'ai entendu s'éloigner et monter l'escalier. Boyd est resté à mes pieds.

À partir de cet instant, je n'ai plus eu conscience de rien, sinon de la lumière tamisée émanant de l'écran de ce PC qui avait appartenu à un mort. Au-delà, la fenêtre était un rectangle noir et brillant.

J'ai épluché les dossiers, une boule de plus en plus dure au creux du ventre. Quand je me suis laissée retomber sur le dossier de mon siège, la fenêtre était grise et l'immensité atlantique émergeait de la brume.

Finie, l'incertitude. Je ne m'étais pas trompée. La réalité était aussi impitoyable que je l'avais imaginée. Toutefois, cela devrait attendre, car je devais affronter une autre réalité maintenant, et celle-là me concernait au premier chef : la santé de Pete.

J'ai appelé l'hôpital. État stationnaire.

Prévenir Katy ? Non. Elle avait dû éteindre son cellulaire, sinon elle m'aurait rappelée. Si, dans quelques heures, j'étais toujours sans nouvelles, je demanderais à l'université de m'aider à la localiser.

Je suis remontée me coucher.

Chapitre 31

— Tu dors ? ai-je murmuré.

— Plus maintenant.

— C'est pour leurs organes que ces gens ont été assassinés. Voilà ce que Cruikshank avait découvert.

Il a tendu la main. Je l'ai prise. Il s'est redressé sur un coude, les cheveux en bataille, ses yeux bleu clair lourds de sommeil.

— L'idée m'avait bien traversé l'esprit, mais ça me paraissait tellement gros que je ne t'en ai pas parlé.

— C'est pourtant la vérité.

— Le voyageur drogué qui se réveille dans une baignoire remplie de glace... L'étudiante qui se découvre recousue au lendemain d'une soirée arrosée ? Ça fait des années qu'on terrifie les enfants avec des histoires de vol d'organes.

Le ton de Ryan était plus que dubitatif.

— Ce qu'a découvert Cruikshank, c'est bien pire que ça, Ryan. Ici, pour prendre leurs organes aux gens, on les tue.

— Impossible.

— Premièrement, tu as des disparus qu'on retrouve morts ; deuxièmement, des squelettes avec des marques de découpe.

Ryan a voulu m'interrompre. J'ai haussé la voix et poursuivi l'énumération en comptant sur mes doigts.

— Des marques de découpe qui correspondent à des entailles laissées par un scalpel, je te signale. Troisièmement, tu as un médecin peu scrupuleux et un chirurgien, son ancien copain de classe, qui quittent brusquement les États-Unis. Quatrièmement, tu as un mystérieux établissement thermal au Mexique.

Ryan s'est redressé et a placé un oreiller derrière sa tête.

— Montre-moi ça.

Ayant remonté les couvertures, je me suis assise en tailleur, l'ordinateur de Cruikshank ouvert sur mes genoux.

— Cruikshank a passé un temps fou à faire des recherches sur les greffes, sur le marché noir d'organes, sur les disparus de Charleston et sur un endroit près de Puerto Vallarta qui s'appelle l'Abrigo Aislado de los Santos.

— La station thermale du prospectus ?

— Ouais, la station « terminale », ai-je grogné.

Je me suis mordillé une cuticule en me demandant comment convaincre Ryan de quelque chose que je venais seulement de comprendre et, encore, seulement dans ses grandes lignes.

— Depuis le début des années 50, les transplantations sont devenues assez courantes. Un rein et une partie du foie peuvent être prélevés sur un donneur vivant, et même un poumon, bien que ce ne soit pas fréquent. En revanche, l'ablation du cœur, de la cornée, des deux poumons ou du pancréas se pratique uniquement sur un donneur décédé. Un donneur vivant, c'est quand même mieux, ça va de soi. Le malade peut trouver quelqu'un de compatible dans son entourage familial ou encore s'adresser à une tierce personne charitable, bien que ces gens-là ne se rencontrent pas tous les jours. Bref, pour les malades, l'attente équivaut souvent à des mois de patience, voire des années.

— Et le risque de mourir dans l'intervalle.

— Aux États-Unis, les malades en attente d'un organe prélevé sur un donneur décédé sont enregistrés à l'OPTN, le Centre d'acheminement des greffons et des transplantations. Ce centre est dirigé par une association à but non lucratif appelée l'UNOS qui regroupe les informations sur tous les centres du pays où l'on pratique des transplantations et tient à jour la liste des patients en attente. C'est elle qui décide à qui attribuer les greffons et détermine les cas prioritaires.

— Comment est-ce qu'un patient s'inscrit dans le réseau ?

— Par l'intermédiaire d'une équipe de chirurgiens affiliée à l'UNOS. L'équipe décide si le malade est un bon candidat sur le plan physique comme sur le plan mental.

— Ce qui veut dire ?

— C'est compliqué. Disons qu'en général les drogués, les fumeurs et les grands buveurs sont éliminés d'office. Les critères de l'UNOS se fondent sur l'état de santé du récipiendaire, l'urgence de son cas, la compatibilité, le temps écoulé depuis l'inscription sur la liste, ce genre de choses, quoi. Ils veulent que les organes disponibles soient utilisés pour les cas ayant le plus de chances de réussir.

— Donc, les malades rejetés par le système ou fatigués d'attendre s'adressent à quelqu'un d'autre, m'a interrompue Ryan.

— De soi-disant courtiers proposent des organes humains à ceux qui ont les moyens de payer. D'ordinaire, les gens qui vendent leurs organes le font de plein gré. Le plus souvent, il s'agit de reins. La plupart du temps, les vendeurs sont des gens sans ressources, originaires de pays en voie de développement. Le prix peut dépasser les cent mille dollars, mais le donateur ne touche qu'une partie infime de cette somme.

— La pratique est répandue ?

— Selon certaines sources, le commerce des reins serait un phénomène mondial. Cruikshank avait des tonnes d'informations dans son ordinateur. L'Organ Watch, une ONG fondée par une anthropologue de

Berkeley du nom de Nancy Scheper-Hughes, détiendrait des témoignages attestant de collectes d'organes en Argentine, au Brésil, à Cuba, en Israël, en Turquie, en Afrique du Sud, en Inde, aux États-Unis et au Royaume-Uni. Cruikshank a même retrouvé des informations concernant l'Iran et la Chine.

En quelques clics, j'ai fait apparaître à l'écran un rapport sur la Chine où il était affirmé que les organes prélevés provenaient de criminels exécutés.

— En fait, tu peux même acheter les organes en lots, si ça te chante.

J'ai ouvert plusieurs fichiers. Nous nous sommes plongés dans leur lecture.

En Israël, une organisation mafieuse allait jusqu'à offrir des « séjours transplantations » en Turquie et en Roumanie pour la somme de 180 000 dollars américains. Une New-Yorkaise qui avait acheté un rein à un donneur brésilien s'était rendue en Afrique du Sud pour se le faire greffer dans une clinique privée, le tout pour 65 000 dollars américains. Un Canadien avait acheté un rein au Pakistan au prix de 12 500 dollars canadiens payés en liquide.

— Clique sur ce site-là, m'a demandé Ryan.

C'était celui d'un hôpital pakistanais décrit comme un établissement privé de cinquante lits, ouvert en 1992. Pour la somme de 14 000 dollars américains, le malade avait droit à une hospitalisation de trois semaines comportant trois repas par jour, à trois séances de dialyse avant l'opération, à l'acte chirurgical et à une médication de deux jours après la sortie de l'hôpital. Ce prix incluait tous les frais relatifs au donneur.

— *Tabarnac**! a lâché Ryan, et j'ai compris à sa voix qu'il était aussi horrifié que moi.

— La plupart des pays interdisent ces pratiques, mais pas tous. En Iran, par exemple, c'est légal mais réglementé.

J'ai ouvert un autre fichier.

— Aux États-Unis, le National Organ Transplantation Act interdit de rétribuer les donneurs. L'Uniform

Anatomical Gift Act autorise les particuliers à indiquer quelle partie de leur corps pourra être prélevée à leur décès. Amendée en 1987, cette loi interdit désormais au donneur d'accepter quelque paiement que ce soit en échange d'une quelconque partie de son corps.

— OK, de l'argent contre des reins. Mais aller jusqu'à tuer des gens ? s'est obstiné Ryan.

J'ai ouvert plusieurs des fichiers téléchargés par Cruikshank.

Juin 1995, en Afrique du Sud. Un certain Moïse Mokgethi avait été reconnu coupable du meurtre de six enfants sur qui il avait prélevé des organes.

Mai 2003, à Ciudad Juarez et Chihuahua au Mexique. Depuis 1993, on avait retrouvé les corps de centaines de femmes dans le désert et l'on en exhumait encore de nos jours. La police fédérale assurait détenir la preuve qu'il s'agissait là des victimes d'un réseau international de trafic d'organes.

Sans date, à Boukhara, en Ouzbékistan. La famille Koraïev avait été arrêtée en possession d'une somme d'argent colossale et les passeports de soixante personnes portées disparues. Des sacs contenant des morceaux de corps avaient également été retrouvés à leur domicile. Par l'entremise d'une société leur appartenant, la Kora, ces Koraïev promettaient aux donneurs des visas de travail pour l'étranger. À la place, ils les assassinaient et expédiaient en Russie et en Turquie les organes que prélevait sur eux un médecin complice.

— *Jesus*, a laissé tomber Ryan.

— Le vol de cadavres est encore plus fréquent. Et pas seulement dans le tiers-monde. L'Organ Watch fait état de cas survenus aux États-Unis où des familles de patients déclarés cliniquement morts se sont vu offrir jusqu'à un million de dollars pour laisser des cueilleurs d'organes accéder au corps sitôt que le patient aurait décédé.

La chambre commençait à émerger de l'obscurité. Je suis allée ouvrir la baie vitrée. L'odeur de l'océan m'a rappelé mes baignades à plat ventre sur une planche avec ma petite sœur Harry, mes bavardages avec mes meilleures amies de l'école, allongées sur nos serviettes de bain, et tous les châteaux de sable édifiés avec Pete et Katy.

Pete... Et de nouveau cette douleur au fond de ma poitrine.

J'aurais voulu revivre l'une de nos longues journées d'été et oublier les corps en décomposition, les scalpels et les nœuds coulants. Mais la voix de Ryan m'a forcée à réintégrer le temps présent.

— Tu crois qu'à la clinique de l'EMD quelqu'un repère les sans-abri pour s'emparer de leurs organes ? Tu crois que c'est ce que Cruikshank s'apprêtait à révéler au grand jour ?

— Je crois en effet qu'on l'a tué pour l'empêcher de parler. Et je commence à m'interroger sur le sort d'Helene Flynn.

— Des suspects ?

— Je ne sais pas. Une opération comme celle-ci implique nécessairement la participation de plusieurs personnes et, bien sûr, l'accès à une clinique. Un rein, ce n'est pas un mouchoir qu'on sort de sa poche sur demande.

Revenue sur le lit, j'ai ouvert un autre fichier.

— Prélever un organe n'est pas si compliqué que ça, finalement. Pour le cœur, par exemple, il faut pincer les vaisseaux à l'aide de clamps et injecter à l'intérieur une solution de protection réfrigérante. Ensuite, on sépare les vaisseaux et on dépose le cœur dans une poche remplie d'un liquide conservateur. La poche, entourée de glace, est alors placée dans une glacière des plus ordinaires et expédiée à destination par avion ou par la route.

— De combien de temps dispose-t-on pour tout ça ?

— De quatre heures pour un cœur, de huit à dix heures pour un foie, de trois jours pour un rein.

— Pour le cœur, il faut faire très vite, alors que pour les reins, on a tout son temps.

— Les patients en attente de reins se préparent à l'opération dans un lieu stérile, perdu au fond de la campagne. Tu devines pourquoi Cruikshank avait l'œil sur l'Abrigo Aislado de los Santos. Lis un peu ce que dit cette clinique sur son site.

Les sourcils de Ryan se sont froncés de plus en plus à mesure qu'il avançait dans sa lecture.

— « Soins thérapeutiques personnalisés prodigués aux patients habilités à les recevoir. » Qu'est-ce que c'est que ce charabia ? Ça prend un CV pour se faire faire les ongles de pied ?

— Ça signifie : appelez-nous, montrez-nous vos arrières. Nous vous trouverons un rein dès que nous aurons vérifié votre dossier médical et votre situation financière.

— Transplanter un organe n'est pas aussi simple que de le prélever, j'imagine.

J'ai planté mes yeux dans ceux de Ryan.

— Tout ce qu'il faut, pour transplanter un organe, c'est un chirurgien expérimenté et un bloc opératoire doté des dernières technologies.

J'ai compris à son expression qu'il aboutissait à la même conclusion que moi. Toutefois, il a laissé passer une bonne minute avant de prendre la parole.

— De ce côté-ci, on a la clinique de l'EMD qui soigne des drogués, des fêlés et des sans-abri. De temps à autre, des patients disparaissent. Personne n'y prête attention. Il faut aussi avoir à sa disposition une glacière, un petit avion et un pilote pas trop curieux. Ou qui soit de mèche. De l'autre côté, on a un chirurgien expérimenté, une clinique isolée et des patients prêts à payer une fortune pour une greffe.

— Lester Marshall et Dominic Rodriguez ont étudié la médecine dans la même école et obtenu leur diplôme à peu près en même temps. Et Rodriguez est chirurgien.

— Deux vieux camarades de classe qui se retrouvent et mettent en place un système de greffe contre rémunération, a enchaîné Ryan, me faisant écho. Marshall s'installe ici pendant que Rodriguez ouvre à Puerto Vallarta un établissement thermal qui servira de couverture.

J'ai fait valoir une autre possibilité :

— Rodriguez quitte San Diego pour exercer au Mexique. Quant à Marshall, il s'expatrie dans le Sud pour fuir ses problèmes. Là, les deux amis renouent connaissance.

— Marshall prélève les organes, Rodriguez les transplante. Les donneurs ne se plaignent pas, parce qu'ils ont touché de l'argent ou parce qu'ils sont morts ; les greffés non plus, vu qu'ils ont agi en toute illégalité… Cent mille dollars l'opération, ça fait pas mal de margaritas.

— Si des substances illégales entrent aux États-Unis en provenance du Mexique, pourquoi des organes ne feraient-ils pas le chemin inverse ? Un organe, c'est petit, facile à transporter et ça rapporte gros. Surtout, ça explique les entailles, les strangulations et les corps dissimulés.

— Le scénario de Burke et Hare, revu et corrigé pour satisfaire aux critères de l'époque.

Une mouette s'est posée sur la rambarde du balcon. Boyd s'est précipité vers la moustiquaire en remuant la queue. L'oiseau s'est envolé. Le chien s'est retourné vers nous. Nous lui avons rendu un regard distrait, préoccupés tous les deux par une même pensée. C'est Ryan qui l'a exprimée :

— Tout ce qu'on a, c'est des spéculations. Nous devons nous renseigner sur Rodriguez. Voir si ce gars-là vit bien au Mexique. Découvrir ce que Marshall a fait pendant ces six années absentes de son CV. Et en apprendre le plus possible sur les pilotes et les avions basés dans la région de Charleston.

— Et sur les bateaux.

Ryan a semblé dérouté.

— Le corps de Willie Helms est forcément arrivé à Dewees par la mer. Et Unique Montague a été balancée dans l'océan. Je doute que le tueur ait effectué ses largages à partir d'un traversier.

— Est-ce que dans le coin tout le monde, et sa grand-mère aussi, n'a pas un bateau ?

Je n'ai pas répondu. Je m'intéressais déjà à un autre aspect de la question.

— Continuons d'étudier les notes de Cruikshank, ai-je déclaré au bout d'un moment. Tu disais que certaines lettres correspondaient à des initiales. Tu as probablement raison. Si on comparait les groupes de lettres non encore déchiffrées avec les initiales d'autres personnes ayant disparu à Charleston ? S'il y a correspondance, on regardera si le disparu était soigné à la clinique de l'EMD.

— À en croire les dates, Cruikshank n'a surveillé l'endroit qu'en février et en mars de cette année.

— Emma m'a donné une liste de personnes disparues. Je crois qu'elle couvre cette période, ai-je dit, l'esprit en ébullition. Je vais relever les dates auxquelles ces gens ont été vus pour la dernière fois. Comme ça, on pourra comparer avec les plans de vol des avions de tourisme.

— Non, pour arriver à quelque chose, il faudrait mobiliser toute une escouade. Surtout s'il y a plusieurs aéroports dans la région. Je vois mal un pilote présentant un plan de vol à la tour de contrôle alors qu'il transporte une cargaison illicite.

— C'est vrai. Mais quand même, ce serait intéressant de savoir si un avion de tourisme a décollé, les jours où ces gens ont disparu.

— Encore faudrait-il que le pilote garde son coucou sur un aéroport recensé et non pas dans sa grange. En général, celui qui ne veut pas soumettre de plan de vol évite de décoller d'un terrain d'aviation public.

— Et l'EMD ? Ils ont un avion, non ? Tu crois que ce réseau pourrait impliquer quelqu'un d'autre que Marshall ? Herron et ses fidèles ont fait la sourde oreille quand Helene se plaignait de la clinique. Et elle a disparu juste après.

— Je croyais que c'était la mauvaise gestion qui la tracassait ?

— Selon Herron et ses ouailles. D'ailleurs, ils n'ont pas levé le petit doigt pour aider Cruikshank à la retrouver. Et, après, il est mort. Pete aussi s'est fait tirer dessus. Avant, il s'était vu opposer une fin de non-recevoir à toutes les questions qu'il leur avait posées. Tu crois qu'un personnage haut placé à l'EMD pourrait être impliqué dans ce trafic, Ryan ? Oh mon Dieu ! Quand je pense que cette congrégation a des cliniques dans tout le sud-est du pays !

— Restons calmes. Dis-moi plutôt quand Gullet doit passer récupérer l'ordinateur de Cruikshank.

— Ce matin, à la première heure.

Ryan a écarté la couverture, je l'ai retenu par le poignet.

— Gullet n'a pas levé le petit doigt pour m'aider dans cette enquête. Tu crois qu'il pourrait protéger Herron ?

Soulevant ma main jusqu'à ses lèvres, Ryan a déposé un baiser sur chacun de mes doigts.

— Je crois seulement qu'il est têtu comme une mule.

— Tu as raison, probablement. Mais est-ce qu'on aura le temps de le convaincre ?

— Appelle Emma, explique-lui la situation. Rappelle-lui qu'avant de disparaître Helene s'était plainte à son père et à Herron. Fais-lui part des conclusions de Cruikshank, qui sont sûrement assez proches de celles d'Helene. Parle-lui du dossier sur Burke et Hare qu'il avait dans son ordinateur. Évoque l'UNOS et les trafics d'organes. Mentionne Rodriguez et la clinique de Puerto Vallarta. Dis-lui que nous avons des preuves attestant que Cruikshank, Helms et Montague ont tous les trois été étranglés. Que Montague et Helms présentent des entailles de scalpel sur les vertèbres et les côtes. Tâche de savoir quand elle doit recevoir le rapport des tests d'ADN effectués sur le cil retrouvé à Dewees près du corps de Helms.

— Tu as l'intention de piquer une vieille gomme à mâcher à quelqu'un ?

— J'ai vu ça à la télé. C'est malin. Je suis un vieux de la vieille, moi aussi.

— Le coquillage avec le cil a été retrouvé au bord de la mer alors qu'il s'agit d'une espèce qui ne vit qu'en eau douce. Il faut savoir si Marshall habite à proximité d'un marais ou d'un cours d'eau.

— Vous m'éblouissez, docteur Brennan !

— Et Dewees ? Non seulement l'île n'est pas reliée au continent par un pont, mais le traversier qui la dessert est réservé à l'usage exclusif des habitants et de leurs invités. De plus, la population n'y est pas nombreuse, bien moins nombreuse qu'à Mayberry. Où est-ce qu'un assassin se débarrasse du corps, en général ? Dans une zone où il a ses habitudes.

— Là, je suis carrément aveuglé !

— Merci, détective Ryan.

— Voici ce que je propose : tu appelles l'hôpital pour prendre des nouvelles de Pete. Après, tu prends ta liste de disparus et tu en fais une autre des dates auxquelles ces gens ont été vus pour la dernière fois. Pendant ce temps-là, je passerai des coups de fil. Après, nous nous pencherons sur la biographie de Marshall et sur celle des gentils habitants de Dewees.

Ayant attrapé son short de surfeur, il a ajouté :

— Le shérif Gullet n'aura pas vu venir le coup.

Chapitre 32

Pete était conscient et parlait ; ses fonctions vitales étaient stables, m'a appris l'infirmière de garde. Le médecin le verrait dans la matinée et déciderait de la durée de son hospitalisation. Je l'ai remerciée et priée de transmettre à Pete que j'avais appelé.

Après cela, courriel à Katy. En termes pesés avec soin. « Ton père est à l'hôpital pour quelques jours. Il a reçu une balle tirée par un voleur qui s'était introduit chez Anne, à l'île aux Palmiers. *Ne panique pas.* Il récupère bien. Il est au CHU de Charleston et en sera sorti avant que tu n'aies le temps d'arriver. Il te racontera tout lui-même quand tu le verras. Avec tout mon amour, maman. »

Le message envoyé, je me suis intéressée à la liste des personnes disparues que m'avait fournie Emma. Y étaient répertoriés tous les cas depuis cinq ans. J'en terminais la lecture quand Ryan est entré dans la cuisine. S'étant servi un café, il est venu s'asseoir près de moi. L'arc de ses sourcils m'a clairement indiqué que je n'étais pas au sommet de ma beauté. J'ai attaqué d'emblée :

— Épargne-moi tes commentaires, Ryan.

— Tu dois une bouteille de scotch écossais à un type qui s'appelle Jerry.

— Et qui est ?

— Un copain de Quantico. Le fichier du NCIC n'a rien donné pour Dominic Rodriguez. Mais Jerry a trouvé des choses sur lui par d'autres moyens... Un gars tordu, ce Jerry.

— Épargne-moi aussi ton jeu du chat et de la souris, Ryan.

J'ai ramassé mes cheveux en nœud sur le haut de mon crâne.

— Il aime le Glenlivet.

— C'est noté.

— Rodriguez est citoyen mexicain, né à Guadalajara.

Pause énervante et qui s'est prolongée le temps que Ryan se délecte d'une longue gorgée de café.

— Actuellement, il dirige le département de thérapie du bien-être à l'Abrigo Aislado de los Santos, à Puerto Vallarta.

— Non ! Et pourquoi est-ce qu'il a quitté San Diego ?

— Jerry est sur ce coup-là en ce moment même, pendant qu'on se parle. Maintenant, Lester Marshall.

J'ai attendu qu'il avale une autre gorgée.

— Son nom a fait s'allumer toutes les lumières de la marquise.

— Tu rigoles ? Qu'est-ce qu'il a fait ?

Mon cœur s'est mis à battre violemment.

— Ce bon docteur avait la main un peu lourde, côté médicaments.

— Des ordonnances de substances contrôlées pour son usage personnel ?

— Et pour ses patients surtout, et trop fréquentes. Fausses ordonnances grâce auxquelles il menait la grande vie. Un collègue en a fait état. Marshall a été suspendu. Apparemment, il ne s'est pas amendé. Une deuxième plainte lui a valu la révocation. Le procureur de Tulsa n'a pas trouvé ça drôle. Marshall a écopé de dix-huit mois ferme. Après ça, plus de nouvelles.

— Où a-t-il bien pu aller entre Tulsa et Charleston ?

— Jerry vérifie. Et toi, tu t'en sors avec tes dates ?

J'ai montré ma liste à Ryan. Un instant de calcul mental et il a résumé :

— 1992 : l'Abrigo Aislado de los Santos ouvre ses *puertas*. 1991 : Marshall quitte l'Oklahoma après avoir purgé sa peine. 1995 : il refait surface ici. Le premier à manquer à l'appel, Helms, a disparu après le 11 septembre 2001, si l'alcoolo retrouvé par l'adjoint du shérif dit vrai. Les autres, nettement plus tard. Ou bien Marshall et Rodriguez ont eu besoin d'un bon moment pour monter leur affaire, ou bien il faudra rouvrir plusieurs affaires classées. Tu as des nouvelles de Gullet ?

J'ai secoué la tête. Mes cheveux sont retombés.

— Je me demande si la perche va mordre à l'hameçon, a repris Ryan, et il a repoussé mes mèches derrière mes oreilles.

J'ai attrapé mon cellulaire. Cette fois, la réceptionniste m'a passé le shérif.

— Marshall tue les gens pour leur voler leurs organes, ai-je assené sans perdre mon temps en plaisanteries inutiles.

— C'est une accusation très grave, a-t-il répondu sur son ton inexpressif. Je suis au courant du coup de feu tiré sur l'avocat. Puis-je vous demander comment il va ?

— Il récupère. Merci.

— C'est la police de l'île aux Palmiers qui est chargée de l'enquête ?

— Oui.

— Ils voient les choses comment ?

— Ils penchent pour le hasard.

— Hmm.

Je n'ai pas tenté de décrypter sa réaction. J'avais d'autres chats à fouetter.

— Les marques repérées sur les os de Helms et de Montague correspondent à celles d'un scalpel.

Un deuxième « hmm » en guise de réponse.

Je lui ai fait part des téléchargements que j'avais découverts dans l'ordinateur de Cruikshank. Quand je me suis tue, il a émis un troisième « hmm » que j'ai traduit par « continuez ». Je lui ai donc rapporté ce que nous avions appris sur Marshall et Rodriguez.

— Vous parlez bien de Helms et de Montague ? a-t-il demandé sur son ton monocorde.

— Pour le moment. Car un autre type soigné dans cette clinique a lui aussi disparu. Jimmie Ray Teal. Qui sait s'il n'y en a pas d'autres ? À mon avis, Cruikshank a été tué pour l'empêcher de prévenir les autorités. Et Helene Flynn aussi, probablement. Pour la même raison.

— Hmm.

— Un schizophrène du nom de Lonnie Aikman a disparu en 2004. En mars de cette année, un journaliste a fait le point sur sa disparition. Or, mardi dernier, la mère d'Aikman a été retrouvée morte dans sa voiture. Il est possible qu'elle ait été tuée pour que rien ne permette de relier ce Jimmie Ray Teal qui a disparu avec l'EMD.

— Une victime ensevelie sous terre, une autre larguée à la mer, une troisième pendue à un arbre et une quatrième enfermée dans sa voiture, ce n'est pas vraiment ce qu'on appelle une signature.

— Le meurtrier à la tête du réseau est un malin. Il change de mode opératoire pour qu'on ne puisse pas relier les meurtres entre eux au cas où on retrouverait les corps. Mais une chose est sûre : les trois victimes avérées ont toutes été étranglées.

— Et la clinique mexicaine, elle se trouve où ?

— À Puerto Vallarta. L'Abrigo Aislado de los Santos.

À en juger par le bruit qui me parvenait dans l'écouteur, Gullet se balançait sur sa chaise.

— Qu'attendez-vous de moi ?

— Tous les renseignements que vous pourrez rassembler sur les moyens d'acquérir ou d'acheter en crédit-bail un avion de tourisme. Notamment l'utilisation que pourrait en faire l'EMD ou Marshall. Et aussi la liste de tous les avions de tourisme enregistrés dans la région, si c'est possible.

— Je vais mettre un gars sur le coup.

— Il me faudrait aussi des renseignements sur le genre d'individu qui aurait les moyens de se débarrasser d'un corps à Dewees.

— J'ai déjà la liste des propriétaires de l'île. Je l'ai imprimée quand vous avez mis au jour le corps de Helms. Ils ne sont qu'une poignée à vivre là-bas en permanence. La plupart des habitations sont des villas destinées à la location. Ça va prendre du temps de vérifier, surtout s'il faut remonter jusqu'en 2001. Les particuliers ne conservent pas toujours les données de leurs locataires.

— Faites au mieux. Vous savez où habite Marshall ?

— Une minute, je me renseigne.

Le cellulaire de Ryan a sonné tandis que j'attendais. Je l'ai entendu décrocher et répéter plusieurs fois « oui » et « mmm-mmm » tout en prenant des notes. Gullet a repris la ligne.

— Marshall a une maison à l'île de Kiawah. La Plantation Vanderhorst.

— C'est un coin un peu cher pour un vendeur de pilules à temps partiel dans une clinique pour gens défavorisés. Est-ce qu'il a un bateau, aussi ?

— Je vais voir.

M'ayant rapporté la réponse à laquelle je pouvais m'attendre, Gullet y est allé de son couplet tout aussi prévisible.

— Ne retournez pas embêter Marshall, votre copain valide et vous. Inutile de l'inciter à piquer un sprint, si jamais ce que vous venez de me dire se révèle exact.

— Se révèle exact ! me suis-je écriée, trop fatiguée par ma nuit sans sommeil pour déployer mes bonnes manières de demoiselle du Sud — ce qui n'est pas mon point fort de toute façon. Marshall est un gros dégueulasse ! Deux de ses patients et une ancienne employée sont portés disparus. Et celle-là, Dieu sait où se trouve son corps !

— Vous me dites que Rodriguez n'a pas de casier, qu'il est Mexicain et qu'il est rentré dans son pays après avoir vécu en Californie. Rien de tout cela ne concerne la Caroline du Sud, ni ne justifie que je demande aux autorités mexicaines d'ouvrir une enquête sur ce monsieur. Enquêter sur quelqu'un sur la base de son ascendance ethnique est considéré comme du harcèlement, vous le savez aussi bien que moi.

— Je pourrais trouver cent raisons pour...

Ryan agitait la main pour obtenir mon attention. Il m'a glissé son calepin sous le nez.

— Rodriguez n'est pas dans le fichier NCIC parce qu'aucun crime ne lui a été officiellement reproché sur le territoire des États-Unis. Cependant, s'il a perdu son autorisation d'exercer en Californie, c'est pour avoir eu des rapports sexuels avec plusieurs patientes.

Ryan m'a confirmé la chose d'un hochement de tête appuyé.

— Qu'est-ce que ç'a à voir avec un crime perpétré en Caroline du Sud ? a objecté Gullet.

Incroyable, ce crétin n'y croyait toujours pas !

— Il faut que je déverse sur votre bureau un bidon de vingt litres rempli de reins ?

« Bravo ! » m'a signifié Ryan tout bas.

— Mademoiselle, des années passées à faire respecter la loi m'ont appris que les plus belles conjectures ne valent pas un fait établi. Vous feriez bien d'y réfléchir. Je vais venir récupérer l'ordinateur, a laissé tomber Gullet, et sa voix, pour une fois, exprimait un sentiment : le mépris. Ne partez pas de chez vous.

Sur ce, il a raccroché. Revenant au calepin, j'ai demandé à Ryan si ces renseignements émanaient bien de son Jerry aux multiples talents.

— C'est une bombe, ce Jerry !

— Gullet s'en vient. Il écoute ce qu'on dit mais refuse d'y croire. Pour lui, je suis une hystérique.

— Qu'est-ce qu'il lui faut ?

— Un récipiendaire repentant et qui aurait déjà déballé toute son histoire à ton super Jerry.

Deux heures plus tard, grâce à ce Jerry toujours aussi énigmatique mais assidu à la tâche, nous étions en possession de preuves plus convaincantes. Je les ai lancées au shérif comme il franchissait le seuil.

— James Gartland, d'Indianapolis. Maladie des reins en phase terminale. Après trois ans de dialyse, il se rend à Puerto Vallarta en 2002. Pour la greffe, il débourse cent vingt mille dollars, séjour compris à l'Abrigo Aislado de los Santos... Vivian Foss, d'Orlando, en Floride. Maladie rénale en phase terminale. Dix-huit mois de dialyse avant d'arriver à Puerto Vallarta en 2004. Ces heureux greffés ne sauteront pas de joie à l'idée de témoigner, mais nous pourrons les citer à comparaître, Dieu merci.

Gullet a pris un bon moment pour lire tout ce que Ryan avait noté de sa troisième conversation avec Jerry.

— Votre contact est au FBI ?

— Oui, a répondu Ryan.

— Il a parlé personnellement avec ce M. Gartland et cette Mme Foss ?

— Oui.

— Comment a-t-il appris leurs noms ?

— Il a convaincu un agent très gentil de Quantico qui parle l'espagnol de lier conversation avec une Mexicaine très gentille qui travaille à l'Abrigo.

— Pour de l'argent ?

— *Si, señor.*

— Pourquoi ces gens ont-ils accepté de se confier à votre ami ?

— Jerry a un charme exceptionnel.

Gullet gardait les yeux fixés sur le calepin de Ryan. Probablement réorganisait-il certains faits dans sa tête. Pourtant, quand il a relevé les yeux, ses traits étaient toujours figés en un masque de pierre.

— Le FBI s'apprête à entrer dans la danse ?

— Pour l'heure, il s'agit simplement d'une fleur que me fait un ami. Si les choses prennent la tournure à laquelle on peut s'attendre, le Bureau viendra coller son nez à la vitre.

— À eux seuls, Gartland et Foss ne suffisent pas à prouver qu'il y a eu crime.

J'ai levé les deux mains en l'air, je n'en pouvais plus.

Gullet a pris une longue inspiration et a exhalé lentement par le nez.

— Cependant, a-t-il dit, et il a suspendu ses doigts à son ceinturon, Marshall a un Bayliner de sept mètres à la marina de Bohicket. Selon le responsable du dock, le bateau est sorti samedi et n'est pas revenu.

— Et c'est samedi que nous sommes allés le voir à la clinique.

— Vous lui avez parlé de ces gens ? a demandé Gullet en agitant le calepin de Ryan.

— Non. Seulement d'Unique Montague et d'Helene Flynn.

Gullet a jeté un coup d'œil à sa montre. Geste que nous avons imité tous les deux, Ryan et moi. Neuf heures quarante-sept.

— Voyons si nous arrivons à retrouver ce monsieur. La clinique ne dépend peut-être pas de mon secteur, mais ces deux corps, si.

Nous avons suivi le shérif en voiture jusqu'à la clinique. Je n'ai quasiment pas échangé un mot avec Ryan pendant tout le trajet. J'étais trop excitée pour parler et trop épuisée aussi par ma nuit blanche. Quant aux raisons pour lesquelles Ryan se taisait, je ne saurais les exposer en toute certitude.

Deux adjoints du shérif nous attendaient dans Nassau Street. La brigade opérationnelle est arrivée pendant que Gullet donnait ses instructions à son équipe. Sa demande de perquisition avait été acceptée par le procureur. La fouille interviendrait sitôt que le mandat aurait été délivré. Visiblement, pendant le trajet de l'île aux Palmiers à la clinique, Gullet avait revu son point de vue. Il avait même téléphoné au Mexique. Pourvu qu'une scène similaire se joue à Puerto Vallarta en ce moment !

Mon cœur martelait ma poitrine. Et si je m'étais trompée ? Non, impossible. C'était forcément Marshall. Ce type était le mal incarné, un prédateur avide de gains.

Un agent en uniforme a fait le tour du pâté de maisons pour couvrir l'arrière de la clinique. Gullet et un autre agent en uniforme sont entrés par la porte de devant, Ryan et moi dans leur sillage.

Adele Berry était à son poste. Ses yeux, ronds comme des soucoupes à la vue du shérif, se sont durcis quand elle nous a repérés, Ryan et moi.

Gullet s'est avancé jusqu'à son bureau. L'agent s'est attardé près de l'entrée. Ryan s'est planté d'un côté de la salle, moi de l'autre.

Trois patients occupaient les sièges en vinyle : une vieille Noire, un punk en survêtement et un homme qui avait tout d'un entraîneur de tennis dans une polyvalente. La Noire nous a regardés derrière ses grandes lunettes carrées. Le punk et l'entraîneur se sont dirigés vers la porte. L'adjoint de Gullet s'est écarté pour les laisser passer.

— Où est le Dr Marshall ? a demandé le shérif sur un ton sans réplique.

— En train d'examiner un patient, a jeté Adele d'une voix agressive.

Gullet s'est dirigé vers le couloir que nous avions emprunté trois jours plus tôt avec Marshall. La secrétaire a foncé se placer au milieu du passage, les bras en croix. Un pitbull défendant son territoire.

— C'est interdit d'entrer.

Une note de crainte pointait sous son hostilité.

Gullet a continué d'avancer. Nous avons tous suivi.

— Qu'est-ce que vous voulez ? Vous êtes dans une clinique. Il y a des malades.

Tout en reculant, elle continuait à empêcher la progression du groupe de ses bras écartés.

— Je vous prie de dégager la voie, mademoiselle, a asséné Gullet d'une voix glaciale mais sans se départir de sa politesse d'homme du Sud.

Ce qui n'était pas mon cas. Mon excitation était telle que j'en bousculais presque la secrétaire. Le shérif devait absolument interpeller Marshall avant que celui-ci n'ait le temps de prévenir son comparse au Mexique.

C'est alors que le médecin s'est encadré dans la porte de son bureau, un dossier à la main.

— Que signifie cette agitation, mademoiselle Berry ?

Elle a laissé retomber ses bras, ses yeux continuaient à jeter des éclairs. Elle a voulu parler. Marshall l'a coupée d'un geste de sa main manucurée.

— Shérif Gullet…

Vêtu de sa blouse blanche, les cheveux impeccablement coiffés, l'air parfaitement serein, Marshall était l'image même du médecin des séries télé qui cherche à calmer un patient rétif.

Il a hoché la tête dans ma direction.

— Docteur Brennan, c'est bien votre nom, n'est-ce pas ?

Mon cœur battait à tout rompre. Je ne voulais qu'une chose : coincer ce type, le voir payer pour ce qu'il avait fait.

— Docteur Lester Marshall, un mandat de perquisition m'autorise à fouiller ces lieux à la recherche de renseignements concernant des patients ayant disparu dans des circonstances suspectes, a débité Gullet d'une voix dénuée de toute expression comme à l'ordinaire.

Les lèvres de Marshall se sont recourbées en un sourire reptilien.

— En quoi ces disparitions me concernent-elles, shérif ?

À ces mots, je n'ai pu me retenir d'exploser :

— Des matériaux se trouvant ici pourraient indiquer pourquoi et comment ils sont morts.

— C'est une plaisanterie ? s'est écrié Marshall en se tournant vers Gullet. Si c'est le cas, je vous assure qu'elle ne m'amuse pas.

— Je vais vous demander de faire un pas de côté, monsieur, pendant que nous effectuons la recherche, a déclaré Gullet, toujours aussi impassible. J'aimerais que cette opération se déroule de la façon la plus indolore, pour vous comme pour moi.

— Et moi, je fais quoi, maintenant ? a piaillé Adele Berry.

Marshall l'a ignorée. Son calme glacial était en contraste brutal avec l'agitation de la réceptionniste.

— C'est complètement fou, shérif. Vous faites erreur. Je suis un médecin qui aide les pauvres et les malades. Pas quelqu'un qui les torture.

— Monsieur…, a répété Gullet sans le lâcher des yeux.

Marshall lui a remis son dossier.

— Vous le regretterez, shérif.

— Dites-moi quoi faire ! a crié la secrétaire.

— Occupez-vous du patient en salle 2, mademoiselle Berry.

Elle est demeurée sur place, faisant passer ses yeux du shérif à Marshall et à moi. Puis elle est repartie d'un pas lourd dans le couloir et a disparu derrière une porte.

Gullet a signifié à Marshall de se diriger vers la salle d'attente.

— Nous allons rester ici tranquillement jusqu'à la délivrance du mandat.

Marshall a croisé mon regard. J'y ai lu une haine non déguisée.

Il est passé devant moi dans un effluve de lotion après-rasage et a été conduit par l'adjoint du shérif jusqu'à une chaise Kmart. À la vue de sa chemise en soie crème et de ses chaussures à glands, j'ai serré les poings de rage. L'arrogance de ce salaud, son indifférence me répugnaient.

Toutefois, un détail sur son visage m'a fait plaisir : la veine gonflée qui palpitait sur sa tempe droite.

En fait, il était terrifié.

Chapitre 33

Nous attendions dehors que le mandat de perquisition soit délivré en buvant du café dans des verres en polystyrène.

Attirée par les voitures de police et le fourgon de la morgue, une petite foule s'est bientôt formée sur le trottoir. À l'arrivée du procureur, le groupe chargé de la fouille est entré dans le bâtiment. Gullet nous a demandé à Ryan et à moi de rester à proximité pendant la durée des opérations.

Une heure a passé. Les badauds se sont dispersés peu à peu, lentement, déçus de ne pas voir sortir de cadavre.

Un peu avant midi, le shérif est venu nous rejoindre près de la jeep de Ryan, garée de l'autre côté de la rue. Je lui ai demandé si la fouille et ses interrogatoires avaient abouti à des inculpations.

— Il y a deux ou trois choses qui devraient vous intéresser.

Nous l'avons suivi à l'intérieur de la clinique. La secrétaire était interrogée à son bureau. Daniels, l'infirmier, poireautait sur une chaise dans la salle d'attente. Ni l'un ni l'autre ne semblaient apprécier la situation. Marshall attendait dehors dans sa voiture. Ça m'a inquiétée.

— Il ne risque pas de téléphoner de son cellulaire ?

— Je n'ai pas vraiment les moyens de l'en empêcher. De toute façon, je peux retracer ses appels.

Le shérif nous a conduits dans une salle d'examen du premier étage. Sol en linoléum. Fauteuil, tabouret, lampe montée sur pied flexible, corbeille à couvercle en forme de dôme pour les déchets et table d'examen recouverte d'un drap en papier. Au premier abord, rien de particulier. Le long des murs, des placards et des étagères que j'ai balayés des yeux tout en marchant. Des tasses en plastique, des presse-langue, une charte de vision et une balance à bébé.

— Pas de scalpel sanglant ? a ironisé Ryan derrière moi.

— Uniquement ça.

Je me suis retournée. Gullet tenait un sachet pour pièce à conviction en plastique transparent. À l'intérieur, il y avait un fil de fer d'un demi-centimètre de grosseur terminé par un nœud coulant. Une boucle de torsion sur le côté révélait en un clin d'œil à quoi servait cet instrument : à donner la mort.

Je me suis représenté Unique Montague, seule dans la pièce, grimpant sur la table d'examen en toute confiance, persuadée que le médecin allait la remettre sur pied. J'ai revu son cadavre à moitié décomposé au fond d'un baril rouillé rempli d'eau de mer, et j'ai imaginé toutes les petites bêtes aquatiques creusant la paroi métallique pour atteindre leur proie. La fureur a grondé en moi.

— C'était où ? a demandé Ryan.

— Rangé dans un placard sous le comptoir.

Remarquant la poudre sur le fil, j'ai demandé s'il y avait des empreintes. Gullet a secoué la tête.

— Il portait des gants, bien sûr. Et pas pour protéger les malades !

J'étais incapable de dissimuler ma haine.

— Suivez-moi, a dit Gullet.

Les deux autres portes de cet étage donnaient sur une grande salle, probablement aménagée en abattant les cloisons de deux petites chambres à coucher et d'une salle de bains. Elle était équipée d'un réfrigérateur, d'un évier double en acier, de comptoirs et de placards identiques à ceux de la salle d'examen. Un pied à perfusion était relégué dans un coin. Au centre trônait une table d'opération.

Le long d'un mur, quatre glacières bleu roi, de celles qu'on achète chez Wal-Mart pour transporter son pique-nique à la plage. Chacune portait l'autocollant rouge et jaune dont on marque les pièces à conviction.

— Un espace pour chirurgien en herbe, a dit Ryan.

— Il y a même les rideaux occultants et l'éclairage dernier cri, a renchéri Gullet en embrassant du geste la totalité des lieux.

Des sachets de pièces à conviction jonchaient la table. Je m'en suis approchée.

Des clamps utilisés en chirurgie ; une bonne vingtaine de paires de ciseaux de tous types : hémostatiques et écarteurs de tissu ; des poignées de scalpels et des boîtes de lames jetables ; des étiquettes d'expédition libellées SPÉCIMEN BIOLOGIQUE ; des poches stériles ; des plateaux à instruments.

Je suffoquais. J'avais l'impression d'avoir la poitrine remplie de mercure en ébullition. À grand-peine, j'ai réussi à conserver une voix égale pour demander si l'on avait retrouvé les dossiers des patients.

— La secrétaire va nous remettre les versions papier, a répondu Gullet. L'ordinateur est déjà sous scellés.

— Est-ce que les renseignements sur les patients étaient transmis à l'EMD ?

Gullet a secoué la tête.

— La clinique est administrée de façon autonome. Les dossiers n'en sortent pas et sont détruits au bout de six ans.

— Cette chère Adele a raconté des choses intéressantes ? s'est enquis Ryan.

— Elle n'a jamais rien vu qui sorte de l'ordinaire. Le Dr Marshall est un saint.

— Et Daniels ?

— Il n'a jamais rien vu qui sorte de l'ordinaire. Le Dr Marshall est un saint.

— Le gars du ménage ?

— O'Dell Towery. Il vient le soir. Un de mes adjoints est en train de bavarder avec lui. Je doute que ça mène quelque part, il est un peu retardé.

— Et au Mexique ? ai-je demandé.

— Je vous tiendrai au courant dès que j'aurai des nouvelles.

— Le bureau de Marshall ?

— La fouille a fait apparaître une autre chose qui risque de vous plaire.

Gullet a enfoncé ses deux mains dans ses poches de pantalon. Les ayant ressorties vides, il a tapoté sa poche de chemise.

— Attendez-moi.

Il est parti. Son pas lourd a résonné jusqu'au bas de l'escalier puis dans le couloir menant à l'entrée. Quand il est revenu dans le bloc opératoire, il tenait à la main un sachet pour pièce à conviction.

À la vue du petit coquillage brun à l'intérieur, horreur et jubilation se sont livré bataille en moi. C'était le même que celui enfoui dans la terre près du corps de Willie Helms.

— Retrouvé dans le tiroir de son bureau, précisait Gullet. Coincé dans une rainure sous le plateau à stylos. Il a fallu le dégager à la pompe aspirante. Vous voudrez bien m'excuser, je dois informer Marshall qu'il est en état d'arrestation pour le meurtre d'Unique Montague, et organiser sa détention et son transport.

Après un déjeuner rapide, je suis passée à l'hôpital avec Ryan. Les nouvelles étaient meilleures. Le Savant Letton avait repris des couleurs et parlait normalement. Il avait subi une déchirure du muscle et une hémorragie artérielle. La guérison totale nécessiterait un certain temps, mais il n'y aurait pas de séquelles, à en croire le chirurgien.

À cette nouvelle, ma gorge s'est bloquée violemment. J'en suis restée ébahie. Je me doutais bien que je serais soulagée et reconnaissante au ciel, mais bouleversée à ce point, non, je ne l'aurais jamais cru. Un pas de plus dans la cuisine et Pete aurait pu être tué ! Les larmes me sont montées aux yeux. En prétextant repousser ma chevelure vers l'arrière, je les ai écrasées sur mes joues. Ryan m'a pris la main et l'a serrée. J'ai relevé les yeux et compris à son expression que mon émotion ne lui avait pas échappé.

Pour ce qui était d'Emma, les nouvelles n'étaient ni bonnes ni mauvaises. Son taux de globules n'avait pas remonté, mais il n'avait pas baissé non plus. Le Dr Russell avait modifié le traitement et si Emma paraissait toujours aussi épuisée, elle ne vomissait plus tout ce qu'elle mangeait.

À notre demande, elle a appelé le malacologue pour lui demander s'il pouvait examiner aujourd'hui même un coquillage qu'on allait lui apporter à Columbia.

Réponse : oui.

J'ai pris la route avec Ryan. Le trajet a duré moins d'une heure et demie. Un homme du nom de Lepinsky nous attendait dans le vestibule du laboratoire de la police criminelle de l'État. Il était grand et bronzé. Avec sa boucle à l'oreille et son crâne chauve et brillant, on aurait dit un M. Net déguisé en prof de bio.

Je l'ai remercié pour sa présence. Il a haussé une épaule particulièrement musclée.

— Je n'ai pas de cours aujourd'hui et le campus est à un crachat d'ici.

Il nous a conduits jusqu'à un petit laboratoire rempli de placards divisés en millions de tiroirs peu profonds. Les comptoirs recouverts d'un matériau noir supportaient des plateaux, des boîtes de gants, des diapos et des microscopes.

— Faites-moi voir votre spécimen.

Il a tendu une main de la taille de ces éventails en mousse que les supporters agitent pendant les matchs.

J'ai sorti le sachet.

Lepinsky en a extrait le coquillage à l'aide d'une pince. L'ayant placé sous l'œilleton d'un microscope, il a fait le point.

Des secondes se sont écoulées. Une minute tout entière. Cinq de plus.

Nous échangions des regards au-dessus de son dos voûté. Ryan a haussé les sourcils en levant les mains, paumes en l'air, me demandant par ce geste pourquoi ça prenait si longtemps. Je lui ai fait connaître mon ignorance par un geste tout aussi expressif. Lepinsky a retourné le coquillage.

L'air, lourd et chaud, sentait le désinfectant et la colle. Près de moi, Ryan a bougé les pieds. A vérifié sa montre.

Je lui ai lancé le même regard que ma mère à l'église, quand je n'étais pas sage. Il s'est éclairci la gorge et s'est abîmé dans le comptage des tiroirs. Lepinsky a bougé encore le coquillage. Puis il a modifié le grossissement.

En voyant Ryan croiser les bras, j'ai deviné qu'un commentaire allait suivre.

— Ces tiroirs renferment les collections de référence ?

— Mmm, a répondu le savant.

— Ça vaut son pesant de palourdes, non ?

Lepinsky n'a pas répondu.

— Et plusieurs moules pour les transporter jusqu'ici !

J'ai levé les yeux au ciel.

— N'allez pas ranger les palourdes et les moules dans le même panier, a déclaré Lepinsky.

Encore un pince-sans-rire…

Le malacologue a enfin relevé les yeux sur nous. Dans la lumière du microscope, les poils qui sortaient du col de son t-shirt ressemblaient à des boudins de fils blancs.

— Qu'est-ce que vous avez demandé au père Noël ?

— Un coquillage d'eau douce appelé *Viviparus intertextus*, ai-je répondu.

— Vous avez été bien sages. Le voilà.

— Les moules et les palourdes ne sont pas invitées aux mêmes fêtes de famille ! s'est exclamé Ryan au moment de bifurquer sur la route I-26. Tu te rends compte ?

Il était six heures passées et nous reprenions la route pour Charleston après nous être arrêtés chez Maurice's Piggy Park dont la sauce barbecue vaut le détour. Contrairement aux positions politiques du patron, Maurice Bessinger, qui sont carrément offensantes.

Épuisée par ma nuit blanche, saturée de porc, de frites et de thé aromatisé, je me serais volontiers endormie, mais je devais appeler Gullet pour l'informer des résultats de l'analyse du coquillage.

— Il est de cette même espèce d'eau douce que celui retrouvé à Dewees, près du corps de Willie Helms.

— Vous allez aimer encore plus ce que je vais vous dire.

Ai-je réellement perçu dans la voix du shérif un certain plaisir, voire de la satisfaction ?

— Le procureur a délivré un second mandat de perquisition pour le domicile de Marshall. Ce médecin est un petit crapaud maniaque. Sa baraque est comme un monastère, javellisée du sol au plafond. Peu d'objets personnels, mais une collection.

— De coquillages ! me suis-je écriée, et mon ton à moi était sans aucun doute possible celui de l'exaltation.

— Des centaines. Tous étiquetés et rangés dans des petites boîtes. Un instant…

Le shérif s'est interrompu pour répondre à quelqu'un dont la voix me parvenait en arrière-fond. J'en ai profité pour mettre Ryan au courant de la passion du médecin. Son unique commentaire a été celui-ci :

— J'espère qu'il ne range pas les moules et les palourdes dans le même panier.

Gullet est revenu en ligne avec d'autres nouvelles.

— Le Bayliner de Marshall est à Key Largo, en Floride.

— Vous n'avez pas lambiné.

— J'avais lancé une alerte en indiquant le modèle du bateau et le numéro d'enregistrement. Les policiers de Key Largo l'ont repéré il y a environ vingt minutes. Son nom, c'est *Envol de fantaisie*.

— Pour l'envol, je suis d'accord, pas pour la fantaisie. Comment est-ce qu'il a été convoyé jusque là-bas ?

— Un monsieur du nom de Sandy Mann prétend l'avoir acheté à Charleston et avoir effectué la traversée dimanche. Ses dires concordent avec les données des témoins selon qui le bateau est à quai depuis lundi.

— Qu'est-ce qu'il raconte, ce Sandy Mann ?

— Il est en route pour nous raconter son histoire.

— Et Rodriguez ?

— La police de Puerto Vallarta est entrée à l'Abrigo à peu près au moment où nous arrêtions Marshall. Elle a découvert plus ou moins la même chose que nous ici, mais en plus élégant. L'établissement thermal est une façade.

— Et lui ?

— Il n'était pas là. Ni à son domicile ni à son club. Un de ses véhicules n'est pas dans le garage. Sa copine pense qu'il est allé voir des amis à Oaxaca.

— Il a pris la fuite.

— Probablement.

— Marshall a dû le prévenir.

— Ils le rattraperont. Bien que les Mexicains ne sachent pas très bien sur quelles charges l'arrêter.

— Vente d'organes prélevés sur donneurs assassinés.

— Son avocat peindra un tableau différent, je suppose. Et s'il a de faux certificats sur l'origine des organes implantés, ce ne sera pas simple de l'inculper. Il faudra prouver que l'organe livré provenait bien d'une victime non consentante et que le médecin le savait.

— Un médecin, lui ! me suis-je écriée avec dégoût. Cet homme est un invalide du sens moral. Il devrait être en prison. Quand on promeut la mort, on ne mérite pas le titre de médecin. Et ça vaut pour Marshall.

— Celui-là, on le tient. Il est inculpé de meurtre aggravé.

— Qu'est-ce qu'il dit ?

— « Je veux un avocat. »

— Il a droit à être entendu par un juge dans les quarante-huit heures. Dès vendredi, il sera libéré sous caution.

— Si c'est le cas, nous lui collerons aux fesses comme le blanc colle au riz. Mon adjoint examine les dossiers de la clinique en ce moment même.

— Vous avez ma liste ?

— On a déjà vérifié les premiers noms. Rien. Marshall a probablement détruit les dossiers des patients assassinés.

— Il avait toujours celui de Montague.

— C'est vrai.

La conversation achevée, je l'ai résumée à Ryan et me suis calée contre mon siège, les yeux fermés. J'étais crevée, certes, mais je me sentais bien, vraiment bien.

Marshall était derrière les barreaux et l'on était en train d'accumuler toutes sortes de preuves à son encontre, homicide et autres. Nous avions mis un terme à un trafic international d'organes humains. Et si Rodriguez était encore en fuite, il serait bientôt rattrapé et inculpé, ça ne faisait pas l'ombre d'un doute.

J'avais rempli ma promesse à Emma de la soulager dans son travail. Désormais, l'homme de l'île, l'homme de la forêt et la dame du baril pouvaient reposer en paix.

Gullet travaillait la main dans la main avec la police de Charleston et les autres disparus finiraient bien par être retrouvés, eux aussi. Et parmi eux Aikman, Teal et peut-être même Helene Flynn.

Si jamais il y avait eu violation des lois internationales, le FBI s'occuperait de l'affaire.

Ryan s'est garé devant *La Mer sur des kilomètres*. La pendule du tableau de bord indiquait sept heures quarante-deux. Nous grimpions les marches du perron quand mon cellulaire a retenti. J'ai pris l'appel, croyant que c'était Gullet, pour m'annoncer l'arrestation de Rodriguez.

— Docteur Brennan.

Une voix d'homme qui ne me disait rien du tout.

— Qui est à l'appareil, s'il vous plaît ?

— Le docteur Lester Marshall. Il faut que je vous voie.

— Je n'ai absolument rien…

— Au contraire. Peut-être me suis-je mal exprimé…

Il a fait une pause.

— C'est vous qui avez intérêt à me voir.

— J'en doute.

— Ce n'est pas très prudent, docteur Brennan. Venez demain. Vous savez où me trouver.

Chapitre 34

Marshall était détenu au centre de détention de l'avenue Leeds, au nord de Charleston. Ryan m'a emmenée le voir le lendemain matin. Nous avions débattu du sujet avant de nous coucher. Il était contre, moi pour. Gullet et le procureur ont abondé dans mon sens, disant qu'on n'avait rien à y perdre.

À vrai dire, j'étais poussée par la curiosité. Pourquoi un homme à l'ego aussi gros qu'une planète s'abaissait-il à vouloir me rencontrer ? Pour discuter d'un arrangement visant à réduire les charges contre lui ? Impossible. Ces négociations relevaient du procureur.

Mais la curiosité n'était pas mon seul mobile. Lors d'interrogatoires menés par Ryan, j'avais vu des suspects s'incriminer eux-mêmes. Arrogant comme il l'était, Marshall était du genre à tomber dans ce piège.

Arrivés au centre de détention, nous avons passé la sécurité avant d'être conduits dans une salle d'interrogatoire au premier étage. Marshall et son avocat s'y trouvaient déjà, assis à une table métallique peinte en gris. Ils ne se sont pas levés à notre entrée. À la vue de Ryan, Marshall s'est tendu.

— Qui est ce monsieur ? a demandé l'avocat.

— Mon garde du corps.

— Il n'assiste pas à la réunion, a répliqué l'homme de loi.

Sur un haussement d'épaules, j'ai fait demi-tour.

Marshall a levé la main. L'avocat s'est tourné vers lui. Le médecin a exprimé son assentiment d'un hochement de la tête contraint. L'avocat nous a invités du geste à nous asseoir.

Nous avons pris place en face des deux hommes. Le conseiller de Marshall s'est présenté sous le nom de Walter Tuckerman. Il était chauve et court sur pattes, avec des paupières lourdes et des yeux injectés de sang. Me fixant, il a commencé :

— Le Dr Marshall a une déclaration à faire. Vous et vous seule pourrez l'interroger. À la moindre question sortant du cadre de sa déclaration, je mettrai un terme à la réunion. Est-ce bien compris, mademoiselle Brennan ?

— « Docteur » Brennan…, ai-je répliqué sur un ton glacial.

— Docteur Brennan, a-t-il répété avec un sourire gras.

Mais pour qui se prenait-il pour user ainsi de mon temps ? Si je m'étais écoutée, j'aurais pris mes cliques et mes claques.

— À vous, Lester, a dit Tuckerman en tapotant le bras de son client.

Marshall a posé ses mains manucurées sur le dessus de la table. Dans sa tenue de prisonnier d'un bleu délavé, il était moins fringant.

— C'est un coup monté contre moi.

— Vraiment ?

— Vous n'avez aucune preuve concrète me reliant au meurtre d'Unique Montague, a-t-il dit avec force, les yeux rivés sur moi.

— Ce n'est pas l'avis du procureur.

— Les preuves avancées sont strictement circonstancielles.

— Il se trouve que deux autres personnes, Willie Helms et Noble Cruikshank, ont été étranglées à l'aide d'un nœud coulant en fil de fer. La police en a retrouvé un dans votre clinique. De plus, en effectuant votre moisson d'organes sur les cadavres de Helms et de Montague, vous avez laissé des traces de scalpel sur leurs os.

— N'importe qui peut acheter un scalpel.

— Votre clinique est équipée d'un bloc opératoire. C'est curieux pour un endroit spécialisé dans la délivrance d'aspirines et de pansement adhésif.

— On ne peut pas appeler ça un bloc opératoire. Par ailleurs, je suis parfois amené à exciser un furoncle ou à poser des agrafes. J'ai besoin d'un bon éclairage.

Lorsqu'il avait été décidé que j'irais voir Marshall, j'avais débattu de la tactique à suivre avec Gullet et le procureur. Ce dernier avait émis l'idée que je lui donne l'impression d'être ouverte et prête, éventuellement, à envisager des arrangements, mais sans rien lui indiquer qu'il ne sache déjà. Ryan croyait aussi que la méthode pouvait être payante.

— La police de Puerto Vallarta a fait une descente chez votre ami Rodriguez. Dans son «établissement thermal», ai-je précisé en renforçant du geste les guillemets que mon ton exprimait déjà sans ambiguïté. Nous savons qu'il est chirurgien, et nous avons des témoignages de patients qu'il a greffés. Nous savons aussi que vous avez fait vos études ensemble et que vous avez été tous les deux sanctionnés pour exercice abusif de la médecine.

Tout cela, le procureur en avait fait état à Marshall lors de son audition.

— C'est exact. Mais à partir de ce fait, vous élaborez un scénario qui repose uniquement sur des spéculations.

— Vous aimez la malacologie, docteur Marshall ?

Ne sachant pas si Marshall était au courant du coquillage retrouvé auprès de Helms, nous avions décidé que j'en parlerais au cours de l'entretien. Pour voir sa réaction.

Comme il ne répondait pas, j'ai insisté.

— Votre collection est incomplète ? Peut-être vous manque-t-il le *Viviparus intertextus* ?

— La question est hors sujet, est intervenu l'avocat.

— Il s'avère que la coquille d'un animal de cette espèce, identique à celle découverte dans votre bureau à la clinique, a été retrouvée à côté du corps de Willie Helms, sur la plage de Dewees. Or le *Viviparus intertextus* est une espèce d'eau douce.

— Pourquoi est-ce que j'emporterais des coquillages avec moi pour aller me débarrasser d'un corps, docteur Brennan ? Posez-vous la question, vous verrez que tout cela n'est que pure mise en scène.

— Vous suggérez que quelqu'un aurait déposé des coquilles près du corps et dans votre bureau dans la seule intention de jeter le soupçon sur vous ?

— Absolument. Pas forcément pour jeter le soupçon sur moi, au départ. Pour introduire dans l'histoire un élément susceptible de prouver que le corps vient d'ailleurs au cas où il serait retrouvé. Mais, après votre visite à la clinique, le tueur a décidé de me désigner moi. Et il l'a fait en dissimulant ce coquillage dans mon bureau. Je n'ai jamais emporté de coquillage à la clinique.

— Et ce tueur serait ?

— Corey Daniels.

— Où aurait-il ramassé ces coquillages ?

— Dans n'importe quel marais, a répondu Marshall avec un ricanement de dérision. Il faut vraiment être bouché pour choisir une espèce aussi commune qu'une mouche quand on veut jeter le discrédit sur un collectionneur ! N'importe qui doté d'une demi-cervelle aurait choisi un spécimen plus exotique. C'est typique de ce crétin de Daniels.

— À l'intérieur du coquillage, il y avait un cil. Noir. Helms était blond. L'analyse d'ADN devrait donner des résultats intéressants. Je vous laisse les apprécier, docteur Marshall.

Il a poussé un long soupir, les yeux levés au plafond, tel un professeur irrité par un élève qui ne sait pas sa leçon.

— Quand bien même ce cil serait le mien… Je travaille tous les jours avec Daniels. Facile pour lui d'en ramasser un. Je ne vous apprendrai pas combien de poils un individu sème chaque jour…

Comme je ne répondais pas, il a relevé les yeux sur moi.

— Cependant je vous poserai une question : est-ce que des preuves m'incriminant ont également été retrouvées auprès des autres victimes ?

— Je ne suis pas autorisée à vous le dire.

Sachant que le procureur ne lui en avait rien dit, pas plus qu'à son avocat, je n'avais pas l'intention de livrer une information susceptible de renforcer leur position.

— La réponse est non, sinon j'aurais déjà été inculpé pour ces autres crimes aussi, a-t-il poursuivi. Et d'ajouter sur le ton du plus pur dédain : Je vous laisse apprécier la faille dans votre raisonnement. Je suis suffisamment attentif pour ne laisser traîner derrière moi aucun indice auprès des autres victimes, et j'en sèmerais deux à côté de Willie Helms et un autre dans mon bureau ? Voyons !

Sa question me paraissant rhétorique, je n'ai pas considéré qu'elle méritait une réponse.

— Êtes-vous à ce point aveuglée par la haine que vous ne pouvez même pas envisager la possibilité que je sois l'objet d'un coup monté ? Pourtant, c'est bien le cas ! s'est exclamé Marshall en écartant les doigts.

— Coup monté orchestré par Daniels ?

— Exactement.

J'ai secoué la tête d'un air incrédule.

— Un infirmier n'a pas les connaissances nécessaires pour prélever des organes vivants. Ni pour le faire sous votre toit sans que vous vous en rendiez compte.

— Extraire un organe n'est pas très difficile, surtout si l'on n'est pas concerné par la santé du donneur. Vous feriez mieux de vous pencher sur Daniels. Il a un casier judiciaire.

— Je résume : vous prétendez que Corey Daniels tuait vos patients et vendait leurs organes à votre ancien camarade d'études ?

— Ce que je soutiens, c'est que je suis l'objet d'un coup monté.

La veine sur sa tempe palpitait comme si un geyser était sur le point d'en jaillir.

— Pourquoi vous êtes-vous défait de votre bateau ? a demandé Ryan.

À ces mots, Tuckerman a levé une main aux doigts tachés de nicotine. Mais Marshall est intervenu avant que l'avocat n'ait le temps d'interdire à Ryan d'intervenir dans la conversation.

— La transaction dure depuis des mois. À l'automne dernier, un amateur de pêche sportive m'a fait une proposition. Il s'appelle Alexandre Mann. Ça lui a pris jusqu'à maintenant pour finaliser son prêt.

Ryan n'a rien ajouté. Je l'avais souvent vu utiliser cette technique. Face au silence, la plupart des suspects se sentent obligés de reprendre la parole. Marshall n'a pas fait exception.

— Vous pouvez lui demander !

Ryan a continué à garder le silence. Moi aussi.

— Un stylo et du papier, a exigé Marshall.

— Lester…, a commencé l'avocat.

Mais le médecin lui a cloué le bec d'une main impatiente et Tuckerman a sorti un Bic et un calepin de son attaché-case. Marshall a arraché une feuille et y a inscrit quelques mots d'une main ferme.

— C'est le nom de sa banque, m'a-t-il dit en me tendant le papier. Appelez-les.

Je l'ai plié sans mot dire et rangé dans mon sac. Puis j'ai lancé à brûle-pourpoint :

— Votre pilote a certainement des choses intéressantes à raconter.

— Mon pilote ? a répété Marshall, quelque peu déstabilisé.

Je l'ai regardé fixement sans répondre.

— Quel pilote ?

— Je suis là pour vous écouter, docteur Marshall. Pas pour vous enfoncer.

Or, c'était bien ce qui motivait ma question, car Gullet devait encore retrouver l'avion ou tout autre moyen de locomotion ayant servi à acheminer les organes au Mexique.

— C'est absurde. Je n'ai pas de pilote, a laissé tombé Marshall.

Il s'est passé la langue sur les lèvres. Il a fermé les yeux. Quand il les a rouverts, il m'a dévisagée avec une froideur et une dureté qu'il n'avait pas manifestées jusque-là.

— C'est pourtant simple. Daniels m'a tendu un piège. Gullet et cet imbécile de procureur sont tombés dedans grâce à vous et, maintenant, ils prennent pour preuves authentiques des faits ridicules qui ne sont que circonstanciels. Ces fausses accusations ne m'amusent pas du tout, croyez-moi ! Elles réduisent à néant ma réputation.

— Parce qu'il s'agit de ça, selon vous ? De mauvaises gens qui vous lancent la pierre ?

— Je ne tue pas mes malades, je les soigne.

J'ai secoué la tête, trop dégoûtée pour répondre.

Marshall a recroisé les doigts.

— Je vois bien que vous me haïssez, et pour une foule de raisons. Notamment pour ne pas avoir été à la hauteur de mon serment d'Hippocrate. C'est vrai que j'ai fait mauvais usage de drogues, mais c'était il y a des années. Tout cela a changé.

Il a serré ses doigts si fort qu'ils en sont devenus tout blancs.

— J'ai accepté ce travail sous l'égide de l'EMD pour réparer le gâchis que j'avais fait de ma vie et de mes talents. J'ai été condamné, comme vous le savez certainement. En prison, j'ai rencontré des êtres dont je ne soupçonnais même pas qu'il puisse en exister d'aussi ignobles en ce monde. J'ai découvert ce qu'étaient la violence et le désespoir et je me suis promis, une fois libéré, de mettre mes connaissances en médecine au service des déshérités.

Le craquement émis par le siège de Ryan m'a appris qu'il ne croyait pas un mot de cette tirade.

— Je sais que les apparences sont contre moi, poursuivait Marshall, et il est vrai que je suis *effectivement* coupable de bien des choses, mais pas de ces crimes. Quelles qu'aient pu être mes fautes dans le passé, je suis et je demeure un homme attaché à soigner les malades. Je n'ai tué personne.

Il a élevé ses mains jusqu'à son menton sans les décroiser, puis il a pris une profonde inspiration et a expiré lentement.

— Peut-être que je me trompe et que mon bourreau n'est pas Daniels... Mais je suis la victime d'un coup monté.

— Bravo pour le pilote, m'a dit Ryan alors que nous quittions le centre de détention.

— Je me suis dit qu'il lâcherait peut-être quelque chose sans le vouloir.

— Il est trop rusé pour ça.

— Ça, c'est sûr. Mais pourquoi voulait-il me parler ?

— Parce que tu es plus jolie que Gullet et que le procureur l'a envoyé promener.

— Tu crois qu'il pourrait y avoir du vrai dans ce qu'il dit ?

— Ouais, autant que lorsqu'on disait que les mini-shorts étaient le summum du bon goût.

— J'ai déjà porté des mini-shorts.

— Si je t'avais connue à ce moment-là, ma vision des années 70 en aurait été chamboulée.

Il a renforcé sa déclaration par une de ces imitations de Groucho Marx dont il a le secret.

— Si Marshall n'a pas menti, tu as vu juste en supposant que Daniels avait fait de la prison.

— Que veux-tu ? On a du pif ou on n'en a pas !

Le centre de détention était à deux minutes du bureau du shérif. En descendant de la jeep, j'ai aperçu Adele Berry courant le long de l'allée. Avec ses cheveux en bataille, sa peau luisante et son chemisier en polyester rouge trempé de sueur, elle avait nettement moins bonne prestance que le retriever de Gullet, assoupi à l'ombre des buis qui bordaient le bâtiment.

En nous voyant, elle a marqué une hésitation. J'ai cru qu'elle allait changer de route pour nous éviter. Elle a continué droit devant elle, comme un nageur qui s'élance du plongeoir.

— Qu'est-ce que vous avez à vous acharner sur un homme si bon ? a-t-elle braillé, son visage charnu tordu par la colère.

— Le Dr Marshall a tué des innocents.

— Vous êtes cinglés.

— Les preuves sont là.

Elle s'est passé la main sur le front et l'a essuyée sur sa jupe.

— S'il y a quelqu'un de tué dans l'histoire, c'est moi ! Grâce à vous et à la police ! Je pourrais servir de rampe de lancement à un missile, tellement ma tension a grimpé. J'ai plus de boulot et c'est pas ça qui empêchera les factures d'arriver !

— Depuis combien de temps travaillez-vous à la clinique ?

Elle s'est déhanchée dans une pose ostentatoire, son poing monumental plaqué sur le côté.

— Z'êtes pas habilitée à m'interroger.

— Je sais. Mais je trouve curieux que vous refusiez de répondre à une question aussi simple et qui pourrait faire la lumière sur ce drame.

Elle s'est de nouveau essuyé le front de la main.

— Cinq mois. Alors pourquoi que je me fends le derrière ? Et Daniels aussi. Ils le cuisinent comme un pauvre sandwich.

— Il a peut-être vu ou entendu quelque chose.

— Z'apprendront rien.

— Pourquoi ça ?

— Parce qu'y a rien à apprendre.

Sur un regard furieux, elle est partie vers le stationnement.

— J'ai comme l'impression qu'elle ne nous porte pas dans son cœur, a dit Ryan en me tenant ouverte la porte vitrée.

Daniels se rafraîchissait les méninges dans une salle d'interrogatoire. Gullet l'observait depuis la pièce voisine à travers une glace sans tain. Ryan est allé se poster près de lui. J'ai raconté au shérif comment s'était déroulé l'entretien avec Marshall. Il a écouté, les mains dans les poches. Je lui ai demandé s'il pensait que Marshall puisse être l'objet d'un coup monté.

— Si c'est le cas, ce gars-là n'est pas en cause, a-t-il déclaré en se tournant vers la glace. C'est loin d'être une lumière.

— C'est quoi, sa biographie ?

— Né en 1972, pas de condamnation quand il était mineur. En 1990, s'inscrit en médecine à l'université de Charleston, tous frais payés par un arrière-arrière-arrière quelque chose — grand-père ou grand-oncle. Mais il se met en ménage avec une fille qui ne correspond pas aux attentes du vieux et la poule aux œufs d'or cesse de pondre. Daniels se tire au Texas. Il s'inscrit à l'école de soins infirmiers d'El Paso pendant que sa copine travaille pour payer les factures.

— Pourquoi le Texas ?

— La petite amie est originaire de là-bas. Diplômé en 1994, il travaille à l'hôpital où il a suivi sa formation.

— Où ça ?

— Un centre hospitalier rattaché à l'université du Texas. Je peux vérifier où exactement.

— Et comment il aboutit ici ?

— Les relations avec sa copine se détériorent. En attestent les nombreuses plaintes des voisins. Elle finit par le mettre à la porte. Interdit de visite par le tribunal, il essaie quand même. Les retrouvailles se terminent en bagarre. La fille dévale l'escalier. Fracture de la clavicule. Daniels écope de six ans. Il est relâché au bout de trois. On perd sa trace pendant un moment. En 2000, il revient à Charleston, la queue entre les jambes. Pour se reposer. Entre à la clinique de l'EMD en 2001. Bref, c'est tout sauf un génie.

— À moins que ce soit un escroc de génie, a dit Ryan.

— Vous dites ? a laissé tomber Gullet sur un ton dégoulinant de sarcasme.

— Qu'il ne faut jamais éliminer l'improbable.

— Faites-moi confiance. Ce type n'a pas fait Harvard.

J'ai fait valoir qu'il ne pouvait pas être si con que ça s'il avait un diplôme d'infirmier. Gullet a exhalé un soupir bruyant par les narines.

— Le Seigneur me préserve des théories fondées sur la conspiration. Marshall est dans le bain jusqu'au cou. Il cherche seulement à faire porter le chapeau à quelqu'un d'autre.

— Qu'est-ce que Daniels a contre lui ?

— Disons qu'il n'a pas envie de parler de lui.

— Sur quelle base est-il détenu ? a demandé Ryan.

— Mauvaise conduite. Je lui donne le temps de considérer ce que signifie respecter la loi.

De l'autre côté de la glace, Daniels se curait une dent avec l'ongle de son pouce. À ma surprise, Ryan a demandé la permission de l'interroger.

— Et pourquoi vous y autoriserais-je, détective ? s'est étonné Gullet sur un ton presque amusé.

— Je crois que j'ai repéré un détail qui mérite attention.

Gullet a haussé les épaules, les mains toujours enfoncées dans ses poches.

— N'oubliez pas d'enclencher le magnétophone.

Chapitre 35

J'ai regardé Ryan entrer dans la salle d'interrogatoire, dissimulée derrière la glace sans tain, en compagnie de Gullet. Daniels a relevé les yeux. Étendant les jambes, il s'est renversé sur son siège, un bras passé autour du dossier, l'autre posé sur la table.

— Tu te souviens de moi, Corey ? a demandé Ryan.

— M'sieur le bon détective.

— C'est pas mal vu.

— J'ai besoin d'une cigarette.

— C'est dur, hein ?

L'espace d'un instant, Daniels a eu l'air surpris, puis il a repris son expression ennuyée.

Un détail qui mérite attention, avait dit Ryan. Qu'avait-il donc repéré chez cet homme ?

— Tu as une objection à ce que cet entretien soit enregistré ? a demandé Ryan.

— Ça y changerait quelque chose ?

— Simple question de protection, pour toi comme pour moi.

Ryan a allumé l'appareil. Après l'avoir testé, il a indiqué son nom, celui de la personne interrogée, l'heure et la date, puis il a déclaré :

— Ton patron est dans un fichu pétrin.

— Qu'est-ce que j'ai à voir avec ça ?

— Quelles étaient tes fonctions à la clinique de l'EMD ?

— Infirmier.

— En quoi consistaient-elles, exactement ?

— À soigner les gens.

— Je m'en doute.

— Quoi d'autre ?

— J'ai comme l'impression que cet entretien ne soulève pas chez toi un grand enthousiasme, Corey.

— Je devrais sauter de joie à l'idée d'être mis à l'ombre un jour de canicule ?

— La chaleur pourrait t'atteindre malgré tout.

— Vous n'arriverez jamais à démontrer que j'aurais pu éliminer tous ces gens.

— Quelqu'un en a manifesté l'intention ?

— Marshall n'essaie pas de me mettre ça sur le dos, quand même ?

— En fait, oui.

— Je vais me débrouiller. C'est pas la première fois que je suis accusé pour rien, a déclaré Daniels (il s'est passé la main dans les cheveux). Tout ce qu'il me faut, c'est une cigarette.

— Pourquoi soigner les gens ?

— Quoi ?

— Tu fais quoi, un mètre quatre-vingt-quatorze pour cent vingt-cinq kilos ? Un gars costaud comme toi, pourquoi choisir le métier d'infirmier ?

— Y a pas de chômage et le salaire est correct.

— Et on a la liberté en plus ?

— Exactement.

— Où est-ce que tu as purgé ta peine, a demandé Ryan en désignant ses tatouages.

— Huntsville.

— Pour quel motif ?

— Une salope qui a prétendu que je l'avais tabassée et le con de juge a gobé son histoire, a persiflé Daniels. Au Texas, ça niaise pas !

Il a pointé les doigts sur Ryan comme s'il tenait un pistolet. Je me suis intéressée à ses tatouages. Des crânes, un cœur percé d'une flèche, des araignées sur une toile et des serpents qui remontaient le long de son avant-bras. La classe.

Je commençais à me demander quand Ryan allait en venir à ce détail qui méritait attention quand il a montré du pouce la boucle de ceinture de Daniels.

— Fan de Harley, à ce que je vois.

— Et alors ?

— J'ai déjà eu une 95 Ultra Classic Electra Glide. J'ai aimé cette moto plus que ma mère.

Pour la première fois, le regard de Daniels s'est posé sur Ryan.

— Tu te fous de ma gueule ?

— L'homme peut mentir sur plein de choses, sa taille, sa queue, mais pas sa moto.

— Moi, j'avais une Fat Boy Screamin' Eagle 2004, a répliqué Daniels en se frappant le thorax.

— Un amoureux des Softail.

— Les motos de tourisme, c'est pour les pédés.

— Rien ne vaut la sensation du vent en plein visage.

— Exact.

— Ça t'est déjà arrivé de foncer à toute vitesse et de te retrouver à bouffer l'asphalte ? a demandé Ryan avec un sourire épanoui.

— Et comment !

Avec un grand sourire, Daniels a posé ses deux bras à plat sur la table, les mains en l'air. Une cicatrice en forme de croissant cerclait l'un de ses poignets.

— Une bonne sœur, t'imagine ça ? Une bonne sœur en Hyundai. Je me réveille à l'urgence et je la vois à côté de moi en train de m'installer la ligne directe avec le Bon Dieu. Cette scène à l'hôpital, c'était pire encore que ce bordel de dérapage.

— Moi, le con qui m'a renversé s'est même pas arrêté.

— Ben, moi, la bonne sœur continue de prendre de mes nouvelles, elle peut pas se pardonner. Je lui dis d'oublier ça, que c'est le prix à payer pour la chevauchée, *man*. Le prix à payer.

— Des séquelles ?

— La main gauche déconne, mais qui en a besoin ? Je compense avec la droite. Une bonne sœur…

Il a recommencé à secouer la tête d'un air incrédule. Ryan a hoché la sienne pour signifier qu'il comprenait. Deux motards abasourdis par les tours que peut jouer le destin. Daniels a été le premier à briser le silence.

— Écoute, *man*, je regrette que ces gens se soient fait gazer, mais j'ai rien à voir avec ça.

— On ne cherche pas à te coincer, seulement à recueillir des informations. Savoir si tu n'aurais rien remarqué d'étrange chez Marshall, dans ses actes ou dans ses paroles.

— Comme je l'ai déjà dit à ce nazi de shérif, Marshall était obsédé par deux choses : la propreté et son bureau où personne devait entrer.

— À quoi servait la grande salle en haut ?

— Ça, mystère et boule de gomme ! a répondu Daniels en haussant les épaules. J'ai jamais vu personne y entrer à part le gars du ménage.

— Tu ne trouves pas ça bizarre ?

— Moi, j'arrive le matin, je fais mon boulot et je me tire le soir.

— Donc, tu n'as rien remarqué de spécial à propos de Marshall ?

— On va pas répéter cent fois la même chose. J'aimerais pas me retrouver tout nu en face de lui, mais comme patron, il était OK, d'accord ?

— Et Helene Flynn ?

Daniels s'est laissé retomber sur son siège.

— *Shit*, j'en sais rien. Elle était comme cette bonne sœur dont je t'ai parlé. De la classe. Vraiment gentille avec les patients. J'ai bien essayé de tâter le terrain, si tu vois ce que je veux dire. Un mot par-ci, un mot par-là. Elle m'a repoussé. Moi, je suis pas du genre à me mettre à genoux.

— Elle s'entendait bien avec Marshall ?

Daniels n'a pas répondu, occupé qu'il était à faire grincer son doigt sur le dessus de la table.

— Corey ?

Il a haussé les épaules.

— J'en sais rien. Ouais, au début. Après, on aurait dit qu'elle sursautait quand il traînait autour d'elle. Je me suis dit qu'il essayait peut-être de la draguer, lui aussi.

— Tu sais pourquoi elle est partie ?

— Marshall a dit qu'elle avait donné sa démission, et il a engagé Berry… J'ai pas posé de questions, c'est ma devise, a-t-il ajouté sans cesser de frotter la table.

— Est-ce qu'il arrivait à Marshall de travailler tard, le soir ?

— Parfois, il nous laissait partir avant l'heure, avec Adele.

Une seconde s'est écoulée. Le doigt de Daniels s'est immobilisé.

— *Fuck, man !* Je vois ce que tu veux dire ! C'est pas normal, ça. Lui, il est médecin. C'est pas son rôle de fermer la boutique, c'est celui de Berry !

Du bureau du shérif, nous sommes allés à l'hôpital. Pete avait été transféré dans une chambre individuelle au service de chirurgie. Ryan est resté à m'attendre dans le hall.

Le Savant Letton était d'une humeur massacrante. La gelée servie au déjeuner était verte ; l'infirmière était sourde ; et il avait les fesses gelées parce que sa chemise de nuit était trop petite. Ses jérémiades m'énervaient autant qu'elles me soulageaient. Elles étaient signe de guérison. Comme je l'avais dit à Katy quand elle avait fini par m'appeler, son père serait bientôt sur pied.

Tard dans l'après-midi, Ryan a reçu un coup de fil de Lily. Elle était chez des amis à Montréal et voulait le voir. Il a promis de rentrer vendredi. De toute façon, son congé touchait à sa fin, il devait reprendre le travail lundi. En partant deux jours avant la date prévue, il pourrait passer le week-end avec sa fille. Il m'a annoncé son départ en grimaçant un sourire. Je l'ai serré dans mes bras. Nous sommes restés ainsi très longtemps, l'un et l'autre perdus dans des pensées qui concernaient une tierce personne : un ex-mari hors de danger ; une fille qui devenait adulte.

Mon travail à Charleston était achevé : les inconnus d'Emma étaient identifiés ; Marshall allait affronter des moments difficiles, et même pires que ça. Tout cela méritait bien une soirée de folie. Nous avons opté pour un gueuleton au 82 Queen Street.

Viande et homard, assortis d'une conversation excluant soigneusement tout sujet brûlant. Ryan ne m'a posé aucune question concernant notre avenir. De mon côté, je ne l'ai assuré de rien. J'en étais bien incapable. J'étais trop déroutée de découvrir en moi des émotions aussi intenses vis-à-vis de mon ex-mari. Pas seulement parce qu'il avait frôlé la mort, mais parce que ces quelques jours de vie à deux m'avaient curieusement déstabilisée.

Pour compenser, nous nous sommes largement félicités l'un l'autre. Nous avons beaucoup ri et fait souvent tinter nos verres. Plusieurs fois, j'ai voulu prendre la main de Ryan. Je ne l'ai pas fait. Je me demanderais souvent pourquoi par la suite.

Ryan a pris la route, le jeudi matin, après le petit-déjeuner. Nous nous sommes embrassés pour nous dire au revoir. J'ai agité la main jusqu'à ce que la jeep disparaisse et je suis rentrée dans une maison désertée sauf par le chien et le chat. Je resterais à Charleston auprès de Pete jusqu'à ce qu'il soit en état de rentrer à Charlotte. Après, je verrais. Je n'avais pas de projets.

Cet après-midi-là, j'ai emmené Boyd chez Emma. À peine a-t-elle ouvert la porte qu'il a bondi vers elle, la renversant presque. En voyant son visage blafard, mon choc a été tel que j'ai cru que c'était moi qui avais reçu le chow-chow en pleine poitrine. Malgré la chaleur et l'humidité, Emma était emmitouflée dans un épais chandail et portait même des chaussettes. J'ai eu du mal à garder un sourire plaqué sur mes lèvres.

Gullet lui avait déjà rapporté l'arrestation de Marshall. Installées toutes les deux dans les berceuses de la véranda, je lui ai raconté en détail mes conversations avec Marshall et Daniels. Sa réaction a été immédiate :

— Daniels serait à la tête d'un réseau international de trafic d'organes et il ferait porter le chapeau à Marshall ? Tu rigoles. Tout désigne le médecin. C'est un salaud. Évidemment que c'est lui le coupable.

— Mmm.

— Quoi ? Tu n'es pas convaincue ?

Le scepticisme d'Emma venait s'ajouter à celui du shérif comme des anneaux autour d'une planète.

— Bien sûr, mais il y a des détails qui me dérangent.

— Quoi, par exemple ?

— Le fait qu'il n'ait pas un seul objet personnel dans son bureau. Pourquoi y aurait-il gardé ce coquillage, alors ?

— Pour des millions de raisons : il voulait l'emporter chez lui et il a oublié, par exemple. Ou bien le coquillage s'est échappé d'un bocal et a roulé dans son tiroir sans qu'il s'en rende compte.

— Helms a été tué en 2001, je te rappelle. Ce coquillage serait resté au fond de son tiroir pendant toutes ces années ?

— Ce n'est pas une conque, Tempe, mais une coquille minuscule.

— C'est vrai.

À la vue d'un écureuil, Boyd a brusquement bondi sur ses pattes. J'ai posé la main sur sa tête. Il m'a regardée en faisant danser ses sourcils et s'est contenu. J'ai poursuivi mon raisonnement :

— Marshall n'est pas un imbécile. Pourquoi porterait-il sur lui un coquillage, pile le jour où il va enterrer un cadavre ?

— Peut-être qu'il ne s'est pas aperçu que ce coquillage était tombé de sa poche.

D'après les mouvements de sa tête, il était évident que Boyd ne lâchait pas l'écureuil des yeux.

— Cette histoire de coquillage ne correspond pas à sa personnalité. C'est un type hyperméticuleux, Gullet le dit lui-même.

— Ça arrive à tout le monde de déraper un jour.

— Admettons.

J'ai donné à Boyd une petite tape sur la tête et lui ai désigné le plancher. À contrecœur, il a repris sa place à mes pieds.

Emma est allée chercher du thé glacé et nous sommes restées à nous bercer en silence.

Un homme est passé sur le trottoir, puis une femme avec un carosse et deux enfants à bicyclette. De temps à autre, le chow-chow me faisait comprendre par ses gémissements qu'il rêvait de jouer à Rocky.

— À ton avis, combien y aura-t-il eu de victimes en tout ? ai-je demandé à Emma

— Qui sait ?

— Je peux te poser une question, Emma ? ai-je lancé comme plusieurs noms de ma liste me revenaient en mémoire : Parker Ethridge. Harmon Poe. Daniel Snype. Jimmie Ray Teal. Matthew Summerfield. Lonnie Aikman.

— Bien sûr.

— Pourquoi est-ce que tu ne m'as pas parlé de Susie Ruth Aikman ?

— De qui ? s'est-elle écriée, stupéfaite.

— La mère de Lonnie Aikman. Elle a été trouvée morte dans sa voiture, la semaine dernière. Tu ne trouves pas ça suspect ?

— Où est-ce que ça s'est passé ?

— Route 176, au nord-ouest de Goose Creek.

— Ah, le comté de Berkeley. Ce n'est pas ma juridiction. Mais je peux me renseigner, si tu veux.

Bien sûr. Je me suis sentie vraiment bête d'avoir pu douter de mon amie.

Devais-je l'interroger aussi sur cet accident de bateau mentionné par Winborne dans son article sur Aikman ? Non, mieux valait laisser tomber. D'autant plus que ce n'était pas mes oignons.

À quatre heures et demie, Emma n'en pouvait plus. Nous sommes rentrées dans la maison. J'ai fait des spaghettis avec de la sauce trouvée dans le congélateur. Boyd rôdait dans la cuisine, me gênant dans mes mouvements.

En regardant Emma jouer avec sa nourriture sans la manger, je me suis rappelé ma promesse d'appeler sa sœur. Je lui ai appris que Sarah était en Italie et serait de retour dans les jours à venir. Je lui ai juré de lui téléphoner.

À six heures du soir, Emma a insisté pour que je la laisse. J'ai pris le chemin du retour. À l'arrière, Boyd n'arrêtait pas de passer d'une fenêtre à l'autre, s'arrêtant périodiquement pour me donner un grand coup de langue sur l'oreille et la joue droite.

Il était au milieu de son circuit quand j'ai tourné dans l'allée menant à *La Mer sur des kilomètres*. Subitement, il s'est immobilisé. Un grondement est monté de sa gorge.

Coup d'œil dans le rétroviseur. Un VUS me collait au train.

La peur s'est emparée de moi.

— Du calme, mon garçon.

Tendant le bras en arrière, j'ai agrippé le chien par son collier. Il s'est tendu et a donné de la voix.

Les yeux rivés sur le rétroviseur, j'ai enfoncé le bouton placé sur l'accoudoir qui actionne la fermeture automatique des portières.

Celle du VUS s'est ouverte, côté conducteur. À la vue du logo peint sur le flanc de la voiture, je me suis détendue.

Boyd continuait d'aboyer.

— Tout va bien, mon gros.

En effet. La silhouette massive qui se dirigeait vers moi était celle du shérif.

Son visage, pour une fois, n'était pas indéchiffrable : il n'était pas content.

Chapitre 36

Sans dire un mot, Gullet m'a remis le *Post & Courier* du jour.

Winborne avait frappé à nouveau. Sauf que cette fois son article n'était pas perdu dans le fatras des nouvelles locales, mais en première page. Cruikshank, Helms, la perquisition à la clinique, l'arrestation de Marshall, tout y était. Illustré par une photo du révérend Aubrey Herron faisant son fameux geste de ralliement, le poing brandi vers le ciel. Le récit s'achevait sur les questionnements habituels destinés à aiguiser l'appétit du lecteur, en l'occurrence : les pistes éventuelles, le nombre de morts à déplorer et le danger encouru par le public.

Mon ébahissement n'a pas tardé à se muer en une rage glacée.

— Espèce de ver de terre gluant !

Le shérif scrutait mes traits et son masque de pierre était plus impénétrable que les statues de Battery Park.

— Vous ne croyez quand même pas que c'est moi qui ai informé Winborne ?

— Vous m'avez dit que vous le connaissiez, a répliqué le shérif en me fusillant des yeux.

— Vous m'avez répondu qu'il était inoffensif ! ai-je rétorqué en lui rendant un regard aussi noir.

— Je n'apprécie pas de voir mon enquête déballée sur la place publique comme une vulgaire télé-réalité.

Herron est furieux, les médias affûtent couteaux et fourchettes, et, au bureau, les téléphones carillonnent comme des cloches d'église le dimanche.

— Jetez donc un œil dans votre jardin !

— Vous laissez entendre que la fuite viendrait de chez moi ?

— Je ne dis pas ça. Je dis que les informations concernant Cruikshank ne viennent pas de moi. Winborne épluche les faits entourant sa disparition depuis déjà deux mois. Pour ma part, je ne lui ai jamais dit qu'il avait été formellement identifié.

J'ai rendu son journal à Gullet.

— Herron a des amis parmi les gens influents.

— Bien sûr ! Son meilleur ami, c'est le Bon Dieu.

— Il a les moyens de rendre la vie infernale à n'importe quel élu local, à commencer par le shérif du comté.

Comme Boyd redonnait de la voix, je suis allée lui ouvrir la portière. Il a foncé vers les buissons et entrepris de les renifler l'un après l'autre, puis il a gratté le sol en expédiant des mottes de terre tous azimuts. Revenu au petit trot près de nous, il a fourré son museau dans la braguette de Gullet.

J'ai voulu lui donner une tape.

Gullet lui a caressé les oreilles.

Boyd a léché sa main.

Traître ! ai-je pensé intérieurement, retournant ma fureur contre le chow-chow. Tout haut, j'ai fait remarquer que si Winborne connaissait le nom des victimes et était au courant de l'arrestation de Marshall, il ne savait rien sur le trafic d'organes. Gullet a tapé plusieurs fois son journal dans sa main avant de se ranger à mon point de vue.

— Ouais, sinon il en aurait parlé et mentionné aussi le nom de Rodriguez.

— Est-ce qu'il aurait pu apprendre des choses en se branchant sur les fréquences radio de la police ?

— C'est possible, a reconnu Gullet, mais rien sur Cruikshank.

Son regard s'est déplacé lentement d'un bout à l'autre de mon visage.

— Dans les échanges entre voitures, il n'a pas été dit que le pendu de la forêt avait été identifié. Non, c'est par un autre moyen qu'il a obtenu cette info.

Au bout du compte, un modeste avantage devait résulter de la publication de cet article dans le *Post & Courier* de jeudi et cela concernait Cruikshank. Le lendemain, tôt dans la matinée, Barry Lunaretti, le patron d'un bar de King Street appelé Little Luna's, a téléphoné au bureau du shérif pour signaler qu'il avait en sa possession une veste oubliée par un client dans laquelle se trouvait un portefeuille appartenant à Noble Cruikshank. Ce nom avait tilté dans son esprit dès qu'il avait lu l'article, mais ce n'est qu'au bout de plusieurs heures qu'il avait fait le rapprochement. Quand la connexion s'était établie entre ses synapses.

Lorsque Gullet m'a transmis la nouvelle par téléphone, mes synapses à moi se sont connectées aussitôt et je lui ai demandé si ce bar ne serait pas surnommé Les Deux L.

— Oui, je crois bien.

— C'est un de ceux où Pinckney s'est arrêté dans sa tournée des grands ducs. C'est là qu'a dû se produire la confusion entre les vestes. Cruikshank a emporté celle de Pinckney et celui-ci, qui était ivre mort, s'est tellement focalisé sur la perte de son portefeuille qu'il en a oublié celle de sa veste. Est-ce que le patron se souvient de la date à laquelle il a découvert cette veste ?

— Pas précisément. En gros, ça fait deux mois.

Ce point, mis à part le fait qu'il satisfaisait ma curiosité en répondant à une question demeurée sans réponse, ne m'a pas fait crier de joie : nous le savions depuis longtemps que Cruikshank vivait encore deux mois plus tôt.

Gullet avait également reçu un relevé préliminaire des communications passées par Marshall à partir de son domicile et de la clinique.

— Au cours des trois derniers mois, il a réglé des problèmes follement exotiques à partir de chez lui. Ils concernent sa voiture, ses cheveux et ses dents.

— Il croule sous les amis.

— À la clinique, en revanche, il y a un hiatus.

J'ai laissé Gullet continuer.

— Ça prendra un moment de vérifier tous les appels, bien sûr, mais on remarque déjà qu'il y en a un d'anormal. En règle générale, aucun appel n'est reçu ou passé de la clinique après seize heures trente — dix-sept heures, pour la bonne raison qu'elle est fermée. Or, le 24 mars, à dix-neuf heures deux, a déclaré Gullet en martelant les mots, un quatre-vingt-douzième appel a été passé de la clinique. Au domicile de Noble Cruikshank.

— Non ! Marshall ?

— L'appel a effectivement été passé de son bureau.

— Où est le problème, alors ?

— Ce jour-là, il était à Summerville, à une conférence sur la dystrophie musculaire organisée par une association caritative. Et il y est resté de dix-huit heures trente à vingt-deux heures selon plusieurs témoins.

Mes doigts se sont crispés sur le combiné. Qui avait bien pu appeler Cruikshank ? Le meurtrier attirant sa victime dans un guet-apens ?

Un noir soupçon a commencé à se former en moi.

Surtout, ne pas sauter aux conclusions hâtives, réfléchir. Avancer pas à pas en suivant le fil des événements. Où en étions-nous ? Au coup de fil à Cruikshank.

— Tout indique que Cruikshank serait mort à la fin du mois de mars, ai-je énoncé lentement. Il n'a pas encaissé le chèque de Flynn correspondant à sa paie du mois de février et sa carte de crédit n'enregistre plus aucune activité depuis cette période. Winborne dit l'avoir vu le 19. À mon avis, Cruikshank est mort le soir de cette confusion entre les vestes, sinon il se serait rendu compte que le portefeuille dans la poche n'était pas le sien. Comme Pinckney a déclaré sa perte à la police, on devrait pouvoir déterminer le jour exact où l'erreur s'est produite.

— Je vais m'y mettre.

Vingt minutes plus tard, Gullet me rappelait pour dire que Pinckney avait signalé le vol le 26 mars en spécifiant qu'il avait eu lieu la veille dans la soirée.

— Si quelqu'un appelle Cruikshank de la clinique le 24 mars et qu'il meurt le 25, il y a peu de chances pour qu'il s'agisse d'une coïncidence.

— Mais qui a passé cet appel ? Un informateur ? Le gars du ménage ?

— Et si Marshall disait vrai et que quelqu'un essaie de le faire tomber ?

— Daniels ? a lâché Gullet.

À son ton offusqué, on aurait pu croire que j'avais proposé Milosevic comme prochain lauréat du Nobel de la paix.

— Je sais que ça paraît fou et que de nombreux détails désignent Marshall, mais, comme il le dit lui-même, nous n'avons au fond que des preuves circonstancielles : le bloc opératoire, le nœud coulant, le fait que les victimes aient été suivies dans cette clinique. Daniels aussi y travaille. Et que sait-on de lui, au juste ?

— La solution Daniels n'explique pas tout. Il y a quand même le fait que Marshall connaît Rodriguez ; qu'il se débarrasse de son bateau ; qu'il collectionne les coquillages et que celui retrouvé dans son bureau est le petit frère de l'autre, découvert à côté de Willie Helms. Ne perdons pas de temps en suppositions inutiles. Marshall est dans le bain jusqu'au cou, et ce coup de téléphone le prouvera. Vous avez pensé à Pinckney, c'est bien. Moi, je dois penser à l'armée de journalistes qui campe sur mon perron.

— Vous avez du nouveau sur Rodriguez ?

— Non.

— Sur un pilote ou un avion ?

— Non. Désormais, tout cela relève du procureur. Votre travail à vous est terminé.

Je me suis retrouvée en train d'écouter des bips sur la ligne.

Ce même vendredi matin, à neuf heures, Lester Marshall comparaissait devant le juge, assisté de son avocat. Walter Tuckerman a argué que son client était un médecin et un homme respecté ; le procureur, qu'il risquait de s'enfuir. Le juge a ordonné à Marshall de lui remettre son passeport et évalué le montant de la caution à un million de dollars. Tuckerman s'est engagé à réunir la somme. Marshall serait libre avant la tombée de la nuit.

Gullet avait raison. Mon travail était achevé. Ne restait qu'à peaufiner les preuves qui seraient présentées au procès : éplucher les relevés de téléphone, les dossiers médicaux des patients et les plans de vol d'un éventuel pilote ; passer au crible les disques durs des ordinateurs ; établir la possibilité ou l'impossibilité temporelle pour l'inculpé d'avoir accompli ce qui lui était reproché ; interroger les témoins. Tout cela, c'était le boulot des enquêteurs, du laboratoire de la police criminelle et du procureur.

La télévision donne des officiers de police judiciaire une image glamour. Elle en fait des gens passionnés par leur travail riche en rebondissements et dans lequel la technologie a toujours le dernier mot. Elle passe sous silence tout ce que ce métier a de rébarbatif : les heures passées à suivre méticuleusement des pistes qui se révéleront inutiles et à étudier des montagnes de données sans en laisser une de côté.

Ayant personnellement apporté une évidente contribution à cet échafaudage, j'aurais dû me réjouir qu'un terme ait été mis à cette série de meurtres, me sentir délivrée de ma tension des semaines précédentes. Pourtant, je n'arrivais pas à trouver la paix de l'esprit. J'étais aussi tendue qu'un câble remorquant un énorme chargement. Impossible de lire, de faire la sieste, de rester tranquille. Le doute me rongeait : et si Marshall n'était pas le coupable ?

Et s'il disait la vérité et que le tueur coure toujours ? Et s'il décidait d'aller se mettre à l'ombre au Mexique ?

J'ai emmené Boyd courir sur la plage. J'ai pris une douche. Je me suis fait un sandwich. J'ai mangé tout un bol de Chunky Monkey. J'ai allumé la télé et regardé le présentateur relater l'audition de Marshall d'une voix tremblante d'excitation.

J'ai coupé les infos et jeté la télécommande sur le divan. Dieu du Ciel ! Et si nous avions fait fausse route ?

À une heure, j'ai vérifié l'adresse de Daniels dans l'annuaire, attrapé mes clés et quitté la maison sans avoir la plus petite idée de ce que pourrait m'apporter un entretien avec lui. Peut-être espérais-je tirer un renseignement quelconque de sa gestuelle ou de son expression…

L'infirmier, apparemment, n'était pas un amoureux du sable et des vagues. Il avait élu domicile dans un condo construit sur un parcours de golf en bordure de la lagune. Buissons taillés au cordeau, courts de tennis, piscine, et maisons d'architecte. Des toits coupés en deux dans le sens de la longueur et dont la moitié survivante, la gauche, remontait vers le ciel. *Très avant-garde**.

Daniels habitait au 4-B. Descendue de voiture, je me suis dissimulée sous un chapeau et des lunettes de soleil. On ne dira pas que je n'ai pas vu assez de *Columbo*.

Ayant lu les numéros sur plusieurs maisons, je me suis dirigée vers la gauche. Le chemin qui menait à ce groupe de villas serpentait parmi des buissons de myrtes qui deviendraient un jour des arbres et des massifs de soucis protégés par un tapis d'épines de pin. Le parfum puissant des fleurs et de la terre était encore magnifié par l'eau qui, jaillissant de bouches invisibles, explosait en gerbes dans la chaleur du soleil étincelant.

Un nombre impressionnant de Beemer, de Benz et de VUS étaient garés devant les différentes unités. Près de la piscine, des corps huilés se faisaient bronzer sur des transats. À défaut d'avoir vue sur la mer, Daniels posait ses fesses sur des chaises longues de prix. Comment un infirmier travaillant dans une clinique pour les déshérités pouvait-il se permettre ce luxe ? La question m'avait déjà intriguée quand j'avais découvert dans l'annuaire qu'il habitait à Seabrook.

Je n'avais rien prévu de spécial, sinon de faire ce que l'on fait d'abord en arrivant chez quelqu'un : sonner à la porte. Comme Columbo.

Personne n'a répondu.

J'ai recommencé. Même résultat. M'étant penchée pour jeter un coup d'œil par une étroite fenêtre à côté de la porte, j'ai pu me convaincre d'une chose : que Daniels aimait le blanc. Murs blancs, miroir en osier blanc, tabourets de bar blancs, placards de cuisine blancs, plan de travail blanc. Même l'escalier qui filait tout droit au premier étage était peint en blanc. On ne voyait rien d'autre.

— Vous cherchez Corey ?

Le cœur battant, je me suis retournée pour découvrir des bretelles rouges, un chapeau de paille, des bermudas et une chemise où s'étalaient les mots « Service postal des États-Unis ».

— Pardon si je vous ai fait peur, m'dame.

— Non-non. Je veux dire oui. Corey est là ?

— Celui-là, il est réglé comme du papier à musique : s'il n'est pas au boulot, c'est qu'il est à la pêche ! Vous êtes une amie ?

Et le facteur de m'adresser un grand sourire, une main sur sa sacoche, l'autre tenant un rouleau de magazines.

— Mmm.

Pêche, bateau ? Pourquoi ne pas lancer l'hameçon moi-même ?

— Oui, Corey adore la mer.

— Faut bien qu'il prenne le large de temps en temps ! Cela dit, vous avouerez qu'on vit quand même dans un drôle de monde. Un grand garçon comme lui qui fait l'infirmier, et des filles minuscules qui se battent en Irak.

— Ouais, un drôle de monde, ai-je renchéri, l'esprit ailleurs, stupéfiée par la nouvelle que je venais d'apprendre : Daniels possédait un bateau !

Grimpant les trois marches du perron, le facteur m'a remis les magazines.

— Vous voulez bien les glisser dans la fente ?

— Bien sûr.

— Bonne journée, m'dame.

J'ai attendu qu'il ait rebroussé chemin pour traverser la véranda tout en parcourant le courrier de Daniels. Les magazines ? *Boating* et *PowerBoat*. Les enveloppes et les réclames ? Toutes adressées à Corey R. Daniels. Sauf une, qui portait le nom Corey Reynolds Daniels. Une enveloppe blanche standard, avec une petite fenêtre. Probablement une facture.

Ayant enfoncé le tout dans la boîte aux lettres de la porte, je suis repartie vers ma voiture.

Le port le plus proche était la marina de Bohicket, juste à l'entrée de Seabrook. Autant commencer par là.

En quelques minutes, j'étais rendue. Une dame en maillot minuscule et la peau tannée comme du cuir m'a désigné un bateau amarré au quai 4, une embarcation destinée à la pêche sportive.

Des câbles cliquetaient contre les mâts. À moins que ce ne soit les voiles ?

Mettre les voiles ? À voile et à vapeur ? J'avais vraiment l'esprit tendu à craquer.

Le bateau de Daniels n'était pas l'un des plus grands. Il faisait peut-être dans les onze mètres. Un nez pointu serti d'une rambarde en métal jusqu'au milieu, avec une table de conduite au centre, une plateforme à l'arrière et une cabine qui devait loger quatre personnes à première vue.

J'ai laissé mon regard errer de la proue à la poupe, enregistrant chaque détail. Sièges à ressort pour la pêche au gros, outriggers, support de cannes, paniers à poissons, boîte d'amorce, caisson pour conserver le poisson vivant. C'était un bateau équipé pour la pêche, cela ne faisait aucun doute. Et il n'était pas prêt à larguer les amarres aujourd'hui. Tout était à sa place et Daniels nulle part en vue.

Sa propriété valait au bas mot un demi-million de dollars, ce bateau probablement trois cent mille. Comment pouvait-il s'offrir ça ? Ce gars-là n'était pas net.

Parfois, c'est un détail. Ou bien c'est une odeur ou encore un mot. Parfois, ça vient tout seul, sans raison. Un *bing !* retentit et fait clignoter l'ampoule, comme dans les BD.

Dans le cas présent, le *bing* déclencheur a été le nom du bateau.

Chapitre 37

Le *Hunney Child*.

Tous frais payés par un arrière-arrière-arrière quelque chose.

Mon neveu est revenu à Charleston et il a une petite merveille de bateau.

Corey Reynolds Daniels.

Althea Hunneycut Youngblood, dite Honey.

Honey qui avait épousé un Reynolds… Qui avait un neveu revenu vivre à Charleston… Qui avait offert son bateau à son neveu.

Honey qui vivait à Dewees.

Cette île de Dewees où Willie Helms avait été enseveli.

Corey Daniels était le neveu de Honey Youngblood, et il connaissait Dewees comme le fond de sa poche.

Marshall disait-il vrai ? L'avions-nous arrêté par erreur ? Daniels possédait-il la cruauté et l'intelligence nécessaires pour diriger un réseau de trafic d'organes ?

Devais-je prévenir Gullet ?

Non. Je devais d'abord en savoir davantage.

Et pour cela, me rendre dans une autre marina. À l'île aux Palmiers.

L'*Aggie Gray* a mis dix minutes pour m'y transporter. La traversée jusqu'à Dewees en a pris vingt autres. Autant dire une éternité.

400

La chance me souriait. Il y avait un kart de golf abandonné près du débarcadère. J'ai bondi à l'intérieur et
foncé vers le centre administratif.

Mlle Honey était dans le musée d'histoire naturelle,
occupée à nettoyer un aquarium dans un bac. Une boîte
de coquillages gros comme des poings était posée à côté
de son coude.

— Mademoiselle Honey, je suis si heureuse de vous
trouver là !

— Bonté du Ciel, ma fille ! Où pourrais-je bien être
ailleurs qu'ici sur cette terre verdoyante bénie du Seigneur ?

— Je…

— Je prépare une maison pour les bernard-l'ermite,
a-t-elle poursuivi en désignant de la tête les petites
bestioles qui pointaient le nez hors de leur coquille pour
explorer le monde extérieur.

— Mademoiselle Honey, la dernière fois que nous
nous sommes vues, vous m'avez parlé d'un neveu à
vous qui…

Les mains noueuses ont ralenti, sans cesser pour
autant de frotter l'aquarium.

— Corey a encore fait des siennes ? a-t-elle demandé
en appuyant fortement sur le troisième mot de sa phrase.

— Nous examinons certains points relatifs aux cliniques de l'EMD, notamment le recrutement des employés. J'aimerais savoir quelle formation Corey a suivie.

— Le fait qu'il ait choisi le métier d'infirmier ne
signifie pas qu'il ne soit pas… comme tout le monde,
a-t-elle réagi après un temps d'hésitation.

— Naturellement. Le stéréotype de l'infirmière est
absurde.

Elle mettait à présent tant de vigueur à frotter
l'aquarium que ses cheveux bouclés en tressautaient sur
sa tête.

— Il voulait être médecin. À la place, il a suivi la
voie que lui dictait son cœur. Les enfants grandissent.
Que peut-on y faire ?

— Corey a fait ses études au Texas ?

— Oui.

— Où ça ?

— À l'université du Texas. Il disait l'UTEP. Pfft ! Drôle de nom pour une école ! Ça évoque plutôt un produit contre les champignons aux pieds.

Elle a rempli l'aquarium.

— Pour quelle raison est-il revenu à Charleston ?

— Il a eu des ennuis. Il a perdu son emploi, a été blessé et s'est retrouvé sans le sou.

Elle a relevé les yeux. Des yeux très clairs sous ses sourcils très légèrement froncés.

— C'est dommage. Il aurait fait un bon médecin.

— Oh, j'en suis certaine. En quoi s'est-il spécialisé ?

— Au début, il a travaillé comme infirmier urgentiste, puis il est passé à la neurologie. Juste avant de revenir ici, il travaillait en salle d'opération. Pendant deux ans, il s'est occupé des patients qui venaient d'être opérés. Découper les gens et les recoudre, c'est bien trop sale pour mon goût, mais on ne dira pas que c'est un travail facile ! Oui. Pour tout ce que m'ont coûté ses études, Corey s'en est bien tiré.

Je n'écoutais plus qu'à peine. Deux faits distincts venaient de trouver leur place dans le puzzle et je commençais à craindre sérieusement que nous ayons inculpé la mauvaise personne.

À croire de plus en plus fermement que le tueur était Daniels.

Un Daniels qui était en liberté.

J'étais soudain glacée. Il fallait que j'appelle Gullet. Non, il fallait que je lui parle de vive voix. Contre toute logique, j'en venais à croire la version de Marshall selon laquelle Daniels lui aurait tendu un piège. Seul un entretien en tête à tête avec le shérif me permettrait de le convaincre.

En ce vendredi après-midi, l'afflux de touristes rendait la circulation difficile. Le trajet jusqu'au nord de Charleston m'a pris presque quarante minutes.

402

Gullet était dans son bureau, plus énervé que je ne l'avais vu jusque-là.

— Je veux que vous m'écoutiez sur une question de la plus haute importance, lui ai-je déclaré en accaparant d'office le siège en face de lui.

Il a jeté un coup d'œil à sa montre en laissant échapper un soupir résigné. Le message était clair : « Vous avez intérêt à ce que ça en vaille la peine. Et à être brève. »

— À en croire Marshall, c'est une machination de Daniels.

Gullet est resté un moment à m'étudier.

— Pourquoi est-ce que le monde entier s'acharne aujourd'hui contre moi, du gouverneur jusqu'au bas de l'échelle ? Vous allez me dire maintenant que je n'ai pas arrêté le bon coupable ?

— Je dis seulement que c'est une possibilité.

— Nous avons trois fois de quoi envoyer Marshall sur le gril et l'y faire rôtir sur les deux faces.

— Il soutient que nos preuves sont d'ordre purement circonstanciel… Et jusqu'à un certain point, il a raison, me suis-je empressée d'ajouter comme Gullet s'apprêtait à répondre. Pour l'heure, celles que nous avons recueillies montrent que des patients ont été assassinés dans cette clinique. Le nœud coulant peut avoir été caché là par n'importe qui et le coquillage placé exprès dans le tiroir de Marshall. C'est d'ailleurs ce que soutiendra la défense, vous le savez bien.

— Ce qu'ils plaideront et ce que le jury croira sont deux choses très différentes.

— Vous avez vous-même remarqué qu'il y avait un problème avec les relevés de téléphone, ai-je insisté. Que l'appel à Noble Cruikshank avait été passé du bureau de Marshall, un soir où il n'était même pas à Charleston.

— Cruikshank était sur une piste. Quelqu'un a pu prévenir Marshall.

À l'évidence, Gullet campait sur ses positions. Il avait arrêté un homme, qui plus est un médecin, il voulait en

403

finir avec cette histoire. Et comme c'était moi qui l'avais poussé à le faire, certes avec l'assentiment du procureur, tout ce que je pouvais dire maintenant n'était que verbiage à ses yeux.

— Daniels a pour prénoms Corey Reynolds, comme vous le savez certainement. Ce que vous ne savez peut-être pas, c'est que sa tante habite à Dewees et qu'elle lui a offert un bateau.

— Posséder un bateau et connaître Dewees ne font pas de vous un meurtrier.

— Daniels n'a pas toujours été employé par un service social. Avant ça, il a travaillé dans un hôpital pendant trois ans après l'obtention de son diplôme d'infirmier.

— Et alors ? a bougonné Gullet en se laissant retomber sur son dossier en cuir.

Le bruit de l'air s'échappant du capiton a ponctué son exclamation.

— Pendant deux ans, il a travaillé au bloc opératoire. À force d'assister à des interventions, il a eu tout le temps d'apprendre le métier.

— Passer les instruments ne fait pas de vous un chirurgien !

— C'est pour maintenir le patient en vie que la présence d'un vrai chirurgien est nécessaire. Dans le cas qui nous intéresse, il s'agissait seulement de prélever des organes sans les endommager.

— Reste la question du temps. Daniels est revenu à Charleston en 2000 et il a commencé à travailler à la clinique en 2001. Willie Helms a disparu en septembre 2001.

Il m'a semblé voir la lueur d'un premier doute vaciller dans les yeux de Gullet.

J'ai enfoncé mon dernier clou.

— Cruikshank avait téléchargé un bon nombre de rapports sur les trafics d'organes. Je les ai lus quand j'ai examiné son ordinateur. Jusqu'à maintenant, je ne m'étais pas rendu compte de leur importance. Celle d'un article, en particulier.

« Depuis 1993, près de quatre cents femmes et jeunes filles ont été tuées au Mexique, à Ciudad Juarez et Chihuahua. Soixante-dix autres ont été portées disparues. Étudiantes, vendeuses, ouvrières dans des usines d'assemblage. Certaines avaient à peine dix ans. Leurs corps ont été retrouvés dans le désert, sur des chantiers de construction et dans des dépôts de chemin de fer de la banlieue.

« En 2003, le procureur général du Mexique a dirigé une enquête fédérale après avoir étudié un certain nombre de ces cas. Cette enquête a démontré que plusieurs victimes avaient été tuées dans le cadre d'un trafic d'organes international. Selon un article de l'Associated Press, un procureur spécialisé dans les poursuites contre le crime organisé a déclaré, en se fondant sur un témoignage, qu'un Américain faisait partie de ce réseau… »

Plantant mes yeux dans ceux du shérif, j'ai martelé :

— Daniels a fait ses études au Texas, à El Paso, et il y a ensuite travaillé. Ciudad Juarez est juste de l'autre côté de la frontière.

— Vous dites que Daniels est impliqué dans cette affaire ?

— Je dis seulement que c'est possible. Et même s'il n'était pour rien dans ces crimes, il n'en demeure pas moins qu'il vivait à El Paso à l'époque où ils ont été commis. Il en a forcément entendu parler… Il a pu établir des contacts. Ou reprendre l'idée et monter sa propre organisation, une fois revenu ici.

Gullet s'est passé la main sur la mâchoire.

— Je vous signale aussi que Daniels vit à Seabrook et que son bateau vaut son pesant d'or.

— Vous dites qu'il est apparenté aux Reynolds ?

— Ce point peut avoir de l'importance comme être totalement hors sujet. Je sais que, pris séparément, aucun de ces éléments ne présente en soi rien de suspect : le fait qu'il connaisse très bien l'île de Dewees ; qu'il possède un bateau ; qu'il ait soigné les patients de la clinique de l'EMD ; qu'il ait reçu une formation chirurgicale ; qu'il ait habité à El Paso ; qu'il mène un grand train de vie et, aussi, qu'un appel inexpliqué ait été passé du bureau de Marshall… Mais additionnés les uns aux autres…

J'ai laissé ma phrase en suspens.

Le regard de Gullet s'est enfoncé comme une vrille dans le mien. Ni lui ni moi n'avons prononcé un mot.

Le téléphone a brisé le silence. Un dring. Quatre autres. Gullet a laissé sonner.

Certains instants s'impriment de façon indélébile dans la mémoire, notamment les facteurs sensoriels dont ils s'accompagnent et dont on n'a pas forcément conscience sur le moment. Nous étions en train de vivre l'un de ces moments-là et je me rappelle parfaitement aujourd'hui le petit carré lumineux qui clignotait sur le téléphone ; le « Al ! » crié dans le couloir ; la poussière qui dansait dans les rayons du soleil filtrant entre les lames des stores vénitiens ; l'œil droit du shérif tiraillé par un tic.

Des secondes se sont égrenées. Une minute tout entière. Une dame a passé la tête par la porte — celle que Gullet avait envoyée l'autre jour calmer ses beaux-parents, ces querelleurs de Haeberle.

— Marshall vient d'être libéré sous caution. Je me suis dit que vous voudriez le savoir. Il a tenu une conférence de presse. Ou plutôt son avocat, parce que, lui, il jouait l'innocent persécuté. À croire qu'il espérait remporter l'Oscar du meilleur acteur dans un rôle muet.

Gullet a hoché la tête d'un air tendu.

— Il y a aussi Tybee qui pense avoir levé une piste pour le pilote.

— Dites-lui que j'arrive.

J'ai regardé l'heure à ma montre. Daniels avait tous les moyens de quitter la ville. Il pouvait déjà être à des milliers de kilomètres de Charleston. L'idée qu'il se promenait en liberté me glaçait jusqu'à la moelle.

— Vous allez arrêter Daniels ?

— Sur quel motif ?

— Qu'il maltraite son chien, crache sur la voie publique, pisse de son bateau. N'importe quoi, je m'en fiche ! Il faut l'amener au poste de police, fouiller son condo et sa voiture, éplucher ses relevés de téléphone. Vous tomberez bien sur quelque chose.

— J'ai déjà les médias sur le dos et ils sont pires qu'une meute de loups sur des travers de porc. Herron hurle au scandale… Le maire et le gouverneur n'ont pas cessé de m'engueuler toute la matinée. La dernière chose dont j'aie besoin, c'est d'une seconde arrestation injustifiée.

— Obtenez au moins un mandat de perquisition pour sa maison et son bateau !

— Sur la base de quoi ? Qu'on aurait peut-être oublié quelque chose ? Si je le fais, je serai crucifié par la presse.

— En tant que complice potentiel, co-conspirateur. Reprenez les arguments utilisés pour Marshall. Je sais, c'est difficile d'imaginer Marshall autrement que sous les traits d'un salaud âpre au gain qui assassine des malades sans défense.

— Vous étiez la première à l'enfoncer et, maintenant, vous le défendez ?

— Je dis seulement que je ne suis pas totalement convaincue de sa culpabilité, ai-je répondu, la gorge sèche. Au nom du devoir, vous devriez au moins envisager la possibilité que le tueur soit Daniels et le garder en détention au moindre doute.

— Je connais mal les finesses juridiques dans lesquelles vous entraîne votre métier, doc, mais, ici, ça ne marche pas comme ça. Je ne peux pas arrêter quelqu'un sur la seule base du doute. Un doute que d'ailleurs je n'ai pas. C'est vous qui l'avez. Personnellement, je considère que Marshall est coupable et qu'il est dans la merde jusque par-dessus la tête.

C'était la première fois que Gullet utilisait un tel langage devant moi.

— Si Daniels est en liberté, il peut tuer encore !

La phrase a jailli de mes lèvres plus fort que je ne l'avais voulu. La mâchoire de Gullet s'est contractée.

— Tuer qui ? Il n'a plus de salle d'opération. La clinique est fermée.

— Je pensais à Marshall qui est en liberté. Si Daniels parvient à le tuer, il n'y aura plus d'enquête. Les gens se diront qu'il a été abattu par le proche d'une victime et il s'en sortira.

Gullet a enfoncé un bouton de son téléphone sans me lâcher des yeux. Une voix grésillante est sortie du haut-parleur.

— Zamzow.

— Marshall a quitté le tribunal ?

— Oui, il y a quarante minutes environ.

— Qu'est-ce qu'il fait ?

— Il était avec quelqu'un. Il s'est arrêté devant un immeuble de bureaux dans Broad Street, son accompagnateur est descendu. En ce moment, il roule dans la 17e Rue en direction sud.

— Il rentre probablement chez lui. Continuez à le suivre.

— Discrètement ?

— Non. Qu'il sache que vous êtes là.

Gullet a rappuyé sur le bouton, la communication s'est coupée. J'ai insisté :

— Vous devriez vraiment arrêter Daniels.

— Vous avez raison sur un point : les preuves à l'encontre de Marshall sont en grande partie circonstancielles. Mais celles que vous me proposez d'utiliser contre Daniels le sont tout autant… Allons voir la piste que Tybee a soulevée.

L'agent Tybee était assis à l'un des deux ordinateurs que comportait la salle de l'escouade du premier étage. Des piles de feuilles imprimées étaient éparpillées tout autour de son clavier.

— Z'avez quoi ? a lancé Gullet du seuil de la pièce.

Tybee s'est retourné. À la lumière des néons, sa ressemblance avec un faucon était encore plus vive que l'autre jour dans la forêt.

— Quand j'ai vu que les relevés de téléphone de la clinique et de chez Marshall ne donnaient rien, je me suis dit : « D'où est-ce que le tueur établissait ses contacts ? D'une cabine téléphonique ? Laquelle ? » Y en a, là-dedans, a fait Tybee en se frappant la tempe. J'ai choisi celle de Nassau Street. J'ai vérifié les appels sortants autour de l'HDC établi pour la dernière PD.

Comprendre : *heure du dernier contact* et *personne disparue*. Visiblement, Tybee avait un faible pour les acronymes.

Je suis intervenue pour demander s'il s'agissait de Jimmie Ray Teal.

— Ouais. Pour lui, l'HDC était le 8 mai. J'ai commencé à comparer les noms et les numéros de la liste. Heureusement, la cabine de Nassau n'est pas la préférée des habitants de Charleston. À mi-chemin, je suis tombé sur un truc.

« Le 6 mai, à neuf heures trente-sept, quelqu'un a appelé un certain Jasper Donald Shorter sur son cellulaire. Durée de l'appel : quatre minutes. Ce même numéro a été appelé le 9 mai, à seize heures six. Durée : trente-sept secondes. »

— Deux jours avant et un jour après l'HDC de Teal, a dit Gullet. Et c'est qui, ce Shorter ?

— Je sens que vous allez adorer ça, a dit Tybee en cherchant une feuille dans le tas. Il a un casier. Six ans dans l'armée de l'air et mise à l'écart pour avoir fait entrer de la drogue de Da Nang aux États-Unis. Pour un officier, une mise à l'écart, ça équivaut à un renvoi pour acte de déshonneur chez les soldats. Hypercompliqué de trouver un emploi après ça.

Tybee nous a tendu sa feuille : une photocopie du livret militaire de Shorter.

Jasper Donald avait été pilote au Vietnam.

Chapitre 38

— Alors comme ça, Shorter est un ancien pilote ? a répété Gullet.

— Il l'est toujours, a répondu Tybee, et de sortir une autre feuille de son tas. Il possède un Cessna 207, immatriculé N-3378-Z.

— L'appareil préféré des trafiquants de drogue, a dit le shérif.

— *Yes, sir*, a répliqué Tybee. C'est un monomoteur capable de voler à basse altitude et d'atterrir dans un champ.

— Mais ce n'est pas ce qu'il y a de mieux pour les vols discrets de longue distance. Impossible d'aller d'ici à Puerto Vallarta sans refaire le plein de kérosène. Et il y a aussi le problème que tous les avions qui atterrissent aux États-Unis doivent être enregistrés. Or l'immatriculation permet de remonter directement au propriétaire. C'est pour ça que les trafiquants volent souvent des avions et maquillent le numéro. Ils le font aussi quand ils les achètent, pour qu'on ne puisse pas remonter à l'ancien propriétaire. Un pot de peinture et un pochoir, et l'affaire est réglée.

— Trouvez-moi cet avion. Et si vous repérez Shorter, ne le lâchez pas et prévenez-moi.

— Oui, monsieur.

Gullet a fait demi-tour pour repartir, mais j'avais une question.

— Où habite Shorter ?

— À Seabrook.

— Où exactement, à Seabrook ? ai-je insisté, saisie d'une légère excitation.

Tybee a tapé sur son clavier. Une liste est apparue à l'écran.

— Plantation du Pélican.

Mon excitation est devenue fébrilité. Je me suis retournée vers Gullet.

— Comme Daniels !

Il s'est arrêté, la main sur la poignée de la porte.

— La même série de condos ?

— Oui, oui ! Arrêtons avec les coïncidences. Marshall dit la vérité : c'est Daniels, le coupable !

Quelque chose a changé dans l'expression de Gullet. Il a hoché la tête d'un air crispé.

— Je le ramène ici.

— Je vous accompagne.

Il m'a considérée, la mâchoire figée.

— Vous serez prévenue dès que nous lui aurons mis le grappin dessus.

Sur ce, il est parti.

Que faire d'autre, sinon rentrer chez Anne et attendre ?

Après avoir promené le chien et avalé un plat surgelé, j'ai allumé la télé. La présentatrice rendait compte d'un incendie survenu dans un immeuble de logements sociaux sur un ton en phase avec l'horreur de l'événement. Au moment d'aborder le sujet suivant, elle est passée subtilement à un mode différent. À l'image, un Herron haranguant une foule en prière dans un stade a succédé à un Marshall plus jeune pour céder sa place au Marshall d'aujourd'hui quittant le tribunal avec son avocat.

J'écoutais à peine. Je ressassais les faits sans pouvoir m'arrêter. Chaque fois que je jetais un coup d'œil à ma montre, c'était pour constater que seulement deux minutes s'étaient écoulées.

Daniels était-il l'auteur de ces crimes ? Oui, ce ne pouvait qu'être lui. Gullet l'avait-il retrouvé ? Pourquoi mettait-il si longtemps ?

J'ai arrosé la collection de cactus d'Anne. Rassemblé le linge pour faire une brassée de lavage. Vidé le lave-vaisselle.

Mes pensées se catapultaient les unes les autres et je n'avais personne avec qui discuter de mes doutes, peser le pour et le contre de la solution que j'envisageais maintenant et dans laquelle ce n'était plus Marshall le coupable, mais Daniels. Il fallait que je parle à Ryan, que j'aie son point de vue sur la question. Au moment de composer son numéro, j'ai suspendu mon geste. À quoi bon lui encombrer l'esprit alors qu'il était en pleine tourmente avec sa fille ? Chercher conseil auprès de Boyd ? Sa conversation laissait à désirer, même s'il manifestait toujours un intérêt sincère pour mes problèmes. Quant à Birdie, il était plongé dans la dégustation d'une grenouille en herbe à chat.

Pete a appelé aux alentours de six heures et demie, exaspéré par l'ennui. Je l'ai mis au courant des événements des derniers jours et lui ai promis d'aller le voir.

Quand je suis arrivée, il lisait le *Post & Courier* de vendredi. Froissant le journal, il s'est plaint de la nourriture, de sa chemise de nuit qui le grattait et de sa première séance de rééducation.

— L'homme est un trou noir rempli à ras bord de besoins qui exigent satisfaction immédiate, lui ai-je répondu et j'ai déposé un baiser sur sa tête.

— Je ne râle pas, je lâche la vapeur. Mais tu ne m'écoutes pas vraiment.

— Non, c'est vrai.

— Raconte-moi ce qui s'est passé.

Je l'ai fait sans rien oublier : le bloc opératoire ; le vol d'organes ; le nœud coulant ; les coquillages ; Unique Montague, Willie Helms et les autres disparus ; Rodriguez et son Abrigo Aislado de los Santos à Puerto Vallarta.

J'ai précisé que Rodriguez et Marshall s'étaient connus sur les bancs de l'université, qu'ils avaient tous les deux été sanctionnés par leur association professionnelle — Marshall pour délivrance abusive de produits dopants, Rodriguez pour harcèlement sexuel — et que Marshall avait fait de la prison. J'ai ajouté qu'il avait vendu son bateau juste après ma visite à la clinique et j'ai conclu en racontant son arrestation et sa libération sous caution.

La réaction de Pete a été que je devrais être fière de moi. Je l'ai presque été pendant toute une minute.

Mais non, le coupable était forcément Daniels. J'ai donc expliqué à Pete que je craignais d'avoir poussé Gullet à arrêter le mauvais larron.

À quoi il a répondu que je ne devais pas croire toutes les idées qui me passaient par la tête.

Je lui ai donné une tape sur le poignet. Il a fait semblant de souffrir le martyre. J'en ai profité pour regarder ma montre discrètement.

— Gullet n'est pas du genre à se laisser influencer par qui que ce soit, a-t-il repris.

— Peut-être, mais j'ai quand même pas mal insisté. Et maintenant, c'est lui qui va subir la pression.

— De la part de qui ?

— Des journalistes. De Herron et de ses amis haut placés.

J'ai alors entrepris de bousiller une cuticule de ma main droite en la grattant à l'aide de l'ongle de mon pouce gauche.

— Si on s'est trompés, Gullet devra s'expliquer aux prochaines élections.

— Ce que tu m'as dit me paraît assez convaincant.

— Les preuves avancées sont toutes indirectes, circonstancielles.

— Une bonne preuve indirecte vaut toutes les preuves directes du monde du moment que le jury y croit, a rétorqué Pete et il a tendu le bras pour séparer mes mains.

J'ai de nouveau regardé l'heure à ma montre. Où était donc passé Gullet ?

— Si ce n'est pas Marshall le coupable, qui c'est, alors, à ton avis ?

Je lui ai fait part des renseignements que j'avais récoltés sur Corey Daniels : son bateau ; sa connaissance de l'île de Dewees ; ses années de pratique en chirurgie ; sa présence à El Paso à l'époque de meurtres effroyables — certains, peut-être liés à un trafic d'organes ; son condo situé dans le même ensemble immobilier que celui d'un pilote à la réputation douteuse, pilote qui avait reçu des coups de téléphone passés à partir d'une cabine proche de la clinique juste avant et après la disparition de Jimmie Ray Teal ; l'appel passé à partir du bureau de Marshall à une heure où celui-ci n'était même pas en ville.

— Peut-être que Marshall et Daniels sont tous les deux dans le coup, a dit Pete quand je me suis tue.

— Possible. Mais je n'arrive pas à oublier ce que m'a dit Marshall pendant l'entretien. J'ai beau le détester, plusieurs de ses arguments sont tout à fait recevables. Laisser traîner des coquillages dans son bureau ne lui ressemble pas. Quant à la vente de son bateau, on peut en vérifier facilement l'historique. De plus, quel intérêt aurait-il à désigner Daniels s'il était de mèche avec lui ? Ça ne tient la route que s'il avait avoué et cherchait à obtenir une réduction de peine.

— Marshall et Daniels ont accumulé de l'argent ?

— Pas qu'on sache, d'après Gullet. Mais ce n'est pas très difficile de cacher du liquide. D'un autre côté, Daniels vit nettement au-dessus de ses moyens s'il dispose seulement de son salaire d'infirmier.

J'ai décrit à Pete son bateau et sa résidence à Seabrook, sans oublier de mentionner sa parenté avec les Reynolds.

— Le clan de l'aluminium ?

— Exactement. Mais peut-être que ça n'a rien à voir.

Nouveau regard à ma montre. Cinq minutes de passées depuis le dernier coup d'œil.

— Gullet a quand même fini par décider d'arrêter Daniels. J'ai eu du mal à le convaincre.

Et je suis repartie avec une vigueur décuplée pour un nouveau labourage de cuticule. Mon doigt était maintenant d'un rouge hargneux.

— Mais les preuves contre lui sont tout aussi circonstancielles. Espérons que les relevés de téléphone et l'enquête donneront quelque chose.

— Et le cil ?

— Les analyses d'ADN, tu sais… Faut pas être pressé.

— Ton rigolo de capitaine est reparti dans sa toundra ?

— Oui.

— Il te manque ?

— Oui.

Ce matin, en sentant l'odeur de Ryan sur mon oreiller, j'avais éprouvé un sentiment de solitude auquel je ne m'attendais pas, un véritable vide. Vague à l'âme à l'idée que nous puissions en être au début de la fin ?

— Et Emma ?

J'ai secoué la tête.

Pete a de nouveau séparé mes mains et en a retenu une prisonnière dans la sienne.

Dix minutes plus tard, mon cellulaire a sonné. À l'écran, le numéro de Gullet. J'ai pris l'appel, le cœur battant.

— Daniels n'est ni chez lui ni au port. Son bateau est à quai. J'ai lancé une recherche sur son véhicule.

— Et Shorter ?

— Aucune trace de lui. Son avion se trouve sur un terrain d'atterrissage privé. Déplacements réduits au strict minimum. Vente de carburant mais pas de tour de contrôle. D'après le gardien, Shorter transporte des hommes d'affaires à Charlotte tous les samedis matin et passe le vendredi dans la soirée pour faire l'entretien. Tybee va y aller et attendre qu'il se pointe. C'est près de la route qui mène au traversier pour Clement.

— Et Marshall, qu'est-ce qu'il fait ?

Il y a eu une pause. J'ai entendu la radio de Gullet grésiller en arrière-fond.

— Zamzow l'a perdu.

— Perdu ? Comment ça ?

— Un dix-huit roues s'est mis en portefeuille juste devant lui et deux voitures se sont encastrées dedans. Je lui ai dit de s'en occuper.

— *Jesus Christ !*

— Ce n'est que partie remise. Son avocat a convoqué une conférence de presse demain matin à dix heures. Marshall y assistera, avec son air de chien battu. On reprendra la filature à partir de là.

La communication terminée, j'ai regardé Pete. Il dormait miséricordieusement.

Au moment de ranger mon téléphone, j'ai remarqué que j'avais un message en attente : Emma, seize heures vingt-sept. Elle devait m'avoir appelée pendant que j'étais montée avec Gullet voir Tybee, laissant mon sac dans le bureau du shérif.

« Appelle-moi. J'ai des choses à te dire. »

J'ai tapé *E* sur le clavier.

Quatre sonneries et le répondeur.

— *Damn !*

J'allais raccrocher quand la voix d'Emma s'est superposée au message.

— Reste en ligne.

Un long bip a ponctué l'enregistrement, puis il y a eu un déclic et la qualité du son a changé.

— Où es-tu ? a demandé Emma.

— À l'hôpital.

— Si on te prend en train de téléphoner, tu es bonne pour la camisole de force. Comment va Pete ?

— Il dort, ai-je répondu en chuchotant.

— Impossible de vous joindre, Gullet et toi.

— Emma, je crois qu'on a fait erreur sur la personne.

Je lui ai résumé ce que je venais de dire à Pete. Elle m'a écoutée sans m'interrompre.

— Je ne sais pas si ce que je vais te dire résoudra quoi que ce soit : d'après l'analyse d'ADN, le cil est bien celui de Marshall.

— Tu as raison, ça marche dans les deux sens, mais ça réduit les possibilités. Ou bien Marshall s'est lui-même débarrassé du corps, tout seul ou avec l'aide de quelqu'un ; ou bien son cil a été enfoui dans la terre près du corps à un moment quelconque, exprès pour le piéger. Mais planifier les choses si longtemps à l'avance, ça me paraît un peu tiré par les cheveux. Et un cil, par-dessus le marché ! Combien de chances y avait-il pour qu'on tombe dessus ? On dirait un scénario de télé où les flics récupèrent une unique cellule cutanée sur tout un hectare de moquette à longs poils !

— Qui tu as en tête ?

— Daniels. Il est assez bête pour croire qu'une idiotie pareille pourrait marcher.

— Je suis d'accord. Tiens-moi au courant.

— Promis.

J'ai mis mon cellulaire en mode vibration. Des minutes se sont traînées avec lenteur. Je mordillais ma cuticule quand mon téléphone a donné signe de vie.

Gullet.

— La police de l'île aux Palmiers vient de repérer le véhicule de Daniels à la marina de Dewees.

— Il est allé voir sa tante ? Si oui, pourquoi ? Et pourquoi il n'a pas pris son bateau ?

Gullet a ignoré mes questions. Et à juste titre, car elles n'avaient aucune importance.

— Je vérifie que Daniels est bien là-bas. J'ai des gars postés devant chez lui et au port. On l'aura.

— Appelez-moi aussitôt, s'il vous plaît. Ce bonhomme me fout la trouille.

Pete ronflait. Il était temps de partir.

Je retirais le journal de son lit en essayant de ne pas faire de bruit quand mon regard est tombé sur une photo en noir et blanc : le révérend Aubrey Herron surpris en pleine supplication, le visage rejeté en arrière, les yeux fermés, le bras tendu au-dessus de sa tête.

Le bras gauche.

Une pensée qui ne m'était encore jamais venue à l'esprit s'est abattue sur moi, tel un raz-de-marée. Terrifiante.

— *Damn! Damn, damn, damn!* ai-je murmuré tout bas, les doigts crispés par l'émotion.

Le journal tremblait entre mes mains. Les images se succédaient devant mes yeux comme autant de déferlantes.

Les trois vertèbres cervicales, toutes fracturées à gauche.

La boucle sur le nœud coulant pour démultiplier la force : placée à gauche, elle aussi.

Corey Daniels se passant la main dans les cheveux ou pianotant des doigts sur la table de la salle d'interrogatoire. La cicatrice sur son poignet.

Lester Marshall feuilletant un dossier ou écrivant.

Ces images, qui se fondaient l'une dans l'autre comme à l'intérieur d'un kaléidoscope, me faisaient soudain prendre conscience d'un élément capital.

Daniels avait évoqué un accident de moto à la suite duquel il avait perdu le plein usage d'une main. La gauche.

En revanche, c'était de la main gauche que Marshall avait feuilleté le dossier d'Unique Montague.

Daniels était droitier et Marshall gaucher.

Le lacet étrangleur passé autour du cou des victimes l'avait été par-derrière.

La force appliquée sur le cou l'avait été à gauche.

Et cela, aussi bien pour Helms que pour Montague ou Cruikshank.

Ces trois victimes avaient été étranglées par un gaucher et je venais de lancer Gullet à la poursuite de Daniels.

Où était Marshall, maintenant ?

Chapitre 39

Laissant tomber le journal, j'ai attrapé mon téléphone et appelé Gullet.

Pas de réponse.

Damn !

Je l'ai rappelé au bureau. Il n'y était pas.

— Vous appelez pour faire état d'un crime ?

— Le shérif est en route pour arrêter un homme appelé Corey Daniels. Dites-lui de contacter Brennan avant de faire quoi que ce soit.

— Vous êtes journaliste ? a demandé la réceptionniste sur un ton méfiant.

— Non. Je travaille pour le bureau du coroner. Je m'appelle Temperance Brennan et j'ai une information qui doit lui parvenir de toute urgence. C'est capital.

Légère hésitation.

— Votre numéro ?

Je le lui ai donné.

— Comment puis-je contacter l'agent Tybee ?

— Je ne peux pas vous le dire.

— Alors, faites-le vous-même, s'il vous plaît, ai-je insisté en me retenant de toutes mes forces pour ne pas hurler. Dites-lui qu'il m'appelle. Même numéro. Même message.

J'ai raccroché dans un état de frustration totale.

J'ai regardé Pete. Il avait largement dépassé le stade de la somnolence pour entrer dans la phase de sommeil profond. Cependant, j'hésitais à partir, craignant que Gullet ou Tybee ne m'appellent pendant que je serais dans l'ascenseur où le téléphone ne captait pas.

Je me suis mise à arpenter la pièce en me rongeant la cuticule.

Mais appelez, bordel !

Pas la moindre vibration du téléphone.

Appelez !

Comment pouvais-je avoir été aussi bête ? Et crédule ! Marshall m'avait retournée comme une crêpe alors que j'aurais dû ajouter patiemment les pièces du puzzle les unes aux autres.

Calme-toi, Brennan, rien n'est perdu. De toute façon, Marshall a été inculpé. Il devra passer devant le tribunal. Daniels pourra toujours être relâché.

Comme d'habitude, j'ignorais mes propres conseils. J'étais dévorée par l'inquiétude et furieuse contre moi-même. Ma cuticule avait tout du steak saignant.

Mon cerveau tentait sans succès de me faire entendre raison.

Gullet a des motifs justifiant l'arrestation de Daniels. Il le relâchera sitôt qu'il sera en possession de faits nouveaux. Ce sont des choses qui arrivent. On n'en meurt pas.

Mourir ?

Je me suis figée à la pensée d'une horreur que je n'entrevoyais que maintenant.

Marshall était le tueur, d'accord, mais nous n'avions contre lui que des preuves circonstancielles. Qui pouvait le désigner formellement comme l'auteur des crimes ?

Le pilote, voilà qui !

Si Shorter lui avait effectivement servi de transporteur, Marshall était dans un sacré pétrin, car le pilote pouvait passer un accord avec le procureur en échange d'une remise de peine au cas où on l'interrogerait. S'il avouait, alors c'en était fait de Marshall et de Rodriguez.

Or Marshall était impitoyable.

N'ayant plus Zamzow à ses trousses, il était libre d'agir à sa guise. Pour peu qu'il ait pris conscience du danger qu'incarnait Shorter, il l'éliminerait obligatoirement et les charges tomberaient d'elles-mêmes.

Je tapais un numéro sur mon cellulaire quand la porte s'est ouverte sur une infirmière. En voyant mon téléphone, elle a fait non de la tête, les lèvres pincées.

Je me suis dépêchée de quitter la chambre. Dans le hall, des chiffres lumineux indiquaient la lente progression de l'ascenseur jusqu'à mon étage.

Plus vite !

Les portes n'étaient pas totalement ouvertes que j'avais déjà bondi dans la cabine, renversant presque les personnes qui s'y trouvaient et n'avaient pas eu le temps de reculer. La descente a commencé. Tout le monde gardait les yeux fixés sur le tableau où clignotaient les numéros des étages. Comme si cela pouvait accélérer le mouvement.

Plus vite !

Le hall d'entrée était désert. J'ai rappelé Gullet tout en me dirigeant vers la sortie. Pas de réponse.

Damn !

Que se passait-il à la marina ? À Dewees ? Chez Daniels ? À Bohicket ?

Que se passait-il aussi sur ce terrain d'atterrissage censé être surveillé par Tybee ? C'était lui qui m'inquiétait le plus. Il ne se doutait pas un instant que Marshall puisse vouloir tuer Shorter. Shorter non plus ne s'attendait sûrement pas à être pris pour cible alors que Marshall, lui, avait fort peu à perdre et tout à gagner à éliminer le pilote. Ne sachant pas que la police recherchait Daniels, il se débrouillerait certainement pour que son meurtre donne l'impression d'avoir été commis par l'infirmier.

Marshall était-il bon tireur ? Les fouilles à la clinique et à son domicile n'avaient pas révélé de pistolet. Était-ce lui qui avait tiré sur Pete ? La police n'avait toujours pas de suspect.

Je me suis jetée à l'intérieur de ma voiture hors d'haleine, et j'ai tourné la clé. Où aller ?

À l'île aux Palmiers, pour retrouver Gullet ? À l'aéroport, pour prévenir Tybee du danger ?

Combien de personnes Marshall avait-il tuées, déjà ? Si par malheur il tombait sur Tybee au moment de tuer Shorter, il n'hésiterait pas à le descendre aussi. Surtout que l'agent était facilement repérable dans sa voiture de police et qu'il ne s'attendait pas à être attaqué.

Les doigts tremblants, j'ai composé le numéro du bureau du shérif. Même réceptionniste. J'ai donné mon nom. Elle a commencé une phrase. Je l'ai coupée au milieu pour lui demander de transmettre à Gullet et à Tybee que je devais leur parler de toute urgence.

— Ils sont tous les deux injoignables pour le moment.

— Contactez-les par radio, par téléphone, par pigeon voyageur, je ne veux pas le savoir. Qu'ils aient seulement mon message ! ai-je presque hurlé dans l'appareil.

Elle a respiré violemment.

— Tybee est peut-être en danger de mort !

Et j'ai raccroché.

Que faire maintenant ? Je ne savais même pas où était Gullet. Il avait usé d'une insistance inhabituelle pour m'interdire d'assister à l'arrestation de Daniels. Quant à Tybee, il devait être arrivé au terrain d'atterrissage à cette heure, mais où se trouvait-il exactement ? Je n'en avais aucune idée. Non, mieux valait que je rentre à la maison et attende que le shérif ou l'agent me rappelle. L'un ou l'autre le ferait forcément.

Je n'avais pas pensé à laisser une lumière allumée en partant. C'est donc une maison noire comme un four qui m'a accueillie, même si les murs éclairés par le quartier de lune renvoyaient une lueur tamisée semblable à celle que produit une lanterne obscurcie.

En m'entendant tourner la clé dans la serrure, Boyd s'est mis à aboyer puis il s'est lancé dans une série de cabrioles autour de moi. Ayant posé mon sac, je suis allée jeter un œil au répondeur. Pas de messages.

En l'absence de Pete et de Ryan, *La Mer sur des kilomètres* était sinistre. Trop de pièces et trop de silence pour une seule personne. Dieu merci, j'avais le chien et le chat. Je les ai caressés tous les deux, l'un après l'autre.

J'ai regardé un moment les nouvelles à la télé sans arriver à les suivre vraiment. Pourquoi Gullet et Tybee ne m'appelaient-ils pas ? Marshall et Daniels étaient tous deux dans la nature, et la police à la poursuite du mauvais coupable. Le tueur se préparait peut-être à frapper encore en ce moment même. Il y avait urgence.

Mais était-ce bien le cas ?

Marshall avait été inculpé, traduit en justice et libéré sous caution. Des preuves à charge supplémentaires n'aboutiraient pas à ce qu'on l'arrête une seconde fois. L'urgent, c'était d'empêcher que Daniels soit arrêté, car s'il l'était, l'avocat de Marshall ne manquerait pas de se prévaloir de son arrestation pour disculper son client à la conférence de presse de demain.

Et si Daniels était blessé en tentant de fuir ?

Appelez, bordel. Mais appelez donc !

Pour me calmer, je suis partie sur la plage, munie de mon cellulaire et d'un Coke Diète. Boyd, à qui j'avais fermé la porte au nez, a gratté le bois furieusement. Pas question de le prendre avec moi. J'avais trop peur de le perdre dans le noir.

La marée était haute. L'espace entre les dunes et l'océan n'était pas grand. Aucun promeneur tardif ne pataugeait dans les vagues. J'ai transporté une chaise du belvédère jusqu'au bord de l'eau.

Les orteils enfoncés dans le sable, j'ai siroté mon Coke en attendant que le téléphone veuille bien sonner. Le clair de lune traçait sur les vagues des dessins fluorescents et le vent faisait voler des embruns jusqu'à moi. C'était apaisant comme une berceuse. Je commençais à me détendre. Enfin, presque, car toutes sortes de pensées me taraudaient.

Pete et Ryan. Ryan et Pete. Pourquoi y avait-il en moi une telle ambivalence ? Étrange et surprenant que des sentiments oubliés puissent refaire surface et me plonger dans un tel malaise. Ce sentiment persisterait-il ? On verrait. De toute façon, que pouvais-je y faire ?

Un promeneur solitaire est apparu sur ma gauche. Inconsciemment, j'ai pris note qu'il avançait vers moi. Et remarqué qu'il était musclé et portait le capuchon de son sweat-shirt relevé sur sa tête. Bizarre, car la nuit était chaude. Il a obliqué de façon à passer entre mon siège et la dune.

Et soudain, j'ai suffoqué. Téléphone et Coke ont volé hors de mes mains.

La vitesse à laquelle l'homme s'était déplacé m'a ahurie. Sa force aussi. Mes mains sont montées à ma gorge. Je haletais, je pouvais à peine proférer un son. Mon « Stop ! » a jailli de mes lèvres sous forme de chuchotement.

— On admire la vue, salope ? ! Profites-en, tu ne la reverras plus, arrogante et ignare qui veut se mêler de tout !

Cette voix, je l'avais déjà entendue.

Désespérée, je me lacérais le cou.

— Flynn et Cruikshank ont voulu m'avoir. J'ai réglé leur cas. Toi, tu es tombée sur des choses qui ne te regardaient pas, tu as détruit mon affaire. Je rendais un service estimable. Je prenais à ces rebuts de la société les rares organes qu'ils avaient encore de bon et je les expédiais là où ils pouvaient servir. Les tiens, je serai obligé de les abandonner sur place. Dommage.

Le lacet autour de ma gorge se resserrait de plus en plus. Je ne pouvais plus respirer, je ne pouvais pas crier. Ma vision se brouillait.

— Il est temps que tu payes pour le tort que tu m'as fait. Dis au revoir au monde, docteur Brennan.

Mon cerveau torturé enregistrait à peine ce que disait la voix. J'avais les poumons en feu. La dernière cellule de mon corps suppliait qu'on lui donne de l'air. Le monde commençait à reculer.

Défends-toi !

Faisant appel à mes dernières forces, je me suis soulevée brusquement et projetée en arrière. Le haut de ma tête a cogné le menton de mon agresseur, le faisant partir à la renverse. Sa prise s'est relâchée.

J'ai foncé vers l'eau, espérant plonger dans les vagues. Il m'a rattrapée par les cheveux et ramenée brutalement sur le rivage.

J'ai perdu l'équilibre et me suis écroulée de tout mon long. Je n'ai pas eu le temps de rouler sur le côté que la main qui m'empoignait les cheveux a violemment appuyé sur ma tête. Mon menton s'est bloqué contre ma poitrine. L'autre main m'a saisie par le cou.

Puis, inexplicablement, la pression de ces mains a disparu. J'ai tenté de me relever sur les genoux, je n'en ai pas eu la force. Prenant appui sur les mains, j'ai essayé de me redresser. Au même instant, une autre voix m'est parvenue. Une voix que j'avais déjà entendue, elle aussi.

— Espèce de con dément, t'as voulu me piéger !

Le sang me martelait les oreilles. À moins que ce soit le bruit des vagues ?

J'ai réussi à soulever la tête suffisamment pour découvrir Corey Daniels ceinturant Marshall de son bras droit, le gauche passé autour de sa gorge. Marshall était immobilisé et la douleur lui tordait les traits.

Un vrai bonheur.

Chapitre 40

Durant la nuit de samedi, la touffeur a disparu et une aurore sublime telle qu'en offrent les basses-terres a présidé à l'éclosion de la matinée de dimanche. À dix heures, je me balançais sous la tonnelle du belvédère en compagnie de Pete, entourée de tous les journaux que j'avais pu trouver au Red & White de l'île.

J'étais plongée dans la section Sports du *Charlotte Observer* quand une ombre s'est déplacée lentement sur la page. Une formation de pélicans volant en V traversait le ciel au-dessus de ma tête.

M'étant resservie de café, j'ai admiré les alentours, les pieds posés sur la balustrade. Au-delà des dunes, la mer était en train de descendre et de nouveaux centimètres de plage se découvraient à chaque recul paresseux des vagues. Au sud-ouest à l'aplomb de l'île de Sullivan, de minuscules cerfs-volants dansaient dans le ciel. Les oiseaux cachés dans les arbustes le long de la promenade s'étaient lancés dans leur intense gazouillis du milieu de la matinée.

La veille, dans l'après-midi, en rentrant à *La Mer sur des kilomètres*, Pete m'avait annoncé qu'un partenaire de son cabinet juridique viendrait le chercher lundi pour le reconduire à Charlotte. La tâche d'achever la vérification de l'EMD serait confiée à d'authentiques comptables engagés par Buck Flynn et ses amis. Il était

426

peu probable qu'ils découvrent que des responsables de la congrégation aient empoché l'argent de généreux donateurs, compte tenu de ce que Pete avait eu le temps d'étudier avant de se faire rectifier le poumon.

Je n'ai pas discuté sa décision. Le Savant Letton se remettait bien et il était impatient de retrouver ses clients.

De mon côté, j'avais joint Tim Larabee, directeur de la santé pour le comté de Mecklenburg, ainsi que Pierre LaManche, mon chef à l'institut médico-légal de Montréal. La morgue de Charlotte avait hérité d'un crâne et de deux bébés momifiés, le LSJML de deux squelettes incomplets. Rien d'urgent, m'avaient dit mes deux patrons. Je pouvais donc rester à Charleston auprès d'Emma.

Et y remplir une dernière tâche.

J'ouvrais l'*Atlanta Journal Constitution* quand l'allée de caillebotis s'est mise à vibrer sous l'effet de pas pesants. Gullet s'avançait vers nous. Il portait des Ray-Ban, un pantalon de treillis et une chemise en jeans avec un nom brodé sur la poche. Son idée de la tenue civile, probablement.

— Bonjour, a-t-il lancé avec une inclinaison de la tête, d'abord en direction de Pete, puis de moi.

— Bonjour, avons-nous répondu en chœur.

Il s'est posé sur le banc du belvédère.

— Content de voir que vous vous remettez, monsieur.

— Un café ? a demandé Pete en désignant le thermos.

— Merci, non.

Les pieds posés bien à plat sur le sol, Gullet s'est penché en avant, ses avant-bras puissants en appui sur ses cuisses solides.

— J'ai eu une gentille petite causette avec Dickie Dupree. Ce qui s'est passé, c'est qu'il s'est énervé à la lecture du rapport que vous avez envoyé au service d'archéologie de l'État. Il s'est exclamé devant un de ses employés qu'il aurait votre peau. Je paraphrase. Ce monsieur, qui s'appelle George Lanyard, a beaucoup d'ambition et peu de jugeote. Il a mal interprété sa remarque.

— Il a vraiment cru que Dupree voulait me descendre ? me suis-je écriée, incapable de cacher mon dégoût.

— Pas vous descendre, vous harceler. Lanyard a avoué avoir lancé sur vous la bouteille de bière et aussi tiré sur la maison. Il n'a jamais eu l'intention de blesser qui que ce soit… Vous êtes entré dans la cuisine au mauvais moment, a conclu Gullet en tournant ses Ray-Ban vers Pete.

— Autrement dit, Dickie Dupree n'y est personnellement pour rien ? ai-je demandé.

— Il est devenu plus rouge que l'enfer quand Lanyard lui a avoué ce qu'il avait fait. J'ai cru qu'il allait me le trucider sur place, là, sous mes yeux.

Gullet a pris une longue inspiration et a exhalé lentement.

— Je crois qu'il dit vrai. Il est du genre à sortir de temps en temps des limites qu'autorise le décorum, mais il n'est pas homme à tuer qui que ce soit.

— Où en est-on avec Marshall ? est intervenu Pete, montrant par là son peu d'intérêt pour l'agresseur.

— Le procureur a passé un accord avec lui. Marshall fournit le nom des victimes et le lieu où elles ont été tuées, et l'État ne lui enfoncera pas l'aiguille dans le bras.

— L'État pourrait au moins exiger qu'on lui extraie un poumon et un rein !

— La suggestion sera transmise à qui de droit, madame, a déclaré Gullet et j'ai cru voir un sourire passer sur ses traits. Je pense qu'elle sera bien reçue, mais je doute qu'on l'applique.

— Il parle ? a demandé Pete.

— Comme un ado sur son cellulaire.

Je connaissais déjà la réponse, Gullet m'ayant appelée samedi matin dès que Marshall s'était déballé devant le procureur. À la pensée du carnage qu'il avait commis, tristesse et colère m'ont envahie, sentiments que je connais bien.

La première victime de Marshall, à l'été 2001, avait été une prostituée du nom de Cookie Godine ; la seconde, Willie Helms, en septembre. Toutes les deux enterrées à Dewees. Toutes les deux délestées des deux reins et du foie.

Marshall avait engagé Corey Daniels peu de temps avant son premier meurtre, en partie parce qu'il connaissait sa biographie. Dès le départ, il avait eu l'idée de disséminer des indices susceptibles de dévier les soupçons sur l'infirmier au cas où l'on découvrirait que les meurtres avaient été commis à la clinique. Mais creuser des tombes était un travail laborieux qui n'avait pas ses faveurs. Voyant que les disparitions de Godine et de Helms passaient inaperçues, le médecin avait pris de l'assurance et changé de méthode : il avait abandonné l'enfouissement au profit du lâcher en mer.

Rosemarie Moon et Ethridge Parker avaient été tuées en 2002, Ruby Anne Watley en 2003, Daniel Snype et Lonnie Aikman en 2004. Les dernières victimes recensées étaient Jimmie Ray Teal et Unique Montague. Il y avait peu de chances pour qu'on en retrouve d'autres, à moins d'un hasard très improbable comme l'orage qui avait rabattu le baril vers la crique des frères Moultrie.

Pour Helene Flynn et Noble Cruikshank, les choses s'étaient bien passées comme je l'avais supposé. Helene avait commencé à travailler à la clinique de l'EMD en 2003. Fâchée de voir la congrégation distribuer les fonds avec un lance-pierre, elle avait reporté sa colère sur Marshall qui menait la grande vie, alors que la clinique se débattait dans des conditions misérables. Convaincue qu'il y avait malversation et déterminée à la révéler au grand jour, elle s'était mise à fouiller la vie privée du médecin. Dans l'incapacité de réunir la moindre preuve, elle s'était plainte auprès de son père et de Herron.

S'étant rendu compte qu'Helene le surveillait, Marshall l'avait étranglée de peur qu'elle ne découvre la vérité, et il l'avait larguée dans l'océan. Après quoi, il avait envoyé le montant du loyer et la clé de l'appartement au propriétaire et inventé de toutes pièces l'histoire de son départ pour la Californie. Par une ironie du sort, Helene n'avait jamais rien soupçonné du trafic d'organes.

Aux yeux de Marshall, Cruikshank devait être éliminé lui aussi. Mais là, il y avait un hic, car c'était un détective privé, un ancien flic et Marshall, qui s'était renseigné, le savait. Comprenant que l'absence de Cruikshank serait forcément remarquée par la personne qui l'avait engagé, il lui fallait imaginer un plan plus raffiné. Voilà pourquoi il avait opté pour un « suicide ». Mais la mise en œuvre risquait de s'avérer difficile.

— Surtout que Cruikshank était costaud à défaut d'être grand, ai-je renchéri.

— Marshall a d'abord établi qu'il vivait à Magnolia Manor. Ensuite, il a commencé à le suivre dans ses virées nocturnes. Il s'est vite rendu compte que le Little Luna's était un de ses lieux favoris.

« Un soir où Cruikshank y cuvait son vin, Marshall a appelé le bar d'une cabine voisine et demandé à parler à un client dont il a donné le signalement. Quand Cruikshank a pris la communication, il s'est présenté sous le nom de Daniels et a dit qu'il avait des renseignements importants sur Helene Flynn et la clinique. Cruikshank lui a donné rendez-vous à Magnolia Manor. »

— Et il était tellement pressé de rentrer chez lui qu'il a pris une veste qui n'était pas la sienne ?

— Exactement. Il ne s'en est pas rendu compte, car il avait ses clés de voiture dans sa poche de pantalon. Il conduisait comme un fou. Au point que Marshall a eu peur qu'il n'arrive pas entier chez lui. Le pauvre, il n'a pas eu cette chance.

« Au moment de se garer, impossible à Cruikshank de faire la manœuvre. En marchant vers lui, Marshall a eu le temps d'échafauder un plan. Depuis un certain temps déjà, il portait son garrot sur lui pendant qu'il le suivait, au cas où une occasion se présenterait.

« Et justement, la rue était sombre et déserte. Cruikshank se battait avec la serrure de sa portière sans se douter de rien. Arrivé par-derrière, Marshall lui a passé le nœud coulant autour du cou. »

— Comment l'a-t-il transporté dans la forêt ?

— Le tenant par la taille, il a fait passer un des bras de Cruikshank autour de son cou à lui de façon à donner l'impression qu'il ramenait chez lui un ami pris de boisson. Il l'a traîné jusqu'à sa propre voiture et l'a assis dans le siège du passager. Puis il a démarré. En passant devant une église non éclairée, il s'est arrêté dans le stationnement désert et a transféré le corps dans le coffre. Et il est rentré chez lui.

« Là, il a pris deux cordes et une échelle pliante et il est reparti pour la forêt Francis Marion. S'étant garé au même endroit que nous l'autre jour, il a sorti Cruikshank du coffre et l'a porté dans les bois sur son dos. Arrivé au pied de l'arbre, il a passé une corde sous les aisselles de Cruikshank et lancé l'autre bout par-dessus une branche. Puis il a hissé le policier jusqu'à ce que ses pieds ne touchent plus le sol. Grimpé sur son échelle, il a passé la deuxième corde autour du cou de Cruikshank et l'a attachée à la branche. Il ne lui restait plus qu'à couper la première corde, replier son échelle et rentrer chez lui. »

— Et la voiture de Cruikshank ?

— Marshall en avait récupéré les clés après l'avoir étranglé. En découvrant dans la poche du policier des papiers au nom de quelqu'un d'autre, il a dû avoir un choc. Cependant, il ne s'est pas trop inquiété. Il était certain que cet homme était bien le détective qu'il recherchait. L'échange de vestes lui est apparu comme un coup de chance. Le lendemain, il est allé à l'aéroport dans la voiture de Cruikshank et l'a garée dans un stationnement de longue durée. Il a retiré les plaques d'immatriculation et tous les autocollants permettant d'identifier le véhicule et les a cachés dans sa serviette. Après ça, il est rentré en ville en taxi. Un mois plus tard, la police a procédé à l'enlèvement de la voiture. À ce moment-là, Marshall a dû se croire invincible.

— Et vendredi soir, que s'est-il passé exactement ? a demandé Pete.

— Marshall a débouché sur la plage par l'accès public, a expliqué Gullet en montrant un sentier à quelques villas de distance. Il comptait s'approcher de la maison par la plage. Imaginez son bonheur en découvrant doc Brennan tranquillement installée sur le sable.

Malgré moi, ma main est montée à ma gorge. Mes doigts ont suivi la trace laissée par le garrot sur mon cou. Mon « collier bio », comme l'avait baptisé Pete.

— Mais comment se fait-il que Daniels ait débarqué ? ai-je demandé.

— Il ne garde pas un souvenir très chaleureux de ses rencontres avec les représentants de la loi. Craignant de se faire piéger par Marshall, il avait décidé de le suivre à la trace pour réunir des preuves solides contre lui.

— Pourquoi est-ce qu'il n'a pas pris sa voiture ?

— Pour ne pas être repéré par Marshall. Il a emprunté celle de sa tante, Miz Honey, qui la laisse sur le continent, et il a garé la sienne à sa place.

— Et il n'a jamais rien soupçonné du trafic d'organes avant que Marshall ne soit arrêté et lui-même interrogé ? ai-je demandé.

Je trouvais la chose incroyable.

— Infirmier ou pas, ce gars-là a un QI de crevette, je vous l'ai déjà dit.

— Pourquoi a-t-il été aussi désagréable pendant l'interrogatoire ?

— Il aime pas les flics, a répondu Gullet en haussant les épaules.

— Et Herron et ses ouailles de l'Église de la miséricorde divine ?

Gullet a secoué la tête.

— Apparemment, personne à l'EMD ne se doutait de rien. Comme Marshall ne dépassait pas le budget, il jouissait d'une autonomie totale dans la gestion de la clinique.

— Des nouvelles du pilote ? ai-je demandé.

Je savais déjà que le Cessna de Shorter n'était plus sur le terrain d'aviation quand Tybee y était arrivé, le vendredi soir.

— La police de Lubbock l'a coffré hier, à vingt-deux heures quarante. C'est ce que j'étais venu vous dire.

— Il est au Texas ? me suis-je étonnée.

— Il a une ex-copine qui vit là-bas.

— Il coopère ? a demandé Pete.

— Plus ou moins, a dit Gullet en accompagnant sa réponse d'un geste de la main. Il clame que son entreprise d'avion-taxi est on ne peut plus légale. Et s'il admet avoir effectué des livraisons pour Marshall, il nie avoir jamais eu connaissance du type de marchandise qu'il transportait. Selon lui, les choses se déroulaient ainsi : Marshall l'appelait un ou deux jours à l'avance et apportait une glacière au terrain d'aviation à une heure convenue. Shorter s'envolait pour le Mexique. Il atterrissait dans le désert, près de Puerto Vallarta, et là, il remettait la glacière à un Mexicain du nom de Jorge. Marshall le payait dix mille dollars en liquide par voyage. Shorter affirme qu'il ne posait pas de questions.

— Pourquoi s'est-il tiré jeudi ?

— À l'en croire, l'arrestation de Marshall lui a foutu la trouille. À cause de ses problèmes avec la loi dans le passé.

Nous avons réfléchi un moment. C'est moi qui ai brisé le silence.

— Compte tenu de ses antécédents, je pencherais pour dire qu'à l'aller il transportait des organes de Charleston au Mexique et, au retour, de la drogue.

— C'est ce que pensent aussi les policiers de Lubbock. Ils ont prévenus le FBI. La FDA procède à une fouille de l'appareil. Si jamais Shorter a balancé ne serait-ce qu'un joint par-dessus son aile, il est bon pour la prison. De toute façon, son scénario ne tient pas la route. On a déjà la preuve que le numéro d'immatriculation de son avion a été repeint plusieurs fois. Probablement pour inscrire des matricules bidon quand il effectuait des vols illégaux. Et l'appareil n'a jamais été enregistré par les Mexicains comme ayant pénétré dans leur espace aérien.

— Marshall a expliqué comment le système fonctionnait à l'autre bout ? a demandé Pete.

— Quand il trouvait parmi les malades de sa clinique un donneur compatible avec un client en attente de greffe, il prévenait Rodriguez. Celui-ci contactait l'intéressé qui sautait dans le premier avion pour Puerto Vallarta. À Charleston, Marshall accomplissait son forfait et Shorter transportait de nuit l'organe au sud de la frontière.

— Comment Marshall est-il entré en relation avec Shorter ? a voulu savoir Pete.

— Shorter habitait la même unité de condos que Daniels. Il leur arrivait de boire une bière ensemble de temps à autre, en se racontant leur vie. Daniels a dû parler de lui à Marshall, ou Marshall surprendre une conversation de Daniels à propos de son ami pilote qui avait un casier judiciaire. Quoi qu'il en soit, Marshall s'est dit que Shorter ferait un bon candidat. Il s'est débrouillé pour le rencontrer et l'appâter. Shorter a mordu à l'hameçon.

— Et Daniels n'a jamais su que son voisin faisait de la contrebande pour son patron ?

— Jamais.

— À votre avis, Shorter savait beaucoup de choses ?

— D'après lui, il n'était que simple courrier et n'a jamais cherché à savoir ce que contenaient les glacières. Cette version corrobore assez bien la déposition de Marshall.

— Ben voyons ! Cet honorable pilote n'a jamais soupçonné qu'il puisse transporter une marchandise de contrebande.

— Pour dix mille dollars, on peut accepter de ne pas être curieux.

— Et Rodriguez ? À votre avis, il savait comment Marshall s'approvisionnait en organes ?

— De long en large. D'après Marshall, ils en parlaient déjà en 1995.

— Rodriguez et Marshall ont tous deux obtenu leur diplôme de médecin en 1981. Comment se sont-ils retrouvés ?

— En fait, ils n'ont jamais perdu contact. Marshall l'a appelé en 1991 à sa sortie de prison dès qu'il a appris que son vieux camarade de classe avait été mis au ban de la profession lui aussi. Il s'est rendu au Mexique. À cette époque, Rodriguez travaillait à l'établissement thermal depuis plusieurs années déjà et il avait parallèlement un cabinet à Puerto Vallarta. Une chose menant à l'autre, les deux compères ont mis sur pied leur entreprise. Ça ne leur demanderait pas un gros investissement puisqu'ils se limiteraient à une poignée de donateurs par an, mais ça leur rapporterait entre cent et deux cent mille dollars par organe greffé. Le reste du temps, ils vivraient discrètement.

« Le tout était de savoir où Marshall effectuerait sa part du boulot. Quelques mois plus tard, l'EMD a fait paraître une offre d'emploi pour sa clinique de Charleston. Compte tenu du salaire proposé, la congrégation ne pouvait guère se permettre d'être trop exigeante sur les compétences des postulants. Marshall a présenté des documents falsifiés et obtenu de l'État le droit d'exercer la médecine en Caroline du Sud. De son côté, Rodriguez s'est chargé de lui faire parvenir des équipements chirurgicaux d'occasion. Ils étaient prêts à démarrer. »

— Rodriguez a été retrouvé ? ai-je demandé.

— Pas encore. Mais les agents fédéraux finiront bien par l'arrêter.

— Sous quelle inculpation ?

— Les autorités mexicaines se creusent les méninges.

— Rodriguez niera avoir eu connaissance des meurtres. Il soutiendra qu'il était certain que les organes étaient obtenus légalement.

— Marshall clame que Rodriguez est à l'origine de tout et qu'il a d'autres fournisseurs que lui.

— Marshall plaide coupable pour onze meurtres, ai-je dit. Comment pouvons-nous être certains qu'il n'y en a pas eu davantage ?

Gullet a dirigé ses Ray-Ban sur moi.

— Mon instinct me dit que le nombre des victimes est bien plus élevé. Marshall ne nous donne probablement que les noms des personnes portées disparues et il ajoute Godine pour être plus crédible.

Deux détails, cependant, continuaient à me tracasser.

— Comment quelqu'un d'aussi méticuleux que lui a-t-il pu être aussi négligent avec ces coquillages ?

— Il aura le temps de retourner cette question dans tous les sens au cours des années à venir, a dit Gullet et, cette fois-ci, un vrai sourire a éclairé son visage. Il dit qu'il a acheté un sac de coquillages le jour où il a assassiné Willie Helms, espérant trouver un spécimen intéressant dans le lot. La seule explication qui lui vienne à l'esprit, c'est que le paquet était déchiré et qu'un coquillage s'est coincé dans un revers de son pantalon ou dans une poche. Mais peut-être l'a-t-il acheté au marché ou pendant qu'il rentrait à pied à la clinique. C'est comme ça que le coquillage s'est retrouvé dans le sable auprès de Willie Helms. Il se rappelle aussi avoir examiné ces coquillages au microscope à la clinique, puis les avoir laissés un moment dans le tiroir de son bureau.

— Un coquillage tombe de ses habits sur le corps de Helms, un autre roule dans une rainure de son bureau et il ne s'en aperçoit pas ?

Gullet a hoché la tête.

— Il a été sidéré d'apprendre qu'on les avait découverts. Il s'est creusé la cervelle pour imaginer dans son scénario un épisode convaincant et susceptible d'incriminer Corey Daniels.

— Baisé par un mollusque, faut le faire ! a ironisé Pete.

— Qui a appelé Cruikshank du bureau de Marshall ? ai-je encore demandé, car c'était le deuxième détail que je n'arrivais pas à m'expliquer.

— O'Dell Towery.

— Le gars du ménage ?

Gullet a hoché la tête.

— Il a l'esprit un peu ralenti, mais il se rappelle très bien la chose parce qu'elle sortait de sa routine. Il affirme que Marshall lui a ordonné de passer un coup de fil à partir de son bureau à une heure précise, prétextant qu'il ne pourrait pas téléphoner lui-même à ce moment-là. Si personne ne répondait, Towery devait juste raccrocher et lui rendre le papier avec le numéro de téléphone le lendemain. Pour cette heure-là, Marshall avait un alibi. Au pire, si jamais un problème surgissait, cet appel brouillerait les pistes ; au mieux, il renforcerait les soupçons sur Daniels.

Le silence est tombé. C'est Gullet qui l'a rompu, parlant les yeux fixés sur ses mains :

— Si je comprends bien, Miz Rousseau est gravement malade.

— Oui.

J'ai revu en esprit le visage de mon amie quand j'étais passée la voir, le jeudi précédent. Au cours de la nuit, sa température avait grimpé jusqu'à 39. Son mal de tête, ses suées et ses nausées avaient fortement empiré. Vendredi, le Dr Russell l'avait hospitalisée, craignant une infection.

Quant à moi, j'avais appelé sa sœur, le samedi matin. Sarah Purvis débarquait tout juste d'Italie, mais elle avait décidé de venir aussitôt à Charleston.

Avant son arrivée, j'avais eu le temps de parler longuement avec Emma. Je lui avais relaté en détail tout ce qui s'était passé depuis jeudi. De son côté, elle m'avait appris que la mort de Susie Ruth Aikman avait été déclarée normale par le coroner du comté de Berkeley. La cause : un infarctus.

Puis elle m'avait raconté l'étrange histoire du bateau de croisière. En fait, un passager était mort au cours d'une sortie en mer. Le bateau rentré au port, la veuve avait autorisé l'incinération du défunt, signé les papiers nécessaires et elle était repartie avec l'urne. Mais voilà que quelques jours plus tard une autre dame se prétendant la madame du monsieur et possédant des documents l'attestant s'était présentée au bureau d'Emma pour réclamer le corps. Une action en justice avait été intentée pour déterminer le sort réservé aux cendres du défunt.

— Ce coureur de jupons avait deux épouses qui se battent pour recueillir ses cendres, Tempe. Il y en a qui ont vraiment de la chance !

Emma avait dégluti. Visiblement, elle avait du mal à parler.

— Je suis en train de mourir, bien sûr. On le sait tous.

Je l'avais fait taire, mais sans pouvoir empêcher la douleur de faire trembler ma voix.

— Ma mort à moi ne passera pas inaperçue. J'ai des gens dans ma vie. On se rappellera de moi... Peut-être même que je manquerai à certains, à la différence de ces malheureux à qui Marshall et Rodriguez s'en sont pris. Des bannis de la société, des marginaux, de pauvres gens qui n'avaient personne pour les pleurer. La disparition de Cookie Godine n'a même pas été signalée. Pareil pour Helms et Montague. En tout cas, Tempe, leurs cadavres auront été identifiés grâce à toi.

Incapable de parler tellement j'avais la gorge serrée, j'avais caressé les cheveux d'Emma en retenant mon souffle pour ne pas éclater en sanglots.

Sortant de sa rêverie à lui, Gullet a repris :

— J'éprouve un tel sentiment d'injustice.

— Oui.

— C'est une femme bien, une vraie professionnelle. Il s'est levé. Je l'ai imité.

— Mieux vaut ne pas questionner les voies du Seigneur, j'imagine.

Que répondre à cela ? J'ai donc gardé le silence.

— Vous avez accompli un travail remarquable, doc. Vous m'avez appris des choses.

Il m'a tendu la main. Je l'ai serrée, quelque peu étonnée.

Il restait à placer une dernière pièce pour achever le puzzle. L'information que je voulais transmettre à Gullet le concernait au premier chef. Je la tenais d'Emma en personne.

— La fuite ne venait pas de votre bureau, shérif. C'est Lee Ann Miller qui a servi de déclencheur en agissant à la demande d'Emma. La taupe de Winborne, c'était un technicien d'autopsie de deuxième année.

Gullet a voulu dire quelque chose, je l'ai interrompu, craignant qu'il ne s'empêtre dans des excuses pour m'avoir accusée de bousiller son enquête.

— Je dis bien « était », car il est désormais au chômage.

Gullet est resté un long moment sans rien dire, perdu dans ses pensées. Puis, il s'est tourné vers Pete.

— Mes meilleurs vœux de rétablissement, monsieur. Souhaitez-vous être tenu au courant des charges qui seront retenues contre Lanyard ? Je pense qu'il plaidera coupable.

— C'est votre rayon, shérif. Ce qui vous semblera acceptable, au procureur et à vous-même, le sera pour moi. Si vous pouvez seulement me faire part du résultat quand tout sera terminé, je vous en serai reconnaissant.

— Je n'y manquerai pas.

Se tournant vers moi, Gullet a ajouté :

— Mardi, sept heures du matin ?

— Je serai prête.

Épilogue

L'aube s'est levée, escortée d'une bruine grise qui a perduré toute la matinée. Le ciel est passé de l'anthracite à l'ardoise et ensuite au gris perle, pour se stabiliser sur un blanc brouillé.

À huit heures du matin, nous étions dans une pinède tout au bout de l'île de Dewees, à cinq mètres de l'eau. C'était marée haute. De temps à autre, sous l'effet d'une bouffée de vent, un chuchotement s'élevait du feuillage scintillant et des gouttes s'écrasaient avec des flic-floc sur le drap en plastique que ma truelle révélait peu à peu. Armée de son Nikon, Lee Ann Miller se déplaçait méthodiquement tout autour des lieux pour enregistrer chacun des détails de ce tableau mélancolique. Sous ses bottes, la terre gorgée d'eau rechignait.

Gullet se dressait au-dessus de moi, le visage impassible, sa veste en nylon parfois gonflée par un coup de vent.

À l'écart, flanqué d'un agent de police, Marshall, les bras menottés et croisés, observait la scène du haut d'un kart de golf.

Il régnait un silence sombre et solennel, brisé seulement par le bruit de la pluie, du vent et des déclics de l'appareil photo.

Vers midi, Cookie Godine était enfin exhumée de son semblant de tombeau. J'ai soulevé le triste paquet, semant la panique parmi des mille-pattes avides d'obscurité, et l'ai transporté jusqu'au fourgon, aidée de Lee Ann. Une odeur douceâtre s'est imposée.

Du coin de l'œil, j'ai vu Marshall se couvrir le nez et la bouche de ses mains menottées.

Le vendredi matin, levée à neuf heures, j'ai passé une jupe bleu marine et un chemisier blanc pour me rendre à l'église épiscopalienne St. Michael. Ayant garé ma voiture dans le stationnement, je suis allée au Vieux-Marché et suis revenue à l'église.

À l'intérieur, l'assemblée était plus nombreuse que je ne m'y étais attendue. Il y avait là la sœur d'Emma, Sarah Purvis, silencieuse et pâle, accompagnée de son mari et de ses enfants ; le shérif et plusieurs agents de son bureau ; Lee Ann Miller et d'autres employés travaillant sous les ordres d'Emma. Il y avait encore plusieurs douzaines de personnes que je ne connaissais pas.

Je me suis contentée d'observer la foule sans mêler ma voix aux prières et aux chants. Si j'avais ouvert la bouche, j'aurais éclaté en sanglots.

Au cimetière, je me suis tenue en retrait pendant qu'on abaissait le cercueil dans la tombe et que chacun à tour de rôle s'avançait pour y jeter une poignée de terre. Je ne me suis approchée de la fosse qu'une fois la cérémonie achevée.

Je suis restée un long moment debout devant la tombe, secouée par un tremblement de tout le corps, les joues ruisselantes de larmes.

— Je suis venue te dire au revoir, ma vieille amie. Tu sais combien tu me manqueras.

Les mains tremblantes, j'ai lâché mon bouquet de gypsophiles et d'immortelles sur le cercueil d'Emma.

Maintenant, nous sommes vendredi soir et je suis seule dans mon lit trop grand, désespérée par le départ d'Emma. Demain, la peine au cœur, je quitterai les basses-terres et reprendrai la route pour Charlotte avec Boyd et Birdie. L'odeur des pins, des algues et du sel me manquera, de même que le jeu éternellement changeant du soleil et de la lune sur les flots.

À Charlotte, j'aiderai Pete à recouvrer la santé, chose que je n'ai pas pu faire pour Emma. Il n'était pas en mon pouvoir d'introduire des cellules saines dans son corps malade ni d'en expulser le staphylocoque qui, finalement, l'a emportée. Je penserai une fois de plus à l'infidélité de mon mari et à l'étrange attachement que j'éprouve toujours pour lui et qui me désarçonne. J'essayerai de faire la distinction entre ce sentiment et la tendresse qui vient de ce que nous avons eu ensemble une fille qui est autant lui qu'elle est moi.

D'ici à quelques semaines, je bouclerai à nouveau mes valises. Cette fois, ma destination sera Montréal. La douane franchie, je prendrai un taxi qui me conduira à mon appartement du centre-ville et, le lendemain, je me présenterai à mon laboratoire. Ryan sera dans le même immeuble, onze étages plus bas.

Je ne sais pas ce qui viendra ensuite, mais il est une chose dont je suis certaine, c'est d'appartenir au groupe de ceux qui ont de la chance dans la vie, comme disait Emma, car je suis très entourée. Entourée de gens qui m'aiment.

EXTRAITS DES DOSSIERS
DU Dr KATHY REICHS

Face à l'engouement que suscite aujourd'hui mon domaine d'activité après tant d'années passées dans l'ombre et l'indifférence, je suis parfois désarçonnée. À l'époque où j'achevais mes études, bien rares étaient les policiers ou les procureurs à avoir entendu parler de l'anthropologie judiciaire, et plus rares encore ceux qui y avaient eu recours. Mes collègues et moi-même formions un club minuscule, connu de peu de gens et compris d'un nombre encore plus restreint. Les représentants de la loi et de l'ordre savaient peu de choses sur nous. Le public, quant à lui, ignorait pratiquement l'existence de notre métier.

Au fil des ans, la tendance s'est peu à peu inversée, bien que nous ne soyons toujours qu'une poignée de spécialistes en Amérique du Nord à détenir un certificat délivré par les autorités médico-légales et à œuvrer en tant que consultants auprès des représentants de la loi, des coroners et des directeurs de la Santé, mais pas auprès de l'armée, qui possède son propre bataillon de médecins légistes.

De nos jours, voilà que la notoriété nous rattrape, et de façon bien inattendue. Par le truchement de la littérature d'abord : grâce à Jeffery Deaver, Patricia

Cornwell, Karin Slaughter et moi-même, bien sûr. Ensuite, par la télévision, avec des séries comme *C.S.I.*, qui ont attiré des millions de téléspectateurs. Devenue un sujet dont on cause, la science médico-légale s'est finalement imposée sur les chaînes. Par exemple, *Cold Case* ou *Without a Trace*. Aujourd'hui, on peut voir sur toutes les chaînes des scientifiques découper des cadavres, examiner au microscope, analyser ou faire des découvertes. Il y avait bien eu *Quincy* dans les années 1970, mais la pathologie n'y était pas un thème omniprésent comme c'est le cas aujourd'hui : *Crossing Jordan*, *DaVinci's Inquest*, *Autopsy*.

Et maintenant, il y a *Bones*, la dernière-née de ces séries consacrées à la médecine légale. Elle a pour héroïne l'anthropologue judiciaire née de mon imagination voilà dix ans et apparue dans mon premier livre, *Déjà Dead*. Je veux parler de Temperance Brennan. Dans la version télévisée, Tempe est plus jeune, moins avancée dans sa carrière. Employée par le Jeffersonian Institute, elle travaille main dans la main avec le FBI et ce n'est que justice, car cet organisme fut l'un des premiers du pays à reconnaître la valeur de l'anthropologie judiciaire, à rechercher l'avis des savants du Smithsonian Institute dans des affaires de squelettes, et cela, au tout début du XXe siècle.

À l'époque, les choses n'étaient pas aussi structurées que de nos jours. Il a fallu attendre jusqu'en 1972 pour que l'anthropologie judiciaire se voie accorder la reconnaissance officielle de l'American Academy of Forensic Science lorsque fut institué en son sein un département d'anthropologie physique. L'American Board of Forensic Anthropology devait être fondé peu après.

Le champ d'activité des anthropologues judiciaires n'a cessé de croître au long des années 1970, allant jusqu'à englober des enquêtes traitant de cas de violation des droits de la personne et à fonder de toutes pièces des laboratoires spéciaux lors de la découverte de charniers. Ce fut le cas d'abord en Argentine et au Guatemala, puis au Rwanda, au Kosovo et ailleurs. Nous travaillons également sur toutes sortes de catastrophes de masse, accidents d'avion, inondation de cimetières, bombardements, explosion d'édifices publics comme le World Trade Center ou sur des catastrophes d'origine naturelle comme le tsunami et l'ouragan Katrina.

Aujourd'hui, après des décennies d'anonymat, nous voilà propulsés au rang d'étoiles. Le public, cependant, n'a toujours que des notions très vagues de ce à quoi correspond la médecine légale et de ce que font réellement les pathologistes et les anthropologues judiciaires.

Les premiers travaillent sur les tissus mous, les seconds sur les os. Un cadavre relativement intact, comme celui d'une personne décédée récemment, se verra adressé à un pathologiste. En revanche, un squelette exhumé d'une tombe ancienne, un corps carbonisé retrouvé dans un baril, des fragments d'os résultant d'un passage dans une machine à équarrir le bois ou un bébé momifié découvert dans un grenier seront étudiés par un anthropologue. Et celui-ci, se fondant sur des indicateurs propres au squelette, aura pour tâche d'identifier l'individu, de déterminer l'heure de sa mort, la façon dont elle est survenue et les dommages qu'aura éventuellement subis le corps après la mort. Bref, la médecine légale vise à résoudre par des analyses scientifiques des questions relevant du droit.

Contrairement à l'image qu'en donne la télé en faisant volontiers du savant ou du policier un héros fabuleux et solitaire, personne n'œuvre seul dans son coin. Dans la réalité, le travail policier requiert la collaboration d'un grand nombre de spécialistes. Le pathologiste analysera les organes et le cerveau, l'entomologiste les insectes, l'odontologiste les dents et les dossiers dentaires, le spécialiste en biologie moléculaire l'ADN et l'expert en balistique les balles et les douilles. L'analyse des os est laissée aux soins de l'anthropologue judiciaire. On voit donc qu'un grand nombre de participants unissent leurs forces en vue de reconstituer le puzzle pièce par pièce jusqu'à ce qu'une image globale finisse par émerger.

Pour ma part, j'ai commencé par étudier l'archéologie et me suis spécialisée en biologie du squelette. Mes premiers pas sur le terrain de l'anthropologie judiciaire, je les ai faits à la demande d'un policier qui travaillait sur le meurtre d'une petite fille de cinq ans, kidnappée et abandonnée dans une forêt près de Charlotte, en Caroline du Nord. J'ai identifié chacun des os de cette petite fille. Mais l'odieux personnage qui l'a assassinée n'a jamais été retrouvé. L'injustice et la brutalité inhérentes à cette affaire ont bouleversé ma vie. Abandonnant à d'autres l'étude des os antiques, je me suis tournée vers les morts décédés récemment. Je ne suis jamais revenue sur mes pas.

J'aime à penser que mes romans ont un peu contribué à susciter l'intérêt du public pour l'anthropologie judiciaire. Par l'intermédiaire de mon personnage, Temperance Brennan, je fais découvrir à mes lecteurs certains aspects d'affaires que j'ai eu à traiter et je leur fais ainsi vivre mon quotidien. *Déjà Dead* a pour point de départ ma première affaire de meurtres en série. *Death du Jour* s'inspire d'un cas sur lequel j'ai travaillé à la demande de l'Église catholique, ainsi que des suicides de masse commis au sein du culte de l'Ordre du Temple solaire. L'intrigue de *Deadly Décisions* m'est venue à l'esprit lorsque je me suis retrouvée à devoir analyser un grand nombre d'ossements, grâce aux bons soins des Hells Angels du Québec. *Voyage fatal* s'appuie sur une récupération effectuée après une catastrophe. *Secrets d'outre-tombe* m'a été suggéré par un épisode auquel j'ai assisté lors de l'exhumation d'un charnier au Guatemala. *Les Os troubles* puise sa source dans une analyse de restes d'orignal que j'ai pratiquée pour le compte d'une agence de l'environnement. *Meurtres à la carte* a pour origine la découverte de trois squelettes dans la cave d'une pizzeria. À *tombeau ouvert* part d'un voyage que j'ai effectué en Israël. Au pillage d'un tombeau datant du Ier siècle de notre ère viennent s'entremêler deux mystères historiques, l'un se rapportant aux fouilles de Massada, l'autre à un ossuaire renfermant les supposés restes du frère de Jésus-Christ. À cela s'ajoute un meurtre sorti de mon imagination et situé au Canada.

Avec *Entre deux os*, je sors un peu de mon mode opératoire habituel, en ce sens que je ne tisse pas l'intrigue à partir d'une ou deux affaires traitées personnellement, mais à partir d'événements appartenant à différentes périodes de ma vie professionnelle : les fouilles archéologiques auxquelles j'ai participé dès le début de ma carrière ; les stages d'archéologie que j'ai dirigés à l'UNCC ; l'examen d'un cadavre que j'ai pratiqué à la demande d'un coroner qui me l'avait apporté lui-même dans une boîte en plastique ; l'analyse de marques de découpe que j'avais effectuée au cours d'une enquête sur un homicide et celle de fractures vertébrales faite dans le cadre d'une reconstitution pour une affaire de piéton renversé et de chauffard en fuite ; enfin l'examen d'un suicidé découvert pendu à un arbre et dont le corps était quasiment réduit à l'état de squelette.

Cependant, *Entre deux os* s'appuie comme mes autres livres sur des décennies de travail et sur des souvenirs tirés de la multitude de cas que j'ai étudiés à la demande de différents laboratoires de police scientifique.

Ajoutez à cela la pincée d'archéologie déjà mentionnée et une ou deux légendes urbaines, et remuez bien. Faites rissoler quelques articles de journaux traitant de cadavres dérobés ; assaisonnez avec du sable, de la mer et un peu d'île aux Palmiers et dégustez bien frais !

REMERCIEMENTS

Nombreuses sont les personnes à m'avoir apporté aide et soutien dans l'écriture de ce livre. Je leur dois à chacune mes remerciements les plus sincères.

Le Dr Ted Rathbun, professeur à la retraite de l'université de Caroline du Sud, section de Columbia, m'a fourni des renseignements sur l'archéologie en Caroline du Sud. Le Dr Robert Dillon, de l'université de Charleston, m'a prodigué ses conseils pour tout ce qui relève de la malacologie. Le Dr Lee Goff, de l'université de Chammade, a été pour moi ce qu'il sera toujours pour quiconque s'intéresse aux insectes : un gourou.

En ce qui concerne l'utilisation du système AFIS, mon mentor a été le détective Chris Dozier, de la police de Charlotte-Mecklenburg. Quant aux questions traitant de l'activité de la police, c'est à John Appel, détective à la retraite anciennement attaché au bureau du shérif du comté de Guilford, en Caroline du Nord, ainsi qu'à Joseph T. Noya Jr, détective attaché à l'unité de police scientifique de la ville de New York, que je dois la plupart de mes informations.

Mmes Linda Kramer, infirmière, Michelle Skipper, M.B.A., et M. Eric Skipper, docteur en médecine, m'ont aidée à élaborer la partie du roman traitant du lymphome non hodgkinien.

Kerry Reichs m'a fourni toutes sortes de précisions sur la géographie de Charleston et Paul Reichs m'a comme toujours fait bénéficier de ses connaissances sur les instances judiciaires et m'a livré ses commentaires sur les premières versions du manuscrit.

De nombreuses personnes ont émis le désir de rester anonymes. Elles se reconnaîtront. Qu'elles se partagent mes millions de mercis.

Je tiens à citer aussi J. Lawrence Angel, l'un des grands hommes de l'anthropologie judiciaire des temps passés. On trouvera des explications sur le lacet étrangleur et les fractures vertébrales dans son exposé «Death by strangulation: a forensic anthropological case from Wilmington, Delaware», publié en collaboration avec P.C. Caldwell et paru dans *Human Identification: Case Studies in Forensic Anthropology*, chez T.A. Rathbun and J.E. Buikstra (Springfield, Illinois, Charles C. Thomas, 1986).

Grâces soient rendues à ma rédactrice, Nan Graham. Ce roman a retiré de ses conseils un profit considérable. Que soit également remerciée son assistante, Anna deVries. Et, bien sûr, Susan Sandon, ma rédactrice de l'autre côté de la mare, que je ne saurais oublier.

Enfin, si je cite Jennifer Rudolph-Walsh en dernier, ce n'est certainement pas parce qu'elle occupe la dernière place dans mon cœur. Je veux au contraire lui exprimer ici ma gratitude pour avoir toujours su trouver le temps de m'adresser un mot d'encouragement et me donner le sentiment d'être quelqu'un d'intelligent. Et jolie.

Bien que ce roman soit une œuvre de fiction, je me suis attachée à rester au plus près de la vérité des faits. Si des erreurs s'y sont glissées, j'en assume seule la responsabilité pleine et entière. Aucune des personnes citées plus haut ne saurait en porter le blâme.

Kathy Reichs

Elle sait faire parler les morts...

Anthropologue judiciaire, Kathy Reichs a collaboré avec le Pentagone et le FBI. Elle s'impose dans l'univers du thriller avec son héroïne Temperance Brennan, également anthropologue judiciaire.

À partir de bouts de squelettes, elle identifie les victimes et reconstitue leur parcours mortel...

Vos enquêteurs favoris vous donnent rendez-vous sur www.pocket.fr